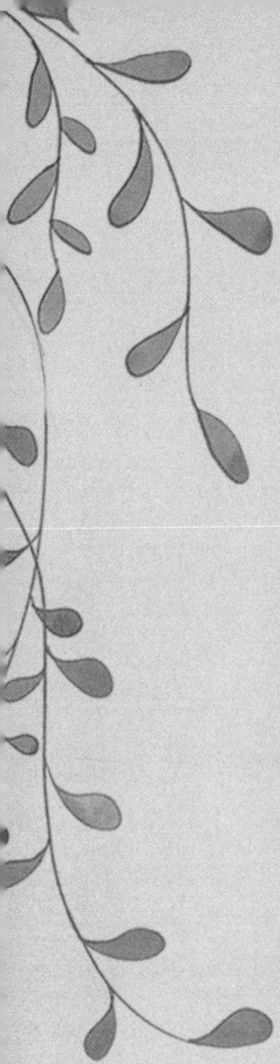

文心随笔

管怀伦 著

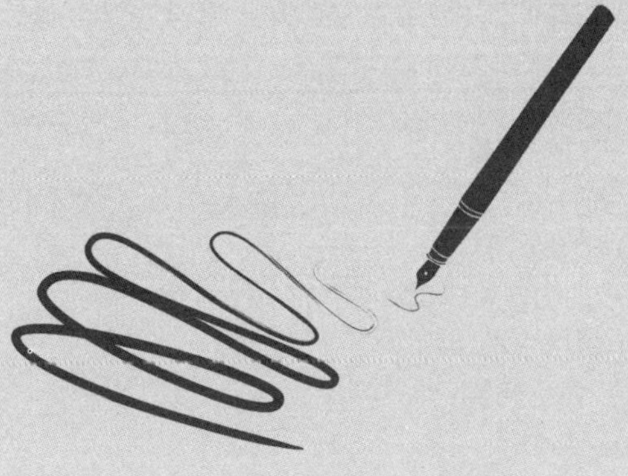

文心与生活的旋律　一起跳跃舒展
心性与文笔相随　以事引文
以文率性　不拘一格

百花洲文艺出版社
BAIHUAZHOU LITERATURE AND ART PRESS

图书在版编目（CIP）数据

文心随笔 / 管怀伦著 . -- 南昌 : 百花洲文艺出版社 , 2022.8

ISBN 978-7-5500-4667-2

Ⅰ . ①文… Ⅱ . ①管… Ⅲ . ①散文集－中国－当代 Ⅳ . ① I267

中国版本图书馆 CIP 数据核字 (2022) 第 004393 号

文心随笔
WENXIN SUIBI

管怀伦　著

责任编辑	熊怡萍
书籍设计	汇文书联
制　　作	汇文书联
出版发行	百花洲文艺出版社
社　　址	南昌市红谷滩世贸路 898 号博能中心一期 A 座 20 楼
邮　　编	330038
编辑邮箱	1369716304@qq.com
编辑电话	0791-86894717
经　　销	全国新华书店
印　　刷	武汉鑫佳捷印务有限公司
开　　本	720mm × 1000mm　1/16　印张　19.75
版　　次	2022 年 9 月第 1 版第 1 次印刷
字　　数	313 千字
书　　号	ISBN 978-7-5500-4667-2
定　　价	78.00 元

赣版版登字　05-2022-143

网址　http://www.bhzwy.com
图书若有印装错误，影响阅读，可向承印厂联系调换。

目录

第三编　议论散文

第四编　文化散文

第五编　率性诗歌

自序一：鸟瞰《文心随笔》卷

《文心随笔》卷是我原来出版计划（四部作品）中文化含量较高的一部，虽以散文和诗歌共同构建，但以散文为主体，辅以诗歌。此处的“散文”是个总体概念，具体分为“抒情”“记叙”“议论”“文化”四编，另有“率性诗歌”一编，共计五编。2011 年 9 月我曾经在江苏人民出版社出版《笔下风流》一书，现在就再以《文心随笔》与它结成姊妹卷吧。

本卷之所以用“文心随笔”命名，取义就是作者的文心与生活的旋律一起跳跃舒展，心性与文笔相随，以事引文，以文率性，不拘一格。通俗地说，就是走到哪里看到哪里，想到哪里写到哪里，写下自己的所见所闻所思所想所感。十分出色的散文作家罗光成先生评说我的“文章都是在路上写的”，未必尽然，但的确说出了相当数量作品写作的真实状况。当然，这要感谢手机这个科技产品，它让我的许多想法能够及时完成，起码也能及时破题，使真正的随笔成为可能。真可谓“手机随身带，心性即时采。人间点滴事，尽入文章来”。

第一编“抒情散文”，以美为求，抒发自己内心世界的真实情感；第二编“记叙散文”，以真实生活为题材，具体记录点点滴滴的生活故事及感想；第三编“议论散文”，则是以事说理，以理说事，在议论中主张并阐发我的义利、义理和历史观；第四编“文化散文”，是综合性的散文体，但内容以文化题材为限，兼容思想、学术、文学、历史、教育、社会等不同方面；第五编“率性诗歌”，当然不在散文之列，但诗文历来形式分类本质一体，所以我将它们和各类散文合编一处。“率性”者，就是作者意志在高度自由的状态下随心所欲的写作与抒发。本编所选诗歌已将数量压到最少，大都是即兴所作一气呵成，主要突出情景、情感的真实和意境的深邃邈远之美，不过分拘泥于形式，尤其不拘泥于传统的律绝规则，就是“率性”而已。

另有三个问题需要特别说明。一是本卷所收录的全部作品，均属 2011 年以来的原创作品。二是有些文章虽然列在“记叙”和“议论”两编中，由于只是随笔，以感想为主，界线未必十分分明，数量固然不多，但是毕竟存在。“文化散文”多属议论文体，是根据题材分离出来的，也有几篇属于赏析一类。三是本书收录的作品都是具体的成果形态，但我觉得有必要把我素来秉持的写作理念及追求，也就是通常所说的“指导思想”与写作所秉有所交代，为此，我把原载于《笔下风流》一书中的《〈“管派”散文〉自序存稿》一文抽将出来略做改动，作为“自序二”，从而对本书全部作品构成理论的说明与支撑。当然，书中其他篇章也有这类理论功能的义项，只是不像该文属于散文观专论而已。

作者于 2020 年 10 月 2 日

自序二:《“管派”散文》自序存稿

散文就是散体文章。广义的散文是指不像诗词歌赋那样讲究韵律、对仗、排比，形式自由，无拘无束的散体文章。现代散文，也是狭义的散文，则是特指除小说、诗歌、戏剧等文学体裁之外的其他文学作品，按其内容和形式又可分为记叙、抒情、议论、杂文、小品、随笔等，因其自由，广受喜爱。

我不是专业散文家，更不是文学家，充其量只是一个文学莽汉，不知高低深浅，跌跌撞撞地误闯进了文学殿堂中的散文园地，信手播撒，随意耕耘，几年下来竟然收获了数十万字 [案：到 2020 年已经达到百万字] 的五谷杂粮。现在，我想选出若干，把它们分类成编，以飨不同口味的读者，也给自己一点精神慰藉。

该给这样一堆五谷杂粮插上一个什么标签呢？竟然一时困惑。正在犯难之际，相识于“凯迪社区 · 原创文学”的聪明灵秀的网友“心之约”给我一个惊异莫名的启示：“管派”散文，并且得到另一位知名网友、也是文学专家“美好的仗 2”的呼应。他们的意见让我振奋，于是决意在这堆五谷杂粮上插上“管派”标签。

但我略有所知，在汉文学的历史长河中，散文家个个手握灵珠，人人怀揣荆玉，真可谓群星璀璨，百花齐放，千帆竞逐，精彩纷呈；散文流派也是各衔时命，各得其时，各占制高，各具特色，各领风骚，各有丰碑，及至今日已难一一。

成家容易成派难，能够称“派”的，起码要有群体形态、共性精神、相似风格等派的特征，也就是由不同作家以共同理念为基础，共同担当某种使命，具有相同价值追求、相近文章风格结交而成的文人群体，如明清时期归有光等人的唐宋派，“三袁”代表的公安派，方苞代表的桐城派等。

而我不过一介平凡之辈，形单影只，以现有文学修养之浅陋，何足道哉，何足派哉！但我又确信与我拥有相近价值取向，奉行相近的为文宗旨，具有相近的审美志趣，既未结派又有共同草莽特征的大有人在。这里姑且把这一类的人们叫作“管派”吧。如果说真有“管派”，“草莽”就是其旗帜上的徽标，站在这个“旗帜”下的人们自然就是草莽派；如果说还有“‘管派’散文”，那么内容庞杂、风格草莽、不拘一格、任性自由就是其自我定义。

何谓“草莽派”？就是没有经过严格系统的文学训练，甚至没有受过系统完整的教育，却有着丰富的社会阅历、深厚的生活底蕴、高度的责任意识、特殊的人生感悟、强烈的表达愿望，既可能在非文学领域已经有所成就，又想通过散文文体有所表达的人们。因为我相信自己基本可以归于这一类，并且已有这么一堆五谷杂粮，所以才欣然接受心之约“管派”散文的命名建议，并把这一系列文集索性叫作《“管派”散文》——一个看似轻狂、实则平凡实在的名称。

大凡成“派”的散文应该具有鲜明特征与风格。我既然自诩为“管派”，除了“草莽”之外是否也应该具有一些自己的特征与风格呢？当然应该。那么我又有哪些具体的特征与风格呢？聪明的读者自会评判，我要说的则是我一直以来都在试图实践的以下追求。

第一，真实。真实是散文内容的客观本性。天地万物是自然的真实，社会万象是生活的真实；历史是过去的真实，现实是目前的真实，即使未来也将会成为真实。散文立意是人的意识形态，只是通过艺术形式表现而已，其魅力一定来自客观真实；为文言事如果没有客观真实性，一切努力终将流于空洞，失之苍白，陷于臆断，归于失败。散文作者也只有主观求真，才有可能客观真实；也只有自己尊重客观真实，才能给读者提供真实可读的内容。

第二，善良。善良是散文的人文品质。散文属于文学艺术范畴，文学者，人学也，必然要有人文精神蕴涵。道德是人文花朵，善良则既是道德的基础，也是道德的成果，它深藏于人性，广布于生活。但是善良并非自来恒定之物，而是流淌的意识、跃动的情感，不仅需要辛勤开发，还要持续培育。所以散文作者应该秉持善性，发现善良，记录善行，培育善心，即使暴露丑恶，终极指向也应归于以文求善，否则，将会从根本上失去文章的积极意义。

第三，美感。美感是散文的神韵。美是复杂的哲学理论问题，虽然不是人人都能给出答案，却是人人都能获得的主观感受。散文既然是一种艺术形式，就应该是“集诸美于一身”的美文。只有具有美感神韵的散文，读者才能从阅读中获得美的享受。没有美感就不能吸引读者，无法与读者建立关系；没有美感就不能使读者获得精神财富，无法与读者的心一起律动；没有美感就不能与读者进行深度交流，作者最终只是自言自语，使散文写作的意义最小化，甚至归零。

第四，诙谐。诙谐是散文的意趣。曹丕在《典论·论文》中把文章称为“经国之大业，不朽之盛事”。散文是文章的重要支系，与所有文章一样是立言之本、不朽之据、经国之要。如此沉重的道义担当必然使散文庄严。庄严的散文必然带来阅读的沉重，而沉重的阅读又往往使人难以为继。所以散文必须可读，引人入胜，否则所有庄严意旨必有折损。而诙谐则是吸引读者的语言磁场，更是一种机智，面对沉重的话题如以诙谐的方式表达，即可获得举重若轻之功。这也是诙谐的魅力所在。所以散文应该寓庄于谐，以谐载庄，庄谐一体，相映同辉，即使不能将此贯彻在所有作品中，也应尽量贯彻在一切作品中。

如果说上述四项原则是一切散文家及其作品的共性遵循与追求，自然我也不能例外，那么对于下列几项原则我则尤其重视并刻意追求。

第一，道义。道义是散文的思想灵魂。道义是社会的价值标准和道德高程。尽管当今是一个盛行享乐消解道义的时代，但是道义仍然是社会的普遍需求和不容消失的指标。散文是一种形散而神聚的文体。神者，义项多端，道义应为首选。古往今来，但凡得以流传的散文作品，多有道义担当；反之，其行远乎？今天，虽然时势已异，仍须道贯古今，所以现实生活中的散文作者，依然应该以史为鉴、以文载道，并且在展示道义的过程中展示求道的思维方式与思想方法。

第二，土香。土香是散文的根脉。土香者，故土乡魂也。她是散文生命的根系，精神的源泉，心灵的皈依。物有所本，人有乡魂。现代化正在快速打破城乡壁垒，消解历史传统，既让我们与故乡渐行渐远，又让我们在心灵深处越发怀乡。这不是简单的怀旧情结，而是人类在彼此走近、文化互相交融、世界趋于大同的背景之下问祖寻根的文化现象。越是故乡的，越是祖国的；越是民族的，越是世界的。散文作者皆有故乡，字里行间理应飘洒土香，既慰读者乡思，更解读者乡愁。

第三，平和。平和是散文文风的最高境界。散文看似以文绘美，实则艺术地回放生活。常态的生活不会以极端的形式出现，极端的生活却是社会的常态，这就注定生活不仅丰富多彩，还会五味杂陈。作者只要介入生活，不免生出个人恩怨情仇，并在作品中得到宣泄。但是私情不应超越大公，而应以大公超度私情。只有这样，作者才能获得淡定的心境，超然的态度，智慧的观点，所有的风云往事都将以平和的文风娓娓道来，任何情绪的舒展总能获得道义的支援并惠及读者。

（2010 年 6 月 6 日，原载《笔下风流》，略有修改）

第一编　抒情散文

雪中情

多年的暖冬使我对雪的印象都淡薄了，常在零星飘落的雪花下痴痴地等候，结果总是等不到真正的雪景。最多也不过那么薄薄的一层，太阳出来了，就那么一会儿，又把它们哄得不见了踪影。

还在秋天，就听说今年是个冷冬，因为预言常常失准，也就不再那么上心。没有想到这回预言成真，大雪抢在新元之前赶来了。好像要弥补多年的亏欠，格外卖力地飘洒，天地被飘洒得一片混沌。

雪花飘洒着，飘洒着，终于累了，休息几天。鸟正常地飞，人正常地走，几乎一切都是雪前的状态，只有空旷的原野上，还有片片残雪在苦苦地坚守。我相信雪在等雪，还会下的；几天前，又是一场大雾，我更相信，一场大雪就要降临。

果然，就在几天前的傍晚，打前站的雪花先给大地铺上一层白色的地毯，是怕人们不方便吧？赶紧停下，等候人们走进家门，坐到餐桌前，走进卧室里，才疯狂地跃进，直把地上万物厚厚地银装素裹起来。

我停止出行，对着皑皑天地，任凭思绪驰骋。奶奶打开门，孙儿盟盟和优优以前所未有的激情，走到院子里，打着雪仗，堆着雪人，是那么尽兴，满脸都是天真的红晕。已经很久，任他们自由自在地发挥，我独自钻进自己的梦里。

雪也会累的，停止了飘洒，但偌大的草地已被深深地掩埋，连一根绿的黄的草丝也露不出来。两棵骄傲的桂子，背着超常的重负，一声不吭地弯着腰，向天地鞠躬致敬。那些没有弯下腰身的黄杨，个个戴上白色的礼帽，像在庆祝隆重的圣诞。

我醒了，看见盟盟和优优还在玩耍。没有想到，还在一年级的盟盟，挥动塑料小铲，一铲一铲地清理石径上的积雪，把石径和草地外的小路贯通起来。石径两边的雪已经很厚，被他一铲一铲地加高，就像矮矮的雪墙，我走在雪墙中间的石径上，感觉方便而满足。

雪花又飘洒起来了，门前的石径再次被慢慢地垫高加厚。奶奶在雪停的时候带着盟盟和优优闲逛去了，现在也许正在回家的路上吧？我穿上厚厚的衣服，走出家门，接着盟盟的工作，认真地清理石径上的雪。心里有些不忍，无奈，就算它们是天上飘下的碎玉，我也还是要忍心、忍心……

执笤清雪径，但待未归人！

天玄地黄间，拳拳日月心。

（2018 年 1 月 27 日）

江南的春雨

江南的春天，和所有地方的春天一样，总是慢慢地温暖；但是也有不循常理的时候，就像少女的情感，跳跃波动。所以对于江南的春天，人们总是一边赞美，一边抱怨。不过嘛，再美好的春天也离不开春雨的打扮。

已经很长时间没有像模像样地下场雨了，连风也变得懒洋洋的，温度升得很快，穿多嫌厚，穿少嫌薄，早晚温差又大，在外行走无所适从，这就是李清照说的“最难将息”吧！特别是那雾霾，无处不在，挥之不去，虽然逆来顺受，心里却总是堵得慌。

正被堵得慌时，一场春雨，悄悄地从天而降，这是昨天夜里的事。雨，时紧时慢，但没有打扰熟睡的人们，反而让人们更加熟睡。连久干的草地也在尽情地享受，感觉是那么惬意。蒙蒙的雨，借着湿润的风，轻轻地唤醒梦乡里的花草树木，大家一起揉着惺忪的眼，婆娑地说着真心的赞美。

风，想让天空更加明净，便在早上运来了更多的雨，一阵一阵地泼洒，一阵一阵的斜风细雨，给人一种舒心的爽。走在雨中，晨风有些刺人，空气却是清新。伞被密密地敲打，发出清脆而又浑浊的乐声，和着春天的心曲，随着空中的雨流，落到地下，写出春天的新诗。

傲慢的雾霾，已经无影无踪，天空挂起婉约的朦胧，浅浅地隐着江南风流的本真。瓦蓝的天空已经情不自禁地向人间炫耀，令人神往，更觉得亲切和美丽。尽管太阳还是躲得很远，但在人们的心里却已经升起。明天，是的，就是明天，明亮的春晖会让春意格外浓密。

早开的樱花，随着春雨零落成泥，剩下的枝干，十分清高，形销骨立。亭亭玉立的玉兰花，春雨中落下几瓣，就像天女下凡；留在树上的花越发娇贵，娇贵得一尘不染。满枝丫的茶花微笑了，准备绽放孕育已久的灿烂。水边的柳，以更加柔软的身段，优雅地舞动春天。金灿灿的迎春花，带着新萌的绿芽，演绎春天的得意。只有地上的草，静静地承受春雨的爱抚打扮，以崭新的碧绿把生命的光泽播撒得更远更远……

春雨啊春雨，江南的春雨，江南的美丽，江南的魅力，都是因你的浇灌，因你的娇宠，因你的洗礼。谢谢你，江南的春雨，永远地爱你！

（2016 年 3 月 8 日）

初春柳韵

柳是弱者，树中的弱者，“弱柳”是她的代名。但是人们看见的只是她的随性不争，并没有发现她还有不屈的韧性。

还在萧瑟的深秋，她就卸下盛装，不声不响地走进寒冬。寒冬漫长，严峻冷峭，她一边默默地和寒冷抗争，一边默默地孕育新的生命。为了新生命不被伤害，她把它裹在尖尖的苞里，藏得很深很深，还紧紧地贴着柔细的枝条，让它们相依为命，不出一声。

天道不可违，冥冥中传来“立春！”的命令。随着上天的意志，季节拉响了春天的旋律，所有的生命开始苏醒，依次走上天地的舞台。柳也来了，站在前头，带着初春的羞涩与稚嫩，在明媚春阳的照耀下，慢慢舒展纤细的身姿，随着微微的风，悠悠地起舞，播撒着春天的精神。

厚厚的包装渐渐卸下，翠绿的画卷慢慢展开，一幅幅新春的靓丽，把初春演绎得魔幻迷离。春阳越来越近，风也越来越暖，柳的舞姿更加欢快，直把初春摇曳得更加恣意和浪漫。

远看，片片新绿，处处斑斓；近看，稀疏点点，几不可见。不由得感叹：初春曼妙，妙不可言。再看，再看，远处的斑斓，近处的稀疏，天天成长，长成一簇一簇、一片一片的春天，就像一起响应初春弱柳的召唤。

（2021 年 2 月 7 日）

初秋的雨

“好雨知时节，当春乃发生。”这是唐朝大诗人杜甫对春雨的赞美。诚然，“春雨贵如油”，春雨是滋润万物生长的命脉。但是，秋天的雨也是很好的，而立秋的雨尤其宝贵。

昨天立秋，标志季节走进了初秋。我正在梦乡里漫游，隐约听到窗外传来“下雨啦”的一声高喊；起身一看，像是飘过了一阵雨，虽然已经无影无踪，也是一个吉兆，说明已经下过了第一场秋雨。

立秋的雨水决定气温。民间有谚说，“秋后十八盆，河里断澡人”。是的，立秋后，还有一段漫长的酷暑期，对于从事农业生产的人们来说是个煎熬。我在乡下劳动时，这个时节，浑身上下通常都是湿漉漉的。现在虽然在都市里生活，凉爽还是内心的祈求。

但是，只要立秋了，就会“一场秋雨一场凉”。立秋后的雨水才是浇灭秋老虎威风的法宝。夜里，也许就是今天凌晨，真的下了一场雨，还是不小的，早上，门前的草地已经湿透，秋老虎也真的躲了起来。

看看被雨污分流工程搞得凌乱不堪的草地，乘着僵硬的泥块被秋雨滋润得酥软的大好时机，我挥着铁锹，一边整理，一边回味五十多年前的田间劳作，深深地眷恋着和伙伴们一起劳苦而快乐的时光。

兴致正酣，雨又来了，凌空而下，噼里啪啦，西边吹来的风不大，还是把密密麻麻的雨线倾斜到 10 度左右。我还想把地整理得更好，脚下的泥巴却越来越厚，越来越重，身上的睡衣也快湿透了。

秋雨把我赶回室内，我站在阳台上，静静地看着窗外的秋雨，不紧不慢、从容不迫的样子，有些令人羡慕。雨点大小相间，错落不齐地洒向地面，发出淅淅沥沥的声响，清脆混合着浑浊，更有一种特别的韧劲，不仅把灰黄的地面洗涤一新，还把高高低低的地面整理一新。

马上就会重新铺上绿草，熬过一个冬天，在明年春风又绿江南岸的时候，将又是一片芳草萋萋的繁荣，披着春天的新衣，泛着新绿的光辉，和我一起厮守新的时光，恭迎一个个黎明，礼送一个个黄昏……

好雨知时节，当“秋”乃发生。初秋的雨，真是好雨，好雨啊！

（2020 年 8 月 8 日）

门前的茶花

门前的这株茶花树从幼儿时代就种下了。搬到郊外了，舍不得她，让她随迁；她也就从城里七楼的平台上走了下来，落在郊区新居一楼门前的草地上。

可能觉得被冷落了——那可是漫长的几天啊，所以寂寞踌躇，一点高兴的样子也没有。但她哪里知道，这是我们对她安居工程的重视。经过一番认真选址，最终决定把她安置在阳台和门前的主卧窗下的草地上，那样，我们就可以时时看护着她，她也能够时时看护着我们。

于是挥汗抡锹，破土挖坑，改良土壤，施足底肥；接着，就像扶持新娘下轿那样，把她从花盆里挪将出来，再把她和我们对她的爱一起植入最好的归宿。微风下，她浑身颤巍巍，那是高兴，也是激动，虽然听不见她的声音，但是能够读懂她的表情。

第二年，忘记了月份，更不记得日子，但是清楚地记得那是个春天，一个非常温暖的春天，差不多就在一个夜晚，她就像爆炸一般地开放了。早起，乍一看，满枝丫的灿烂，姹紫嫣红，不由得心花怒放，连树下的猫咪也"喵喵"地朗诵着春天的诗。

经过几年的花开花落，她已经出落得亭亭玉立，楚楚动人，不再像过去那样稚气娇嫩。就在今年漫天大雪的时候，她也没有一点惧色，反而露出浅浅的笑容。孙儿盟盟用小手指着，口中呢喃："爷，月牙！"经他点拨，我一看，可不是，那一个个的花骨朵就像被染成红色的新月牙儿。

然后，花苞一个一个地开，开成了一朵一朵，好像要用次第的开放为我们计算着春天的节奏。已经3月了，已经7号了，她开得更盛，一树红绿，错落有致，疏密相间，沐浴着和煦的春阳，披挂着崭新的春装，用矜持而明朗的笑，迎着黎明，送着黄昏。

看着眼前一层一层展开的花瓣，盟盟的母亲琴儿由衷地赞叹："今年的茶花真好，水分不重！"琴儿的赞美提醒了我，让我想起往年被雨水浸泡了的茶花，不仅快速地失去本色，也凋零得很快。那种惨淡，曾经让我不禁遗憾、感叹。

树上还有花蕾，圆圆的花蕾，大概本想深藏不露，但是禁不住春风的吹拂，禁不住开放的诱惑，慢慢地、悄悄地解开了乳白色的包衣，一边静静地观赏同伴们开放的美丽，一边静静地等待自己开放的机会。她们知道，春天，谁也不可阻挡；春天，就是开放的机会。

一旁的盟盟，小手轻轻地抚摸着树上还没开放的花蕾，像是呵护自己的伙伴；脸上红光娇嫩，比开放了的花朵还要灿烂；看着他，看着门前的茶花，我的心里一片云蒸霞蔚。

（2013 年 3 月 7 日下午）

格桑花

迈出校园，走在回家的路上，经过中医药大学，忽然一阵奇香袭来，不由得停下匆匆的脚步。寻找，寻找，寻找，透过疏落的绿色篱笆，终于发现里面有一片花海。

惊讶，欣喜，返身回走，想要看个究竟。走近，走近，走近了她们。咦，似曾相识，但不明白是何处飘来的群仙；正想问个究竟，却听一位观花者告诉友人，“这是格桑花”。

啊，格桑花，想起来啦，想起来啦，分别数十年了，不曾想到在此邂逅。来不及询问她们因何下江南，慢慢地俯下身，轻轻地送去一声藏汉混式的敬语问候：“久违了，格桑，格桑哪！”

没有出现期待的热烈。她们的冷艳却让我清醒：知道过去的格桑们，早已经远走高飞了；眼前的格桑们，当然不认识我这个青藏高原的故人。但是她们却勾起我悠悠的回想，回想起那遥远的年代，遥远的远方……

还是 1973 年，我在进藏途中，面对茫然的未来，经过漫长的颠沛，一路的腥膻让我心里五味杂陈。迷顿中，忽然看见辽阔的草原上，开着五颜六色的格桑花，在朝阳的爱抚下，灿烂、靓丽而娇媚，精神为之一振，惊奇地看着她们，犹如醉仙一般，就这样，慢慢地投入拉萨的怀抱。

渐渐地，她们也觉得面前的我有些来历，停下舞动，谛听我的诉说，诉说遥远的青藏高原，还有那些遥远的故事。我的故事渐渐传开，羞怯的问候不断传来。那位修长的玫瑰色的格桑，卸去拘谨，接过我的疑问，向我娓娓地叙说她们的来因。

她们本是青藏高原上的幸福花朵，却想把自己的幸福送到更远的地方，送给更多的人，于是驾起高原的风帆，顺着蜿蜒的流水，随着浩荡的江波，来到水乡江南，来到南京，来到仙林，来到灵山脚下。看，这里的人们多么热情！

“更要谢谢你们，与人分享幸福的格桑们，”我说，“你们让仙林更仙、灵山更灵！”天涯何处无芳草，格桑来了更美好。格桑花，格桑哪，让我们永远共此天涯，共享这里的秋冬春夏！

（2015 年 11 月 6 日晚）

一片银杏叶子

下午，五福巷的路边公园真是幽静，幽静得只有孤零零的我，偶有车辆从路上驶过，但是感觉离得很远很远。捧着一本优美的学术散文静静地阅读，悠闲地等候三点一刻，那是孙儿盟盟放学的时刻。

读完了作者关于司马迁的描写，放松一下，站起身，随意地走走，舒展舒展；偶尔抬头，看看天，但见几棵高大的广玉兰，遮天蔽日，仅有的几缕秋阳，柔和而又强烈地透过稀疏的枝叶间隙，照射在面包砖铺成的地上。

地上有一个点，发出格外强烈的光亮，吸引着我的目光，抬眼看看，原来是那缕秋阳照在一片金黄色的银杏叶上，反射出诱人的璀璨；秋阳好像刻意地给她更多的照耀，让她更加美丽地彰显。

这片金黄色的银杏叶子提醒了我，再次抬起头，当然是想有所发现，也真的发现几棵高挺的银杏，顽强地穿过粗壮的广玉兰，向天而立，傲视着身边的一片葱绿；再从不同的方位，以特有的金黄，共同点缀着这片宁静的街边公园。

灰褐色的地上散落着不同的落叶，稀疏地铺了一层，但是没有任何一片能与同在地上的银杏叶子媲美。她们每一片都有完整的形态，几乎没有残缺，带着长长的柄，散发着金灿灿的光，表现着生命的韧劲、季节的美丽，就好像不是秋天的凋零，而是上天派遣的使者。

的确，如果没有她们的光泽，这里肯定没有这样明丽，甚至这片幽静的公园只会更加幽暗。正是有了她们，才有了秋天，有了诗意，有了想象，也有了激情。想到这里，又一次抬起头来，仰望着银杏树的顶端，刚好又一片金色从天而降，无声无息地落在我的身边。

俯下身，捡起她，慢慢地端详，就像一把金色的扇子；再看看她躺在地上的伙伴，每一片都是一把金色的扇子。是的，她们的确是一把把不折不扣的金色的扇子。我拿在手里，握着那根细长的柄，体会那纤细的韧；试着扇动几下，想象着她们是怎样扇走了夏天，扇走了秋暑，现在又扇动了我的心……

好，时间催促我暂且丢下这里的一片金色，去迎接心里的朝阳。我轻轻地收起刚才落下的那片银杏叶子，就像捡起金色的秋天，夹在正在阅读的《中国文脉》中间。这是郑重的珍藏，特殊的爱怜，让她浸染书中的气息，长长地陪我，一起领略春秋，一起感受天地，一起梦想诗篇，还一起谛听几千年文脉的汩汩流淌。

（2018 年 11 月 2 日五福巷街边公园）

桐庐的云山

下午，我走出被酷暑笼罩的南京，乘上直通黄山北的高铁。酷暑的余威还在心头，车已过了杭州，下起了雨，真是及时。车窗轻度地迷蒙，豆大的雨点砸在上面，被速度拉成一道道粗粗的线条，既像在编辑旅途的风景，又像是谱写欢快的乐章。

我静静地读着《上尉的女儿》，通过普加乔夫和彼得·安德列耶维奇·格里尼奥夫之间的特殊关系，认真地体会着 18 世纪 70 年代的俄罗斯，只有休息时才慢慢地欣赏孙儿盟盟写下的书名——我很喜欢他写的字。经过近两个半小时的行程，车停桐庐，我融入熙熙攘攘的客流。明天我要在这里工作。

已经走出车站，一边慢慢地欣赏去年 12 月才开通的新站景致，一边静静地等候接站的师傅。没有想到我的手机出了故障，彼此相望却不能及时联系。也好，我获得一次机会，让夕阳陪伴我站在雨后凉爽的晚风中，默默地欣赏全国“第一美丽县城”的黄昏天象。

抬头西望，本想看看夕阳，却发现西边有一片不同凡响的云，不，不是“一片”，更不是一片云彩，而是“一座”，一座黑云堆砌的云山。说是云山并非夸张，那么沉凝厚重，那么不可撼动，就像一座名副其实的山：拔地而起，傲然独立，两边没有任何的衬托，下矗大地，上耸高空，虽无崇山峻岭的气势，却也高低起伏，错落有致，峰峦叠嶂。

云，云儿们，平时总是飘在空中，无拘无束，变幻莫测，悠悠地、静静地、飞快地、跳跃地，只要风儿愿意，可以随心所欲地塑造出千奇百怪的形态，可以由着性子指挥；云，云儿们，总会像战士那样听从风的命令。可是眼前的这朵云，不，是这座云山，却是那么与众不同，与背后的稀薄的云彩动静相宜，相互参照，别有意趣：厚重的山体在晚风的吹拂下岿然不动，而头顶上的片片云彩却在舒缓地向前流动。

面对这座云山，夕阳也许觉得它太过凝重，不仅透不过一丝风，也透不过一缕光，导致这座雄浑的巨像过于黯然，于是赶在下山前，忽然放射出异常明亮的光辉，虽然还是穿不透厚厚的山体，天空却已五彩缤纷，为这座云山挂上一幅美丽的背景，连山体的边缘也被修饰得金光闪闪，如梦如幻。真是独一无二的天象！

越看越神往，越想越惊讶，都大半人生了，哪天没有见过云啊，广阔原野上的白云悠悠，无边海洋上的云海苍茫，暴风雨前的乌云滚滚，崇山峻岭中的云山雾罩……可谓形态各异，气象万千，诗意无限，但只有这座山一样的云让我如此流连忘返：它独立，巍峨，隆重，冷峻，深沉，凛然……不禁让我心中感佩：啊，桐庐的云山，我为你倾心，对你钟情，还有，还有一种深深的肃然起敬！

（2019 年 8 月 3 日）

不朽的甜蜜

刚才，我在书房静静地吃了一堆小橘子，真是甜啊，甜得我忽然想起1972 年的甜蜜记忆。这年冬天，因为带兵，我从满目苍黄的北京第一次走进山清水秀的四川，而且第一次在这里看见橘子长在树上的形态，内心兴奋不已。

人一兴奋往往萌生诗意，首先想到的却是张九龄的《感遇》名句：“江南有丹橘，经冬犹绿林。”是啊，此时正值隆冬时节，北方的大地早已生机沉寂，这里却用一簇簇的青翠染绿一座座的山头，一棵棵的绿树挂着耀眼的橘子，此情此景，何止“蜀江水碧蜀山青”啊，就是锦江秀色来天地啊！

睹橘思味。我的家乡虽然不种橘树，但在上学时，中午休息，走进供销社，花上一角两角就能买到几个黄岩蜜橘。虽然橘子已经开始腐烂，但口味改变不大，再说那时也没有太多讲究，吃起来照样满嘴甜蜜。正是这些烂橘子让我对于橘子的美味有了最初的记忆。

1969 年，我已经穿着军装来到北京。但是北京是遥远的北方，不管是与浙江还是四川，相距都是几千里，加上当时的保鲜技术还不普及，南方的橘子哪里经得起长途折腾，即使勉强运到也很难保存，所以哪怕在中国的首善之区，也是很难吃到像橘子这样的果中珍品。

但是瓜果却是我的最爱，现在来到四川，来到宜宾，来到长宁，看到有的地方橘树满坡，星罗棋布，经过的沿途村落，家家户户的前场后园也是挂着橙黄的橘子，越是张望，越是遐想，也越是馋涎欲滴。

首先给我们解馋的是三元公社的妇联主任，在从长宁县城带着我们一位排长两位班长进入三元公社的路上，途中休息，就像看透了我们的心思一样，自己花钱从群众家里买了一些橘子，使我们既解饥渴又解馋。虽然我已记不住她的姓名，却牢牢地记住我们一行坐在路边高处吃橘聊天的情形。

三元公社属于花滩区，我和谈班长经常一起步行前往区机关报送材料，途中当然要恪守不拿群众一针一线的军纪，但是口袋里装着津贴，也就有了解馋的底气，于是不断地花个几角，买上一些橘子。大约二十里路的花滩区委，我们就这样说说笑笑甜甜蜜蜜地到达。

时光远去，记忆斑驳，但是我却忘不了我们沿着碧绿的小河，穿过长长的石桥，爬过一个又一个山坡，走过一条又一条山路的情景，就像昨天一样。哪怕现在，想起途中吃过的那些人间美味，眼里似乎还有兴奋的光芒，浓浓的甜蜜还在心里流淌。说来啊，真有不朽的甜蜜，因为被永远地心藏！

（2021 年 1 月 30 日）

回忆苹果

在我的生活中，苹果既是平常食物，也是特殊的保健品，几乎每天都吃，少则一个两个，多则几个。今天早起，我又选了一个大苹果，削了皮后，慢条斯理地啃着。啃着啃着，竟然啃出一堆“划时代”的回忆。

我的家乡没有苹果，第一次看见苹果是在小学二年级时。坐在前排的女同学有个叔叔，从合肥给她带回了苹果，她又把苹果带进了教室，但是并不吃，而是放在课桌的右角，就像一个座右铭，和她一起默默地炫耀。从此，那个苹果就成为我对苹果的第一记忆。

后来好像再也没有看见过苹果，直到十九岁前还不知道苹果的味道。但在十九岁那年，我已经成为军人，部队就在北京昌平县（现为昌平区）的西峰山里。除了冬天，山里的每个季节都很美好，夏天的山上有沙果，到了秋天，枣子、柿子、苹果，挂满枝头，抬头可见，从此也就能够不断尝到苹果的滋味了。

1973 年我退伍进藏工作。西藏属于高原地带，别说水果，就连蔬菜都是稀缺物品，但是拉萨却出产一种改良型的“国光”苹果，果皮很厚，红得发紫，果肉绵甜，还有特别的香味，只要在房间里放上几个，满屋都会弥漫着淡淡的果香。

这样的红苹果，因为是高原特产，也就成为西藏的一种骄傲。那种溢于言表的骄傲，不仅在人们的言谈中常常流露，还被人们写进数不清的文学作品里。直到现在，我还记得一本挂历，图文并茂，相得益彰，背景是一片苹果园，当然有一棵被特写的苹果树：树上硕果累累，红光闪耀，就连自然的斑点都清晰可见，下面却印着一首白话诗——

瞧，咱高原上的苹果，
个儿多么大，
色彩多么艳。
闻，像花一样的香，
尝，像蜜一样的甜。
止不住的喜啊，
按不住的笑，
心窝里飞出歌一串：
党的光辉照西藏，
万里高原艳阳天！

如此遥想，感想甚多，越想越多：当年能吃个苹果并不容易，现在吃个苹果却很随意，因此我每年冬天都要买上几袋放在家里，加上其他种类的水果，看起来五颜六色，吃起来有滋有味。尽管如此，苹果还是吃得最多，只是今天吃出了一串琐碎的回忆。

（2021 年 1 月 15 日）

永远的故乡

一连两个下午都有外地教学任务，昨天晚上也就不回南京了。住在宾馆里，一边看书，一边改稿，一边看新闻，还是按捺不住寂寞。拿起电话给远在故乡的表弟送去一声问候，顺便了解外家村里的人事——别看我和他们已经离别久远，他们却一直在我心里。

村里其他老一辈都已不在人间，就剩一位舅母，也快 90 岁了吧。春天看她，她没说几句话，却握着我的手反复地吻，最充分地表达她的慈爱。再往下数，还有两三位 70 岁出头的，其他也都在跑步奔着古稀。这让我感到每一刻都有危机，这种危机感越强，越发感到故乡正在渐行渐远。

最小的表弟善松也 40 岁出头了，一边打工一边种地。说到种地，现在已经不是过去那种面朝黄土背朝天的劳作方式，而是全程机械化操作。正因如此，善松一个人就种了 30 多亩，一年能有 10 万左右的收入。这样的日子是多少代人想也不敢想，想也想不到的啊！这个“想不到”当然包括劳动方式的进步。

因为这样的劳动方式，一下子就把先辈们那种手工劳作的时代甩进传统，彻底变成了过去，变成了历史，使得不久之前的常识也变得越来越晦涩难懂，以至在我们这一代谢世之后，后来的人们再读传统农耕题材作品时，肯定需要多加一些注释。

来不及过多遐想，也不敢再往多处去想。屈指一算，工业革命的波澜历经数百年之久，跨过千山万水万水千山，终于在我的故乡彻底改变了人们的命运，也使传统的故乡更加遥远。现在呢？据说人类已经跨过电子时代进入量子时代。我不知道它究竟会怎样再一次改变人类的命运，但我知道，它肯定会改变人类的命运。历史的经验证明，一个不经意的科学技术的出现，往往会给人类社会带来意想不到的变革。

万事万物多为相对存在，只有变化才是绝对的状态。在绝对变化的时空中，我的故乡到底在哪里？“何处是归程，长亭更短亭”，是诗，更是我对灵魂归宿的搜索。“不要问我从哪里来，我的故乡在远方。”前面的远方越来越近，但是永无尽头；身后的远方则越来越远，远到只有斑驳的记忆。

故乡，遥远的故乡！我终将走向遥远，我们终将走向遥远，但是不管我走得多么遥远，也不管我们走得多么遥远，故乡都是我和我们心中的永远！

（2017 年 11 月 22 日饭前）

听纺织娘唱

还有两个小时就要外出。抽个空，躺到床上静养一会儿精神，却听到一声长长而熟悉的声响；马上爬起来，仔细地找，想起来了，应是优优的表姐昨天送给他的那只纺织娘在叫。

循声走近餐桌，看到那只来自夫子庙的红色尖顶、上下六角对称的笼子，红色的底上放了几颗青豆，显然是给它准备的食物。看不到它用餐，却见它高高地攀在栅栏上，不停地挪动身子，时上时下，时左时右，显然是在寻找更大的自由空间。我有些可怜它，但是没有得到优优的允许我无权放飞，只是更近地观察。也许受到外面知了叫声的启发，它也叫了起来，这是它来到我们家里发出的第二声叫，叫得很长。可惜优优跟奶奶一起送盟盟上课去了，要不然，优优，当然还有盟盟，一定会高兴地跟着它一起叫起来。

从来没有细细地听过它的叫声——也许是已经忘记了它的叫声，现在距离这么近，感觉它的叫声特别好听，不仅有长有短，还有不长不短的。刚才听到的第一声叫就是长调，起码叫了 10 秒，还叫得清脆婉转；我提着它走进书房，放在写字台上，是想更仔细地观察它，更近地细听它的叫声。奇怪，现在它却发出新的短促的叫声，短促得只有 1 秒，也许是和我交流，也许就是给我的问候。我忖度着它怎么就不停呢？嗯，说不定它在等候我的回应。哎，是等不及了还是想感动我？它又变着调子唱出了更长的歌，在长长的歌声中还夹着节拍，细听着还有些轻微的抑扬顿挫，好像还有辅音的伴奏。

长长短短的和声激发我的回想，想起儿时的乡村夜晚，父亲牵着我的小手走进村外的田野里，借着星光的照耀，循着声音的方向，从青稞上为我捕捉纺织娘，也是装在笼子里，也曾唱得美妙而嘹亮。现在，它的叫声更加激发我的思绪，随手赶写一篇关于它的文章，记下我与它独有的相处时光。我没有办法搭理它，它却好像理解了我，又不停地唱，而且声调逐渐加长，像是在为我加油。最为精彩的一幕竟然这样演出：它和外面树上的知了共同放声，一起引吭高歌，而且同起同收，婉约、清脆、流畅，形成了十分罕见的大合唱。

它停下来了，是想歇歇呢，还是想看看我写到哪里了？我还在写，也就写到这里，它又发出两声“织”——的响亮叫声，这又是什么意思呢？真叫我费解。嗯，说不定是对我的夸奖。我正在心里小小地得意，它又叫了，虽然还是不懂它到底在叫些什么，却知道它在快乐地歌唱。它这快乐的歌声继续激发着我。就在我写下我们共同缔造的故事的时候，它还是不停地变着调地歌唱。歌声总会让人快乐，只是它唱出的歌儿让我更加快乐；当然，我的心性更加宁静，思绪也更加飞扬。

（2019 年 7 月 10 日）

天牛

儿时生活在乡村，充满天趣，花鸟虫鱼家禽家畜，凡能接近的从来不会远离，只要好玩的更不会放弃。天牛就是我们一个很好的玩伴。

在故乡，天牛被叫作“江牯牛”，为什么被叫这个名字，没人告诉过我，大概是因为它们总喜欢在水边生活——其实它们无处不在，但又的确多在水边活动，而且特别喜欢在水边的柳树上活动。

第一只天牛是父亲逮给我的，尽管他已经为我做了示范——可以用手抓着，可是幼年的我刚一接触，心里还是麻酥酥的，它的力道很大，更加让我胆怯。后来接触多了，害怕的心理才渐渐消失，也就越来越喜欢它们。

天牛的样子很好看，身上穿着坚硬的黑色铠甲，上面分布着大致均匀的白色斑点，有些像天上的星星，由于对比分明，趴在翠绿的柳枝上就格外显眼。头上的两根触须，根粗梢细，呈抛物线状，摆动的姿势特别优美。爬行时六根爪子迈着小碎步，不管多么急促，移动的身体看上去总是从容不迫。只有遇到特别的惊吓，才从这棵树上飞到另一棵树上。

有人说它对树的伤害很大，平心而论，我们从来没见过它们有什么恶行。相反，我们发现了它们也就发现了快乐。特别是在夏天的午饭后上学前，伙伴们总要窜进村边的池塘扑腾一阵。泡在柳树下面的水里，顺着柳树根须捕捉米虾，已经十分快乐；上岸后，总会顺势从依水而立的柳树上逮几只天牛，玩着玩着也就到了学校，再把它们送给自己的朋友，教室里、操场上也就有了更多的快乐。

进入青年不久，离开家乡，走进新的环境，开始过着远离自然的都市生活，天牛也就渐渐地淡出生活、淡出视线，心里也不那么在意它们了。刚才，太阳快要落山，我给门前的蔬菜浇水，忽然看见一只天牛，静静地趴在豇豆的藤叶间，还是穿着那件铠甲，还是那么黑白分明，头上两根触须舞动的姿势还是那么优美……尘封已久的记忆豁然激活——原来过去的天牛还是那么清晰可忆。心里，也就多了一些欢喜。

（2020 年 5 月 23 日）

樱桃勾起的乡愁

儿子带回来一袋樱桃，尝了尝，很不错。他解释说樱桃是 VC 之王，就是说它是富含维生素 C 的水果。此话勾起了我的历史记忆。遥想青少年时代，时常听见乡人感叹：“樱桃好吃树难栽，粑粑好吃磨难捱。”樱桃这种娇贵的水果，在当时的乡下并不多见，但是粑粑却是家家户户都会吃到的。

粑粑就是米饼或面饼一类的食物，虽然来自自然，却需要付出繁重的劳动才能吃到。“锄禾日当午，汗滴禾下土。谁知盘中餐，粒粒皆辛苦”，唐朝的李绅已经为我们道出了吃到“粑粑”是何等不易，说得文一点就是稼穑艰难啊！

不说其他谷物做成的粑粑，但说把麦粒加工成面粑粑，往往就要挥汗如雨。上午干活，中午收工，回到家里必须解决肚饿问题。一看面篓空空如也，不免愁上心来，怎么办？没有多项选择，只有一种选择：拉开石磨，磨麦筛面。

磨麦不像碾麦，一人就能操作，这个工作至少需要三人配合才能完成。两个男人抓住房梁上悬挂下来的磨把横木，一推一拉，输送生物动能；一个女人左手扶把，右手填料，一圈一把地往磨眼里填麦子，不紧不慢地转，这就叫“磨”。

麦子磨碎了，粗细不一，挪到面箩筛里，筛下来的就是头道面，留在里面的继续加工，再筛下来的就是二道面。磨面的时候，夏天人人大汗淋漓，冬天个个脱棉穿单，常常累得龇牙咧嘴。所以说“粑粑好吃磨难推”。没有过这种经历的人，很难理解其中的辛苦。

也别以为辛苦就没有快乐了。游戏总是生活的调料，也是取乐的方式，不管何时何地都会发生。就是这样辛苦的劳动，也有游戏穿插其间。因为填料的总是女人，拉磨的却是男人，如遇关系平等的男女合作，男人的进攻性就会以游戏的方式淋漓尽致地表现出来。

每到磨面劳作的最后关头，拉磨把的两个男人相互对视一下，马上形成默契，于是一起发力，直把磨子拉得飞转，填料的女人动作稍有怠慢，就会发生磨子空转。这是两个男人最为得意的时候，也是一起辛苦的人们最感快乐的时候。

劳动人民真的很聪明。在我的家乡，有一个俚语叫作“磨经”，就是有一搭没一搭聊天的意思，现在想来，应该就是根据这个磨面的动作创造出来的词汇。还有一个谜语更是形象：“千条沟，万条沟，天上下雨地下收”，想想当年，随着磨子飞转，从密密的磨沟中挤压出来的面粉，也就像是飞流直下的微型瀑布。

即便今天，想到那个情景，总有一丝戚戚然的乡愁与淡淡的眷恋。乡愁的本质就是乡思，它是深藏游子心底里的浓烈与醇美，不管走到哪里，无论美好地生活，还是苟且地活着，都是一缕挥之不去的情怀。就像现在，我看着盘中的樱桃，品着其中的味道，却情不自禁地勾起对于艰辛岁月的回忆。只是品尝过去的那份艰辛，获得的不是沮丧，而是觉得口中的樱桃分外甜蜜。

（2016年5月1日）

心里的那株西红柿

我种了二十多株西红柿，天天忙它，天天想它，渐渐地，潜藏在心中的第一株西红柿——长在母校菜园的那株西红柿，也就越来越清晰旺盛。

我的母校大李小学，是我们县北三区的名校，校园优美，设施齐全，南北两头都有菜地。特别是北边那块菜地，大约两亩，常年有菜。但是所有菜的种类我都记不清了，却牢牢地记住了那棵鲜艳的西红柿。

那是1958年的暑假之前吧，我和一位同学经过菜地，我被一株挂满果实的植物吸引：株高快到我的肚子，开了很多枝，每一根枝上都挂着红彤彤的果，有的已经落在地上，都快烂了，似乎无人理睬。

整个菜地也就那么一株，但我从来没有见过这种植物。同行的同学见我好奇，就对我说这叫西红柿，听说能吃。但是我们从来没有看过有人吃它，只是听说一位来自合肥城里的老师用它做汤，而且和鸡蛋一起做。

这些传说固然让我感到新奇，但并没有产生尝尝的欲望，特别是听说它的味道很酸，就更加没有猎奇的兴趣。应该说许多人都没有这种欲望，否则敞开的菜地是无法保护它们一直平安地挂在株上，躺在地下的。

虽然那株西红柿很早就来到我的家乡，印在我的心里，但是至少在20世纪70年代之前都没有能够普遍种植，更没有正正经经地摆到人们的餐桌上。我是1969年才在北京第一次吃到西红柿，开始并不习惯，慢慢地才喜欢上的。

进入大学，我才在教材上知道，原来西红柿是从南美洲传入中国的。因此常想，那么遥远的距离，是什么力量驱动着它漂洋过海，不远万里来到中国。想来想去，除了自然的安排之外，只能是人性的力量。

正是人性的力量，才使一切有益于人的东西被传播；一旦被传播，就会越传越远。也正是这种基于人性的传播力量，人的半径逐渐拓展，使东西南北经纬交织的密度越来越高，地球也因此而变得越来越小。

（2020年5月17日）

故乡的绿豆

奶奶带着盟盟和优优学习画画去了，我这个爷爷被奶奶关心，放在家休养生息。写了一篇文章之后，看看表，已经中午了，得吃饭，吃什么呢？吃什么呢？喔，想起了，那袋来自故乡的绿豆就放在那里。

说来它还是10月份我去吊唁三舅母时，善松表弟和华蓉表弟媳送我的。基于对农村乡亲的一份不忍之心，我向来不轻易拿他们东西，但是架不住他们的诚恳："新收的，没用化肥，一煮就烂，试试你就知道了。"话都说到这个份上了，我实在却不过，也就收下了。

带回家里，已经煮过两次，的确如他们说的那样，感觉真好。但是两次都是以喝为主，熬出来的其实是纯粹的绿豆汤，就着包子，既吃又喝；今天我特地煮得稠一些，水开了，我怕潽，拿一本《文化苦旅》，一边看着锅，一边重读《黄州突围》，等于把苏东坡在心里又煮了一遍。

也就是读一篇文章的时间，还没有来得及多想苏东坡的乌台诗案，开锅一看，哇，真是烂熟化透了，一点都没潽出来，但已经开始潽了，只是在锅盖上沾有一层稀稀的豆渣，潽得很有分寸，没有突破界限。应该说，这是余秋雨、苏东坡和我三个人一起努力的结果。这锅绿豆一定好吃，我深信不疑。

盛上一碗，加点冰糖——我喜欢吃糖，尤其喜欢加点冰糖，一边吃，一边继续重读别的篇章。半干不稀的绿豆，饭不是饭，汤不是汤，却是我的午餐。当然已经吃过几个苹果，估摸着营养还是均衡的，所以也就这么将就了。

天下的食物品种不同，吃到嘴里的味道也就不同；就是同一种食品，味道也会有所不同。现在，我吃到嘴里的绿豆，就有粗粗的、绵绵的感觉，加糖了，自然还有甜丝丝的味道；偶尔捡到没有融化的冰糖渣，就像儿时得到一个水果糖那么开心，留在嘴里，轻轻一嚼，酥脆的甜蜜，甜蜜的酥脆。

是啊，表弟和表弟媳都是好人，真的是很好很好的人！他们是我心里的乡情人格，亲情人格。正是有了他们，才让我更加感觉亲情真好，故乡真好，故乡的物产真好！哪怕一缕青翠，一阵清风，一个佝偻的身影，一句特有的土语，都是我心里不泯的相思。

故乡的物产虽不丰富，品质却是很好的，就像他们给我的绿豆，何止一个"好"字了得。少年时代，上学途中，饿了，下到地里，摘一串将要爆裂的绿豆，去壳留粒，送到嘴里，嘎嘣嘎嘣地响，一点也不香甜，反有一股腥味，但就是它们，对我的滋补至今还渗透在我每一个细胞里。那是上天的馈赠，故乡的恩赐。

几十年了，我们已经进入工业化时代，早期的市场经济不仅成为我们的经济形态，而且成为我们的生活状态。尽管这样，故乡的绿豆还是被我经常想起，吃到；看上去它们还是那个样子，甚至颗粒更大，绿色更亮，但是熬的时间也更长，吃到嘴里的味道就像存放在记忆里的悠远岁月那样淡了。

现在，我又吃到了故乡的绿豆，虽是最新的收成，却是过去的形态——圆圆的、小小的颗粒，米粒一般的眼睛也是细细地眯着，好像还在沉睡；但是吃到嘴里的味道却是久别了的味道，让我不由得重温远离了的故乡，依稀回到儿时，甚至那些艰难困苦都融入了现在口中的甜蜜，让我认真地品尝，久久地怀想……

（2018 年 12 月 2 日）

裕溪口的灯光

又来芜湖，住下了，住在和众观景酒店。凭窗远眺，皖江景色尽收眼底。很久前就有再到江边走走的愿望，但又总因时间不足，每次都是匆匆地来，又匆匆地去。今天在此住夜，现在，晚餐已过，放下琐事，放任自己，独自来到江边走走。

江边，夜空蒙蒙，江风宜人，波浪敲击江堤发出的声音惊醒了我的记忆，思绪不由得走进历史，虽然远去，依稀犹在。只是眼前的江面上已经没有木制的小船，从那闪烁的灯光判断，行驶的、停泊的都是钢铁巨轮。面对巨轮，我想到了它们的前辈，那些消逝在岁月长河里的舢板一类的小木船。

还是 1967 年的冬天，我从对岸的裕溪口坐轮渡过江，再转火车到南京探望伯父，到了第二年春天返回故乡。已经记不清什么原因，在芜湖等待过江，但是没有轮渡，很久很久，天都黑透了，连江水也被染得黑黝黝的，我们少说也有头十号人吧，才踩着窄窄的木板钻进低矮的船舱。

船家不让说话，所有的人都不说话，也生怕说错了话，心里充满惶恐。在那漆黑的夜里，冰冷的江水不要试，看着都能感觉冷到心里，再用意念去想，竟会毛骨悚然。江浪敲着船舷，和着船桨划出的水声，更使满心的惶恐转成沉重的压抑，恨不得快快靠岸，但从哗啦哗啦的水声判断，船家划桨的动作不紧不慢，舱里看不见前面究竟还有多远，只能在黑暗中期盼、期盼。

终于靠岸了，那是裕溪口的江岸码头，有了灯光，尽管昏黄，但那毕竟是电灯的光，文明的光，梦里的光，钻出黑暗后看见的第一片光。虽然很快就又走出它的照耀，重新走进黑暗的夜幕，踏着漫漫的大路小道，又一次投身到那处古老的家园，但是裕溪口的那片灯光却从此成为我心中不灭的明亮。

岁月就如流水一般，一别数十年，我重新站在当年的江边，生怕出错，特别郑重地打听裕溪口的方向。顺着指点，看着远处的灯光，可谓灿烂，灿烂得早已看不见当年的那片昏黄。可是那片昏黄却至今还在我的心头，那是历史的记忆，永恒的刻度，也是梦想的起点。为了走进那片昏黄的灯光，我曾摸黑渡江；为了拥有那样昏黄的灯光，我才不断地规划谱写着大大小小小的梦想。

（2016 年 10 月 18 日晚临江速记）

搓衣板

奶奶带着盟盟和优优进城去了，我一个人在家，既不想读书，也不想作文，那就洗个澡吧，清洁卫生和体力运动兼而得之，是很划得来的消费方式。

换下一些衣物，需要洗涤。平时，这些都是太太的业务范围，我插不上手，也没有时间插手；现在她不在家，更让我感到世上只有太太好，也就想到为她减轻一点负担，于是自己动手。

按说，换下来的衣物往洗衣机里一扔也就完事了，但我长期不修此道，对于家里的全自动、双缸、单缸洗衣机一个都不会操作，怎么办？拿起搓衣板，重操旧业吧。

我一边搓洗，一边驰骋回忆。说来还是 17 岁那年，我到南京的伯父家里过年，第一次看到家家户户都用搓衣板洗衣服，不免将信将疑：这能洗净衣服吗？这种奇怪感源自城里的洗衣方式和我们乡下洗衣方式的差异。

那年头，我们乡下洗衣方式就是搓揉捶三结合，从来不用搓衣板，也不知搓衣板为何物。城市是那么遥远，实在也没有几人见过还有另外的洗涤方式；即使见过的也是男人们，而这恰恰又不是他们关心的东西。

现在想起那种古老的洗衣方式，心里还是泛着美好的童趣。儿时，母亲在洗涤大衣物时，既用双手揉，也用槌棒捶。当时不懂声波知识，明明看见远处的槌棒落了下去，却要过一两秒钟的样子才能听到传来的声响，好生奇怪啊！

再回到 17 岁那年吧。我在伯母的指导下，很快适应这种文明的洗衣方式。年后我就回到乡下，也把这种文明带了回去。但我是一个没有社会地位的孤儿，所以人们对我带回来的文明很不以为然，甚至嘲笑，直到我远离故乡多年以后，她们有人才开始使用搓衣板。

后来，我进入城市，用搓衣板洗衣服是再正常不过的事情了；直到 20 世纪 80 年代，洗衣机普及后，搓衣板才纷纷下岗，但是并没有完全走出我的生活。我就经常用它搓洗袜子、毛巾，效率高，节约用水，当然还减少污染。

今天，我又用上了搓衣板，但是觉得人已经变得娇气了：就那么一套羊毛保暖内衣裤、一条棉质裤衩而已，根本不用像当年那样提桶担水，竟然已经把我双臂累得酸麻酸麻的。

再看看家里的两块洗衣板，板齿已经被磨得圆滑滑的，心里嘀咕：在它们完全不能使用后，我该去向何处更新？还有更新的所在吗？还有更新的必要吗？实在没有把握；但有一点确信无疑，搓衣板，终将完全淡出人们的生活。

尽管如此，我还是非常珍视它，别看它只是一件微不足道的物品，却是我的人生走向文明的一个界碑，一个见证；再想想，它又何尝不是故乡的集体人生走向文明的一个界碑，一个见证呢！现在，就是现在，我虽然还像过去一样使用它，但在心里，已经越来越多地生出怀旧的满足和沧桑的幽思。

（2018 年 11 月 25 日）

告别“洋”字

最近讲授国史，几次讲到我少年时代的国家工业状况，不谈数据，只说生活经验，因为我关于国家发展的许多观点都是从个人生活经验中提炼出来的。

说来还是 1961 年，我来姑母家生活。一天放学回家，门口的人不算多，但在开会。生产队长讲话，要求今后大家对许多生活用品的叫法改口，比如，“洋油”要叫煤油，“洋火”要叫火柴，“洋钉”要叫铁钉，连我根本就没见过的水泥也不叫“洋灰”了。我没有兴奋感，因为当时还不懂改变这些名称的意义。但是此前凡是生活中的工业用品，的确都在名称前面冠上一个“洋”字，那可是铭心刻骨的记忆。

上天是慈悲的，为让人们早早休息，总是请太阳到时下班。但是人们为了生计，却不得不继续忙碌，于是就有照明的需要。已在城里彻夜通明的电灯，对于乡下的人们来说，只是传说与想象；连蜡烛也只有年节或者祭奠亡者时才用，平时老辈常用菜油点灯。20 世纪 50、60 年代，农村的人家已经多用煤油灯了，我晚上的作业就是在煤油灯下完成的，鼻孔里的黑灰是偷看小说的印记。家里所有的生活琐事也都是在它的照耀下完成的，只有煤油不够才用菜油凑合一下。这种窘况直到 20 世纪 70 年代初期才真正结束，因为电灯也照亮了乡村中的家家户户。

山顶洞人已经学会用火，却没有发明人工取火技术，而人工取火技术却是人类一切发明中最伟大的发明。燧人氏因为钻木取火，位列“三皇”之首，号曰“燧皇”。但是只有“洋火”才是工业产品，才真正把人类引入近代文明。我从记事开始家里就用火柴，但是老辈们讨古时，还是时常提起过去用火石打火的情形。现在虽然有了火柴，人们的用度却十分节俭，祖父抽烟通常舍不得用火柴划燃，而是对着灯火或者锅灶里的草料火点着自己的烟丝。还有特别的情形，邻家断火，做饭时就拿一把绕紧的草料来到我家，点着后再举着火把回去点燃自家的灶火。20世纪60年代初期，火柴越来越普遍，甚至还有了打火机，但很金贵。

铁的发现和铁器的使用，促进人类走进封建时代。但是直到 20 世纪 50 年代，铁器在人们的生产生活中并没有得到充分使用。因为我的伯父一家在南京，我家与城市的联系在村子里算是最密切的，所以洋钉在我家里不算稀罕物。但是祖父的工具箱里也就是那么几颗，不仅满身铁锈，而且大多低头哈腰。父亲要在墙上挂个什么物件，还是得把削尖的木桩楔进土墙的缝里。如果偶尔找到一根钉子，往往还没钉进墙里，已经折节屈尊。现在想起父亲当时的一脸惆怅，猜想他一定想找到一根更硬一点的钉子。

但是自从“洋钉”被叫作铁钉之后，铁钉也就逐渐走进千家万户，而且越来尖锐，越来越坚强，以至我们的筋骨里也有了更多的钢铁元素。

半坡村的茅屋，标志我们的祖先已经走出山洞，文明的光亮也因此照耀到更加辽远的地方。但是杜甫站在狂暴的秋风秋雨中，面对自己残破的茅屋，发出“安得广厦千万间，大庇天下寒士俱欢颜，风雨不动安如山”的呼号，千年回响，回响千年。直到20世纪60年代，我每每念起辛弃疾的“茅檐低小”，还要看看眼前的茅屋，在瑟瑟的风暴中仍然提心吊胆；20世纪70年代，砖墙瓦顶的村居开始闪耀新生活的光芒；20世纪80年代，水泥钢筋建成的楼房也在广阔的田野上雨后春笋般拔地而起；而今，更多的人已经走进“水泥森林”的都市。无论城乡，再也不惧狂风暴雨；无论童叟，都能安享风雨不动的太平生活。

这样的生活实例不胜枚举，但是这些就是我们的曾经，就是我们的历史。也正是这些点点滴滴，真实地刻录着国家的历史真相，同时也证明国家是怎样从一丝一缕、一点一滴开始，慢慢地积累起工业化的家当。不管时代怎么进步、飞跃，想起过去，心里总是浮现先辈们踩着布满荆棘的荒原古道，泼洒着血泪与汗水，筚路蓝缕，开辟着通向今天的辉煌。

那些佝偻的负重身躯就像成群的纤夫，发出的喘息就像沉重而豪迈的川江号子，不仅是对现实的叹息，更是对未来的呼唤。

（2019年10月14日）

补锅匠

昨晚睡觉前，孙儿优优说饿了，我念了一堆点心的名字，一个也没有被他选中，却对我说想吃蛋炒饭。有了命令马上执行，我走进厨房，大约十分钟完成任务，但是懒得洗锅。早起，太太抱怨说这样会让铁锅生锈的。其实，现在铁锅的铁密度大，加上油水大，一般不会生锈；不过这话却让我想起曾经的铁锅生锈，还有给铁锅打补丁的补锅匠。

还是20世纪的50、60年代，乡下做饭炒菜用的都是铁锅。衡量铁锅大小的单位叫“张”，张数越大，直径越大，铁锅也就越大。大锅做饭，小锅炒菜。锅都是铸铁造的。常识说，粗钢叫铁，细铁叫钢，一般人不懂两者的区分标准。铁有熟铁和生铁之分，当年国家钢铁事业不发达，进入百姓生活的只有铸铁锅，就是用生铁铸造的。生铁更容易生锈，洗过不擦干很快就会锈迹斑斑。

即使不常生锈，为了提高热能也会铲锅底，就是把锅底的灰和铁锈铲掉。铲到一定时候锅底就会漏水。漏水怎么办？那时经济薄弱，人们不是扔掉锅重买，而是修补，于是产生一种职业人，叫作“补锅匠”。看过现代京剧《智取威虎山》的，大概还记得其中一个反角栾平，外号就叫“小炉匠”。这样的小炉匠很像补锅匠，说不定两者就是一回事，我的老家就把补锅匠叫“炉匠”。

补锅匠总是戴着一个帽子，不同的是热天戴草帽，春秋天戴单帽，冬天戴的却是耳捂帽——可以翻卷但是露出两只眼睛的黑色针织品。身上的衣服当然因人而异，一条黑不溜秋的围裙却是不可缺少的装备，挂在脖子上，系在腰中间。重点则是一副挑子，扁担横在肩上，一头是冶铁的炉子，另一头则装着基本工具和破铜烂铁。手里还有一个用线绳编串连接起来的铁或铜做成的响器，发出的响声也是长长的一串，让人们一听就知道来的是哪路神仙。

补锅没有更复杂的工艺，就是在破洞处用两块熟铁皮加一个或者几个熟铁铆钉，里外衬托合缝就成。小洞一个铁补丁，大些的洞一般是两到三个，四到五个的也有，但那很少。铁补丁为什么是熟铁皮而不是生铁皮呢？因为生铁缺少韧性，制成铁锅这样的器物都是一次铸造成型，而熟铁有韧性，只有熟铁能够被敲敲打打找平。手工敲打不可能严丝合缝，最后抹上一点黏性很高的黄色的黏泥巴。到此，铁锅就算补好了。

“补锅匠”，对于现在的中青年人来说肯定是个陌生甚至莫名其妙的概念，即使对于老年人来说，也是远去了的职业人形象，其所代表的职业与时代都已远去了。生活不只一种味道，总是五味杂陈。任何时代的生活都不容易，但是再艰辛的生活，只要通过文字表现，多少总会带有一点诗意，可是切身的感受总要比文字的感觉苦涩。所以，我从不忘记补锅匠所代表的过去，因此也更加珍惜电磁炉、电饭煲等所代表的当下。

（2020 年 1 月 19 日早）

和自己躲猫猫

顺着巢湖边上的景观大道，迎着夏日清爽的湖风，看着空阔渺茫的湖水，进入皖省的组干学院。还没吃饭，先进 521 房间。看看内部环境，不错，尤其吸引我的是墙角有个旮旯，一人进出绰绰有余。真好，它激发了我的童心，忽然想起躲猫猫。

想躲就躲。于是目测一下距离，一个人走了进去。好像怕墙壁不牢——当然是多余的担心，还是下意识地用手敲敲，再小心谨慎地把自己贴墙藏好。然后伸出头来看看，缩了回去；又像贼一样伸出头来看看，寻找，寻找，寻找那个正在寻找我的人。

自作多情——当然是自作多情了，根本没有这个人，但在意念中很是渴望能有这样的一个人，那是我所希望出现的人，也许是我童年的伙伴，少年的朋友，也许是，也许是……其实，既然想念他们，他们也就不期而遇，先后站到面前，我的心里十分甜蜜。

走出那个"迷宫"，远眺湖面，虽然雾霾蒙蒙，我还是看见天上的变化万端。这些变幻，曾经是我童年和少年心中的仙境：躺在草地上，静心地欣赏瓦蓝的天空，随着飞驰的云团，浮想联翩：一次次地幻想能在云彩里面躲着猫猫，再突然像孙悟空那样翻着跟头，天马行空，让人间羡慕。

美妙的幻想还在愉悦现在的心。现在的我早已不是那个时候的我了，但是心还是那颗心，竟然还能随手把拿云的心放进眼前的 521 房间，再用躲猫猫的心态愉悦一把自己。明明知道童年、少年已经随着天上的云彩远远地飘走了，可是心里还是幻想着、幻想着，幻想没有年轮。

（2016 年 6 月 15 日）

再见太湖

今天，我在无锡有一个讲座，课堂就在太湖边上。车子沿湖疾驰，看见她已经告别不堪的过去，碧水再现，心里特别高兴，也就更觉亲切。

还是 1974 年的夏天，我去上海时第一次跟随便车经过无锡，太湖的清秀玲珑烟波浩渺，一下子就抓住了我的心，我不由自主地被她诱惑、感动。那时，南京已经深深地吸引了我，现在，她又极大地激发我对江南的热爱，对我后来的人生安排进一步产生了重要影响。

从此，每每听到《太湖美》这首歌，那句“太湖美呀太湖美，美就美在太湖水”，总会情不自禁地让我想起初见太湖的那个上午，湖边的那棵红枫，还有水天一色的万种风情，心魂也总是随着湖上的涟漪微微荡漾。后来读到清人陈忱《水浒后传》一书，也特别留心，以至书中“天连野水水连天，环列三州注百川。日月浴生银浪里，蛟龙斗出翠峰边。帆归远浦飞烟雨，枫落高秋满钓船。羡杀功成辞上赏，风流千古载蝉娟”一诗，到现在还在我的记忆里。

20 世纪 80 年代后，经济大潮兴起，人们的物质世界和精神世界都发生了根本性的变化，太湖也不例外。只是她的变化特殊，不是锦上添花，而是锦上蒙污，最终导致蓝藻暴发，成为震惊全社会的生态警报，也重重地挫伤了我的心。此后，虽然多次身临其境，总有不忍再顾的感觉。没有了那片清水，也就没有了那个灵魂，我也就失去了往日的那份激情。

说到底，太湖的人们和我们一样，曾经为了经济而疯狂，疯狂得忘乎所以，致使明珠蒙垢，美丽蒙羞，失去水性，失去魅力，也失去灵魂。没有灵魂的躯体只能是“浑”，一种浑浊的存在；没有灵魂的太湖也就只能犯浑。好在人们终于明白，明白了生活的本质和发展的真谛。

今天，我再次身临其境，虽然如风一般疾驶而过，但是霞光万道春波粼粼的无限风情，还是唤起了初恋的感觉，好想置身其中，与之亲昵，与之呢喃，一起共享天地日月的馈赠。谢天谢地，谢谢重新为她梳洗打扮的太湖人！

（2016 年 4 月 28 日）

清晨即兴

地球打了一个滚，人间醒来，换了黎明。推开门，雨点夹着清新，沁入心扉，我情不自禁地趔趄着，感叹着：谢天谢地，雾霾去了，我就像有了新生。

气温很低，有些冷，我仍然在院子里踟蹰流连，不忍归去；并没有特别的心思，更没有多余的欲望，只想多待一会儿，贪享几口天地的馈赠。

有些惶恐：不知这样的运道是偶然的光顾，还是转眼的一瞬，能不能与我的心，我的情，我的爱，我的梦，我的吐纳，长在天地，永远相伴相亲。

天地在上，我们曾经无知，轻狂，天真，肤浅，屡生妄想，对你失敬，甚至随意污染你的面容，蹂躏你的尊严，让你灰头土脸。但你总以博大的慈爱，包容我们的异端；更以悠悠的伟大，无私地送给我们万有和永远。

今天，就是今天，我们庄严地告别曾经，把过去的愚昧化作智慧的灿烂，把我们区区的私念融入你的无限，化作清新的气，化作澄碧的泉，滋润大地原野，弥漫河流高山，与万类生命共享造化，让人的故乡美丽、自由而浪漫。

（2013 年 2 月 5 日）

说明：因呼吸道疾病住进省中医二院。雨后的天空虽然阴沉，空气却焕然一新。早起，雨点飘飘，感觉甚好，一边院内溜达，一边任心情驰骋，并随手留下感想。

宁国真美

宁国真美，美就美在山和水，是我昨天和今天获得的强烈感受。有山则名，有水则灵。宁国人称“八山一水半分田，半分道路和庄园”，也许这正是宁国美成这样的自然基础吧。

小城坐落在一处山峦环抱的空间，占地 2480 多平方公里，生息 38 万人口，是一座名副其实的袖珍山城。唯其如此，才有特色。其最大的自然特色是山多而不高，平均三五百米。这样的地貌就是大丘陵，虽然这里的人们也是这么说的，但通常还是以“山”相称。

宁国的山是黄山与天目山的余脉，因此占得两山风流，数峰并峙，绵延起伏，气势独特，远远看去，确有无限美好藏在其中。植被把山体藏得很好，把城市藏得更好，全城绿化率超过 85%，而且绝大部分都是原生态的杂树与竹林，能够获得“国家森林城市”称号确也不是浪得虚名。

现在已是江南的梅雨季节，近日梅雨连绵，景色空蒙。汽车行进在高速路上，抬眼望去，低处满目青翠，茂林修竹，高处云腾雾绕，气象悠悠，清新明丽，美不胜收。想象着，如在晴天，特别是在雨后初晴的天气里，红日高照，清风徐来，这里就更是云蒸霞蔚的人间仙境。

景美必有诗。诗至南朝逐渐走出古朴庄雅，淡乎寡味，开始崇尚声色，追求形式华美。东晋谢灵运开创山水诗风，引进自然美景作为独立的审美对象，影响深远。南朝谢朓继承之发展之，进而形成清新秀丽、词韵流畅、意境空灵的山水一派。“余霞散成绮，澄江静如练”，不管是不是他写在南齐宣城太守任上，这样的句子都是从这里的青山秀水中升华出来的精品。

能有青山翠，必有绿水养。山城的主体水系应是“三津”和“三江”吧？正是东津、西津、中津三条河流，成为水阳江、青弋江和富春江的源头，进而孕育出这块得天独厚的山乡泽国。谢朓的“澄江”应该是指水阳江吧？究竟是不是，不去纠缠。但是“兹山亘百里，合沓与云齐”，前句写实，后句貌似虚笔夸张，其实也是对这样的天气和山况的真实描绘，只是不在此时到达此处难以获得这样的体会。我是幸运的。

敬亭山不高，但因诗仙留句，享誉天下，名震乾坤，竟为群山首领。遥想当年，诗仙太白应受谢朓的精神引导，脚著谢公屐，徜徉其间，诗情澎湃，挥笔留下千古绝唱《独坐敬亭山》：“众鸟高飞尽，孤云独去闲。相看两不厌，只有敬亭山。”虚实结合，浪漫有度，恰到好处，以其独具的神韵，成为书写敬亭山诗作中的翘楚，不仅子孙后代口口相诵，传诵千年，更为当地人民记忆中的永恒名篇，直到现在，依然是他们介绍敬亭山的起兴之语。

这就叫山水人文吧！继谢朓与李白之后，无数骚人墨客纷至沓来，留下数不清的名篇佳作，演绎出说不完的传奇故事。是他们，共同建起连接山水和人文的桥梁，成为依托山水创造人文的主体。但是不管他们怎么创造，创造出多少辉煌，这里的山水总能够盛得下，藏得起，记得住。

宁国真美！

（2016 年 6 月 28 日）

滁州的清新

上午，高铁用十八分钟把我从南京南站带到滁州。环滁皆山也，滁州特色，口口相传已千年，不去谈它。现在最感舒心的就是清新，清新的小城弥漫着清新的气息，清新得让我不得不说。

昨天的雨，上的夜班，天亮前已经休息。来到滁州，这里的雨也已早早地收工。但是满天的阴霾把太阳挡在天空的那边，让人感到阴冷中的清新是多么令人爱恋。

温暖的房间关不住我，走出去，漫步校园，信步流连。也不去计较什么建筑格调风物景点，只是接连不断地深呼吸，的确有些贪婪，但又不是贪婪，因为每一口空气都是那么新鲜，为清新二字注入新的内涵。

转了一圈，来到山根，这是琅琊山的山根。坡上的油菜花含蓄得不肯劲放，满枝头的垂丝海棠也还紧紧地裹着衣衫，就连地上的小草也是深藏浅显着自己的本色。春风早已吹到大江两岸，但是感觉眼前冷凝的小草却在努力地蓄势，等待着，等待着和将要到来的阳光一起灿烂。

回到室内，打开窗，继续让清新湿润的空气自由地进出，我喜欢自由，更想让自由的空气相伴。透过窗户，再次放眼，连绵的山体蜿蜒悠远，迷蒙的山色，加上静悄悄的空间，再一次让我感到清新的陶然。

感谢多日来的连绵春雨，虽然把本该暖洋洋的春天浇得冷飕飕的，却让我感受到了一个十分难得的春天，连心肺都感觉清新的春天。如果不是马上就要工作，我会沿着眼前的山路，走得更远更远……

（2017 年 3 月 23 日）

伊宁早记

我是下午的课。早上 9 点钟，独自站在伊宁党校学员宿舍楼的窗前，默默地欣赏西部初现的晨曦，静静地看着这座美丽边城的苏醒。20 分钟过去了，路灯仍在照耀，但是路上已有行驶的车辆，而且越来越多。

10 点钟用过早餐，走到门外看看，温柔和煦的朝阳已经出现在东边的山顶，路上行人不多，车辆更密，而且越来越密，生活开始喧嚣，开始以遥远的喧嚣彰显边陲小城的繁华。

南边的山，是天山支脉吧，没有特别明显的高低峰差，一眼望去，绵延一线，看不见东西两头，山上皑皑的白雪却在朝阳的照耀下银光闪闪，令人目眩神迷。山是擎天的柱子，山是这座边城的父亲。

山下就是伊犁河，看不见河床河水，更听不到远去的奔腾呼号，但从条带状的云雾，不难想象其蜿蜒流淌的魅力。有水就有文明。啊，伊犁河，伊犁河，就是伊宁这座迷人边城的母亲！

太阳更高了，雾气却更加浓厚，眼前的父山母河已经被笼罩在云蒸霞蔚中。太阳之下的远处，已经看不出刚才的轮廓，而是天地一色，朦胧混沌，只有眼前高耸的楼房点缀在天地之间，朦胧中就像天上的琼楼玉宇。

不知怎的，乌孙公主从天地迷蒙中向我慢慢走来，以玉指轻拢慢捻秦琵琶，哀婉地演奏着心中无限的悲愁——

吾家嫁我兮天一方，远托异国兮乌孙王。

穹庐为室兮旃为墙，以肉为食兮酪为浆。

居常土思兮心内伤，愿为黄鹄兮归故乡。

越是远离故乡，思乡的心越痛，归乡的心也就越切，何况人在万里之外的他乡，身处浩瀚的大漠荒原。我在心中默默地感受着那种悲怆与忧伤，以无比的虔诚与热爱，向这位两千年前的汉家公主深深致敬，致敬她能以纤弱之身，托起大汉江山与华夏生灵的祸福命运。

心还没走出历史的缅怀，电话响了，江苏姑娘海燕马上要来看望我，她说我是“娘家来的人”，要带我走走看看。我先合上边城晨风翻开的心书，收回舒展太远的心情，停下手上的文字，静静地期待，期待海燕的到来，期待新的见闻，期待新的喜悦。

（2016 年 12 月 2 日）

桃子熟了

皖省组干院的环境真好！外有碧波万顷的巢湖相伴，内有独具章法的花草树木装扮，四季交替，景色常新，让人百看不厌。

还在春天，我就来了这里，又不断地来过这里，看见桃李园中的那片桃树和李树，花开正茂，争奇斗艳，每每停下脚步，认真地理解这片非桃即李的园地。当然，眼前一树一树的繁华，已经给出最好的解答。

今天，还在酷暑中，我又来了。晚餐后，走到桃李园边，忽然有了新的发现，春天的桃花已经变成红红的果实，迎着夕阳，格外艳丽。陪我的王夏老师说，现在它们已经熟了，再过几天也就全熟了。

正说着，一群学生向前走去，个个面带春色，气质不凡；又是一群，说说笑笑地走了过去；还有，还有，或多或少的人群，陆陆续续地走来，又缓缓地穿过桃李园边的幽径向前走去。

王夏老师给我介绍，他们就是我明天的学员，来自全国排名前十高校的全省定向选调生，学历都在博硕本。我闻言甚喜，一边漫步一边思绪翻涌，思考着明天的课程，思考着他们，还有那一树一树快要全熟了的桃子。

再次走近了桃李园，我着意地再走一圈，又是一圈；要好好地看看那些红红的桃子，看了一眼，又看了一眼；心中同时浮现刚才走过这里的一群又一群的学生，多么美好，多么灿烂，多么……

是啊，他们就是桃李园中成熟了的桃李，是国家的未来，是民族的希望，也是社会的脊梁。江山代有人才出，总有新人写华章！但愿他们能够从这里出发，写出更加华美的篇章！

（2018 年 7 月 31 日）

有风来兮

有一种鸟叫戴胜，估计没有多少人了解。当然，别以为我说这话就有多么渊博，不怕献丑，也就是今天才略知一二。但是感觉值得一说，也就顺手敲下几段文字。

还是昨天，戴胜来我门前的草地上觅食，落落大方。太太第一个发现，觉得稀奇，叫我来看，问是什么鸟。我从来没有见过，更不知道它尊姓大名，但也觉得稀奇，更觉得喜气，于是存在心里，现在方便，上网问问。

“网老师”告诉我它叫戴胜。身上并不显贵，头上却很特别：羽冠尖长，状如凤冕；嘴形细长，可能初来乍到有点紧张，嘴与羽冠几成一字型，所以尖长得略微夸张。“网老师”还说它栖息于山地、平原、森林、林缘、路边、河谷、农田、草地、村屯和果园等开阔地方，尤其以林缘耕地较为常见，而且还有一个以色列国鸟的华贵身份。

啊，原来是位“娘娘”啊！如此华贵的戴胜驾临门前的草地，说明小区的生态环境好。本来嘛，小区规划的绿化率高达 42%，现在应该远远超过了，所以除了冬天，总是鸟语花香。还有我一向反对乱栽乱种，草地保持平整开阔，总算营造了一个不错的小环境。现在，不仅黄鼠狼在我门前的草地做窝，连以色列的国鸟也来做客了，应该是天报我德吧！

但是，我的许多同胞似乎不谙此理，好不容易逃离城市里的水泥森林，来到郊区落户，面对好端端的公共草地，非要毁草种菜。有的还用水泥硬化草地，说是“干净”。还有的在门前安放一堆硕大的石桌石凳，像个祭祀场。也有的注重绿化，但是不懂章法，恨不得在仅有的草地上栽满林木果树，阴森森的密不透风，咋就不多识一点风水呢！

官家说，小康不小康，首先看老乡。要我说，环境好不好，先看有啥鸟。戴胜鸟主要活动在欧洲，据说在我国也很常见，但我数十年难得一见，固然孤陋寡闻了，可是它能光临，至少说明我门前的草地虫类丰富，开阔潮湿，是它喜欢的环境。

再说了，也还有点文化的意义。龙凤都是我们民族的图腾，戴胜既是以色列的国鸟，其地位与我国的“凤”可就不相上下了。如是，有凤来兮，那又意味着什么呢？至少是个受人欢迎的吉祥之兆吧，所以我心甚喜。

（2016 年 4 月 3 日）

南京钱塘路 14 号

从鼓楼出发，沿着北京西路一直往西，走到与西康路的交叉口往南一拐，再走上一段，左边就有一条夹在两排民居之间的不宽却笔直的石子马路，这就是 20 世纪 60 年代南京城西的钱塘路。

钱塘路不长，西起西康路，东到玉泉路，应该有几十个大门牌号码。14 号是个典型的居民区，构不成院落，但在错落的平房里分散居住着很多人家，以“钱塘路 14–1”“钱塘路 14–2”……区分着。自从第一次相识，她就成为我挥之不去的记忆。

1967 年初，我第一次走进“钱塘路 14–6”的伯父家。伯母把我在串联途中沾满虱子的卫生衣裤脱下来，又洗又烫又晒。堂弟怀强则带着我到华水——现在的河海大学——理发室，把近似现在的“西瓜头”，当时被叫作“二哥头”——做了彻底修理，还享受了一次吹风。那是我第一次享受到的别样文明。

不几天，我就随着串联的同学回到故乡。由于父母早逝，我随姑母生活，伯父始终是我最强大的精神靠山。现在，我已经长大，而且认识南京，认识这里的地址，所以年底又来看望伯父。这一次住得很长，因此也第一次过上了大约一个月的市民生活，当然也是第一次长时间地生活在伯父的身旁。

伯父家的门前有一口水井，井坛滑溜溜的，井台是水泥做成的斜坡状，四边有圆圆的沟沿。各家各户不以井水饮用，只是用来淘米洗菜洗锅刷碗浆洗衣物。井水不深，有一个铁桶放在旁边，即用即提，很是方便。每到饭后，井边都是一盆一盆的锅碗瓢勺，涮洗的多是半大孩子。我们在肚子吃饱后的交流也格外地自在而快乐。

吃的水是自来水，要到扬州路去买。路口有个自来水站，那个脸色黑黑的老太，一边抽着烟，一边放着水，和我们从来没有交流，只有一分钱一桶水的交换。水买好了，人们或挑或抬着走了，也有半大不小的男孩女孩，把水桶放在用四个轴承做成的拖板上，一路发出清脆的声响，水也会略微洒点出来，就像留下路线的标记。

伯父一家生活负担沉重，光学仪器厂算是关怀，实际就是以工代济，每到周末伯父就会带回一堆沾满油渍的工作手套。伯母就把它们放到煤炉上的铁桶里，加上水和烧碱煮去油污。第二天是星期天，伯母带着我和怀强、怀鹏一起到山西路那里的一条河边，借着清清的河水把一堆手套过得干干净净，再带回门口晾晒。开始干活时，手被冻得红彤彤的，活干完了，也就变得暖和和的。

做饭烧煤球，也有煤基。为了省煤，我们到省委大院捡柴火。大院里一片清净，只有零星的军人在打篮球。开始，没人反对我们的行为。几天后，我们把目光对准了马尾松上的松果球，这种东西含油脂，是极好的燃料。就在我们热火朝天地采摘松果球的时候，管理人员出现了，制止我们，我们只得怏怏地退出。回家路上，怀强就向我讲一点省委大院里的传奇。

逛逛大街玩玩景点也是有的，但是没有钱，大都徒步前往。山西路是钱塘路附近最重要的商业街。那天下午，怀强突发奇想，把门上的黄铜挂件拧下来，拿到山西路废旧品收购店卖了，转身买了几块柿饼子，那是我们第一次共同品尝人间最甜蜜的美食。真好吃啊，直到现在我还喜欢这种食品。

年后的一天，风和日丽，我和怀强去了雨花台，我们并不熟悉路，走到哪里算哪里。中午时分，来到一片草地上，饥肠辘辘，眼冒金星。忽然锣鼓喧天，来了一辆中型卡车，载着黑白两色食品，白的是馒头，黑的是粗糠团子。车上的人说是让大家吃忆苦思甜饭。周围的游人围了上来，我们也凑了上去，各自取得一份黑白配。真是雪中送炭，只是那只黑乎乎的粗糠团子，被轻轻地咬了一口又被悄悄地丢到不起眼的地方。

起身，徒步回家，走到西康路时晚霞满天。回到钱塘路，户户生火做饭，越聚越多的人们，各自忙碌自家的生活。生活的语言穿透空气的阻力，传递相互的关心。接着家家开灯，连路灯也被点亮了。那些屋里屋外所有的光芒，一起照耀着钱塘路、钱塘路上的人家、钱塘路上行走着的人们，直到沉沉的夜晚过去，新的一天开始。

（2018 年 1 月 14 日）

南京天目路 32 号

南京天目路 32 号是一座别墅，上下两层，占地大约两亩。院门宽宽大大，灰褐色，有点风雨飘摇的样子。一走进院子，东边是一个平顶的水泥房，还有一个地下室，在炎热的夏季，那可是一个让人留恋的去处。西边也有一栋平房，住着周姓一家，周师傅是个三轮车夫。

别墅里面一共住着五户人家。楼下第一家门向东开，住着谷姓一家两代三口。第二家是我伯父家，也是我从拉萨回内地休假生活的地方。和伯父家对门的是陈家。楼上只住两家：西边的人家姓郭，三代同堂；东边的人家才是别墅的主人李世军伉俪。

这年，我进藏后第一次回来休假，他知道了，马上下楼看我，很热情，询问不少关于西藏的情况。但是我们的知识不对称，许多事我说不出子丑寅卯。现在想想，那时他也 70 多岁了，身边没有子女，只和夫人甘雨霜相依为命。

院子里的人都把他夫人叫作“甘老师”。那天甘老师邀我上楼坐坐，我去了，看见临窗的墙面上贴满了李世军的书法作品，写的都是李煜词，我们这才有了多一些的话题。

伯母悄悄告诉我，甘老师是大学生，和李世军结婚后没有孩子。甘老师过去究竟做什么工作我不知道，也不打听，但她满头银发，微微富态，皮肤白净，步幅总是缓缓的，语速也是慢慢的，一看就是很有修养的人。

她很受人们尊重，但凡相遇，人们总会亲切地喊一声“甘老师”，她则含笑以答，有时也会说几句体贴入微的话。她还是居委会的“常务秘书”。那时，居委会干部的文化程度普遍不高，但凡公文需要抄写，总会找到她。甘老师的字也实在漂亮，钢笔行书娟秀而流利，让人羡慕得不得了。

我是孤儿，她对我特别慈祥，我能感觉到慈祥中的母爱之心。每次去她家里，她都会拿出饼干或者糖果招待我，更少不了鼓励我好好读书。我有次阅读《参考消息》遇到“飓风”一词，不识“飓”字，请教她，她给我搬出厚厚的《辞海》，也就获得最权威的解释。

记忆中，她留给我的最后一句话就是：“怀伦，雨花台的樱花开了，去看看吧！”应该是1980年吧，我再次走进天目路32号的时候，伯母告诉我，甘老师走了。闻此不幸的消息，我是很难过的，自然要问问死因，原来她的死是那么令人遗憾。

据说有一天，李世军的大儿子从甘肃老家找上门来，甘老师这才知道李世军早有家室，这在当年是一桩大耻。估计羞愧难当，也因此而看淡人生，把远在武汉的侄子叫来，给了他3000元钱供他结婚用。侄子走后，她就服了大量的安眠药撒手人寰。

美丽的人终归是美丽的，诗意的人也总是诗意的。“怀伦，雨花台的樱花开了，去看看吧！”现在我每每看到樱花盛开的情景，甘老师的这句话总会在我的心里浮起，在我孤独寂寞的时候，会在心里默念：“甘老师，怀伦还深深地记着您！记得您要我去看樱花的神情。”

夫人走了，李世军在南京也就没有亲人了，要去京津，以20000元的价格把偌大一座别墅卖给了一位画家，江山就这样换了主人。

尽管天目路32号没有我的一砖一瓦，却有我的不泯记忆，所以，我常常走到那里，怀念悠悠岁月。但是，眼前的天目路32号早已不是当年幽静典雅的所在了，高耸的楼房已经把它比照得更加落寞破败，活脱脱一个灰姑娘。相信里面是无人居住的。究竟是什么原因使这栋别墅如此不堪？难道就这样沉沦下去了吗？不得而知，不得而知。

孟子曰：“君子之泽，五世而斩；小人之泽，五世而斩。”那么，在天地之间，究竟有没有能够让天目路32号存之久远的东西？如果有，那它又是什么呢？不得而知，不得而知！

（2017年12月20日）

吃京果，想祖母

我昨晚走下高铁后，北京的雨也就不好意思再下了；进入昌平，眼睛还在看着过去部队营房的方向，车已驶进中石化的会议中心，酣酣的一夜很快也就过去了。

早起，阳光灿烂，莽山的月季心花怒放，连片的植被像出浴的美人，清新脱俗。山头的几座亭子，我在这里的时候还没建立，现在却分别成为几处峰巅高度的标志，华丽地矗立着，俯视着。

我迎着明丽的阳光，带着明丽的心情走进餐饮楼，想有的食品几乎都有，就是没有一种能够引起我的特别兴趣，拣到最后，一盘京果引起我的关注。这是我的喜爱，是祖母培养出来的经久不衰的喜爱。京果，也许本名就叫金果，金色的果子，俗称江米条，但我更愿叫它“京果”。

当年，祖母每从南京回家，总会把一些特别收藏的点心在我睡前悄悄地塞到我的手里，其中的京果，甜甜的，香香的，酥酥的，脆脆的，远胜单一甜蜜的糖果和其他。吃完了也是满口余香，还想吃，还想吃，就这么想着想着睡着了。

在醒来以后的几十年间，不管走到哪里，只要见到京果，我一定贪吃，即使吃不上，也会多看一眼两眼，每一眼都能勾起馋涎。现在，就是现在，京果，京果，诱人的京果就在眼前，任我自选，还用说吗，当然成为我的必选。

拣了四个放在盘子里，先尝一个，还是当年的味道，当年的感觉，似乎这里的更加密实；舍不得放弃，又一次走近，又一次拣起，又一次想起……

想着，吃着，吃着，想着，忽然特别地想念祖母，想念她曾经为我倾注的点点滴滴与无穷无尽的慈爱，是那么细腻，那么深沉，那么无私，那么博大，似乎就在转眼间，数十年已经过去了，可是那些点点滴滴，一直都是我心里一缕一缕无穷无尽的阳光，现在已经成为我越来越悠远绵长的怀想。

我抬起头，张望碧蓝的天空，寻找九天的所在，特别关注那朵悠悠的白云，好想就在那片云里，看见我的祖母，哪怕我能依稀地看一眼她那慈祥的面容，也会无比幸福和满足。

没有看见，但我想对她说："奶奶，您看见孙儿了吗？他的眼睛在关注天空，搜寻您的身影，眼里的泪水却和心里的秋雨一起淅淅沥沥……"

（2016年10月28日）

父亲留给我的"渔"

我对书籍一向珍爱。但是当年书籍的印刷材质与装帧技术远不及今天，所以，只要有好点的书，我都要加包封面，延长使用寿命。这样的书现在还有一些收藏纪念，每每看见总会情不自禁地想起父亲。

那还是60多年前，我比现在的幼孙优优大一点，报名上学后，用母亲手缝的书包背回《语文》《算术》和作业本。那时的学校并不像现在，要求学生给书本甚至作业本都加上保护膜，当然，那时也没有今天的保护膜，所以我没有想到给书包个封面，但是父亲想到了。

那天的阳光真好，照耀着堂屋，辉映着父亲笑吟吟的脸，空气里弥漫着的都是深深的爱。早饭后，下地前，父亲坐在饭桌西边，给我用牛皮纸包书。他的手真巧，分别给《语文》和《算术》包出不同的式样。《算术》简单，四角平平，《语文》复杂，两角"加套"，以加强保护。

他可能觉得我还小，没有用语言教我，更没有让我动手；但我站在他的右侧，静静地看，看他做出的每一个动作，用心体会那些动作的要领。他把书包好了，我也就会了。这时，他抬起头来看看我，满足地把包好的书本装进我的书包；再看看贴在墙上印有"五谷丰登"四个大字的日历，应该是确定"今天"的日子，但没有写到书上。

我十岁那年，父亲去世了，母亲也去世了，从此再也没人给我包书了。但我第一次拿到书时，就一边找来废旧封纸，一边慢慢地回想父亲为我包书的动作和情节，然后自己动手，而且越包越有兴趣，越包越精致，有时还能发挥己长积极助人。用料都是就地取材，最理想的还是黄色或褐色的牛皮纸，韧性强，经久耐用。

但是不管包出什么花样，用的基本方法都是父亲传授的，我就是不断改进细处而已。后来行走江湖，不管浪迹何处，只要包书，我都会想起父亲为我包书的那种怡然满足的神态，还有那个阳光明媚的早上和满屋生辉的家，心里更会久久地感恩父亲的爱和他留给我的“渔”。

（2019 年 2 月 12 日）

夕阳之下忆德岸

夏天的夕阳原来也能这么美丽，这虽然不是我第一次有这样的感觉，却是我从芜湖回家途中的突出感觉。但愿它是这座滨江城市的常有景色；不过这次偶然，是因为昨夜江南普降甘霖，天空一下高阔起来，才使我获得这样的视觉感受。

看着眼前的这朵夕阳，我却想起四十年前的那朵夕阳，尽管那是一朵北京的夕阳。在那朵夕阳之下，不仅有诗，还有诗人，更有诗人的激情，以至我现在每次经过马鞍山时，心中都会浮现起一幅图景——大学同窗张德岸同学，在那朵美丽的夕阳之下吟诵“班门弄斧”诗的情景。

采石江边一堆土，李白之名高千古。

来来往往一首诗，鲁班门前弄大斧。

洋溢的才气，澎湃的激情，还夹着些许的傲气和得意，让我记到现在。记住他就是记住那段偶然发生的历史，哪怕只是瞬间。只要是历史，总有意义。只要有意义，某种特殊的精神就会得到延续。

爱诗的人诗会伴随一生，一生有诗伴随的人，人生也是诗化的。诗化的人生该是多么美好而幸福啊！德岸早年就爱诗，几乎口不停诵，他的人生也因此充满诗意。

诗化的人生总是溢满诗情。诗情如水，只要心中有之，无论遇到什么风，都会泛起波澜，笔下一定有诗。所以在德岸那里，无论乾坤大事，还是鸡毛蒜皮，往往都能在心中激起诗的冲动，自然而然地流淌出诗来。

诗情有源，源自诗心，源于人性。人性是无数社会关系经纬交织的总和，也是一面透过现象以观本质的镜子。但是诗心却具有反映美的特异功能。德岸的诗心是明丽的，所以但凡笔下流出来的诗，总是充满对于美的真诚赞扬。

赞扬总是甜蜜的，但绝不是简单的奉承，而是有美学高度的肯定。人的品质在精神，人的选择在价值，人的高度在思想。德岸的思想基础厚而且高。得益于此，其精神之树高拔繁茂。如果不是这样，便难以不断长出诗的果实。

语言是情感的载体，是诗歌的形式。诗的语言就是诗情远航的风帆。风帆，除了自然，还有华美。华美的风帆不仅饱满，而且酣畅。德岸的诗，文字就像展开的风帆，意蕴饱满，而那些藏于朴实之中的华美，读起来总像秋溪一般潺潺流淌。

（2016 年 6 月 13 日等车时刻）

难忘的两封来信

从风景如画的北极阁顺坡而下，一直走出北极阁公园大门；正在欣赏鸡鸣寺一带美不胜收的景致，发现原来的南京地质古生物研究所就在眼前，只是牌子换成了“中国科学院南京分院”，尽管旁边增加了一块“江苏省科学技术厅”的政府牌子，但是那种久藏于心的亲切感还是油然而生。

产生这种亲切感是有历史渊源的。还是 1980 年前后，我在拉萨市第六中学教书。吴忠全老师晚我一年进校，但很快我们便从同事发展成为挚友。他在大学学习生物专业，自然成为学校里的生物老师，而且他酷爱文学，所以在全校所有老师里我们的共同语言最多。

一个星期天，我们带了几个学生到西边的山上去玩。山上似乎连一棵树也没有，碎乱的石头却很多，在一个山洞里还有成堆的泥巴佛像，遗憾的是这些并不珍贵。但是不知怎么的，他竟然发现了一块布满藻类纹路的石头；接着找，发现更多，他很兴奋，我们也一起兴奋起来了，以为发现了原始的藻类化石。

匆匆地带着一些石头下山，先到隔壁一个地质单位的化验室，请教一位也是学生家长的专家，得到的却是否定的答案；我们内心不服气，忠全还保持在山上的做法，随口吐了口唾沫在上头，石头见“水”，纹路马上更加清晰，但还是没有得到专家的支持。专家是从地质学的角度认定这里没有我们所说的化石。我们只好回到宿舍，翻书查典也一无所获，但还是越想越觉得这是我们的一个重大发现。

真的有点着迷了，可是怎么才能认定这个“重大发现”呢？由于相信科学，我想到了中科院南京地质古生物研究所。于是共同研究后由我执笔写了一封信，再挑出几块“化石”，用布缝成一个邮寄的包裹后，一起走进邮局，寄给了南京地质古生物研究所。

说实话，抱有希望，又没有抱太大的希望，心里总还是盼望能够得到支持。一段时间过去了，热情也就逐渐消退，甚至连得到回复的信心也渐渐稀释了。可是一天课间，开着摩托车的邮递员照例送来了一堆报章杂志，当然还有大家的书信。我的书信最多，其中一封就是南京地质古生物研究所的信封。

我马上猜到是给我们的回信，于是招呼忠全快来一起看信。信封被慢慢拆开，心情却十分急迫。终于打开了，两页纸，也是单位的公用信笺纸。当时没有电脑，信的内容是手写的，字体一般。首先说收到了我们寄去的“化石”；接着说我们寄去的不是化石而是普通石头——读到这里，我们的心彻底凉了；最后对于我们热爱科学的精神还是给予充分肯定和感谢。

那封信我一直保留了许多年，可还是不知道在什么时候搞丢了，至今想起仍然非常遗憾。但是那封信、那封信所包蕴的责任和精神，直到现在不仅还能深深地感动我，而且越发让我觉得难能可贵。正是这个原因，从那时起，我对这个单位充满好感，每次经过他们的门口都会重温那一次那封信的故事。

写到这里，应该结束这篇小文了，却在脑子里又蹦出了另一封信，而且也是至今想起同样让我深为感动的一封信。

1987 年我在中共中央党校理论部师资班学习，叶笃初先生在给我们授课时讲到欧洲的一个学者，可能叫拉斯基吧，对列宁主义的政党和社会党进行了比较研究，我在 1989 年开始研究民主集中制时也想使用这个材料，但是一直没有找到原著，于是去南京大学图书馆查阅，想着那里应该有的。

接待我的是一位老专家，如果没有记错应该姓黄，中等身材，话不多，但表达简洁准确，而且语气也很平和。知道我的来意后，很认真地指导并帮我查阅目录。当时都是手工操作，查了好几箱盒的卡片，一无所获，于是建议我去历史系和政治系资料室看看。我按照他的指点，两个系都去了，还是没有查到，只好悻悻然地走出南京大学，当然，没有忘记与老先生道个别，主要还是为了道声谢。

我以为这件事情就此结束了，也是可以就此结束的，所以我就渐渐地把它丢到了一边。大概一周左右，我接到一封信，是这位老先生写来的，为我提供新的线索。只是现在我的研究论文已经不再需要引用这类材料了，所以也就没有按照他提供的新线索继续寻求。但我还是很快再去南京大学图书馆，想当面向他致谢。然而没有见到他，图书馆的工作人员告诉我“他已经退休”。

我什么话也没有说，也可以说是被深深感动了，一时说不出什么话来，只在心里静静地加深对于这件事情的记忆、理解和感悟。多么优秀的一位老学者，完全彻底地履行了那个时代最为平凡而又无比崇高的职业操守：站好最后一班岗。现在想想这都多少年啦？整整三十年啦，老先生如果健在应该九十以上高龄了；哪怕……哪怕……他的职业操守和精神品质也是不朽的，至少已经深深地镌刻在我的心里。

（2019 年 6 月 19 日夜）

暗暗的墨绿

还是去年寒冬的一天，冷风瑟瑟，斜阳昏黄，我走在太平北路上，经过浮桥邮局，没有任何业务，却忽然想要进去看看。

走进去了，与其说是看看，不如说是怀旧。就是这个邮局，曾经帮我传递了那么多的信息，不仅架起我与妻子的万里鹊桥，还联系着那些四面八方的友人，也经手我按月汇出的钱款，还有后来给报章杂志的投稿……总之，它曾经是我生活不可缺少的部分。

但是，多年来已经很少再去邮局，现在走进一看，观感的落差实在太大，顾客比服务人员还少，摆在架上的卖品基本无人问津。比照当年的繁华，我的心里除了落寞还是落寞。走出邮局，路边就是一条小河，流水潺潺，昼夜不息，我暗暗感叹小河的韧性：不仅流走了当年摆渡的浮桥，也流走了几十年前邮局的繁华。看看现在冷落的门庭，感觉这不就是不折不扣的沧桑之变吗！

今天需要邮寄远方的车票，借着进城的便利，又走进夫子庙邮局。按照过去的经验，从东门走了进去，却被告知“这是银行，邮寄业务在那边”。我顺着指引，走到“那边”，台阶还是那么危乎高哉，象征着它过去的显赫。但是现在，虽然还是那么高高在上，却早已没有昔日的熙来攘往。

我在填写挂号地址的时候，有一个顾客要把一大箱子的儿童旧衣物寄到湖南。业务员一边一丝不苟地照例检查，一边有一句没一句地聊着闲话，当他听到办理邮寄的小伙子说“这么大的国有单位多好啊”时，平平常常地回道：“好什么，工资都快发不出来了。”“怎么会呢？”面对小伙子的不信，他继续操办手里的业务，嘴里却没有任何解释。

站在一旁的我听得真切，相信他的话。是啊，现在我们不仅都在市场经济的环境中生活，更在经受信息革命的洗礼。特别是信息革命，不仅彻底改变了人类信息交流的方式，更让那“家书抵万金”的岁月一去不返。而现代的邮局，不仅经历这么两种革命的压力，还要面对信息的继续革命、不断革命。不管这样的革命怎样发生，人们注定都会越来越远离邮局。

我正沉湎在上下翻滚的历史与现实交汇的波涛中，转眼一看，却发现所有的邮局标志性颜色，已经不是过去的翠绿，而是暗暗的墨绿。墨绿虽好，有一种浓浓的厚重，却没有翠绿的跳跃、靓丽与生气，反倒多了凝重与深沉，甚至藏有一种孤僻的冷峻。不知是谁出此奇想，把过去的翠绿换成眼前暗暗的墨绿，难不成真的要以这暗暗的墨绿象征邮局现实的处境与未来的命运？

远处，就是当年王谢的故居，有一块厚重的诗碑，镌刻着：“朱雀桥边野草花，乌衣巷口夕阳斜。旧时王谢堂前燕，飞入寻常百姓家。”刘禹锡此诗说的不正是沧海桑田，造化弄人吗？邮局，不管是浮桥的邮局、夫子庙的邮局，还是其他各地的邮局，相信它们都面临着共同的命运。也不管它们涂着什么样的绿，暗暗的墨绿都是它们命运的昭示，反映着辉煌之后的萧瑟。

（2019 年 4 月 19 日）

黄昏记事

今天，2020 年的第八天，夕阳西下，黄昏时分，与友人约谈，顺便借点研究资料；先到就餐地点，未进，且去总统府前看看，顺便发发思古之幽。

忽然想起总统府右前方有一条短短的马路，多年没有光顾，想去看看它现在的模样。却看见一块石碑，是南京市政府 2006 年立的，上面镌刻着“六朝建康都城遗址”。有些好奇，原来这里还是一块风水宝地啊，于是拍了一张照片，然后百年千年地遐想。

此地虽是历史遗迹，却没有更多的文字说明，这块碑，这行字，只是一个象征性的符号。自然有些不解：现在的总统府原是江宁织造署、两江总督府，后被洪秀全做了天王府，1912 年才成为总统府的，一直保存完好，为什么更早六朝“建康”的都城却什么也没留下呢？

没有考证，却听有人说是在 1864 年湘军攻入南京后被烧了。这个说法应该有些根据，记得有介绍说明总统府就是屡废屡建的，说不定那些六朝遗物就曾被哪一次给“废”了；但又有些不合情理，因为南京已经是他们的了，难道新主人就不要住宿办公场所？再说了，镇压太平天国却烧掉建康遗址岂不莫名其妙？宋齐梁陈招惹他们了吗？

不想那么多了，去寻找总统府前那块大照壁的原址，我在南京最早的家就在附近，也是我曾经常常游览的地方。记得照壁前有一块石碑，刻着郭沫若题写的“太平天国起义一百周年纪念”，立于 1951 年。这句碑文中有一个特殊的用字，就是那个近似简化字的“国”，但是里面的“玉”却没有一点。许多人认为这是鲁鱼亥豕，以为是郭沫若写了错字。其实 1951 年简化字方案还没出台，这样的理解是不解春秋。事实是这个“国”字属于太平天国的专利，就像武则天称帝后专门发明一个“曌”字的道理一样。

在我迁居以后，高高大大的照壁和那块拔地而起的石碑也没有了，是在长江路拓宽时移走的，说是工程完成后复位。但是许多年了，它仍然没能复位，就像六朝、太平天国那样藏在博物馆里。现在的太平天国已经大大贬值，估计那块石碑再也没有回到故地的机会了。不过没有那块高大的照壁，视野不再被挡住，加上照壁后面的破旧房屋统统拆掉，代之而起的是市民休闲广场，总统府前面也的确开阔了许多。

因此之故，我特地在广场上溜达几圈，一边再拍几张照片，一边感受历史，感受现在，感受历史与现在的交融，并想象着它的未来，不得不说，我更加热爱这座城市。它不仅是我的第二故乡，也应是我人生的最后归宿，也许百年之后，我还能神魂萦绕这座美丽的山水与历史文化名城，继续看护和爱着我曾经所爱的一切。想想都感到幸福。

（2020 年 1 月 8 日）

我与《胡笳十八拍》

大概是在 1977 年或者 1978 年，我从北京人艺演出的话剧《蔡文姬》中，第一次听到穿插其中的《胡笳十八拍》选段朗诵。表演者声情并茂，几乎每一个字都敲击着我这个江湖浪子的心灵；更可能是我特别敏感于悲壮凄凉之美，入戏不久，双眼始终泪花盈盈。

当时我还在校读书，回到学校，赶快找来《胡笳十八拍》的纸质文字，一字一句地抄写完毕，连标点符号也没落下，终于有了属于自己的《胡笳十八拍》版本，而且保存至今。1978 年，人民文学出版社出版了《沫若剧作选》,《蔡文姬》载于其中，我毫不犹豫地买了一本，读过附录才知道，关于《胡笳十八拍》究竟是不是蔡文姬（蔡琰）所作还存在争议。

这年秋天，我毕业回到西藏，被分配到拉萨市第六中学任教。学校建在一片几乎寸草不生的沙砾滩上，只有几排铁皮房子，没有几个老师，没有吃饭食堂，就是生活用水也要到很远的单位肩挑。我孤身一人，万里漂泊，每当白天的喧闹跟着夕阳落去之后，剩下一片沉寂笼罩校园时，心中不免落寞。尽管有超负荷的工作任务和大量的阅读占据精神世界，内心深处的那份寂寞还是会像贼一般地不时窜出，扰乱本该宁静的精神世界。

那年的冬天格外苦寒，尤其是那个冬天的一个晚上，室外寒风呼号，我虽然坐在室内的办公桌前，地表的寒气还是透过厚厚的大头皮鞋，顺着脚踝、膝关节直达上身，钻入心扉，和着胸臆，使内心的孤独、凄凉、悲怆与绝望高度压缩，进而生出一种强烈的抒发和排解欲望。我想起了《胡笳十八拍》，情不自禁地顺手取下手抄本，选择其中格外喜欢的三拍，一边踱着步，一边高声地反复诵读。

“雁南征兮欲寄边声，雁北归兮为得汉音。雁飞高兮邈难寻，空断肠兮思愔愔。攒眉向月兮抚雅琴，五拍泠泠兮意弥深。”念着念着，竟有一种时空串联，与宋人“浊酒一杯家万里”“羌管悠悠霜满地”发生连接，从而倍增苍凉之感。

“为天有眼兮何不见我独漂流？为神有灵兮何事处我天南海北头？我不负天兮天何配我殊匹？我不负神兮神何殛我越荒州？制兹八拍兮拟排忧，何知曲成兮心转愁。”这虽是作者无助的呻吟，绝望的呐喊，却是那么真切地表达了我当时的处境与心境。

“天无涯兮地无边，我心愁兮亦复然。人生倏忽兮如白驹之过隙，然不得欢乐兮当我之盛年。怨兮欲问天，天苍苍兮上无缘。举头仰望兮空云烟，九拍怀情兮谁与传？”我当年浅薄，以为大材小用，心中常怀怨愤，今夜更胜。但这满腔怨愤需要倾诉却无处倾诉，只能借此千古绝唱，对长空，发浩叹。

过去，这些段落我也不知读过多少遍了，但是此时，情绪非常，感觉特别，如果没有门窗隔音，我那歇斯底里的声音一定会在辽阔的夜空激荡飞扬，甚至会与校园地下的沙砾摩擦出凄凄的悲响。我的眼睛虽然没有泪水，泪水却又似乎与心中的血液一起流淌。

终于，我像疲倦了的狮子沉静下来，伴随缓缓的喘息渐渐地进入沉思，对于一些人仅以《胡笳十八拍》“所述情节有与作者生平不符处”，就“认为非蔡琰所作”（《魏晋南北朝文学史料》蔡琰篇）大不以为然。我虽无心详考，但是仅凭自己的经历、经验与感受就可以说，如果没有那种亲身经历的人，又怎么能够写得出那样凄壮绝美的文字来呢？如果没有那种亲身经历的人，别说写出那样的文字，只怕连共鸣也难以产生。只有具有那种亲身经历的人，才有可能写出那样的文字；即使写不出那样的文字，只要读到，也一定会与我一样，随着作者的情绪一起嗟叹悲诉起伏跌宕。

（2014 年 12 月 21 日，原载《江苏党校报》）

我的座右铭

春节，收拾收拾书桌，看看压在软玻璃台板下的一张二十年前的《我的治学观和自警语》，是用圆珠笔写在一张小小的白纸片上，然后又贴在

一张非常典雅的印花纸中间，制成一个裱状的座右铭，几次搬家，都没有改变它在书桌上的中央地位。现在看看，纸也黄了，

边角已经卷起，连字迹也都斑驳，咬咬牙，把它丢到准备处理的一堆书里。

几个小时后，重新扭过头来张望一眼，觉得它——不，应该是“她”，像被遗弃了一样，心有不忍，深感歉意，恨不得向她说声“对不起，别生气”。于是郑重地捡了起来，虽然相对无言，我却认真地抚摸她那苍黄的面容，抚平她那卷起的边角，抚慰她那落寞的心情；为了永久的纪念，又拿出手机拍成照片，当然是想让她从此成为永不褪色的珍品。

几行文字已经烂熟于心，我还是以近似自恋的心情认真重温两遍。子曰“学而时习之，不亦说乎”，况且她是我的座右铭，能不感动于心？

质量是文章的生命 思想是著作的灵魂

求真是创造的动力 立论是学人的永恒

怀疑是追索的向导 深思是智慧的真神

文采是传道的风帆 诚实是不朽的珍品

谦逊是博采的前提 勤奋是成功的捷径

读罢，既像再见初恋一样美好，更像携手原配那样情深，同时也激起内心的对照反省。毋庸讳言，我是一个学问家，虽然微不足道，但是不能因为微不足道而讳言职业的本色。三十多年来，虽无大成，但是孜孜不倦，勤勤恳恳，倒也基本对得起二十年前自拟的这篇座右铭。

当然，我的生命之火还在燃烧，我也没有任何理由冷却自己的创造热情。现在，我又把她重新置于原来的位置，虽然她差点被我抛弃了一次，但她还是默默地助我完成了一次精神上的洗礼。

（2017 年 1 月 31 日）

太平洋，我的安魂之邦

经常想，我在人生毕业之后，应该去向哪里？看似简单，其实复杂，复杂到何止是一个残酷的实际问题，更是一种深邃的哲学难题。

曾经想过回到父母身边尽孝，弥补子欲养而亲不待的遗憾。再说那里，不仅是我四代先人聚葬之地，还有我，甚至还有我后人的位置。

但是数十年间，亲见沧海桑田，终于明白，高岸为谷，深谷为陵，绝非虚妄之谈，冥冥中似有定数，该来的一定会来，真可谓在劫者难逃。

也想过，拥有一座一两个平方米的石头小屋，小归小，倒也风雨不动安如山。但是学过一点哲学，知道一切都会变化，只有能量守恒，没有位置永恒，终有一天，还会天翻地覆的。想着“白骨露于野”，那又何必呢!

困惑，人生何处是丹丘；恐慌，倒也不是因为无处话凄凉，而是觉得天地之大，竟然没有始终稳定的栖身之所。难不成生前是匆匆过客，身后也永无安宁?

后来想到连苏东坡都羡慕无穷无尽的长江，开阔，流长，万古滔滔，后浪连着前浪，还有富有诗意的烟波渺茫，适合我的性情，但又觉得似乎还不够。

终于想到大海，想到从我们的大海进入世界的太平洋。想到这里，为这新的发现高兴，甚至兴奋，觉得归去来兮，终于有了安魂之邦。

好在哪里？既然永无安宁，那就美丽地动荡。太平洋，海阔天空，无边无际，洪波涌起，长风浩荡：既能随波逐流，又能乘风破浪；既能魂游世界，也能常回故乡。多好!

今天，清明之前，来到安葬灵魂的地方，祭拜泰山泰水。看着密密麻麻的石头小屋，刻着不同的姓氏名号，轻轻地对太太说：“对于这样的地方，我发自内心地毫不羡慕。”太太问我想去哪里，我如实以告：“从长江进入大海，直至太平洋。”

（2016 年 3 月 13 日记于祖堂山公墓）

三舅母，您走好

昨晚九点多钟，手机响了，是善品表弟的电话，说就在一个多小时前，他的母亲、我的三舅母走了。与世无争的人通常都能走得安详。我马上想到她会安详地走，善品说的情形和我想象的差不多：无疾而终，享年九十岁。

我长叹一声：随着三舅母的远去，我父亲母亲在小蔡户这一辈的老人也就完全谢世了。对我来说，不仅心中多了一份失落，而且明显感到那个遥远的小蔡户，从此以后再也没有过去的高度了，想想只有黯然神伤，深深叹息！

过去舅舅舅母们都还年轻，不觉得什么，最近十几年来，我就越发意识到他们的老，所以每次回乡祭祖，只要可能，总是绕道前去看看他们。十多年来，就这么看着，看着，四舅走了，四舅母走了，三舅又走了，现在，三舅母也走完了自己人生的最后一程。一个世代就此画上了句号。

其实，我是有预感的，最近就和家人几次讲到三舅母。这和今年清明不无关系。清明期间，我看到三舅母的情形，就知道她不会太久了。过去，她每次看到我，都会把我全家一一问到，今年也还问到一些人，但是已不周全。最后好像说话也没力气了。我是靠近她坐的，她抓住我的手，深深地吻着，把所有想说的话都倾注在这深深的吻里，脸上却溢着沧桑和慈祥。

此时，我周身上下都流淌着母爱的幸福。是啊，母亲在我幼小时就经常这样吻我的手。但我今生今世却是第一次从三舅母这里得到这样的吻。是的，她一向都是喜欢我的，哪怕在那艰难困苦的岁月里，我的经常到来肯定给他们的生活增添许多负担和麻烦，但是只要有点闲暇，她就会微笑地欣赏着我，要求善荣表弟向我学习这个那个。那年春节，她还一边搓着元宵，一边笑盈盈地听我“讨古”，直到今天我都觉得那是一个好幸福的年。

小蔡户是我第二个最感温暖的故乡，也是我的情感归宿。1960 年的春天，我的父亲母亲去世周年，按照乡俗我要穿素，只有三舅母和四舅母分别给我做了素鞋。母亲是她们的姑子，她们的姑嫂关系亲如姊妹，所以只要讲到母亲，总是亲切地叫着“老姑”，就是最小的姑娘的意思，只有和我说话时才用“你妈”代指。那次三舅母对我讲到母亲和外婆，说母亲每次回来和外婆都有讲不完的话，晚上挤在一张小床上，直到大家进入梦乡她们母女的话还没有说完。是的，在我陪着母亲回家的时候，外婆也会把我们送得很远很远，说得很多很多。

小蔡户也是我堕入生活的深渊后很重要的依靠。这里的水头好，不管年成好坏都能丰收，我在学校读书中午没有饭吃，饥饿的本能，亲情的指引，使我常常在吃饭的时候走进两个舅舅的家。两个舅母对我的突然光顾早已习惯，但是从来没有反感，更没有一次拒绝我，相反，总是从已经做好的饭菜里匀出我的一份。就是现在我也时常想到，在我的身体里，那可是深刻地蕴含着她们汗水的滋养；没有她们，我会是什么样子呢？真难想象。

我十九岁时离开故乡，也就离开舅舅舅母，但是我不管走到哪里，小蔡户都是我温暖的回忆，舅舅舅母都是我心中的亲人。那些点点滴滴的生活小事，总能勾起我对他们无尽的记忆和回忆。现在，三舅母谢世，让我失去父母一辈的最后亲人，但是那些铭刻于心的记忆，绵绵无尽的回忆，会让我更加珍惜远去的亲人，还有由她们承载的亲情。

三舅母，敬爱的三舅母，我固然无法留住您的生命，但是在我心里，我会永远留住您给我的点点滴滴，以及这些点点滴滴所闪耀的人性之美。

（2018 年 10 月 3 日奔丧途中）

贾先生的几个观点

1975 年我刚刚进入中央民族学院历史系学习的时候，文化底子十分浅薄，学术修养更是谈不上，但是对于有知识有学问的人，却有一种发自内心的敬重。这种情感并不神秘，就是源于少年时代确立起来的对于文化的敬仰。

这种浅薄的底蕴与高度的敬仰使我有一种特殊的心理与行为：与业缘相近的学者相交时敬而近之，对没有业缘的学者往往敬而远之。贾敬颜先生属于历史系第一代学人，我入学时贾先生却在研究部，不担任我们的任课老师，所以我们没有建立起来业缘；但是他在我们临近毕业时，却应陈佳荣老师邀请为我们开了一个文献学讲座。虽然不久我就重返西藏工作，但他，尤其是他在讲座上所发表的几个观点却一直留在我的心里。

留在心里的记忆要有具体的兴奋点巩固，回想起来，那个讲座尽管只有一个上午，却有几个精彩之处始终闪耀。首先是关于怎么做学问的问题。记忆中，他说学问家有聪明人和笨人两类，聪明人写长篇大论，高头讲章。他崇敬聪明人，却更加尊敬笨人，特别鼓励我们要善于做笨人。因为学问没有捷径，都是用笨功夫苦出来的。说到这里还拿起一本大约十万字的小册子，我已经没有准确记忆，但记得好像是考证《三国志》或者和某正史相关的目录学范畴的成果，说是他的一个学生做的。贾先生在历史文献方面十分专业，所以也就格外肯定和推崇这类“笨人”的成果，说

“这要比许多聪明的文章更有价值”。

另一个观点就是关于学问与兴趣。贾先生是学问家，当时他以蒙古史和元史研究见长，这样的学问家对于历史学问自然情有独钟。但他在讲座中似乎有点针对性，因为我们即将毕业，肯定会面临不同的分配结果，所以他特别提出，能做学问最好，如果做不了学问，那就做一个自己喜欢的工作也不错。说到这里还举了一个他家里的例子：他本来希望儿子能走自己的路，但是结果呢，儿子对于做学术研究没有兴趣，做会计倒做得很自在如意。

接着，他又向我们阐发了一个关于“通人”的观点。所谓通人，就是知识渊博贯通古今的人。“这是中国读书人的理想”，他这样告诉我们。千真万确，我们都有这种感觉与向往，学术界对于学问家尊崇的关键就是“博大精深、通晓古今”八个字，其实就是“通人”之谓。怎么才能做个“通人”呢？贾先生首先要我们多认识一些“门牌号码”，用今天的话说就是要多了解一些相关的图书信息，不一定需要读完每一本书，因为世上的书是读不完的，但要会读书。会读书的人越读越薄，不会读书的人越读越厚。这实在是读书的经验之谈啊。

当然，他说更重要的还是要善于使用工具书。工具书中有一类类书特别重要。于是从七略六艺讲到《古今图书集成》和《四库全书》。在历史文献领域，一般认为《四库全书》是丛书，其实也不尽然，比如首先它就是按照经史子集四部分类的，这就是“类书”的特点。但只有《古今图书集成》才是公认的最大型的类书，所以他特别强调《古今图书集成》。为了强化我们的印象，还讲了英国学者李约瑟写《中国科学技术史》的故事。说看上去李约瑟非常渊博辛苦，其实只要手边有一部《古今图书集成》就可以按图索骥了。他不是贬低李约瑟，而是在向我们强调学会使用类书的重要性。李约瑟自己也是这么说的，“我们经常查阅的最大的百科全书是《古今图书集成》”，并说“这是一件无上珍贵的礼物”。

对于贾先生我还有一段特别的记忆。我们毕业了，我进入拉萨市第六中学任教，但是仍然痴迷于历史学问，于是在那繁重的工作之余，孤寂清苦的生活环境中，继续痴心妄想做一个“笨人”，搞一个《中国少数民族历史资料汇编》。1980 年 12 月 17 日，我也给贾先生去了信，并且附上我的铅印计划，希望得到批评指点。那个时候他应该十分忙碌，也许是我休假后丢失，总之我没有收到他的回信。两年后我内调南京生活工作，沿途看望不少同学。在一同学处闲聊，这位同学向我道出了贾先生对我的评价，也算是给我的一个“回信”吧。

这位同学说前不久遇到了贾敬颜老师，他还特别提到了我。接着转述贾先生的话：“你们班里的管怀伦，今后可能……”真是巧了，说到这里，这位同学突然遇到急事，急得很，没能把关键的词汇说出来就去忙乎了，回来后也忘了下回分解，我也没有特别追问，但是估计不是贬损的意思。反正我是一直按照我所理解的意思自我勉励的。直到今天，虽无大成，也总算没有让故去的贾先生太过失望。

（2020 年 5 月 4 日中午）

纪念邓启铜老师

我和邓启铜老师彼此并不相识，是买了他主编点校的一套《文选》（6 册）和《战国策》（3 册），用得方便才想起看看点校者，也才知道了邓老师。原来邓老师主编点校的是一个“‘尚雅’国学经典书系”，由南京大学出版社出版，共分四辑，每辑十类，每类所收书籍多少不一。有的一类一书，有的一类几书，由于字体超大，所以册数宏富。一般学者能精校一书已经很不简单，而邓老师主编点校的却是一个庞大的系列，真是谈何容易！不信请看看以下书目。

根据该书系所列，四辑编次如下：第一辑《三字经 · 百家姓 · 千字文》《孙子兵法 · 三十六计》《孝经 · 弟子规 · 增广贤文》《龙文鞭影》《五字鉴》《声律启蒙 · 笠翁对韵》《千家诗 · 神童诗》《幼学琼林》《菜根谭》《唐诗三百首》；第二辑《庄子》《宋词三百首》《元曲三百首》《楚辞》《易经》《尚书》《诗经》《论语 · 大学 · 中庸》《老子 · 列子》《孟子》；第三辑《尔雅》《国语》《周礼》《仪礼》《礼记》《春秋公羊传》《春秋穀梁传》《武经七书》《古文观止》《荀子》；第四辑《古诗源》《吕氏春秋》《春秋左传》《战国策》《文选》《史记》《管子》《墨子》《山海经》《六朝文挈》。由于字大纸阔、阅读不累，每字标音、阅读不烦，页脚有注、阅读方便，所以很受欢迎，据说有的大学教授直接拿着这套书给大学生讲课。想想邓老师给读者带来多大的便利啊！

于是我想把整个书系悉数买下，也就再去古籍书店，但是书已售罄；回到家，根据书后的电话号码联系了出版单位，被告知书已断货，因为邓老师去世了。我很遗憾。那头的小姑娘还不忘追加一句，邓老师为这套书付出太大，耽误了治疗。我听到这个情况，也深为感动，感动于邓老师这样的学者，对于学问的执着与忘我。现在许多人不理解或者很难理解这种精神，而这恰恰是中国传统学人的价值追求与灵魂皈依。这种追求就是通过此岸（即现实世界）的某些方式而实现的。

这种方式是什么？就是立德、立功、立言。《左传・襄公二十四年》："太上有立德，其次有立功，其次有立言，虽久不废，此之谓不朽。"不朽的物质形式就是名垂青史，精神价值却是千古流芳。我少年时代的家乡就有一句广为人知的民谚，"雁过留声，人过留名"，这是中国文化中的不朽观渗透到乡村平凡生活的证明。所以芸芸众生在物质生活之外，并不在意丰功伟绩，但没有一个人不注重名声。"名声"其实就是道德评价的指标。22 岁的小战士雷锋凭什么永垂不朽？"立德"是也！对于帝王将相来说主要是立功，对于文人学者来讲，则主要是"立言"。所以，尽管李贺说"寻章摘句老雕虫，晓月当帘挂玉弓。不见年年辽海上，文章何处哭秋风"，但他还是不辞万苦，辛勤觅诗。我就看过一幅《李贺觅诗图》，所觅者何？是在追求一种永恒的价值，以实现不朽的目标。

邓老师是个学者，似无垂范千古的圣德，也无彪炳千秋的丰功，但是就凭主编点校的这套"'尚雅'国学经典书系"，已经足以不朽，起码其生命的价值不会因其逝去而像流星闪过，他会继续发光的。

（2019 年 2 月 26 日）

附：邓老师学生的回信

管中村老师，您好！

暂且这样称呼您吧！前几天在网络上无意中看到了您写的这篇《值得纪念的邓启铜老师》的文章，看得我泪流满面。感谢您对邓老师的厚爱和对我们书的支持。

我是邓老师的学生，一直跟随他十几年，虽然他不幸离开了我们，但在我们心中，他从未曾离去。他留下来的著作，我们都在竭尽全力发扬光大，还有他的遗作，我们也在联系出版社，尽快出版。

邓老师十几年如一日，呕心沥血，只为了呈现给读者一套“精”“准”“全”的国学丛书。虽然邓老师走了，但是他的精神犹在，一直鼓舞着我们前行。公司也在正常运转，如果您有需要，随时可以和我们联系。

我有个不情之请，不知您可否相助？因为您的文章写得行云流水、挥洒自如，对邓老师的为人和对现实的评价都很客观中肯，所以我们想转载一下您的文章，作为读者来信，挂在我们公司的天猫店上，您看是否可以？

我们不知道以怎样的方式联系您，所以采用这种“关注您”的方式联系，望谅！见字后麻烦您回复我们，或者电话联系（020-34218210，彭小姐），或者告知您的联系方式，谢谢！

说明：“管中村”是我在凯迪社区原创文学的注册网名。

悼念许胜勤大姐

今天完成两篇小文，想到凯迪先发一篇。点开原创文学栏，发现壱壱小书斋（许胜勤）大姐的《一个志愿者的随想》，很高兴，因为还在 10 月初我就知道她患上重症，从此只有私下微聊，现在凯迪重见，怎不让人高兴呢！再看原贴却是去年的，那也要回复一个。正在操作时，却窜出来绛珠小草“大姐仙逝”的跟帖，心里有些责怪小草是不是发了不确的信息，这时我的一行“祝愿书斋鼠年康泰”的跟帖也出来了。

因为大姐前段时间告诉我，有事会给我信的，我还是不放心，隔三岔五微信问问，大姐却对我说，“情况稳定，没有消息就是好消息”，让我放心，我也就真的放心了。但是春节，发去了拜年的微信，因为在紧张工作中，没有收到回信也没有太过在意；现在却看到小草这么一行字，与我的跟帖阴阳对立，于是立即拨了小草的电话求证。消息属实，是大姐的女儿告诉她的。2020 年 1 月 27 日，年过古稀的大姐真的走了。我们共同为善良美好的大姐就这么远走了而伤感、遗憾……

其实我和书斋大姐素昧平生，却在虚拟世界成为挚友，基本是无话不谈。十多年来，我的 600 多篇帖文，几乎篇篇都有她的鼓励；她的帖文我也总是尽量多读一些，尤其是《五鸡台书声》，我很喜欢，一直跟读，直到最后，也很想写个评论——其实她何尝不想让我做个评论，但是因为是长篇，必须要有相对集中的时间，而这对我来说的确有点为难，所以心里一直觉得亏欠了她，深感对不起，只是无可奈何，无可奈何。好在该书出版时我贡献了一些意见，这才稍觉心安。

大姐是一个名副其实的优秀教育工作者，虽然在一个卫校的讲台，但一站就是几十年，始终站在第一线，教的也是十分重要的政治理论课。不管人们理解不理解，她总是勤勤恳恳地履行自己的职责，边教边研，创造了一套集科学性、通俗性、趣味性于一体的教学方法，不仅使学生当堂获得艺术享受，而且影响深远，甚至受益终生，对此历届学生尽有好评。在泰安地区大姐可是桃李遍地，所到之处，只要学生知道许老师来了，无不真诚欢迎。能把老师当到这个份上，谈何容易，谈何容易啊，但是大姐就是做到了，怎不叫人敬重感佩！

老师是一个职业，但又是一个特殊的职业，尤其需要道德配位。大姐就是德才兼备的老师。她在教学之余，担任学校“心桥信箱”主持人，所开展的心理疏导，春风化雨，娓娓入心。有时就用书信、面谈等方式帮助那些家庭不幸、心理有障碍、误入歧途的孩子，甚至从不高的收入中挤出一些帮助生活困难的心理辅导对象。她擅长写作，也是写诗能手，所作的《护士之歌》和《助产士之歌》就是艺术的德育教材，深受学生喜爱，一唱多年，长久地发挥润物无声的教育功效。她所发表的 20 多篇学术论文，多数也是关于这类问题的研究成果。正是她的努力，她的成就，使她成为卫生学校的高级讲师。

大姐早就退休了，但她何曾休过一天，不仅继续回校任课，而且生前几年积极投身于义工行列，深入穷乡僻壤，遍访需要帮助的地方，而且以纪实文学的形式书写社会义工的群体形象，给更多的人以积极的影响。哪怕远在他乡的网友遇到麻烦，她也总是送去关怀，送去温暖，纾解精神压力，甚至把我也动员起来积极帮助他们。所有这些都是平凡至极的小善，但是我们更加需要的难道不正是这些平凡至极的小善吗？

大姐的生活是平凡而又诗化的。据已经逝去的绿窗珠帘介绍，她曾经在家里用杜甫《绝句》一诗的意境做了一道美膳，直让大家惊叹不已而不忍下箸。这个故事让人印象深刻。当然，这样的诗化生活也是多侧面的，

“案头一株含羞草，窗台一只小花猫，石下一棵新竹笋，心头一轮艳阳照。三十而立不能立，四十不惑惑不少，童心悠悠孩子王，百年树人乐陶陶”，道出了多少生活的意趣和真实。

诗化的生活必有纯洁高贵的精神世界。大姐在《一个志愿者的随想》里，不经意地道出了她精神世界的密码。她说：“我不是能量无比的太阳，没有光明和温暖洒向寰宇，我也不是知恩图报的月亮，把太阳无私馈赠的光明返还给神州。让我做一颗小星星吧，挂在夜空的天际给你眨着眼睛，送你一丝光亮，还有一丝由衷的同情。”也许人们并没有十分在意这篇文章，但我能够读懂，这是她生命中的绝唱。她在生命的最后时光里吐露出来的心声，真实地刻画出了她那纯洁高贵的灵魂。

悫悫小书斋，亲爱的书斋大姐，您真的走了吗？您就这么走了吗？我们十分不忍，您又何尝忍心，也许那个世界同样需要您那纯洁高贵的灵魂，您这才留下对我们的不忍走上新的路程。

（2020 年 1 月 28 日）

心香一瓣献故人

——悼念马立忠

都说人老了容易怀旧，其实未必，怀旧起码得有时间。我就没有更多从容怀旧的时间。但是最近一两年间还是经常想起一位战友——马立忠，为什么？也许冥冥中就有什么心灵感应。

我们本来是军委直属工程兵 51 师 115 团的战友，因为我在重机连，他在加修连，既不是同年兵（他是 1968 年兵、我是 1969 年兵），也不是老乡（他是河南人、我是安徽人），所以并不相识。1973 年春天，我们才相识交际。

这年春天，51 师共有 55 名退伍军人被安排到拉萨市交通建设局工作，虽然我被指定为带队的“排长”，但是直到 3 月份我们才在宝鸡市的东方红饭店会合。

但是真正的交际从柳园开始。柳园是进藏物资的中转站，我们在这里等候“北京牌”大巴车。我与他还有张贵金同住一个宿舍。他们两位都是息县人，但不是一个公社的，张是岗李公社，马是东岳公社。

他喜欢打牌，我喜欢下棋，玩不到一块，但是能够说到一块。每天晚上我们都是天南海北没完没了地闲聊，但是他的话远没有张贵金的多，嗓门也没有张贵金的大，可是他脾气特好，从来不生气，总是笑嘻嘻。

到拉萨了，我进交通建设局做机要秘书，他被分到中修厂。后来我下到市政工程队，他还在机修厂。厂在北郊，那里的厂房越来越多，我除了去喻辉那里，就是去他那里多，有时也在他那用餐，偶尔还有泸州大曲。

一晃两年过去了，我回到北京上学，他还留在厂里干机修。三年后我毕业，走进拉萨市第六中学，他还在那里，似乎变化不大。我们离得远了，更主要的是我的工作负荷超重，所以再像从前那样相会闲聊已经没有可能。

但是，1980年还是1981年的一天，他来了，而且和张贵金一起到六中，既是来看看我，也是来告别的，说是要内调了。我们彼此惜别，互相留了通信地址。直到现在，他留下的地址还在我的笔记本里珍藏着，算来也都四十年了。

我和现在落户成都的王章银基本年年通话，王是我团运输链的，罗山县人。我几次向他打听马立忠的消息都没结果，去年王回河南终于见到了马。今天上午，王又来了电话，对我说见到了马，但是精神状态不太好，似乎有痴呆的迹象。

尽管如此，我还是很高兴，请他尽快给找出马的电话。但是错了一个数字，我正想向王要正确的号码，王的电话又来了，说“马立忠已经走了，今年初走的，脑出血”。我有些懵，怎么就没有能够早点得到他的电话号码呢？哪怕送上一句问候也好啊！现在，连说几句话的机会都没有了，怎不叫人悲叹。

但是不管多长时间没有联系，我都牢牢地记住他：不高的身材，显得单薄，白白的肤色，正好配着温和的性格，脸上挂着永不凋谢的微笑，总是以河南话把我从“小管”喊到了“老管”。内调河南息县后，安排在水利局下面的一个单位工作，一仍其旧，与世无争。

相信即使他在离世前，也是把想念我的特殊信息发送了出来，要不然我怎么就会在最近一两年间更多地想起他。马立忠，亲爱的战友，安息吧！今生虽然永别，但是我想念你的心花却总是开放并馨香着。顺告一声，刚才我还致电府上亲人，送去我的慰问。

（2020 年 6 月 4 日）

亲见故乡新农村

昨天在县城参加战友会，会后宏堂驾车，国华陪同，前往我曾经长期生活的姑母家看看。

姑母已经不在人世，此行就是看看表哥表嫂。表哥 82 岁，表嫂 78 岁，孩子在县城工作生活，他们坚守在老宅。老宅是 30 年前建的，宽敞明亮，只是没有翻新，的确也没有必要翻新。他们一辈子就是平凡地忙着一件一件小事，过着一天一天日子的农民，现在已经有些老态，也是自然，但是精神很好，笑容平和而亲切，语言干净而利索。

几位乡邻也都很好。我刚进村，邻家的二表嫂一眼就认出了我，我反而没有认出她；进到表哥表嫂家后，她还再一次前来看看我，笑意盈盈，让我想起当年的那个大美人。临别，我对她说还记得她做新娘闹洞房的情景，她笑得很开心。她也 78 岁了，儿子在省城做交警。顺眼扫了一下她的家，装修过了，地上铺着大块的瓷砖，堂屋敞亮干净。

少年伙伴成桃，一向没有野心，现在还是住在老宅，戴着草帽，坐在宅旁的小凳上。我没认出来，但是看到一堆黄鳝笼子，人在穿钓，那是准备下笼，于是猜想是他，结果真的是他。触景生情，想起少年时代的我，也是这样“诱捕”黄鳝的，眼前的情景也就变得更加亲切。当然，还有大明和必香，我们总在一起的，但是没有见到。

放眼望去，村舍有新有旧，显然不是统一规划建设的，成色大都是“3G”“4G”级别的。自来水早就通了，但是村头施工被挖断了管子，我们洗手用的还是从前的机井水。挖沟也是机器操作，虽然一堆人，但是围着挖掘机转。水泥路面一直通到家家户户的门前，雨天再也不会遭遇泥泞不堪的狼狈。来不及看看卫生设备，但是几年前已在舅舅家的村子里看过，都是焕然一新的。

来时，顺着正在改造的合蚌路，过了梁园镇岔到过去常走的那条一直通到杨店的路上。当年是土路，后来变成石子路，几年前还是水泥路面，现在已经是乌黑油亮的柏油路。路面光滑、平坦，在阳光的照射下，闪耀着现代文明的光彩，车行其上，格外舒坦，不由得赞叹连连。尤其让我惊讶的是公交车已经通到黄栗，也就是我的目的地。

路边的花朵成群结队地开放，五颜六色，灿烂耀眼。花丛中，等距离的路灯杆子矗立两边，路灯是太阳能的，长方形的灯罩，整齐划一地分布在空中，一丝不苟地排列着，放眼看去，空中画出了两条长长的弧线。想想到了夜晚，华灯齐放，放射出来的光明该是多么迷人啊！

时间很急，匆匆地相见，匆匆地分别，来不及拜望更多的乡邻和儿时的玩伴，难以掌握更加丰沛的乡村内涵，但是看见的都是人寿年丰的景象。我想，不去高攀对比，这样的社会主义新农村，对于我们这个历来贫穷落后的乡村来说，不仅超越了多少代人的诗意梦想，更超越了我在少年时代神话一般的追求。

（2020 年 8 月 2 日）

校庆抒怀

——纪念中共南京市委党校六十五周年

钟山之麓，灵山脚下，有中共南京市委党校。始建在立国之初，中兴于改开之后，屡有沉浮，亦多兴废，至今六十五载。公元 2010 年，新址奠基，规模更进，占地两百五十余亩，历经三年建设而成。

幸得仙林地利，自立高校之林。群山拥抱，清溪环绕，钟灵毓秀，远避尘嚣，云蒸霞蔚，勃勃生机。山水格局与党校特色融通，现代建筑与自然景观相映；古今元素合璧，园林风格生辉；外彰东南形胜，内聚汉唐气韵。华屋高堂，器宇轩昂，巧夺天工，淳朴庄重，神采丰沛，气势凛然。

广场坦荡，风流气扬；红日高照，国旗迎门；山石厚重，镌刻丹青；疾步缓行，如走天庭；曲径引领，回廊肃静；茂林修竹，锦绣画屏；春兰有致，夏草繁盛，秋菊播芳，冬梅吐芬，四时交替，各呈其韵；水流淙淙，鸟鸣声声；碧池涟漪，波光粼粼，清澈见底，洗心照人。

楼宇之中，厅室相连，内外交通，上下迅达。日月关心，风雨不侵。格调典雅，婉拒奢华。设施现代，功能齐全；声光电化，立体效应。观则赏心悦目，踞而神闲气定。师者危坐，空谷传声；学子咸集，虚堂习听；

教学相长，孜孜谆谆；幽静幽思，迭出高论。

风云校史，回首一瞬；大江东去，未来无垠。立校根本，于心长铭；党校姓党，理所应当；解放思想，实践为本；实事求是，主义灵魂；与时俱进，精神长青；求真务实，事必有成；为公为民，不朽圣训；传道授业，辈出精英；人文渊薮，期永昌盛。诗曰：

金陵多绮丽，山水邀万家。
物阜惠苍生，文章照华夏。
史册有血泪，竹帛存风雅。
党校添一晟，胜地绽新葩。

（2015 年 10 月 16 日）

编后赘言：抒情散文是散文中的一个重要类型，重在表达作者的主观感受，抒发作者的特有情怀，其表达形式可直可曲，直则直抒胸臆，曲则借物抒情。在比较定型的写作方式上，通常感情真挚、语言生动，运用象征和比拟手法，形象表达思想感情，以强化艺术感染力。但以我的写作体会，许多记叙真实情景、人物却又饱含作者深情幽思的文章，同样具有艺术感染力，或许也可归入抒情散文类。我在本编且做尝试。

第二编　记叙散文

欢迎刘道宏入群

刘道宏今天加入“战友俱乐部”。这个俱乐部是张红堂建的肥东县1969年入伍老兵的一个活动平台和联络中心。道宏来了，让我想起了许多往事，随手写下，算是对他的欢迎。

我和道宏同属黄栗公社，但不在一个生产大队，我在黄栗，他在刘集。1969年初，我们公社三十二人报名参军，但是只能带走十六人。于是大家被集中在大李小学举办学习班，解决“走得愉快，留得安心”的问题。我是临时负责人。我们就是在这个班上相识的。

学习班结束后，我们回家都往西走，自然结伴而行，路上至少还有刘德宽、杨庆才等人，有说有笑，穿过河西大塘埂，再爬一个高坡，然后就是长长的田间小道，走到朱大户后面遇到了雨，也是为了更多地玩玩，大家一起钻进高粱秆搽起的地头窝棚里。

一群刚刚走出少年进入青年的大男孩，心无城府，口无遮拦，七嘴八舌，热热闹闹。因为有了大约一周的互相了解，不免互相称赞着，调笑着，所以窝棚虽小，里面却装满了青春的快乐和欢笑。直到雨小了，我们才钻出窝棚走上各自回家的路。

到了部队，他在警通排，我在重机连，常有走动。我们都有文化追求，特别向往文化人。那天中午，他带我去见宣传队的一个文化兵，陕西人，刚刚参加写作培训班回来，还在一份刊物上发表了一篇小说，名叫《七叶一枝花》。那时我们还是文化门外汉。

1973年我退伍，进入西藏工作，但我们一直保持通信。他的字总是写得规规矩矩。我还记得，他在1974年退伍，晚我一年，但被安排到中联部工作，只是工作地点不在北京而在四川省的永川县（现为永川区）。后来他又回到安徽工作生活。

大约五年前，我去同学夏邦发处，问他“与道宏可有联系”，他们正好不久前见过，于是我们一起走进道宏家。道宏夫人很热情，做的小菜我很喜欢，不仅吃得多，走时还带了一瓶。后来道宏夫人在电话里还要我再去拿她做的小菜。真的好吃，让人想念。

道宏虽然小我两岁，但也是老人了。今天入群，是来得晚一些，可毕竟来了。人在这个年龄，能有这样的相聚，是一种快乐，也是一种安慰，更是一份珍惜。欢迎你，道宏，曾经的同乡、同袍。由乡谊和军中伦理共同酿造的战友情，还有那些曾经的往事，点点滴滴，今天想起仍然醇香而甜蜜。

（2021 年 3 月 4 日）

天津东站琐记

（1）突遇大雨

上午讲完课，中午吃过饭，经过一个多小时的奔波，终于来到天津东站。送站的两朵金花与我拜拜了，愤怒，竟然没有对我依依不舍。

我从容进站。没有想到快到进口处，黄豆大的雨点从天而降。我坚持君子不乱步也，但是走到进口处，雨点好像生气了，狂泼。通道很窄，外面的乘客往里挤，里面的工作人员却在按部就班地检查。你就不能变通一点吗?

急中生智，我一把抓住前面那位姑娘的伞把，在她一惊之际我已经举了起来，一下子救了好几个脑袋。姑娘回头一看，反应过来了，笑笑。左边一个金光闪闪的土豪，竟然谢谢我。右边才是我自己，也就不用谢了。

（2）水贵如酒

八块钱买了一瓶阿尔山矿泉水。知道喝了也不能成仙，但是不喝过不去，无可奈何，无计可施，无处可求，只得买。付款时我问多少钱一瓶，服务员很机智，先扫条形码然后再回答。我暗自佩服。

别以为这是最贵的，还有 15 块钱一瓶的。我问：“你们标的不是 1.5 元吗？”服务员告诉我，那是 15 元。我一边懊恼眼神不好，一边庆幸没拿那个“1.5 元”的。因为我始终牢记“圣人”的教导：不贪便宜不上当。

站台上等车无聊，向服务员抱怨，她问哪买的，我说里面，她说里面的东西都贵。好像说是外包的，没听清，也搞不懂，外包的就这德行？那为什么不“内包”呢？我知道酒贵，但是便宜一点的又能比这水贵到哪里去呢！

（3）又闷又热

天热应该批评玉皇大帝没有领导好，不该批评火车站；但是不开空调或者空调开得不到位总不能批评玉皇大帝吧！我还是是非分明的，知道上帝的责任是上帝的，领导的责任是领导的。

正在苦苦煎熬，座位的左边送来一阵热浪。一看是位穿着短裤短衫的中年已过老年不够的汉子。看样子人挺好，我没有与之搭话——忙着“文字写生”呢，他却看得憋不住了，问我：“听说这手机里什么都有啊，这里打仗那里打仗的消息都有，是吗？”

我的定力不错，没有目瞪口呆，但是心里的确惊讶，好像遇到了一位久居世外桃源而不知魏晋更不知有汉的人。但也有点不太相信，瞟了一眼，再瞟一眼，又瞟了一眼，觉得他目前还没有加入骗子队伍。于是问他：“是送亲戚的吧？”我果然英明，他就是送亲戚的，还有四十分钟，亲戚转商店，他来这里歇歇，显然把我当作街坊邻居了。

（4）找错钱了

太太说，我回来时她要带盟盟和优优去南京南站接我，顺便玩玩；反正就是两站路，我没反对。还没出发就计划买点什么，不然两个孙子热饽饽，饽饽热的，做爷爷的反倒会不好意思了。

到了车站，天上下雨，没有带伞，不好上街；再说也就一个小时，走远势必紧张，没有必要。就在站内转悠一圈，商品琳琅满目，品种大同小异，心中感叹，创新真难。最后决定买两盒水果一盒大麻花，总共六十八元。

拿出一张百元现钞交给服务员，她很认真地验了真伪，自然没有问题，于是找零。一看，她竟然给我找回来七十八元。我只好对她说：“姑娘，你找错了，我一共消费六十八元，你应该找我三十二元才对。”

她知错即改，令人敬佩，但就是一副无动于衷的表情。我虽然并不在乎她，却很在乎自己：人不能丧德，丧德必有报应。若论本心，当然希望小姑娘能够更多一点教养，至少应该谢我一声吧。

（2016年8月12日）

独立自主买衣服

西服的内衬是薄型羊毛衫，因为今年的春天不务正业，总是冷飕飕的，羊毛衫也就一直坚守岗位。但是早起出发前，发现右胸处有两点油渍，马虎看还说得过去，认真看就让人很在意。

到了郑州，怎么看都不自在。再说了，好不容易来一趟，总得浏览一下市容，看看郑州的风貌吧。那就一举两得，利用下午的空档期去商场做客。

招了三个的士都有客，不耐烦，坐上一辆电动三轮车，便宜不说，还能密切联系车主，说说天南，聊聊海北，东张张，西望望，也就到了二七万达，好像比什么车坐得都舒服，优哉游哉，不亦乐乎。

在家购物，一直坚定不移地坚持太太的领导地位不动摇，而且始终与太太保持高度一致，最多也就贡献一点民智，表达一点愿望；到了这里，情况特殊，山高太太远，虽然惶惶不可无君，只能独立自主一把。

“姑娘，有适合我穿的长袖衬衣吗？”我问。她指着一件暗红色的衬衣，我心知肚明，虽然靓，但不合身份。她又推荐一款碎花型的，还说穿上这个显得年轻。但她不知道我并不要什么年轻，而是合体合适就行。

又没成交。再看看，眼睛一亮，用手一指，说：“姑娘，请把这件拿给我看看。”她马上走上前去取下衣服。我不清楚要穿多大的，但是知道“子入太庙每事问”，姑娘说根据我的身材，85 的可以。我追问一句“领子呢？”她答 42。“看看！”我当机立断接过来，走进试衣间。

上面虽然合适，肚子有点碍事。我清楚，作为内衬并无大碍，稍紧一点反倒更好，主要是小领的款式和深蓝色的格调适合配我的西服。决定买下了，这才想起还要给钱。“多少钱？”我问。她噼里啪啦一番，说 320。“行。”她请我去付款，我却请她代劳！这厢立马换装，精神的确焕发了一些。

好事成双，再来一件吧，于是请教去哪里能够买到更好一点的。她说那就去鄂尔多斯。谢过，自自在在地走向对面的鄂尔多斯——当然，这个鄂尔多斯可不是那个遥远的内蒙古大草原上的鄂尔多斯。

又是在颜色上反复较量，我知道已经往日不再——遥想当年，每每购衣，随手一指，取下一试，合适者十之八九。但是，但是，现在了，需要谨慎小心，既不能贪色，也不能轻色，不得不慎重、计较，尤其是在脱离太太领导的情况下，更应小心小心再小心。

终于选中一款黑白相偕的小方格衬衣，说是纯棉，姑妄信之，问明价格 700 元。作为乐趣，讨价还价，最后 600 元成交。有了这么两件新衣，不仅走上讲台更加自信，对于将要真正到来的春天，也多了一份从容。

（2017 年 4 月 12 日郑州）

商丘随笔

（1）发展中景象

商丘站候车厅的地是大理石的，椅子也是现代的，但是坐在上面的人的打扮却很像过去。整个大厅看上去就是黑压压的感觉，让我想起当年，我也坐在地下，成为别人眼中的这等景观。

告知牌都是现代材料做的，但是已经被烟熏出了古董色，我有些不信，到处寻找人间烟火，发现入口处基本都有卖熟食的。估计古董色都是他们“做”出来的。转而一想，他们不做“古董”又能怎么办呢，唉！

我是 K1064 次车，什么时间到菏泽，菏泽方面已经问了好几次，没有答案；好不容易逮着一个站务人员，一问还是不知，要我上车问。到了检票口，又问了，他的回答我没听清。算了，反正总会到的。

真的被高铁、动车娇惯坏了，已经没有别的概念，终于等来了车，原以为是动车、高铁，结果都不是，是我没有见过的大平脸，车头像堵墙，披着绿色。好怀旧啊，存在决定意识，不怀旧都难！看看车上的男女同胞，举止做派也还是几十年前的样儿，甚至连话题都与现在的气息距离很远。

我在想，远古时代的昌明之地为什么就不能赶上这趟现代的列车？郁闷。

（2016 年 10 月 21 日在 K1064 次车上）

（2）新旧并存

前天我刚写过商丘站里的发展中景象，那是去菏泽时的亲历真见，就像从一个发达的世界进入一个很不发达的地方。今天回来，坐着过去的火车进入今天的商丘站，那可完全是从不发达地区进入发达地区的感觉。

原来商丘站里新旧并存、高低互补，西边是老站，东边是新站。新站就是高铁站。出了旧站，经过一番寻寻觅觅，一边欣赏广场的秋菊，一边走进高铁候车厅，论感觉，就像从黑暗走向光明，从过去走进现在。

最让我震撼的是人行通道，崭新的大理石地砖让地面光洁如镜，乳白色的篷梁感觉一尘不染。尤其是那深长的通道，因为深长而把通道显得有些狭窄；因为狭窄又把通道比照得很长很长，但却很是气派，出乎我的想象，有些兴奋，真想高呼一声“啊！”

检票口不像那边，已经告别手工作业，安检和其他细节完全标准化、电子化操作。大厅也很开阔，成片的联排座椅，枣红色的垫子华贵养眼，安置着完全不同于那边的人们。“啊！”已经不能表达我内心的震撼，“危乎壮哉”才是我最想用来形容大厅的宏伟，抒发对现代化建筑魅力感受的词汇！

商丘，谢谢你，你以最直观的方式让我最直接地观察并感受了一次传统与现代的分野，先进与落后的比拼！

（2016 年 10 月 23 日写于商丘站）

（3）算算小账

教条主义害死人，千真万确。从菏泽到商丘，我恪守 10 点 20 分到站的票上时间，想想有半个小时周转，于是下车后就去溜达一圈，谁知转身回来 1900 次高铁已经停检。站务说就差几分钟。其实是铁路误点误了我，因为我没有听到他们的误点告知。大概是经常的事，麻木了吧！

改签吧，只能改签了，快的要等 55 分钟，但是一等座，还要重新刷票，再去退原票的票价。我一听，头皮发麻，打住。那二等座呢？原价，不需要重新刷票，也有座位，但是 13 点 55 分开车。我立即选择二等座。

首先，今天下午没有工作安排，可以潇洒一下，索性利用这点时间去找一个特色小吃，既解决中餐问题，也给商丘的某个店家增加一笔收入。再说了，经常坐一等座也没有坐出多少优越感，二等座上那个小桌子特别适合我放置电脑敲字。

当然还有一个经济成本计算，如果坐一等座，从时间上说不过提前一个多小时，接近两个小时吧，不说其他麻烦，就成本而论，还需要另外补交 150 元，似乎没有必要。现在虽然多等近两个小时的车，却节约下 150

元，平均每个小时75元，其价值远远高出平均工资。这是以时间换取的经济价值，也是最大限度地减少经济损失的一个道理。

还有一个精神价值呢，不能不说，我可以更从容地观察这里的地物地貌，世道人情。吃过饭再来说说吧。如果没有时间，也就到此打住。

（2016年10月23日11点45分）

菏泽随记

（1）

21日夜里到菏泽，已经快23点了，很想看看市容，但是夜色不给力，师傅的车子似乎一晃也就到了。算了吧，那就明天再说。

“明天”来了，本想把睡眠的时间延长点，降低疲劳度，至少也要睡到七点吧。但是在六点钟，睡意正浓，先是雄鸡高唱，接着鞭炮齐鸣，还有惊天动地的巨响。不解，课间询问学员，方知外地新娘嫁入本地，先住宾馆，早起迎娶。噢，原来如此。

那雄鸡高唱又该作何解释呢？学员没有告诉我，陪同的小李老师对我说，她也是第一次来菏泽，发现许多高楼的背后就是乡村。到目前为止我还没有亲见，那就以她的观察代替答案：原来是都市里的“乡音”啊！这肯定不是先进的标志，但也不能简单以“落后”表达。也许你有自己的不满，这里的人民却很乐意。

我的论断是有根据的，还在21日夜晚的火车上，我既为身边的汗味和脚味不爽，也想多了解一点菏泽现状，于是向对面与邻座的菏泽人打听，虽然他们说不出所以然，却送给我一句：“这几年我们发展很快。”十分满意的，信心满满的。孤证难立，课间与学员交谈，对于发展，他们也是十分满意，信心满满。

我住的宾馆还算不错，最满意的地方就是宽敞。但是睡前盥洗却遇到一个“空炮弹”，不能不说是个奇迹。打开牙具，扎破迷你管装牙膏，一挤却是空气，这倒不稀奇，稀奇的是它只有空气。真想拍个照，一想这是发展中现象，再说了，做人嘛，还是厚道点。

别说，宾馆的服务还真厚道。一整天满满六个小时的课讲完了，还是觉得中午装进肚子里的饭菜不愿意撤退，于是请餐厅熬点小米粥，加点小菜，当然再加两只小馒头。足足等了半个多小时，不是怠慢，而是厚道：小米需要现熬。上来了，大半盆小米粥，一碟凉菜，还有四只馒头。馒头也是烫手的。还要说吗？厚道已在不言中。

已经凌晨了，还想再睡，早起后的九点多，我将踏上返程的火车，可以借助白天，好好浏览这真正的北国风光。车子嘛，还是那趟有些落伍了的“K”字号，到了商丘才能转“G”。但是这里的人们已经告诉我，2018年高铁将会通到这里。我说快了，大家一起附和“快了”。快了，就是“快乐”。祝愿这里的人们能在2018年更加快乐！

（2016年10月23日1点）

（2）

进山问樵夫，入水问渔父，这是古训，也是古人积累的生活经验，就是说人到陌生之地需要善问。但是，现在的樵夫渔父都改行了，怎么办？对于新上岗的的士师傅最好能够谦恭以待，他们往往就是一地的活字典。我就是这样做的。

走出宾馆，终于能够呼吸菏泽大街上的空气，瑟瑟秋风，淅淅秋雨，让我心情极佳，立即与的士师傅结缘，请他绕绕路，让我浏览一下菏泽的市容。师傅是个小伙子，善谈，不停地给我指点讲解，说了一串特色饮食，我没有兴趣，我从不在乎吃什么。

他毫不讳言“菏泽很穷”，最好的产业就是牡丹。这被候车厅的装饰证明，那里除了一串一串的大红灯笼外，就是挂在墙上鲜艳夺目的牡丹画。我以为洛阳的牡丹闻名于世，是他刷新了我的观念，让我知道在过去的时代，菏泽人穷，只能培植花苗；洛阳人有钱，专门买菏泽的牡丹花苗栽培出再去卖。啊，原来两家是个产业链，菏泽的牡丹还是洛阳牡丹的上游产品啊！

但是现在菏泽要打造牡丹产业，所以国家发钱给农民种植牡丹，然后提炼牡丹油，既能吃，也能美容。为这事，一路上师傅津津乐道。我不知就里，但我相信，因为它符合国家十三五规划中全面建成小康社会的总体战略要求。

说到这里，师傅不无惋惜：“牡丹的确好看，就是花期太短，只有一个礼拜。”这倒是个新的审美情感和观点，不像古人那样认为“牡丹虽好空入目”。因为一个“空”字全部否定了牡丹的经济价值。但愿牡丹既能成为支撑菏泽民生的产业，更能成为更多人的审美对象，那样，二者相互支持相得益彰，将使菏泽牡丹自身价值发生一个新飞跃。

（2016 年 10 月 23 日在 K125 次车上）

高铁四记

（1）我被侵略

等火车，遇到的人自然大多都是等火车的。一人一座并不紧张，座位上各干各的，各看各的，应该相安无事，无话可说。

我正在浏览新闻，脚尖被碰了一下，而且有被“狠狠”地碰了一下的那种力度，抬头一看，是斜对面的一位先生，年龄不比我高，但也不小，是他把自己的“贵足”伸了过来。

本来，人在旅途，磕磕绊绊，难以避免，完全不必介意，但是这位先生实在过分，不仅越过三八线，还把脚伸到了鸭绿江边，不管有没有侵略的意图，行为本身已经构成侵略。如果把我换成一个年轻人呢……

我没有发表严正抗议，只是调整自己，把脚缩到座位下面。再观察几秒，发现他虽然实际构成侵略，其实没有敌意，就是不良习惯使然。

但见他手拿一份报纸，精力似乎集中，身子却既不笔直又不前倾。坐不如钟也就罢了，为什么非要把身子往下坠塌呢？就是这么一坠塌，少说让自己的腿脚“长”了 30 厘米以上，能不越过汉界楚河吗？

这位先生还有一个毛病，就是动作夸张。人在公共场合，不管男女，腿的分岔度不能太大吧，太大不雅。这位先生两腿的分岔幅度少说也有 45 度，那个夸张程度不仅让人见之生厌，而且严重侵占了左右两侧的空间，使人唯恐避之而不及。

还有比这更恶劣的，就是他不断地“运动”，估计是小儿多动症没有治好，带到了老年。我被“狠狠”地碰了那一下，其实就是他的“运动”成果。试想已经具备上面的两个不良行为了，再加上不停地“运动”，所以行为越界也就再自然不过了。

（2017 年 12 月 3 日）

（2）腹诽高铁

高铁真好，比飞机是慢点，但是准时准点，慢中有快。每次外出，站到月台上，看着高铁唰地一下通过，感觉那种射箭一般的速度，真是享受，心中自豪。

还有一种享受，就是观看停车。如此高速地呼啸而至，几乎一米不差地停在该停的地方，越是认真观看，越是觉得享受。

但是最近有点不满了，因为近来几乎天天外出，不管省内省外，车程都在一个小时之内，自然以火车出行为主，结果天天都有不满发生。

因为高铁每次停站基本都是错位的，就说今天吧，我是二车厢，车门竟然与标志号码相差七八米之遥。因此之故，整齐的队伍也就被硬生生地打乱。我对混乱从来都是反感的，也就不免在心里批评高铁的停车水平。

如果没有前面的经验，这种不满也就无从产生，问题是前面的经验证明，是可以把车停得更有水平的，那么又是什么原因使高铁在停车的问题上变得时间准点却不能空间对正呢？

司机总是新手？也许吧。但这是主要原因吗？即便是，我的腹诽还是难免的。

（2017 年 11 月 18 日）

（3）捐了 20 元

9 点 46 分的火车，比较从容地进站，看见昨天的那个老太还在入口处乞讨。乞讨的理由就是儿子发生交通事故死了，这与昨天听到的一样。

恻隐之心人皆有之，看她那个样子，年龄应该比我小，但沧桑之态却让人怜悯。前面安检把我暂时留在这位老妇的旁边。看到她手里捏着一本证件，几枚硬币，伸出的手连小朋友也没放过，我确实有点心下不忍。

手伸进包里，摸出一张 10 元，这是我的心理标准，但出包一看是 50 元；再深入一次，两张 10 元，一张 20 元，一张 50 元，紧密地团结在一起。现在已经觉得 10 元似乎少了点，于是舍去两端取其中间，给她 20 元。来不及听她的谢词，我已进站安检了。

我当然知道当今社会最不缺的就是骗子，但想想她除非没有儿子，否则哪个母亲愿以自己儿子为诅咒对象呢？因为不敢完全相信她的话，所以不愿给得太多；也是因为不能完全不相信她的话，所以给一点吧。

苍天在上，我只是略尽善念而已。

（2017 年 11 月 21 日）

（4）邻座的读者

坐着高铁追风，看着夕阳比火还红。有些累，什么也不想看，就在座位上，盘算着怎样才能把今天晚上的觉睡得更好，以完成明天上午的工作任务。

发现左边座位上方，有一本书在不停地晃，书有些厚，还不时传来哗啦哗啦的翻页响。没有看清读者，但可以肯定不是女性，此人已经“躲”到放倒的椅子背上，但我更关心这是一本什么书，而不是那个读者是个什么人。

我对书总是有些好奇，尽管如此也不便打搅人家，还是下意识地侧转头，看看这到底是一本什么书。啊，原来是《易经的奥秘》，好有品位的一本书！看不清出版单位，也不知道书的作者，当然这些也不是我特别关心的问题。

因为研究问题需要，我已经买过一本《易经》，但仅仅浏览了一遍，没有来得及细看。看看邻座的读者，四十岁上下，面相年轻。手里的书已翻到中间的位置。不用说，文化基础很好的。我对读书人从来就有特殊情愫，对阅读《易经的奥秘》的读者那就更有不同于对一般读者的尊敬。

再看他的阅读，不用交谈，仅从他专心致志的神情判断，他是读进去了，这是最令我感动而敬佩的地方。想想我书房里的那本《易经》，什么时候才能够好好地阅读、深深地体会呢？唉，我也不知道究竟从什么开始，读书变得有点奢侈，有时，就像现在，连读一本《易经》的想法竟然也成了奢望！

（2017 年 12 月 4 日）

“高祥胜”皮带

高祥胜，怎么样，没有听说过这个名字吧？相信你没听说过；不过我相信你在今后的某个时候会知道这个名字的，当然它肯定不会惊天动地，而是在你的裤子需要皮带管束的时候，也许就会想起它，想起一个叫作“高祥胜”的商标，还有经营这个商标的高祥胜师傅。

应该是在三四年前，我第一次来芜湖讲课，发现学校门口有一个并不起眼的皮具店，因为需要也就停下脚步，摸摸，看看，感觉这里的皮带好，值得信任，当时就更新换代，一年下来，用得不错，真的不错，比我先前用的品牌强多了。那些个品牌表面光鲜，但没有一个善终，甚至连“将军牌”的皮带也不过金玉其表败絮其中，最终也是夭折。而高师傅的皮带就是耐用，一年下来基本没有变样。

高师傅原来就是一位普通工人，一位普通的退休工人。每次来讲课都要和他聊聊，知道他学过理发，做过铣工，还干过名声好听的车工，需要用脑子的配件工，后来又去做瓦工。因为穷，讨了个农村老婆，为了生计，工余卖菜。就在菜摊旁边，认识了一个做皮带的师傅，他就连观察带请教，总算入了行。55 岁退休，正式做起皮具生意，算来也有五年了。

但他不同于一般的小混混和老混混，十分钻研技术，而且讲究诚信，保证他的皮带不裂不断。更可贵的是他很有前瞻性，还是前年，就对远在广东打工的儿子说过，他俩也要开展竞争，看谁赚的钱多。说完这话侧过脸来向我笑称，没有竞争就没有动力。我赞赏他的观点。

就是这一次，他不无炫耀地对我说：“我做的皮带都有特殊标记，别人仿不了。”是的，千真万确，那个标记就是一只形状优美但又高傲的公鸡。我问他为什么不搞个注册商标，他说正在申请，不容易。今天再次见到他，他已经把注册商标高高地摆在货架上，是一个鸡头龙身的图案。特别是那个龙身，既是皮带的形象，更有腾飞的寓意。

人能成事，须有志气。志是方向，气是动力。动力不是一时的冲动，而是持续的发动。支撑这种持续发动的动力源于信仰。没有信仰的人就没有根。高师傅固然也在追求钞票，但他同时也在追求生命的意义。他对着我说：“就像你，难道缺吃少穿吗？但你还在干，其实就在追求生命的意义。”不得不服，我的确也有这样的追求啊！他接着说，要干到 70 岁，让儿孙后人讲起自己来，觉得还是做了一番事业的。多么中国化的信仰啊！我肃然起敬。

几年了，我不断地把丧偶的皮带头带过来，借用高师傅的巧手重新组合，已经玉成了四五桩美满的佳配。我从经历中获得一种信心，相信高师傅的未来会更加美好，“高祥胜”皮带将会系在更多人的腰上。

（2017 年 4 月 5 日芜湖）

秦山“触”核

秦山不是旅游景点，我的秦山之行也不是为了旅游，而是今天上午要在秦山核电站开个专题讲座，来后才知道，讲座的对象是整个中国核电集团的中层领导，来自全国十多家核电单位。对于讲课来说，层次越高越好讲，所以两个小时四十分钟一气呵成，感觉畅快。

饭后，党委的同志十分热情，专门安排我参观厂区。陪同我进厂区的夏同志告诉我，这里负责警卫的有一个连的军人——我看到了，对面就站着荷枪实弹的战士，但是执行检查任务的却是穿制服的工作人员，就是他们在门前检查我们的车辆。

不知哪个沟通环节出了点故障，虽然陪同的同志与他们彼此相识，但是毫不通融，当然也没有人要求通融，所以我们被制止前行，直到组织处的电话再次打来，检查的同志还盘问我是从哪里来的，并登记在案才予放行。陪同的夏同志大概担心我不愉快，向我解释。我说这种情形我充分理解，因为这里可是特殊的生产重地，严格安检就是对社会高度负责，所以我特别高兴。

也不能说我对“核”就一无所知，但毕竟是第一次实地“触”核，对于核电也的确没有系统的专业知识，所以我很谨慎。但是夏同志的讲解真好，概念清晰，语言流畅，环环相扣，逻辑线索十分严谨，让我免费听了一课，感觉很有收获，至少获得了以下知识——物质世界是由元素构成的，任何元素都是由原子构成的。原子由带正电的原子核和围绕它高速运转的带负电的电子构成。核能就是原子能，是原子核里的核子重新分配时释放出来的能量，可被大规模应用的，一种是裂变能，一种是聚变能。核电站所用的核燃料就是铀-235。至于工作原理我就略而不谈了。

（2017年3月29日杭州东站）

麻糕止哭

今天下午六七点钟光景，我从八闽之地回到锦绣江南。刚刚走下飞机钻进地铁，只听得对面一个弱女幼童放声大哭，哭声不止，响彻车厢，抱着她的妈妈一筹莫展，坐在身后的爸爸愁云惨淡，合起来一家三口俱无欢颜。

我正在浏览世界大事、本国要闻，听得久了，颇为担心，生怕年轻父母不耐烦，更怕乘客厌烦不省事，于是老眼舒展，观察瞬间，推测孩子可能不喜欢复杂环境，同时想到自家的两个顽童，不由得萌发悲悯，顺手取出福建永春特产麻粩递将过去。

但说这个麻粩，我也是今天上午刚刚识得，此前闻所未闻，见所未见。课间休息，啜点咖啡，用点水果，说点闲话，听点恭维，忽然发现塑料包装的圆柱形的爆米花糖，勾起童年的馋虫，但是不识“粩”字，经虚心请教方知还读“老”音。

知道麻粩之后，顺手一拈，入口一尝，清脆香甜，感觉甚好，想带走两只给家里的顽童品尝。服务员一听要以袋子包装，我连连推辞，说明带两只回去给孙子见识见识即可，不必许多。助教闻言，又增加了四只，六个麻粩就一起住进我的公文包里。

现在，虽然孩子的妈妈婉辞，我还是坚持，声言“哄哄孩子的，不然孩子哭得很伤神”。我的话音未落，孩子哭声已止，妈妈见状甚喜，再不推辞，连教孩子“谢谢爷爷”。孩子心情没有完全平复，自然“谢”不出来，但是送来一个浅浅的微笑，清纯腼腆，远比“谢谢爷爷”的内涵丰富而又可人。

“老吾老以及人之老，幼吾幼以及人之幼。”走出地铁，走在回家的路上，天上滴着大大的却很稀疏的雨点，偶尔一点飘到唇上，我顺势一边品尝温暖的秋雨，一边回味这古老的华夏格言，心里自有一番安慰。

（2017年8月19日）

泉州行两则

（1）我也是老人啊

第三次踏上去泉州授课的路程，进入禄口机场候机楼，不急不缓地走向登机口。还需要再过一次安检。我正好走到“优先检查通道口”，也就自然地想到由此进入，但是却被娇美的服务员拦住了，并说“这是老弱病残通道”。

还用说吗，我还没有进入她的法眼，她把我连同其他两位一同打发走了。我平时就不大多想年纪，现在更没多想，也就迈着步子向普通安检通道走去。大约走出几米，忽然觉得哪里不对劲；再一想，是啊，我也是老人，我就是老人啊，怎么就不让我由那里进去呢？

想到这里，有点不服气，转身回走到原处，对着那位娇美的服务员说：“我就是老人啊，都奔‘七’了，应该可以从这里进去的吧？”没有别人，她应该听得很清楚，又看了看我，但是没有细看，伸手拉下隔离带，玉手一挥，示意我由此进入安检。

当时没有多想，自然也还没有来得及骄傲，现在静下来了，想想还真有点沾沾自喜。反正又被限制流量了，还不知道什么时候才能直上蓝天，与其闲着，不如敲点文字消遣，再说了也能留个想头。

（2017 年 8 月 24 日）

（2）谭木匠

刚下飞机，再从厦门北转火车去泉州，进站时忽然看见一家“谭木匠”。这类小店我在南京多次看到，在全国各地也处处可见。每次见到都有一个疑问：一个卖梳子的小店面究竟靠什么经营维持？

既然走到跟前，店里人也不算多，还有 15 分才得检票，就向营业员请教我颇感困惑的问题。她瞅了我一眼，热情地给我介绍：这种梳子用材特别，使用檀木，做出来的梳子具有特殊的保健作用。比如人的头上有 100 多个穴位，如果经常用谭木匠木梳梳头，就能舒经活血，安神助眠，还有一种轻松柔和的感觉。

我至今童心童趣未泯，对许多不了解的事物还是抱有一种好奇心，于是问她可以试试吗。得到允许，拿一把中号的在自己的头上试了试。该不是心理作用吧，感觉还真的不一样，以至内心顿生一种购买的冲动。

看看价格，可谓不菲，看看前面已经开始排队检票，也就不勉强了。谢过，告辞，但对谭木匠的感觉已经由头皮进入心里。我会买的，在哪里买？应该爱我南京吧！

（2017 年 8 月 24 日）

白云机场有先进

智能手机虽然“聪明”，但是耗电太快。人在旅途，像我这种写字成习的牛马，总会有些提心吊胆，特别是电量将尽未尽且文章将成未成时，十分地窘。

曾经不止一次在南京禄口机场等飞机，为补充电量而到处寻找电源插座，并且遇到不同的烦恼，通常僧多粥少；好不容易找到一个，却已经松松垮垮，成为“聋人的耳朵”，即使勉强能用，也就是凑合着用用而已。相信迟早这些滥竽充数的家伙会被齐湣王赶走，可是齐湣王什么时候来啊！

但是现在，我就在白云机场，一边等待去杭州的飞机，一边随性写点我所想到的事情，看着电不足了，当然要寻找充电的地方。豁然发现每一个手推行李车都有一个可供充电的电源。我也推来一个，马上就用，十分好用，它充它的电，我写我的字，两不耽误，真好。心里感叹着，感叹这个机场对于人的关怀真够细腻。

偶尔抬头看看设在推车小屏幕上的广告，更是佩服白云机场人的先进和聪明。首先，他给旅客提供了双重服务，既方便推运行李，又方便随时充电。但是他也不亏啊，几秒钟一闪的广告该收多少费用啊，肯定不亏。这才是真正的服务，真正的经营，一举多得，没有一个输家，皆大欢喜。

唉，想想我们南京的“大萝卜”们，什么时候才能把身上的泥巴洗洗干净，也像白云机场这样先进一把呢，热切地盼望着。

（2017 年 9 月 12 日）

两记桉树

（1）

桉树，过去我不认识，也不了解它的来历，这次来广东算是认识了，是接送我的师傅途中告诉我的。现在我就把有关桉树的知识广播一下。

桉树是洋树，原产地是澳大利亚。我问师傅是政府引进推广的吗，他说不是，是人们自发搞过来的。据说目前家具中的实木基本都是桉树树材。此外桉树还有多种用途，总之是一种经济价值高的植物。

还有一个重要原因就是桉树成材很快，大约六七年直径就能长到十几厘米，也就可以采伐了；而松树则要长到二十多年才能成材。周期确实不一样。受到利益驱使，许多人自然就把松树砍掉种桉树，这是优胜劣汰的竞争规律使然。

“对于植被的影响呢？”我问。师傅说栽下半年就能形成植被。正因为经济价值高，所以沿途成片成片的山上种的都是桉树，树皮既薄也白，树干挺直，只有少数因为台风的作用略显弯曲。枝节不多，叶子很小，似乎谦虚地给主干成长让道。

我也想弄点种子回家种种，赚几个子儿花花，师傅告诉我桉树没有种子，是扦插成林的。还有就是广东等地亚热带的气候条件可以种植，别的地方不行。想想也是，皮肤那么薄，一定娇嫩，耐不得寒冷。唉，看来它们的福分浅了，那就让它们继续在广东待着吧！

（2）

7 月 14 日我第一次来广东教学，途中初步获得关于桉树的知识，并且随机“广播”《桉树》一文。有友人看到此文贡献意见，说是桉树的大面积种植，在我国一些地方已经引发生态灾难，就是种植桉树的地方其他植物无法生长，甚至难以存活。我留意了。

昨天下午再来广东，接我的司机可能没有这类知识，我虽请教却未得要领。今天下午送我进白云机场的师傅懂得桉树，而且自己家里就种了几十亩的桉树，算是专家，还知道中央电视台专门做过桉树节目，一个教授就说种植桉树的弊病很多。

但他告诉我，不像中央电视台的专家讲的那么可怕，并且指给我看路边的桉树。我很认真地看着，只要有桉树的地方我都仔细地观察，的确不是那么恐怖，有的地方桉树成片种植，有的地方桉树与周围的榕树、松树还有我叫不出名字的植物和灌木和平共处，各自成长。

眼见为实，桉树的确不像人们讲的那么可怕。想想也是，真的那么可怕，还能有它生存的空间吗？还能有它生存的可能吗？再说了，咱们大中华的土地，那可是“神州大地”，什么外来的东西都能把你中国化，何况一区区桉树哉！

（2017 年 9 月 12 日于白云机场）

海燕带我看沙砾画

一觉醒来，今天已经变成了昨天，却又不由得想起昨天，而且越想越觉得昨天是那么值得一说。

我是昨天下午的课，上午有闲，祖籍江苏的海燕带我这个娘家人看了市容市貌，亲近伊犁河，接着走进喀赞其民俗旅游区。她建议我去看看沙砾画。我没有见过，甚至没有听过“沙砾画”的概念，再看看通向二楼阴冷的楼梯通道，不是很想进入。但是英明的海燕还是建议我去看看，于是我也就英明地走了进去。

啊，原来是一个艺术世界！眼睛为之一亮，心情也更加明朗。满展厅的艺术作品，不管是挂在墙上的还是放在地下的，统统被镶嵌在大小各异的画框里，共同反映着新疆的四季风光和维吾尔族的风土人情，使我感到魅力无穷，其魅力甚至直到现在还在我的心里弥漫着。

由于时间限制，更怕记忆不可靠，征得主人同意后，我取出手机，连拍数张可意的作品，很有收获感，感到此行不虚，心里暗暗地感谢了一把海燕，感谢她把我领进这里，不仅让我走进一个新的世界，获得一些重要的新知识，更让我的伊宁之行有一个新的亮点与高度。

在我拍下的近30幅作品里，最让我感到满意的就是胡杨类的题材。胡杨是否也在别处落户我不了解，但在新疆，它就是植物界的领袖，据说能活一千年不死，死了一千年不倒，倒了一千年不朽。三个“千年”不仅说出了胡杨的自然特性，更说出了人们对生命力道的敬畏。没有敬畏就没有赞美，没有赞美就没有崇尚，胡杨也就不会从地下长到沙砾画里。海燕生长于斯，也是胡杨精神的女儿，带我来此，本身就在表达自己对于胡杨精神的崇敬吧！

作品的另一类主题就是表现维吾尔人的传统。独具特色的民居，干打垒的建筑，没有尖顶飞檐，更没有砖瓦挑角，看那样子建材完全来自自然。周边的河流田地，满天的彩霞，典型地再现了早年维吾尔人自然经济的生活状态。特别是那位祖母牵着孙子，缓缓地走进自己的家的画面，让我真切地感受到似乎早已消逝了的闲适。我们的曾经就是这样啊！我们的今天早已不是这样了，所以我们才不断地回望过去并抒发着乡愁。海燕带着我走进这里，是不是在表达双重的乡愁呢？

我第一次看见沙砾画，初见的感觉就是油画，因为立体的质感和艳丽的色泽，乍看起来的确与油画难以区分。在我渐入佳境后，便顾名思义，寻根问源。主人告诉我这是他哥哥的作品；接着进一步告诉我们沙砾画的做法，就是以沙砾作为材料，可以无色，可以染色，用胶粘贴。

我问可以摸摸吗，主人微笑地应允。我于是就像怯生生的少年第一次抚摸恋人的娇颜，轻轻地摸了摸，再轻轻地摸一摸，有一种细密密的粗糙感，粗糙糙的细密感，明显不同于抚摸油画的线条感，终于找到了沙砾画的感觉：看上去那是美丽的三维世界，摸起来却像一件硬化了的沙粒雕塑。我怀疑，沙砾画是不是也可以叫作沙粒画，说不定它就叫沙粒画呢，只是另一个名字而已。没有来得及问，要赶回用餐，下午的课不能耽误。

回到车上，我与海燕讨论沙砾画，探讨它作为一个新的画种，其艺术高度到底在哪里。依我的理解，由于它以天然沙砾为原料作画，既为艺术作品注入纯自然的元素，又给来自自然的原材料注入艺术的灵魂，因而使之获得代表人类表达精神的机会，同时带给人类艺术的享受。海燕一边专心地驾车，一边用心地思考。她对我的观点表示赞同，此时电话响了，电话那头慧茹在问："你们到哪里了？"

校园在望，谢过海燕，心里继续感谢伊宁这座美丽的边城，感叹维吾尔人的艺术创造力。

（2016 年 12 月 3 日补记）

从包公祠到李府

原以为今天有课，后来发现记错日子了，将错就错，趁机回乡祭祖，完成清明的愿望。先乘动车到合肥，再转车故乡，但是在合肥南站旁边的汽车站竟然找不到北去的车，只好改日祭祖。剩下的时间就和太太还有孙儿盟盟好好游游合肥吧。合肥这座城市古老而又年轻，人文景点说不上多，那就去看看包公祠和李府。

包公就是包拯，合肥人，但声名在外，一千多年来已经被演化为清廉公正铁面无私的化身。包公祠全名是"包公孝肃祠"，是后人为纪念他而建起来的，当然真正纪念他的主体建筑则在开封，所以这里的包公祠虽然历史悠久，名气很大，积淀却不厚。不过有两个功能十分明显：许多人在此烧香，显然是把它当作"神庙"，透过袅袅香火我感受到人们的某些精神需求；还有就是包公祠现在已被列为省级廉政教育基地，倒也算是古为今用。

走出包公祠，直奔李府。李府就是李鸿章和他的家族故居，外形是个宏大的徽派建筑群，占地甚广，现在已是重要的文物单位。小时候就经常听说这个地方，很是神往，现在方便了，当然要重点看看。虽是第一次光顾，还是觉得值得一看。现在的李府是恢复性地重建起来的，而且时间不久，所以实物不多，主要是图片资料，但其内涵十分丰富，几乎跨越整个中国近代历史。

李府的主人当然是李鸿章。李鸿章无论对清政府还是对国家民族来说都是一个背负骂名的历史功臣。因为生不逢时又身居权位，那些不光彩的条约只有他才有资格去签字，这也就注定他要代人受过。可是想想他的功绩，那可也是堪比日月。工业化是人类新文明的火车头，对于中国来说却是何其艰难。不敢说他就是推动国家走向工业化的第一人，但是可以肯定他是国家工业化的重要先驱，至少他是站在实业救国兴邦的前列，而且身体力行，大力推动清政府的改革开放。

说来惭愧，我对这位真正的合肥老乡缺乏基本的研究，甚至了解也不好说就很充分。但是知耻而后勇，于是勇敢地花了100多元，买下了三本关于李鸿章的书，一本是许昭堂和许高彬合著的《走近李鸿章》，一本是梁启超所著的《李鸿章传》，还有一本是宋路霞所写的《细说李鸿章家族》。这些应该是介绍和研究李鸿章的集中性成果的展示。路上已经读了几章，觉得都不错，买得值得。

在李府买书也很有趣。我向那位卖书的工作人员询问价格时，她说书不打折，但在书上加盖纪念印章。其实我并不在意打折问题，最后连发票也没要，但其表现是值得称道的。只见她用印的神态十分庄重，不苟言笑，很有敬畏的意思。不仅如此，还很专心用力，每一印落纸后至少要用六七秒钟，十分少见。盖到第三本时印色浅了，她看看，似有歉意，于是重新加色，在旁边又加盖了一个“李府纪念”。看着那个不规则的椭圆形和那朴拙的阴文，我对她有了更好的印象，李府的印象也因此加深。

李府，不虚此行！李鸿章，值得一读的人！甚至那个卖书的人，也很值得尊敬。从她手里买来的几本“李鸿章”，我会好好读读想想。

（2014年4月8日合肥南站）

在卫生间捡到了真理

儿时经常拾麦穗，就是捡起收割时遗落在地里的麦穗，以补充生活资料。其实学习也是拾麦穗。对于我这种没有文化却又向往文化的人来说，能够拾点麦穗真是一件快乐而幸福的事，所以我是从来不放弃拾麦穗的。

上午来一个单位授课，实在有些累，更重要的是下午还得出省，讲了两个多小时后就下课了。课后匆匆如厕，看见小便池上方有一个小小的正方形的标语牌，上面有几行谚语，好奇心来了，不由得仔细看看。

不看不知道，一看心直跳，字字珠玑，句句闪光，心中感叹，厕所里竟然也有如此伟大的真理。虽然标语牌已经破损，但丝毫掩饰不了真理的光辉。我也就在这些真理光辉的照耀下，取出手机，留下图片，现在再把图片上的真理转换为文字，与我的朋友们分享。

做事循天理，出言顺人心。

船稳不怕风大，有理通行天下。

煮饭要放米，讲话要讲理。

隔行如隔山，隔行不隔理。

鼓不敲不响，理不辩不明。

不想进一步去探究这些谚语里的微言大义，但又不能不说一句，只有共享才是社会主义。我是社会主义者，所以才把从厕所里捡到的真理与各位共享。完了吗？没有，还有话说，那就是精神文明无处不在，可在光明之地，也能在隐蔽之处。我们每一位既是建设者，也是被建设者；既是施教者，也是受教者，就看怎么想和怎么做。

（2017 年 12 月 15 日）

新颖的文化产品运作模式

上午在一家民企授课。老总说十年前就听过我的课，而我却是第一次走进他的企业。企业现在做监理，但刚一走进却感受到很浓厚的文化氛围。

我在认真听了老板关于企业文化的介绍后，第一句感叹就是：“很好，重视文化的企业必然重视企业的品质，就像重视文化的个人必然重视自己的品质一样。”老总有些惊愕，说是第一次听到这样的看法。我们因此也增加了共识。

走进会议室，要穿过好几个厅室，里面挂满摄影和书画作品，竟然还有儿童画。老总说摄影作品是职工自己的展览。我说很好啊，人的才艺总希望获得展示的平台，得到肯定对作者的激励很大，并说我在熊猫集团彩电分厂做书记时就经常这么做，效果也很不错。

课间休息，老总和书记又陪我看看好几个厅室悬挂的好几十幅的书画作品，也把我带到一个新的高度。这批作品，总体感觉不凡，我心中暗想，200 多名企业职工竟然蕴藏着这么巨大的才艺能量吗？老总肯定注意到了我的疑问，于是主动向我介绍他们的一种新颖的文化产品运作模式。

这种模式就是企业与书画界的作者们建立广泛联系，并为他们无偿提供展出场所，就像我们现在参观的地方就是展室。艺术家们因此获得了免费展示的场所，所以积极参加。那么企业呢？总不会长期无偿奉献吧，况且还要积极向社会推介，我在心里又生疑问。老总进一步告诉我，艺术家们的作品展出后也无偿地留下了。

我恍然大悟，原来企业通过这种方式收获了一批艺术作品。下面怎么办呢？我再问。老板继续向我介绍：企业再将作品拍卖，收益全部归企业所得。我这就更加明白了，心里赞叹：“好一个聪明的合作模式。”两全其美，各得其所，合作共赢，皆大欢喜。这未必就是他们的原创模式，却是我首次了解的模式。

（2017 年 12 月 13 日）

非常之时的非常之事

最近，政府的雨污分流工程在小区施工，我们要抓住机遇，借政府之力把小区最后五条小路彻底改造成方便消防、救护和搬运的车行通道。

这件事情做成后，小区的道路交通从此没有后顾之忧。施工方开始同意我们提出的 3 米路宽标准，后来反悔，只给修 2.5 米的。2.5 米可以勉强通车，但是人车相遇人就不好行走，所以我们坚持原定标准，以确保消防和救护通道。施工方本想做成事实，我们只好给物业下达死命令，不让混凝土车进小区，从根子上消除他们的侥幸心理。

施工方终于来找我，我还是坚持 3 米标准，并说就是 4 米都有消防法的根据，我们已经退到 3 米，退无可退，也就不可再退。他们又以业主反对为理由。我向他们保证，70000 平方米范围内的矛盾不用政府和施工队操心，业委会和物业公司负责协调解决。他们最终还是按 3 米标准调整路基。

没想到还真有两位业主以破坏绿化为由，反对把道路扩到 3 米，真不知道他们是怎么想的。我耐心解释，说绿化是以设计标准为标准，不是所有乱栽乱种的东西都叫“绿化”。再说了，这里减少 0.5 米，在别的地方又调整出更大面积，总体绿化面积不减反增。更重要的是等于政府出钱为我们开辟了消防与生命通道，此事一旦做成，小区状况会有根本改善。

他们在电话中还是反对，我只好走到现场，毫不客气地说，如果要反对，我和一楼业主最有理由，因为我们买房时，就是因为门前有草地，每平方米高出了 200 元的成本，现在我们每让出一个平方米，就是无偿出让 20 年前的 200 元成本，到今天算算多少钱。可是我们没有一个人反对，因为大家顾全大局，结果你们住在三楼的却反对，真是无厘头。

道理已经当面讲清，他们还是为反对而反对，我就只好对施工方讲：“干，消防安全与生命通道必须保证畅通。我们只能谋取整体利益，不能用 20 年前的思维与道路标准指导今天的生活，更不能因为某一两个人的反对半途而废。一切责任由业委会承担，首先由我承担。”机器和工人再次开动，工程建设又紧张地展开。

回到家里，我在白板上顺手写下商鞅的名言：“民不可与虑始，而可与乐成。”并给孙子们讲解：这句话的意思就是不可以与普通大众在开始阶段谋划大事，却可以和他们分享成果。正常之事按照正常程序做，我们一贯如此。按理，这么大的改造工程是需要经过业主大会的，但是非常之事必须有非常手段，因为机不可失，时不再来，临机而不能决断，也就错失良机啊！

（2020 年 9 月 20 日）

云天漫聊“天道酬勤”

昨天要飞来泉州，运气好，只延误了几十分钟，首先就赚了个好心情。上天了，心情更好，感觉遇到一个好领导，他就是山东航空公司SC8812航班的驾驶员，技术一流，把那么大个家伙始终控制在7000—8000米高空之间，我的耳膜第一次没有受到特别影响。

没有满员，我的那排就空了一个位置，靠窗那个小伙子太辛苦了，上机就睡，我就东张西望，胡思乱想。直到快降落时小伙子才打开眼睛。他的文身引起我的好奇：文在右边的小腿外侧，而且文了个“天道酬勤”。我问他：“那边有没有呢？”他说没有，就这一边有。

他很了解社会心理，更了解我的好奇所在，于是对我说，年轻时没事觉得好玩，也就文了，当时也没想很多。我当然了解他略有尴尬的心态，也就顺便发表我的看法：当时也许只是出于好奇，没有想到其他；可是现在呢？当时的好奇心早已没有了，却越来越彰显出它的文化价值，比如任你走到哪里，这个千古名言也就走到哪里，不仅激励自己，也能激励他人。

估计他还很少听到这样的分析，所以高兴起来，也就进一步向我说：“其实与这句话相关的是三句话：天道酬勤，人道酬善，商道酬诚。”真不错，我点头称善；聊天嘛，也就进一步发挥，于是说：“还有一个说法，叫作天道酬勤，地道酬善，人道酬诚，商道酬信。”他默然点头，肯定也在心里加强印象。

飞机越降越低，我们却因此漫聊多了一点珍惜。能在万米高空，与邻座的隔代人一起品评天道酬勤的文化与生活箴言，而且互相充实着，感觉真的就是此行途中最快乐而有意义的事情。

（2017年7月29日）

买切糕

上午来芜湖授课，下午想早点回家，于是谢绝晚餐，接受送站。刚进长途汽车站大门，就看到一种特别的食品，都是果仁等材料做成的，很诱人，不由得想买点尝尝。

买了车票后，我就返身走近摊位，问了价钱，说是5元一两。我想买点尝尝吧，于是掏出仅有的15元零钞，声称就买三两吧。再转头一看，还是个维吾尔族兄弟，于是由衷地说道："我很喜欢新疆，我还有几位新疆同学呢！"

可是这位小兄弟并不搭理我，只是问我要切多少，我说就要三两啊！但他不与我谈论重量，只是比画了几个点和线，问从哪里切，我就随口一应，随手一比，说就从这里切吧。谁知一刀下去竟然三斤多重，190元。

我说我只要三两，钱都先付给你啦，你给我三斤多，我该怎么吃啊？这时旁边一位干瘦的小老汉，一看就是当地人，出来和蔼地对我和摊主说道："我们两人共买这一块吧，怎么样？"我同意了，摊主未置可否，但是来了个一分为二。于是小老汉对我说："你就拿这块吧，剩下的给我。"我说行啊，付了90元，拎着就去赶车了。

等车间隙尝了尝，不错，甜而不腻，不硬不软，总之感觉很好，心情也就爽起来了。回到家才忽然顿悟，这个东西可能就是新疆的切糕吧！想到这里，进一步肯定自己的猜想，于是对着大家说，今天我给你们买了一块新疆切糕，并且说了买的过程。

儿子回来了，我又对他说了一遍买切糕的故事，刚刚平静地叙述到"一分为二"的时候，他却撂出一句："那个小老汉可能是个托儿。"一个"托儿"一下子点醒了我，让我再一次顿悟：原来我上当啦！

想想也实在有点好玩，情不自禁地呵呵一笑；同时想起那个小老汉，穿戴实在贫寒，竟然舍得买下那个分量的切糕——原来有此奥妙！生活啊，有时真的好有趣！生活中的陷阱有时也是防不胜防。但愿人们别把陷阱挖得太深了，更希望人们别掉进去了。

（2015年3月26日）

中秋的午餐

今天中秋，儿子去看泰山泰水，太太终于有空，要去逛商场，我也能更加消停地上网。上网不能当饭吃，午饭时间到了，作为问题必须解决，作为任务必须完成，作为程序必须履行，于是我慢腾腾地走进厨房看看有啥“饲料”。

别说，还真丰富，黄瓜是绿色的，胡萝卜是橙黄的，盐鸭蛋是椭圆的，软柿子等着捏，硬苹果等着削，总之，都是原生态，没被手工业化。主食呢？别急，也有的，塑料袋里扎着脆香的绿柳居锅巴，电饭煲里的杂粮稀饭是早上剩的，还有余温，将就将就吧，谁叫咱是劳动人民。

我的厨艺一向良好，整合这些资源可谓举手之劳。但是一堆家事国事世界事，我不操心，难不成还要麻烦别人！还有了，太太坚守岗位，我不恶性竞争，渐渐地也就变成厨房里的懒汉了。错！那不能叫懒，而是君子远庖厨。但是有一条宇宙真理，君子也要填饱肚子，而且做君子也都是填饱了肚子以后的事情。

我的肚子怎么办呢？这时就格外想念太太，但是远隔十几千米，只能自言自语：“太太，太太，你在哪里？我的肚子想念你！”真是心有灵犀，电话响了，果然就是太太的。她关切地审问，我老实地交代：“啃了一根胡萝卜，吃了几块锅巴，还有一根黄瓜，就着咸鸭蛋，喝着剩稀饭。”柿子懒得捏，苹果懒得削，她没问，我没说。结果呢，没有得到表扬，但是依据经验，没有批评就是肯定，我已经非常舒心。精神舒畅，胡思乱想，终于想出一条原理：

吃饭的目的为摄入营养，
营养被不同的食品收藏，
享用时不必都油盐烹炒，
最好的选择是原汁原样。

当然，真理都有相对性，原理总有局限性，我的原理也不例外，只是供素食主义者参考。

（2015 年 9 月 27 日中秋）

芜湖大馍

“馍”是馒头，从小我就知道。小学一二年级时，课文上有个儿歌好像叫《噼噼啪》，其中有“馍馍甜，馍馍香，从前富人吃，现在自己尝，吃馍不忘共产党”。应该是歌颂土改的吧！土改的确让更多的人家吃上了馍。

但是这首儿歌应该不是我的老家合肥人所作，而是北方人写的，因为我们合肥人的确也有把馒头叫馍的，但是更普遍的叫法却是馒头，只是以方言发音叫“mengtou”。后来走四方，了解到北方各地基本都是把馍叫作馒头的，“馍”事实上已经渐渐绝于耳闻。

南京距离芜湖实在太近了，常来芜湖讲课，时常听到大馍的叫法。第一次觉得新鲜，意会了好一阵子，才确信就是馒头；但是觉得很诧异，因为芜湖与合肥基本就是一江之隔，对同一种食品的叫法竟然有这么大的差异。

明天有课，今天傍晚赶到芜湖，自助餐虽然丰盛，但因为中午吃了好些，我只取一个馒头，一碗紫菜汤，外加几片西瓜。其实我更想来一碗稀饭，但是晚餐没有。在我把餐盘送到回收处时，几个服务人员异口同声问我：“就吃一个大馍？”表情关心而讶异。我说够了，中午吃得好，晚上简单点。

回到住处，想法被“大馍”撞开了，就开始琢磨起“大馍”。西安有个著名小吃叫羊肉泡馍，但那馍不是馒头而是发面的饼，其实就是烤出来的馒头。他们在馍之外还有馒头。还有什么地方把馒头叫馍的，我也说不准，但是皖北一带的确普遍把馒头叫馍。

我的故乡合肥属于皖中，也是广义的南方，却把馍叫馒头，我就不明白“馍”是怎么跳过合肥来到芜湖的；而且还被加上一个“大”字，因此就被修饰性地叫作“大馍”。想来想去，觉得如果历史上没有大规模的北方移民越过合肥来此生息繁衍，大概是形不成这样的语言特色的。只是不知对否。

我把这个疑问通过微信发给老友芜湖党校的盛书刚教授，得到他的肯定，说芜湖历史上的确有过两次大规模的北方移民南下定居。我的猜测得到支持。历史上两次大规模移民使江南得到开放，我是知道的，但是我过去的观念局限在南京一带，现在得到了拓展。

（2017 年 11 月 14 日）

杨师傅的馒头

上午就来蚌埠党校了，中午进餐，所有可口的饭菜几乎都没有留下印象，但是馒头的味道却让我铭心刻骨，感觉终于品尝到阔别已久的真正的馒头。没有过传统乡村生活经历的人，很难体会这里的馒头香得多么传统，多么过去。

传统的馒头香味是一种纯粹的自然香，一种经过汗水浇灌后的特殊的自然香，更是一种清香，一种直逼肠胃的醇香，可以用嗅觉闻到，还能用味觉品尝，而且越是细嚼慢咽越是体会深刻，甚至觉得连牙齿缝里也被塞进了浓浓的麦香。正因如此，我多吃一个馒头，到了晚上，我就只吃馒头，喝的也是充满传统米香的稀饭，更加觉得自然的食物，自然的品位，那么让人惬意，甚至不由得怀念起远去了的年代。

现在城里的馒头都是机器生产的，酵母也是发面剂，所以许多馒头入嘴味同嚼蜡。正因如此，我才感觉这顿馒头简直就是仙品。我想了解做法，被告知既用面酵头，也用发面剂，所不同的就在人工加工上。人工和馒头的味道还有关系吗？过去不懂，现在也不很懂，但是似乎又懂得一些了。所谓的人工，其实就是一种人工工艺。而这恰恰就是人工馒头的可贵之处。试想，如果这里的师傅没有过更多的手工加工，这里的馒头无论如何是不会这样喷喷香的。

这是一周前的故事。离开蚌埠党校时，我不仅带走了一些馒头，还写了一则故事，发给陈肖处长。陈处转给做馒头的杨师傅，杨师傅看了很高兴。今天我又来了，课后就餐，不仅上了一盘馒头，还特地给我准备了两袋带回家。我直喊不可，哪有每次都带的道理。陈处说是杨师傅特地交代，一定要给我再带点回去的。恭敬不如从命，坐在回家的车上，看着两袋馒头，我一边在想杨师傅这个人，一边想给这个故事安个什么名字——想好了，就叫《杨师傅的馒头》吧！

（2017 年 12 月 1 日）

蒙城的地锅发馍

蒙城，早闻其名，没有来过。24 日蚌埠有课，正好蒙城党校校长来此，虽没与我面晤，但已经作出安排，请我在今天为他们开设第一堂讲座。昨天下午，我很高兴地来了，获得的印象超出想象。虽然就是一个县，却是人口大县，有 150 多万人。别看产业不多，有些名气却很响，如江淮汽车、古井贡酒等。

讲座是上午开的，240 多人，满满一个报告厅，一口气讲了近三个小时，虽然不饿，也得吃饭吧。菜是可口的，最后上了一盆米饭一盆发馍。服务人员给我盛的是米饭，校长却建议我吃个发馍。发馍是长方形的，我来了一块，感觉奇好，洁白如玉，口感松软，松软得就像棉花糖，掰开一看，面孔细密均匀。底部却是厚厚的硬壳，焦黄焦黄的，略带焦煳状，但又恰到好处，看之更加刺激食欲，咀嚼有响满嘴麦香。

我好奇地请教做法，就像开了研讨会，众说不一，但我坚信是平锅煎烤出来的，后来他们请教师傅才知道是用地锅烤出来的。地锅就是农村做饭的锅灶。我想应该就是平锅架在土灶上以烤代蒸。获此享受不夸赞几句是困难的。校长马上要我“带点走”，我没谢绝，而是送上一个“好”。

饭后匆匆浏览他们一份稿子，发表一点交流心得，下楼的时候，主任已经给我装了一袋子地锅发膜，怕袋子破漏，又增加一个白色的布袋，顿使这一袋发馍变成了独具特色的地方特产——因为那个布袋可是用未经漂白的纯粹的自然白布做出来的。这种袋子十分传统，也很可爱，在越来越发达的城市里根本见不到它的踪影了，却在这里看到，越发亲切。

18 点以后我又要变成南京人了，但还会继续吃着蒙城的地锅发馍。下月还要再来两次，想想都觉得好有口福，好生满足啊。就是现在，无论是想起还是写到蒙城的地锅发馍，我都还在吞咽口水。

（2017 年 11 月 28 日）

利辛的特色馒头

来到利辛是为了讲课。还有一个重要原因，就是当年我有几位战友也是利辛人，分别后多年没有联系，但是总在心里，于是想，看不到他们就来看看他们的家乡也好啊。

晚餐丰富，而且很有特色。我原来没有体会，几年前获得经验：皖北的饭菜怎么吃都好吃，这是大出我的意料的。利辛属于皖北，饭菜当然也在怎么吃都好吃之列。再说这也是 170 万人民世世代代创造的地域餐饮文明成果。

满桌珍馐，最有特色的食物不是其他而是馒头——一种枣泥色的馒头，进笼前应该被竖剌一刀，要不然不会中间开花。但是，我开始对它并没有在意，直到进主食时才与之亲密接触，因此也才知道它的味道之美。

首先，观其面色以为是杂粮，我甚至认为是掺了高粱面的，不想入口细而不腻，完全没有粗粮更没有高粱面的感觉，就是白面啊。其次，品其味道甜甜的，但不是重甜，也不是腥甜，而是甜而有感、感而无异，非常自然的味道。总之，吃它是在享受自然的馈赠。

于是团团圆圆一大桌的各路高人，共同琢磨这个馒头的颜色到底是怎么做出来的。琢磨着，琢磨着，我好像开了窍，说是枣汤和枣泥和面做出来的。推理要有根据，我的根据就是吃到了枣核没见枣泥，这不合生活的逻辑，那么枣泥呢？一定是和进面里了。再说馒头的颜色也能证明。

话音未落，不是经理就是领班的进来了，我们一起请教，她却卖起关子，说："保密。"很有点正经的态度，让我们不好意思侵犯人家的知识产权。其实呢，她是开了一个特殊形式的玩笑，在转身离开之前揭开谜底：原来真是枣汤枣泥和面，"不过还加了红糖和奶酪"，她说。

这倒是我们没有研究出来的。真是事有所至理有必然，好吃自有好吃的道理。

（2018 年 5 月 3 日）

利辛的杨絮

生态大致就是生物自然的状态吧，而人总是要改造自然的，只是早期人的能力不强，自然的生态基本还是原始的状态。但是科学技术进步让人获得改造世界的巨大力量，结果一方面带来世界的进步，另一方面又带来生态环境的严重破坏。

人在得到自然的教训之后，开始懂得，而且越来越懂得生态环境对于人的文明生活乃至生存的意义，观念上也就慢慢恢复对于自然的敬畏，于是对破坏了的生态环境进行修复，以形成合理的天人关系。修复之道无非就是通过人工进行植被补偿。

但是怎样进行补偿性的修复呢，不同的地方虽有不同的做法，广泛植树造林却是共同选择。贫穷一点的地方就把植树造林与经济效益相结合，皖北和苏北等地的人就选择成林快、经济价值高的杨树。开始谁也没有意识到什么问题，可是时间告诉人们，杨树也会带来新的生态灾害。

昨天我到利辛县，杨花纷飞的情景还激发了我的美感和历史记忆，至少想起了隋朝末年流行的“杨花落、李花开”，特别是看到白白的花朵在空中上下浮沉左右游动，让我略感微风抛絮的诗意。但是早上漫步，看见成片的植被都被蒙上薄薄的一层棉絮，开始感到有些问题，判定一定会带来呼吸道卫生问题。上午课间休息，县长告诉我，上个月底到今天上午，全县已经发生500多起火灾，直接原因就是杨花惹祸。顽皮的孩子们一点火可能就是一次火灾，就在刚才还听到一次警报声。

这就刷新了我的认识，开始思考这种生态灾害发生的原因。看上去是杨树和杨花问题，实际上还是改造世界的观点出了偏差，最终导致植物物种结构失调造成的。须知，世间万物既相辅相成，又相生相克。杨花的克星是什么，我不清楚，那是植物学家们的事情，我只是从哲学的角度提出问题。

当然现在的利辛县已经开始有计划地减少杨树存量，但是以什么物种取而代之？我还没有更深入的调查。但我知道在有的地方就以注射的方式减少植物飞絮的产生量，南京解决悬铃木（法国梧桐）飞絮问题也是这么做的，不过经济成本高。至于解决这里的杨树飞絮问题，我看最好的方法可能还是减少杨树存量和寻找克星物种双管齐下，前者容易做到，后者慢慢寻找。

（2018年5月4日）

大雨漫起的“得意”

在晚餐桌上，听到家人议论本市昨晚以来因为大雨各处被淹的情况，自然讲到本小区。本小区十多年来从不被水淹，这是事实，但不是我们的功劳，可是有一点的确让我有些得意。

2014年，全市雨污分流工程搞到我们小区，业委会积极支持配合并赢得施工方的高度尊敬；到了工程后期，我们借机提出全面改造小区道路与车位等硬件设施的想法，得到政府和施工方的大力支持，因此最终根本扭转小区硬件方面存在的被动局面。

但是，当时许多人并不理解，比如填平一些常年无水的景观沟，通过增加绿地置换新增车位面积等计划实施就不顺利。当然这与有些业主担心填沟后自家门前被划成车位有关。尽管如此，有的地方还是做成了，不过但凡反对的业主，只要是利益相关方，我们一概尊重，放弃不做。

这样就有两条水沟没有填成。但是沟是系统的，从西北角到小区中间最长的一段已经填完，原来兼有的出水功能自然失去——其实这条沟的地势高，是永远发挥不了排水功能的，但是既然填平截断，就要想到也许会有百年不遇的水患，必须防患于未然。

说到这里，我向家人肯定，哪怕秦淮河满了，我们门前的这条水沟最多只有半沟水。“为什么？”他们问。我说因为对面人家反对填沟，我们当时就请施工方特安一条连接雨水管道的出水管，这样一来，只要沟水升到出水管的底端，就会自然排向下水道，所以这条沟永远不会被水灌满，这也能避免与东面的水塘形成互涨的态势。

“不谋万世者不足谋一时，不谋全局者不足谋一域”，我想到了陈澹然的名言，但是没有说出口，只是用大家比较熟悉的词汇，说这就叫未雨绸缪。当然看到厅下玩耍的盟盟，又大声地补充一句：“人无远虑，必有近忧。”这是前天刚刚教给他的《论语》里的名句。他没有回应，只是看看我，显然在意了。

我等何许人也？一帮退休的、在职的人员，组成了一个纯粹的社会自治组织——业委会，之所以还能做成这件许多肉食者谋而不及的事情，无非见识、责任与公心而已。公仆们，“只愿君心似我心”。别以为我停下手里的工作，用了一个多小时草成这篇小文只是为了“得意”，我固浅薄，尚不至此，只是想给你们提示一下：事情虽有大小之别，道理却有相通之处，看看许多不该被淹却被淹的地方，是不是应该好好想点什么！

（2017年6月10日）

理发

我的头发向来都是由大姨定期上门打理，所以多少年来没有去过理发店。现在她住得远了，来来回回不太方便，加上天气越热头发长得越快，总得打理吧，只好来到一家还算好的理发店。

店里的姑娘们都很热情，已经进入夏天了，脸上还挂着春天的花朵。

因为我怕“被时髦”，特地请她们为我找一位合适的师傅，并且特别说明：“我是上讲台的人，发型要与我的职业相称，在现在的基础上略加修理就行。”

她们一边把师傅指给我看，一边请我洗头。早上才洗过，不洗了，坐到位置上，静静地等候师傅动手。等了几十秒，就在旁边的师傅才慢慢地欠起身，来到我的座椅后面，但是始终没有欣赏我一眼，而是专注地盯着自己的手机。

自然不爽，站起身来走人，走出这家店，来到不远处的另一家。这家市口不好，装修也很简单，姑娘也没有那家的漂亮，但我还是走了进去，但愿这家的技术不会太差。我把前面的要求重述一遍；她们也是要我洗头，我谢绝，就请我用水冲一下，说是理发需要。

据介绍，这个师傅和那个师傅都是经理，但是这位比那位少说年轻十岁，虽然看着他的发型很流行，交谈起来却没有障碍，渐渐地有点喜欢他，自然说到刚才在那家遇到的情况，表示不解，深感遗憾，并进一步引入服务的话题。

我说世上各行各业都是适应社会需要才产生的，所以其存在的价值就在于满足社会需要的程度。人与人的关系也是由服务联系起来的，所以人际关系，不管是由多少形式编织起来的，本质也就是服务二字，所不同的只是服务领域、对象和方式的差异。服务没有高低贵贱之分，贡献却有大小多少之别。服务对象越多，服务半径越大，服务价值也就越高。

我知道，这些话有些宏论之嫌，却也真是我的由衷之叹，只是没有想到，这位30岁不到的师傅竟然与我在这个问题上产生共鸣。我能感觉到他不是故意迎合，更不是装腔作势，而是确有一种真诚。他说：“你有一句话应该对我影响很大。”我问哪句话，“人与人的关系本质就是服务”，他说。

（2017年5月10日）

小事情，大道理

小区一位业主来自外地的一家大型国企，退休前应该是一个中层干部。偶然相识，简单交谈，已见此君不凡，好学能想，知识丰富，不乏谈资，除了对我始终如一地略有褒扬，对于现实总持批判态度。

鄙人一向包容万端，除非不得已，鲜少向持不同意见者发难，我还一向见不得“闲人”与“贤人”，只要有机会，总是想到此君，希望此君能为公共事务发挥才智。小区自治时，此君曾经短暂出山，但是遇到办公室里一个拗相公，挂袍而去，从此决不参与公共事务，甚至请他做个业主代表也坚辞不受。人各有志嘛，无可奈何，还是听之“忍”之。

小区物业费0.45元/平方米，十多年了，管理成本年年上升，纵向一看，真是洞中方七日，世上已千年，所以必须调整，调整到0.60元/平方米，相对值高，绝对值低。决策并非盲目，也是经过成本测算和法定程序做出的。现实情况如此，也就只能如此，所以除了有点正常的不同意见外，多数业主还是理解支持的。

两天前，刮着风，下着雨，此君咚咚敲门而入；因为难得，我心甚喜，引入书房就座。他展开慧眼，扫描一番，给了一点新的褒扬之后，随手递来一份文书，上载无会所的小区物业费标准只能是0.35元/平方米，直言我们调整标准太高，他不同意。我问来路，并无出处，只是网上信息。

我不反感，而是耐心解释：如果按此标准，我们不但不能调高，反而要下降，可能吗？须知，物业公司可是按照市场原则在做管理。现在亏损是经过测算得出的结论，要想留住物业公司，必须使之略有盈利才行，否则，人家一旦撤走，不需几日，小区生活就会无法维持。

没有想到此君竟说：“我不管这些，那是你们的事。”我闻之愕然，没有想到此君竟然这般没有责任心。告辞前，此君进一步强调他要将此文公示。我则坦陈回应：那是你的权利，我不反对。目前正在改选换届，下届我肯定退出，但我必须担负起我的责任，完成物业费调整，为下届奠定一个好基础，决不能让小区生活秩序失去基本保障。

两天来，虽未见此君公示此文，却常常咀嚼此事，心颇感慨：书斋尚清谈，管理戒虚招。一个真正的智者，对于现实的一切，既要保持批判之心，更要持以建设之志。而当下，诸如此君者大有人在，可是躬身实践者又有几人！此事虽小，此理至大，能不思之戒之吗！

（2016年9月17日）

家荣来电话了

正在阅读并细心领会一篇金融类的文章，电话响了，是我三十八年前的学生张宏伟打来的。不久前重情重义的他刚来看过我，多年来也一次次地来看望我，尽管如此，这个电话还是令我高兴。能被学生记住总是老师的一种快乐。

但是更让我高兴的却是宏伟的同班同学，我的另一个学生刘家荣也与我通了话。据宏伟说，他这次从咸阳西藏民族学院（现更名为西藏民族大学）回到拉萨，见到家荣说到了我——当然他们每次见面总要说到我的。这次他和家荣就在一起，因此我也就接到了家荣的电话。

我是1978年进入拉萨六中任教的，他们班是我教师生涯里的“头胎”，所以师生感情更加深厚。就像家荣虽然几十年没有与我联系，但我还记得他，四川人，个子高高的，常年戴着一顶军帽，穿着一套灰色的中山装。一次我在从拉萨市区返回六中的途中，就被他远远地骑着车子追上来问候。

电话中，家荣说对我特别感激，说如果不是当年我对他的教育和影响，他肯定没有今天的发展——马上他可能要走上更加重要的位置，其情由衷，其言也诚。说到这里还回忆起两件往事。

一件是他刚上拉萨六中时的事。那天我出了一道很简单的题，看谁能上来解答。他上来了，解答得很好。从此获得一种特别的感受，也就变得与往常不一样了。我已经记不清这件事了，但是看来这件事情给他的影响却是深刻的，应该是提高了他的自信。我的确很在意培养学生的自信，并在班会上常有一些名堂。

另一件事情，他虽然没有好意思清楚表达，但我知道他想表达的意思，就是当时学校有的老师对学生不够关心，甚至也有意气用事的。但我是班主任，每当遇到这样的事情，总是积极保护他们，这给他和他们的印象特别深刻，也对他们的成长产生长久的影响。具体的事情情节我也没有记忆了，但这的确符合我的性格和处事原则：尽力地维护弱势一方——我的“小鸡”们的利益。

家荣长期在金融系统工作，发展到现在已经很不错了，下面可能还要再进一步。我听到这样的消息真是非常高兴，对他说，你们发展得越好我的成就感就越大。天下的老师都希望自己的学生能够有出息，有发展。他还是把自己今天的成就紧紧地和我当年对他的影响联系起来，是那么真诚，那么恳切，说明我们西藏的孩子，心地就像高原的天空一样纯净，而且是那么懂得感恩，几十年了也没改变。仅此一点我就已经非常非常欣慰了。

他和宏伟虽然一再谢我当年对他们的教育与培养，但是对我而言，又何尝不是深深地感谢他们。师生永远都是一体两面，教学相长也是师生关系的常态。当年，我固然为培养他们付出了许多；但是他们也同样培养了我，至少四年的中教生活彻底改变了我对教书工作的感情与认识，以至于现在我仍然乐教不疲。当然，现在我每每想起他们那一张张被高原的紫外线照耀得红扑扑的小脸蛋，就恍然觉得还站在当年的讲台上，心里也是暖洋洋的。

（2016 年 12 月 29 日）

苏州又见姜秀丽

为了今天上午的课，昨天下午就来苏州，住进宾馆已是晚上，饭后有点空，给过去的学生姜秀丽发了个微信，告诉她方便的话可以来看看我。她很快就出现在我的面前。说来这是在本省的第二次见面。

往远处说，我们最初的相识是在 1978 年秋天拉萨六中初一的课堂上，那时她才十三岁吧，一个货真价实的黄毛丫头，小小的，坐在第一排，阳光下，那张小脸蛋就像放在课桌上的国光苹果。1982 年暑假我们分别；大约是在十五年前，她到我们南京白下路的老校区看过我，捧着一束鲜花。真是女大十八变，她站在我的面前，身材高挑，容貌也像手里的鲜花一样。但是公事太忙，来不及多说什么也就分别了。

这次苏州相见属于久别重逢，虽然见面时间不长，却一起说了我们从西藏分别三十五年来最多的话，而且都很高兴，也很享受这次相见以及回忆往事的快乐。那种快乐似乎还是三十五年前的样子。只是那只“红苹果”和那片高原的阳光已经永远地留在了拉萨六中的教室里，不能不让我触景生情，在心里感慨光阴荏苒，日月如梭。

师生相见，话题大多集中在过去校园生活以及现在同学们的各自状况上，但是她却说过去的老师基本都忘了，所以谈起老师我就成为焦点，也是唯一的对象，其他六中的老师她纵有记忆也已模糊，如果说还有记得的老师，那就是给她重重打击的一位上海援藏的英语老师。我还记得那位老师的名字。

她不仅高兴地说起我带着他们用土坯累砌乒乓球台的情形，还说我是对她影响最大的老师。这可不仅仅是礼貌性的赞美，她记得我教给她们的第一首诗是王之涣的《登鹳雀楼》，说到这里还即兴背诵，但是非常得体，似乎只是为了证明，点到即止。不仅如此，她还能说出当时的教学情景：我要大家默写，她是全班第一个默写出来的，从此也就爱上了古诗，后来又爱上了古文和历史。

这些的确都是我教的课程。“现在已经退休了，还能保持着对于这些知识的热爱，完全得益于您，”她不仅这样说，还进一步抒发自己的感想，“在人生的道路上，遇到一个好老师也就有了一座灯塔！”这的确是人们的共同感受，我更有自己的特殊感受。我是感动的，真的被她的爽朗和真诚回忆感动了。

我已经写过许许多多回忆老师的文章，可以说没有一丝一毫的虚情假意，而且哪怕现在，每当用到他们教给我的知识，心中还是充满感激。但是我却很少想过我对别人的影响，她的回忆让我深切感受到老师这个职业真的有些崇高，哪怕说它伟大也未必过分。当然了，必须做一个被学生爱戴的老师，因为亲其师才能习其道啊，对于十三、十四岁的孩子来说更是如此。从她的身上我对这个道理又获得了新的认识。

当然，影响总是相互的，我也非常感谢她们啊。我对她说：“你们也改变了我，改变了我的职业观。”情况真是这样的。我至今还十分热爱教学工作，但是这种职业情感却是从教他们的那个时候才建立起来的。估计这也是她和他们未曾想过的，但是每每想起，我总是感谢她们那批孩子。

（2017 年 8 月 28 日于苏州回宁途中）

范姑娘，真模范

晚上八点从滁州上 G147 次高铁，18 分钟就到南京南站，转乘地铁 3

号线，两个站就到胜太西路站。一踏上扶梯，渐渐感到雨湿。果然下雨了，回去不可能，前进要被淋，那也得走啊，再说盟盟和优优还在等我呢。急中生智，急中求援，对着身边一位持伞的姑娘说道："请救济我一把！"她没明白，追问一句，我说请你把雨伞向我这里倾斜一点。她马上把伞倾移过来。

真是个好姑娘！扶梯到达顶端了，这里连一棵可以避雨的大树也没有，没有理由，更没有想到请她继续送我。但是大出意料，真真切切地大出意料，姑娘竟然问我住在哪里，我说就在前面，她说送我一段。我说"如果顺道那就谢谢啦"。于是我们一起在雨中前行。

两个脑袋顶着同一把雨伞，伞下的她始终把左手靠向我的一边；遇到坑洼积水处我也托着她的胳膊，防止摔倒。还得有点语言交流吧，于是问她住在哪里，原来她住在一条反方向的路上。我被感动了：这是一颗多么善良的心，在潇潇春雨之下的夜里闪耀明亮的光辉。

我问她是在读书还是就业了，原来已经工作，从事生物化学类的工作，我赞扬她很了不起，也顺便谈谈对于生化的看法。她也问我做什么工作，我说教书，她说难怪一看你就很有气质。我想这不是她的刻意夸奖，也许就是这点"气质"才让她放心地把我送到几百米外。

终于到了小区门口，她问我是不是就在这里，其实还有相当一段距离，如果继续请求，她一定会把我送到家里；但我不忍心，已经非常知足了，告诉她到了这里也就行了，我请物业给我准备一把伞。

说罢挥别，这才想起请教了一下姑娘贵姓；她说姓范，我没有深问，真诚地回敬一句："姑娘，你可真是模范啊！"

（2017 年 3 月 23 日）

小柏印象

学校图书馆有个重要的管理人员，他叫柏福柱，大家习惯称呼他小柏，我也是这么叫他的。听说他要"退养"了，我想说说对他的个人印象，也算对他多年来为我服务回报一点心意。

他是工人编制，却数年如一日地做着图书管理工作，我就从来没有听他有过哪怕一句的抱怨，看到的倒是天热"一身白"、天冷"一身蓝"的职业形象，要不就在电脑前静坐如钟，要不就怀抱一堆有些杂乱的报刊，吃力而缓慢地行走在校园的路上，有时还推着沉重的平板车，里里外外地运书，可谓勤勤恳恳。这是一种并无特别的职业形象，但我却特别敬重他那十分宝贵的职业态度与精神。

不是偶尔，而是多年来一直如此，每每相见，对我总是一口一个教授；相反，对待有些身负行政职务的人反倒直呼其名不称官衔。我还是在意的，分析过这种现象，透过现象看本质，折射出他的观念形态既有现代平民意识，更有尊重知识学问的科学精神。而这些精神在我们的社会里，甚至在一些学富五车、官衔显赫之辈那里，也许都很稀缺，所以也就尤其宝贵。

他是朴实的。但“朴实”不是工人专利，而是一种人格特质。他那憨憨的外表，给人以可信的感觉；憨憨的微笑，让人觉得心里总是揣着阳光；憨憨的言语，言必诚恳，直截了当，直奔主题，而且很有文化底蕴，连声音都有一种磁性的洪亮。在我面前，连最不宜公开的家庭事务也能直言不讳，甚至请我贡献意见。其人之诚，其情之亲，可见一斑，我也因此而铭感在心。

我虽然退休多年，但每年都会回校讲课，偶尔相遇，他必定热情招呼，端茶倒水。一个中午，我躺在阅览室等候下午的课，他竟然为我送来一条盖单。两年前一次下课遇到了，他特地把我送到校门口，还一定要和我合影留念。人走茶不凉，那是需要特殊情谊支撑的。在他的心里，的确具有这种浓烈的情谊。

“退养”就是提前退休吧？想想他也是 50 出头的人了，可是不知怎么搞的，在我的心里，他不仅可敬可亲，而且还总是那么年轻，还是那个“小柏”。

（2017 年 7 月 3 日）

善哉，黄永明

上午完成皖省的一堂讲座后，没有立即回南京，而是去故乡的老镇梁园，看看能否找到失散多年的弟弟怀聪。幸有老友邦发兄伉俪伴行，方向正确，路线不绕，该走的地方都走到了。遗憾，毕竟快 60 年了，无功而返。

站在路边等车回省城，来了一辆私家车，谈好价格后上车。车主名叫黄永明，就是梁园人，50岁上下。车行不久，聊起闲话，顺便向他打听弟弟的线索。他答应向几位长辈问问，并留下彼此的联络方式。没有想到，寻亲的话题展开后，竟然引出他和养女的故事，故事又让我觉得有趣而感人。

当年搞计划生育，有一户人家连生两个女孩，还想再生一个儿子，这就需要送走刚生的女婴。经人介绍找到了他，他不接受。女孩父亲就说，如果他不接受，那他马上就把孩子扔到水塘里。见此情状，他心软了，说怎么能把一个活人扔到水塘里呢。从此他就成为这个女孩的父亲。

揽进家来，养到十多岁，孩子进入青春叛逆期。一天父女争执，他半生气半认真地说，你可是我捡来的。女孩反问他从哪捡的，他说从雪地里捡的。没有想到女儿寸步不让地说："那你就把我还送回到雪地里。"听到这里我们都笑了，这就是一个活脱脱的叛逆期的任性而又撒娇的女儿形象。

当初，女孩的生父与他约好，等到孩子长到20岁让他们看一眼，他答应了。看来女孩的生父母也还是把孩子放在心上的。女孩20岁了，生父母如约而至，黄师傅信守承诺。虽然他们没有直接相认，只是从侧面瞅瞅，那也是很满意的，感激也很真诚，于是以重礼感恩，但黄师傅坚辞不受。

可是黄师傅越来越觉得还是应该把实情告知女儿，女儿也就知道了自己的身世。她是什么反应，车上没有来得及细问。孩子大了，总要飞的，女儿飞到福建去了，与一个小伙子相恋，发展到谈婚论嫁，男孩父母反对，他们作为女孩的父母也反对，可是反对无效，最终人家还是走到一起去了。

再后来，黄师傅进一步把女儿生父母的联系方式给了女儿，并且积极支持他们联络交往，使女儿多得到一份父母之爱。现在女儿与生父母和自己都有正常联系。这对女儿来说，天性使然，没有什么选择上的困难，但是对于养育多年的父母来说，那该需要何等的胸怀啊！

这一点尤其令我感动，感动于黄师傅不仅是一位善良的人，更是一位无私的人。车到了，70元的车资我没有让他找零。他客气，我说就算是请他帮我寻找弟弟线索的电话费用。这也是真话，但实实在在地说，也包含了我对善良与无私的奖励。

（2017 年 12 月 17 日）

盛教授的午宴

我与大学的中文系无缘，但是格外喜欢中文人才，心中常怀莫名其妙的情愫，每有相遇总要聊聊。盛书刚教授就是一位正牌的中文系毕业生，至少有近百篇作品问世，去年 11 月我们初次相识，别后通过微信不断请益，收获颇丰；再次晤面，对其温良恭俭让更有领教。

9 日上午我在芜湖党校有课，8 日下午提前到达，晚餐是张勇教育长做东，胡沐处长作陪，我借机特邀盛教授共进晚餐。四个书生相聚，心思都不在杯盘里，古今多少事似乎更有味道。临了，盛教授表示明日中午做东，我说会有工作餐，而且工作餐已经很好，如果私宴应该给我一次机会。但是中午的工作餐还是变成了盛教授的私宴。被邀作陪的诗人盛武称赞盛教授的礼数，深化了我的体会。

倾听是谦虚的态度，议论是表达的方式，无论倾听还是议论都是大有讲究的。席间各有抒发，不限话题，有多有少，盛教授也多有由衷之论。当私人见解变成公共信息的时候，每一个人都收获到了各自的喜悦。但他特别会引导话题，总是在一个问题议论将了的时候，抛出一个新的议题，或者切换一个角度，自然引出新的议论，领到新的高潮。正因如此，席间总是弥漫着热烈的气氛。

午宴不仅满满收获盛教授的隆情厚谊，还意外地“收获”了诗人盛武。他也是党校领导，更是真正的诗人，虽然我还没有拜读他的作品，但我相信当下没有多少诗人有他的厚度。诗人家学渊源，童年已经开始背诗，数十年坚持不辍，“一次在太湖，早上就听到两种声音，一个是鸟声，一个就是诗人的读诗声”，盛教授这样向我介绍他。说罢问他：“背诵几百首有吧？”诗人坦承“四位数”，又补充一句：“没有这些底子写什么诗啊！”

这不是夸张，短短交谈已经感受到他对诗歌具有整体性的了解与把握，他不仅能够随意说出著名诗人的作品总量，而且有理有据地认为李白就是混血儿，认为没有李杜唐诗中国文化就没有今天的地位。既盛赞唐代对于文化的影响，也赞扬那时少数民族主动汉化的积极精神。“当然这也反映出中国古代文化的魅力与强大的影响力”，我跟上一句，他对我的看法也表示赞同。

以诗论事是诗人的一大特色，每谈一事，相关的诗作就能从他嘴里娓娓流出，席间至少不下三四首吧，有的比小溪蜿蜒，有的比瀑布酣畅。怎么就说到隋炀帝了呢，诗人立即诵起皮日休的《汴河怀古》，气势远比大运河恢宏得多。“尽道隋亡为此河，至今千里赖通波。若无水殿龙舟事，共禹论功不较多”，何止运用得恰如其分，更是令人深思的历史启迪。“隋凿运河，通衢南北，役民过猛肯定难免，传统史家苛责炀帝暴政失德，但是泽被后世的历史功绩却随着绿波荡漾而闪闪发光。”没有想到，2011 年我在《笔下风流》一书中的观点竟然与诗人的表达构成呼应。

席终人散，回味悠远，好一个英明的盛教授，如此精心的安排，给满盛友谊的午宴注入了特别醇厚的文化品质，使它更像一场文化会餐。

（2017 年 3 月 9 日夜）

王蔚来了

正在书房忙着呢，电话响了，一看是长沙的号码，自然就想到王蔚，但是没有想得太多，因为她是那么遥远，而且 2008 年后就基本没有联系了。可是，听到她在电话那头清清楚楚地说“我是王蔚”，啊，是的，就是她呀，就是那个遥远而且有 10 年没有联系的王蔚。她来南京了。

我们相识于 2007 年，一起到延安干部学院学习。当时她还在武汉大学读博士，我们虽然是同班同学，相处时间却只有短短半个月。就在这半个月里，她和安徽省委党校的胡东升教授至少来我宿舍两回，每次到来我们都会畅聊许久。那时没有微信，分别之后，我们就用 QQ 联系了很长时间。

这次相见，确实有些意外，她说一定要来看我和嫂子。我说外边下雨，家里还有两个孙子，很乱；她说她不是来检查卫生的，我也就无话可说，再说了，我何尝不想见见现在的王蔚教授呢。来了以后才知道，她的一个专题被中央党校评为精品课，而且这次全国只有六个精品课题，她竟然占了一个，真是了不起。正因如此，她才受到我们学校的邀请。

王蔚还是那个王蔚，我当然也还是那个我，尽管头顶阴云密布，还有三三两两的雨点飘洒，灯光也很微弱，我还是远远地看见那个走过小桥的身影，喊了一声王蔚，马上就获得她的回应："管老师，是我。"彼此的声波似乎把路灯也拨得更加明亮了。走近一看，王蔚更加成熟漂亮了。

王蔚真的还是那个王蔚，坦诚、率真，进得门来，几句寒暄之后，就这么自然而然地谈起文章、读书的事情，就像在延安干部学院聊天时那样。大概是听东升介绍的，她问我现在是不是在读国学。说到这里，我立即把她引进书房，同时看看我的出版计划，看看我在 4 月 27 日写的《也说"桃之夭夭"》一文，重点是看结论部分。

她的阅读速度很快，而且悟性极高。我在阐述"桃之夭夭"是形容美男之气质，"灼灼其华"是称赞女子之美丽，全诗之兴最终落实在相爱、婚姻、家庭等生活的逻辑与轨迹之后，她马上就说，同意后面的见解，但是对于"灼灼其华"的"其"应该作何解释呢？这个"其"应该是个代词。她提醒了我，我要进一步思考这个问题。

临别，她向我索书，我们再次走进书房，顺便指着国学的系列读本和北京出版社 2007 年出版的十多册的"经典通读系列丛书"，坦承"没有读完"。她呢，眼睛一亮，指着其中的《论法的精神》《社会契约论》《政府论》和《论美国的民主》，说"一定要读"；并把《旧制度与大革命》与《论美国的民主》联系比较，说前者讲"破"，后者论"立"。听罢，感到一股清风溜进了书房，就像醍醐灌顶那么爽。

我会努力的，王蔚！你的来访，尤其是我们如此短暂的相会，如此密集的信息交流，如此敞开心扉随性而聊，使我确信，空间距离根本阻挡不了心灵的相通，年龄的距离同样阻挡不了心灵相通所产生的美感与快乐！谢谢王蔚，谢谢你的来访！

（2018 年 5 月 1 日）

偶遇一众藏胞

七点半钟，我走进自助餐厅，随意地扫视一下不多的就餐者。右前方的一众人等，脸上配着黝黑的肤色，那是我很熟悉的高原色，自然要多看两眼。眼光收起，取碟配餐，端着餐碟直奔他们围坐的桌子。

真是心有灵犀，他们中至少有两位似乎明白我的心思，向我露出纯朴的笑容，像是邀请我坐下。我选了个空座坐定进餐。还在走向这里的时候，就已经在搜肠刮肚，寻找记忆中的藏语词汇。

“卡拉萨擦拜？”终于想起来“吃过了吗”一句，这几乎是我还记得的全部藏语，没有想到现在用上了。我是用它来测试一下他们一众究竟是不是来自那个遥远的地方。

“卡拉萨擦松。”听到“吃过了”的回答，我轻松了一下，也高兴起来，因为如我所料，他们来自西藏。“见到你们我感到十分亲切。”他们的笑容算是对我的回应，但不免有些茫然。

我当然知道原因，于是接着说：“我曾经在西藏工作生活过十年。”最近的几位一听都很惊讶，其中一位问我在哪里工作。我说拉萨。他们自然想进一步问问我是做什么工作的。“先在机关，后去中学教书。”我说。

他们有了一致敬佩的反应。我知道，藏族同胞对于文化特别敬重，爱屋及乌，对与文化搭上边的人自然也就多了几分敬重。我虽然离开那里多年，但是这一点却始终铭记心头。

不是好奇，也有好奇，看他们不像拉萨来的，于是问他们从西藏什么地方来的，他们说从山南来的。看来我没想错。喔，想起来了，于是问道：“山南是安徽的对口支援单位吧？”又得到肯定。

估计他们也有诧异，马上自我介绍：“我是安徽人，现在南京工作生活。”“退休了吗？”“退了，都八年了，不过工作没有退。”我如实以告。“那你来这里是出差？”显然他们对我也有些好奇。我说是的，今天上午有个讲座，是市委宣传部的讲座。

彼此更接近了，他们中的一位说他们也是来参加培训的，培训单位是安徽省科技厅。原来是一批科技工作者啊。正想更深入地交流一点什么，另一位却向我说他们昨天去了黄山。我说那是天下最美的山，他们点头赞同。

这时，一位小伙子走来，看得出是领队，我听不懂他们交谈的内容，但知道他们需要集体离开了。果然。大家一一与我道别，而且是以西藏特有的礼节。我回礼后继续用餐，心里却在说着刚才想说却没有说出来的话：“我们西藏的山是天下最浑厚雄伟的山。”

是啊，最浑厚雄伟的山，那种浑厚雄伟，还有那悠久缭绕的白云，是那么奇特，那么独有，那么壮美，已经永远地装在我的心里。现在，随着他们离去，那种奇特，那种独有，那种壮美，再一次在我的心里翻腾！

（2018年6月7日）

途中三则

（1）取票“历险”记

明天上午外地有个讲座，需要今晚赶去住宿。提前一个小时赶到南京南站，走到自动取票机旁，找了一个虚位以待的机器，迅速点击几个程序，静静地等候出票。

我是来回票，需要出两张，自然要多等一会儿吧，机器的事，哪里需要着急呢。嗨，想不到还真有着急的，而且是为我着急，很有些为我着急啊！

她是在我右侧的一个准老太，身高低于普遍标准，顶着传统短发，穿着乡气而邋遢，身边有没有行李我没在意，似乎在等人，更像没事的人，突然伸手“帮我”点一下打印键。

我的指令已经发出，机器自然要按部就班，她这么来一下，我没想到，机器肯定也没“想到”，只见屏幕一黑，像罢工了一样。我急了，朝她抱怨一句：“我正在出票，你怎么乱点我的程序呢？！”

她辩了几句，究竟讲些什么我也没听清，也不需要听清，再说我哪有工夫听她的辩解——我的精力都集中在屏幕上呢。也就是几秒钟的事吧，她又着急了，一边自说自话，一边又要越俎代庖。

我正要阻止，聪明的机器好像看在眼里，赶紧从出票口把我的两张票送出来了。我如释重负。她又说话了，似乎是在自我表扬，也像是说我不懂，我来不及细听，更不需要认真，赶忙丢下一句“谢谢你”，和旁边候票的人们浅浅地对视一笑，夺路而逃。

（2018年6月19日途中）

（2）忽闻《读书郎》

所乘动车即将进站，忽然不远处飘来熟悉的《读书郎》，节奏轻缓，歌词简单，朗朗上口，是过去的儿歌。许久没有听到这样的儿歌，竟然也没有想起它，现在突然听到，自觉亲切，于是静静地享受它带来的快乐。

到站了，起身向前走去，发现原来音乐不是车组放的，而是一对老夫妻用手机放给白白而漂亮的孙子听的。“孙子吗？”看他们怡然自得的样子，我触景生情，禁不住问了一声。“是的。”他们高兴地回应我。

奶奶的脸上盛开着花朵；爷爷问我是不是在合肥下，我肯定。他们马上要孩子喊爷爷。孩子真有礼貌，我在“爷爷好”的问候声中向车门走去。他们不下，那就是去武汉的方向了。我一边随着人流向前，一边还在回想并回味着这首美丽的传唱已久的儿歌——

小嘛小儿郎，背着（那）书包上学堂，
不怕太阳晒，也不怕（那）风雨狂，
只怕先生骂我懒呀，
没有学问喽，无颜见爹娘。
朗里格朗里呀朗格里格朗，
没有学问喽，无颜见爹娘。

这首歌好像是20世纪初期的吧，那已经是遥远的过去，但它留下的儿歌却还在我们的生活中飘响，尤其是歌词所蕴含的那个时代的价值观，应该让我们有些汗颜，因此也就有了一点诗兴：

车行如飞歌声扬，耳畔忽闻《读书郎》。
风雨百年浪淘沙，前朝儿歌遗韵长。

（2018年6月26日）

（3）好为人师

送孙儿盟盟上励步的英语课，励步今天却没有空闲教室，家长们也就没有地方去。我灵机一动，来到1号线地铁站，刷个卡，进去找个座位。12点下课，我就利用这点时间写一篇哲学随想，反正闲着也是闲着。

正在思绪翻滚、灵光闪耀的时候，地铁阿姨指着一只很不错的黄色皮包问是不是我的，我说不是，她纳闷地说：“那是谁的呢？”话音未落，前排一个有点黑倒也还是很帅的男生转过身来，对我们说那是他的。

物有其主，阿姨也就走开了。我却对帅哥说：“你应该谢谢阿姨，看她多有责任心啊！”他不好意思地笑了一下。我一看，包虽然被他挪在自己的身边，可还是人包分离——只是从后面挪到了右边——继续看他的手机。

我觉得这个习惯不好，实在有必要给他一个提醒，于是对他说：“给你一个建议可以吗？”不错，他说可以，还有一点笑容。我就接着说：“人在旅途，人包不可分离，分离了，就算没人拿你的，你自己有时也会忘记，那样总是很麻烦的。”

我和他本是并排坐着的，见他口中称是，确有几分诚恳，但似乎不知怎么做，估摸着他还没有这个意识，更没有这个习惯，于是干脆拿起他的包，把提手带子套在他的右手胳膊上——看，是不是手把手地教啊？他会意了。我进一步告诉他要养成习惯，并向他说明我一贯都是这么做的，对家人都是这么要求的。

他笑笑，点了点头，一边继续看手机，一边始终挽着他的包。车来了，他走了，我得把他和我共同缔造的故事留下来。不是我好为人师，而是想到天下还有多少像他这样的帅哥靓妹，真是叫我老人家操心啊！

（2018 年 7 月 19 日）

淮北的双楼村

上午的课完成了，特地留下半天转转淮北。下午转了几个点，收获颇丰，那就说说双楼村。看上去它就是个普通村，但是很有内涵，有几个方面给我留下的印象很深刻。

走近村部的第一眼，看见的就是一块巨大的横立在村部门口的花岗岩石碑，上面刻着“全国开放式村部发源地”，这是中组部的授牌，字却不是名家所题，而是本地一位小学老师书写的，也很好啊！

市委组织部的领导给我介绍，这个村当年主动把围墙拆掉，把村部的院子变成一个广场，既方便群众办事，也方便群众监督，同时为群众提供一个娱乐健身的公共场所，一下子缩短了干部与群众的距离。当时还有新闻报道，题目就是《拆了一堵墙，拉近干群心》。的确是个创造。

进到村部，徐书记把我们一行领到一个调解村民矛盾的办公室，一边指着墙上几行标语一边介绍：“你想不到我帮你想到，你说不到我帮你说到，你办不到我帮你办到。”这样的工作方式方法还有人不喜欢的吗？不会的。我就很喜欢，而且拍照留念。

能做好事总得有个思想基础，墙上贴的工作宗旨就是“真情零距离，服务无止境”，看来是做到了，至少也是努力在做。过去他们的“做”是

“群众动嘴，干部跑腿”，进入网络时代，换了一个口号，也就换了一个工作方式，他们把这叫作“群众动嘴，网络跑腿”。效率肯定提高了。

我情不自禁地赞赏他们墙上标语的变化，既折射时代的进步，又反映他们工作理念与工作方式的进步。换句话说，就是他们由过去的被动式服务转向主动式服务，同时能够运用先进的技术手段，更有成效地开展服务工作，这就是服务型的党组织。大家也都认同我的理解。

传统总是有价值的，思想政治工作就是我们的老传统，即使在网络时代，思想政治工作也不可能被机器完全取代。他们干得真不错。徐书记向我介绍，村民之间发生矛盾冲突，一般都是先以思想政治工作调解，实在调解不成的才通过法律解决问题，但是那样后果很不好。

我就更加敬佩他们了，同时高度赞赏他们这个调解矛盾的工作方法，“既节约社会成本，也节约司法成本，还降低行政成本，效果却更加积极”。他们也同意我的理解。我就进一步结合徐书记的“司法裁定后果说”继续发挥：法律是最后的手段，虽然能够裁定是非对错，但势必伤感情；伤了感情，很多年甚至几代人都难以解开内心的疙瘩。大家也认同这个看法。

我要去看看天藏寺，那是一个隐在深山人未识的宗教遗址，也就离开了双楼村。但在晚上吃饭时，组织部的领导进一步向我介绍双楼村的发展模式。他们并没有特殊的资源，也没有骄人的经济成就，唯其如此，更让我觉得他们了不起，而且他们的发展经验反而能够为更多的乡村发展提供直接的参照。

他们引导村民发展经济，主要是搞大棚种植，但是工作思路却不同凡响：村里先把大棚搭好，然后以低租金（8000 元）租给村民种植。开始村民不会用也不愿用，他们就发动党员发挥带头示范作用。推广开以后，村民平均一个大棚的收入都能达到四五万元，最不好的也有三万元收入。现在，许多外出务工的村民都回村种大棚了。我说，这就是先挖渠后引水，先筑巢后引凤。大家再一次形成共同的看法。

双楼村，看上去很平凡的双楼村，实际上却很了不起，其了不起之处就在于真心为民而亲近村民，诚心服务而造福村民，工作创新而又合乎村情。

（2018 年 8 月 17 日在口子宾馆）

返程记

昨天，淮北的天气真好，漫天阴霾，不时浇点阵雨，酷暑的炎热一点点下降，秋天的潇洒一点点上升，让我享受了今年以来第一个美好的秋日，还乘兴攀上高高在上的天藏寺。

晚上，秋雨知道我该休息了，于是不间断地下，差不多下了整整一夜，使这座淮北小城遇上了多年不遇的大雨，也让我的返程遇到难得的水情和心情。

早上，我按时钻进送我去宿州东站的车，时间比约定的提前了大约 10 分钟。但是行不多远，前面一片汪洋，看见许多车辆掉头返回，送我的刘队长也就重新选择道路；可是行不多久，同样的水面再一次、又一次地出现，于是再一次、又一次地重新选择，好像淮北舍不得我就这么离去。

终于出了市区，高速路口就在不远的眼前，刘队长说上高速就好了。不曾想到，就在高速路口，又一次出现一段淹水的路面，而且积水很深，连有资深驾龄的刘队长也不敢贸然地冲过去。问了一下路人，得到指点，绕了一个弯，10 多分钟后，终于柳暗花明。

上了高速真的好了，一路狂奔，但是差不多就在高铁发车时间的 9 点 7 分到达宿州东站。刘队长有些懊恼，说如果在高速路口不遇到那片水就好了。早在途中我就不断安慰他，连组织部的甜甜也来电话说，走不了就回来再住一天，现在我再一次安慰他："不要紧的，可以改签。"他担心改签不了，我说那也没有什么，大不了再买一张票。

可以改签的，于是排队。利用排队的时间，我开始记录今天的返程经历。到我了，改签完成，是 10 点 51 分的车。还有半个多小时，我不进站，坐到站前花坛的石台上，一边美美地沐浴带有野味的初秋凉风，一边静静地完成这篇生活实录。

当然，还想起一位作家友人说我的话："你的散文都是在路上写的。"是的，我从来都是反对无病呻吟的文字，坚持散文要么就取浪漫主义，要么就取现实主义，要么就是两者结合。这样实录算什么？不去管它，至少它是"写实主义"的。

（2018 年 8 月 18 日宿州东站）

附：做了一回“贵人”

时隔将近三个月，又一次来到淮北。真巧，我的两次淮北之行都和雨水有关。晚餐时，从梁部长说我是“贵人”的故事里才知道，我所遇到的两场雨水在淮北都有特别的意义。

上一次是 8 月 17 日，我平生第一次来到淮北，当夜就是一场大雨，今天才知道，那场大雨在淮北可是百年不遇的，也是淮北建市以来最大的一场雨。8 月 18 日我离开淮北后，在宿州东站写下的《返程记》虽有记录，但还不知道它是“最大”。

这当然是机缘巧合。但是更巧合的是第二天，就是我 8 月 18 日走后，那么大的雨就停了，而且一停就是几个月，以致农作物出现了严重旱情。按说早该下点雨了，但是不知道是雨神渎职呢还是在刻意等我。

今天，我又来了，雨神也终于开恩，连夜向淮北大地泼洒了一场大雨。部长说，如果再没有这一场雨，麦子就要浇灌了。如此说来，此前的旱情还真够严重的。明天立冬，今天气温降幅很大，身上有些冷飕飕的，心里却是热乎乎的。

那么这场雨真是及时雨了。巧合，当然是巧合，巧合得就像我是带着天雨来浇灌淮北大地的一样；正是这样，部长才借雨说笑，说我是淮北的“贵人”。不过这样的“贵人”我很愿意做，乐意做，而且希望多多地做。

（2018 年 11 月 6 日晚）

由淮北想到淮南

还有一会儿出发去合肥，浏览一下新闻，一行标题让我心里一惊，已经预感到说的是什么地方；于是点开“一座正在塌陷的中国城市”，果然与我预感的大同小异，只是说的不是淮北而是淮南。

我没去过淮南，但知道它与淮北一南一北，而且和淮北一样，基本都是以煤炭为支柱产业的城市。随着资源枯竭，加上国家发展战略调整，它们的传统优势正在丧失，共同面临着怎样赶上新时代更好更快发展的问题。

还是初秋酷暑的时候去了淮北，看到沿途大大小小的水面，有些好奇，被告知是采矿后塌陷造成的。我好杞人忧天，于是打听下面怎么办，陪同人员向我说了许多，但我留下较深印象的就是两点：旅游和绿金。

说起旅游我就心生疑惑，淮北这里有什么旅游资源呢？直到晚餐时，经过一位领导的介绍才知道，看上去黄土一片的淮北，其实旅游资源极其丰富，相关历史人物就有100多位，文有东方朔，武有马援，连远古的炎帝也与此地有关，至于那些神话传说、寓言故事，包括成语典故，说起来成串，写出来成卷。竹林七贤里的两位都曾生长于斯，嵇康绝弹、刘伶纵酒都是真人真事。是啊，这里曾经是中国主流历史重要的锻造平台，因此上演过无数的历史活剧。但是，遗憾，多数旅游资源没有得到开发却是事实。

毫无疑问这与投入有关。当然一时没有足够的投入并不等于没有规划，他们的规划是把整个城市的建设方案与旅游开发规划相结合，已经形成“一带双城三青山、六湖九河十八湾”的总体思路。分解开来说，就是整治塌陷废弃地，打造生态湖带和东西两个城区，整合分布为“川”字形的相山、泉山、龙脊山，再把北湖、东湖、中湖、南湖、乾隆湖、华家湖和洪碱河、萧濉新河、老濉河、东相阳河、岱河、龙河、闸河、跃进河、西流河连接起来，进一步结合六湖，最终形成一系列（十八个）半围合的水湾。真是美好的构想。

绿金的意思大概就是凭借自身的煤炭资源优势，通过高科技，使煤炭资源向绿色资源转化，从而获得更好的资源效益。经过进一步了解，获得的权威解释就是作为煤炭资源型城市，淮北到了转型崛起的关键时刻。他们秉持新发展理念，站到科技前沿，结合淮北市情，谋划了中国碳谷·绿金淮北发展战略，充分利用自有的煤炭资源，做好碳科技文章，同时大力发展与此相关的战略性新兴产业、高新技术产业和现代服务业，最终打造一个绿金淮北。

由淮北想到淮南，相信他们在地势沉陷中肯定能够站稳，淮北已经未雨绸缪，相信淮南不会例外。

（2018年10月25日）

小蔡户的真实变化

中央要求在2020年全面建成小康社会，这是实现中国梦的重要的阶段性目标。毫无疑问，任务艰巨，如果不艰巨也就不叫攻坚战了。攻坚战的主要目标应是解决贫困问题，因为贫困问题是全面小康的短板。当然攻坚战又不仅仅就是解决贫困问题。

要问攻坚战进展如何，肯定需要到农村看看，因为小康不小康，关键看老乡。老乡究竟怎么样呢？原来我浮在上面，看到的基层也是浮光掠影，但是今天我奔三舅母的丧事，也算是真正的实地调查，谈话对象都是自己的亲戚，没有藏着掖着的东西，说出来的都是干货，所以获得的资料也是第一手的，我也真的受教了。

故乡安徽省肥东县护城乡的小蔡户是我外家，也是我长期密切联系的一个自然村落，一草一木我都熟悉。如从纯收入的情况看，这里应该没有贫困问题了。当然收入是多元的，主要还是“城市”（打工的子女）对乡村的反哺。我没有做具体的量化统计，但我看在眼里，家家日子都不错，更重要的是他们自己对日子很满足，年纪越大越满足。

就说住的吧。今年清明我才回去祭祖，到现在不过几个月的光景，变化真是巨大呀。看上去村里大多数的房子还很老旧，究其原因并不是纯粹的经济问题，而是翻新了也无人居住，所以老人们也就将就下去。但是也有新的，东西两头已经出现两处“豪宅”，一处是在旧宅基地上的新建房屋，那是真正的豪宅；另一处是对旧房的改造性装潢，那是孩子对父母的孝行。总之面貌的确焕然一新。

在公共建设方面，也有几处亮点。一眼看去，几个月前还是砂石修建的村里道路，已经完全换成水泥路面。这才几个月，就发生了如此深刻的变化，我的内心颇感惊讶。用宝马车接送我的表侄传堂说，“路基五米，路面三米五”。看看两侧都还没有填实，好像在向人们展示它的厚度。看上去确实很厚实。

如厕，发现厕所也是新的。蹲坑是白瓷砖，看上去材质不是很好，但毕竟是瓷；地下抹了水泥地坪；墙壁是三面砖墙，刷了白色涂料；顶是简易板材铺成的，更上面还有挡雨屋顶；南边是一扇铝合金门，材质不算过硬，但终归是铝合金的；厕所外还配备了脚踩式的机压水井，算是“自来水”。他们是有自来水的，但那是真正的吃的水，还没有用到清洁厕所方面。尽管如此，如厕方面也是彻底告别了传统的方式。

厕所看上去是私家所用，但是每家都有，就算是公共建设项目了。开始我也很觉新奇，正想问问表弟善讼是怎么修的，他和表弟媳华蓉一起向我介绍，“这些都是政府修的，我们没花一分钱”。我再问家家都是这样吗，得到肯定。“还有路灯，也是政府花的钱”，华蓉进一步补充。其他的亲戚也都一起对我说：“共产党还是在给老百姓做事的。”当然，我附和着，也是真心赞同他们的实际感受。

（2018 年 10 月 3 日）

蚌埠南站的同志真好

不是老了就是粗心，也许既是老了也是粗心，否则无法解释这个错误。下午的课是下晚了，匆匆吃过晚餐，直奔蚌埠南站。车票是晚上从蚌埠南站返回南京南站的 G53 次，7 点 48 分开车，8 点 36 分到达，我却把到站的时间看成开车的时刻，虽然“提前”半个小时到站，结果呢？还要说吗？

怎么办？改签呗，当然别无选择，只好改签。排了 10 分钟的队，却被告知没有去南京南站的票了。售票员问我怎么办，我问他怎么办，他告诉我只有换商务座票。我问价钱，280 元吧，但可以退回原票，大概要倒贴 200 元。只好这样了，犯了错误是必须付出代价的。

我姗姗地来到他指定的到另一个窗口，因为是重购商务座票，刷了卡，售票员要我输密码。还有十几分钟，我是有点急了，竟然在 POS 机上输错了密码。重来，这次输进去的数字肯定是对的，但是奇怪，显示出来的却是错的；那就再来一次，结果还是错的。

上天证明，我后两次输的密码真的没错，售票员非说我错了，我再次强调肯定没错，而且心里的根据十分充分；她说错了，还指着机器对我说，也算证据确凿。无话可说，这是一个相信机器的时代，机器既然证明我错了，那就错了吧。我只好重买一张。可是这里不收现金，卡已经刷过三次了。

正在说着，改签窗口的同志走了过来，他听到了如此奇葩的事情，就对我说："我给你盖个章先上去，但是没有座位，你就站着回去吧。"还有什么说的，我还没有来得及深刻体会这件事到底有多么好，就一迭连声地谢谢。

我从外面进站，他从里面到了进站口迎我。一看 G151 次来不及了，他把关心进行到底，说："那你只好改乘 G153 次了。"我能够回家睡觉就算是造化了，哪里还讲究什么"次"了，于是连声说："行、行，谢谢、谢谢。"

这已经很感人了吧，至少已经深深地感动了我。我终于来到站台等候救星 G153 次。嗨，刚下扶梯就被一位中老年服务人员迎上来要看我的票。我就奇怪了：那么多人的票你都不看，为什么偏偏要看我的票呢？难不成我有什么嫌疑之处？

心里是这么嘀咕着，但得守规矩啊，人家检票有理，拒检肯定不对，只好把票递上去。我说这是站票，他一看就说："我知道，我要和列车长说一下，不然的话，他说不定会担心超载不让你上的。"看来我还没有下来的时候，那位接我进站的同志已经和他沟通好了。

真是帮人帮到底啊！我更加感动了。正在感动，G153 次来了，他一边用对讲机联系了列车长，一边把我送给列车长。原来列车长还是一位标准美女。但我来不及欣赏，就急急忙忙地钻进了车厢。

车开了，不用看，我都知道 G153 次在风驰电掣般地飞奔。我就这么站着，靠着，偶尔瞅个空当小坐片刻，手里紧张地记录刚才的奇葩经历。终于要写完了，才想起来应该起个标题，那就叫《蚌埠南站的同志真好》吧！

（2018 年 10 月 17 日 G153 次高铁上）

盐城的故事

历史是过去的故事，没有故事就没有历史。每个地方都有自己的故事，我很喜欢听到那些与众不同的当地故事。

今天来到盐城，是讲课，不是旅游，而且早上来，晚上回，可谓行色匆匆。尽管这样，我还是从接送我的吴锋和小蔡嘴里听到只有这里才有的几个故事。

走进接待处，举头可见背景墙上的画是丹顶鹤，门口的雕塑则是麋鹿。心想它们一定是这里的特色动物，一问吴锋老师，果不其然，并被告知在盐城这块土地上，它们分别被人们叫作“珍禽”和“异兽”。因为这儿地处黄海之滨，有广袤的滩涂地，是国家级自然保护区，既被誉为“东方湿地之都”，更被叫作“仙鹤神鹿世界”。

鹤在中国文化中属于“仙”类。说起丹顶鹤，我想起发生在20世纪80年代的一个故事。故事的主人是一位姑娘，为保护丹顶鹤而牺牲。我说这事是用探寻的语气，吴锋老师却一口就说出她的名字——徐秀娟。那个遥远的故事，还有一首凄美的歌，曾经感动过许许多多的人，我就曾经被感动得满眼泪花。

晚上是小蔡送我去车站，途中，他接过我的话题，说黑龙江也有一个丹顶鹤保护区，徐秀娟的弟弟最近也为保护丹顶鹤而牺牲了。竟然会有这等事！我闻听此言，感叹不已，心想难不成冥冥中真有某种神秘的存在？想到这对姐弟的生命与丹顶鹤共存天地，内心更加敬畏。

我来盐城的次数不多，好像是二十年前来过一次海关，今天是第二次，发现这里变化很大，城市规划显得开阔、清新、明朗、秀丽，而且很有气派。小蔡对我说，这里没有山，就是平原，土地很多，年年增长。

什么？土地还能年年增长？我只知道土地是不可再生资源，所以大感不解。小蔡解释说，由于黄海淤积，盐城每年都能增加三四千亩土地；并且指给我看范仲淹在此做县令时筑的海埂，现在已经距离黄海七八十公里了。估摸着，范仲淹距今总有千年上下了吧？细算一下真是惊人。

唉，时间能够改变一切，一切都会在时间里得到改变啊！沧海桑田，天上人间，物质不灭，现在的一切，都不过瞬间而已矣！

（2018年11月17日）

我被惯坏了

出行，总想得到车船之便。在所有的交通工具中，乘坐江轮是最舒服的，这是我的生活体验。但是人生的轨迹并不总由长江规划，江轮也只能在江中行驶，只要在陆地上，更多的时候只能选择乘车。

作为大众化的交通工具，火车当然是最好的。当年的客运火车，分为普快（慢车）、直快和特快，长途旅行通常选择直快，能够坐上特快可是一种造化，令人快乐，甚至还有点骄傲。

但是谁也没有想到，火车开进 21 世纪，产生了升级版的动车和高铁。动车高铁一出，特快直快立马变成了“马车”，甚至“牛车”。正因如此，那种绿皮火车，不说普快，哪怕直快、特快，也注定要淡出人们的生活。就像现在我所乘坐的绿皮火车，即便一时存在，也越来越古董化了，连发出的声响都像是在苟延残喘。

的确如此，自从动车和高铁投入运行后，人们的出行，只要可能，几乎没有选择更慢交通工具的。以我的出行经验论，仅乘过两次绿皮车出行，上次是前年去河南和山东一带，这次是今天要去苏北盐城。如此选择，都是因为通往目的地没有更先进的动车与高铁。

人们总有思古之幽，我也一样，还没坐上这种绿皮车的时候，心里已有一种怀想，想着想着，竟然有了一些莫名其妙的美好与兴奋。但现在真的坐在绿皮车上了，感觉完全不是那种状况，甚至心里很有些不满。

刚一走进车厢，坐下，就感到座前的茶几有点不洁，其实比过去的茶几干净多了，于是取出一张面巾纸擦拭，当然有些黑；也不能太自私，于是把整个茶几一起擦了，纸，当然也就更黑一点。心里稍有不快，却得到一位邻座的恭维：“你真干净！”

座位虽然是软坐，但是感觉低了。座位越低，腿的感觉越不舒服。在从南京到扬州的一个小时里，我已经几次想痛痛快快地伸伸腿，但不是遇到别人腿脚的障碍，就是被那根粗杠杠的钢铁柱绊着，总之，很不自在，很不自在。

我说这些，的确是在数落现在的绿皮车；可是再想想，其实这是我们被动车和高铁惯坏了。想想当年，就是几十年前，我们不都是这么乘来乘去的吗？只有长忆过去之苦，才能倍觉今日之甜。现在，就算是同样的绿皮车，其实早已不是当年的直快特快了，速度也比当年快得多。

就说茶几的面积吧，已经翻了一番，四人相邻，各得其所。身下的座位也是软的，软得有些腻人；而在当年，别说硬座，即便是卧铺，除非软卧，也是硬邦邦的。当年的车窗尽管装了两层玻璃，感觉不到嗖嗖的风吹，可是一路下来，总是脸上灰灰的，鼻孔黑黑的；而现在，即使是绿皮车，一路下来，也绝不会满脸风尘。当然，更优越的还是车里已有空调，不惧炎凉，总是春秋……

想到这些，一时的难受似乎也都变成了享受。的确，腿已经开始习惯，心情也就更加坦然。更加令人欣慰的是我被告知，明年，盐城也有高铁了。看得出，大家都很期盼；我也期盼，期盼全新的盐城体验。

（2018 年 11 月 17 日）

怀念北京的“吃”

北京的吃是丰富的，但我不大讲究吃喝，所以经过几十年的磨洗，记忆里，除了烤鸭和木须肉也就没有剩下太多“吃”的了。刚才给孙儿盟盟吃的是今年最后一批柿子，凉凉的柿子入口后，他直喊好吃。一声“好吃”却唤醒我对北京另外两种“野味”的记忆。

第一种“野味”是萝卜。萝卜到处都有，而且品种繁多。但是北京的土壤比较松软，所以萝卜长得大。在北京的萝卜里，有一种水果萝卜，叫作“心里美”。1970 年的春夏，我到北京汽车大修厂执行任务。厂在郊区，晚上，一批党员干部散会后，管生活的人拿出萝卜，众人一起分享。

我那时虽是 20 岁的小战士，还是比较“可爱”的，一位老师傅隔着老远给我送来几片，让我第一次吃到这么美好的萝卜，清凉凉的，甜丝丝的，萝卜常有的那种辣味一点也没有。从此我就记住了“心里美”。吃了还想吃，后来还真的又吃到几次，每吃一次印象就更深一次，以至现在还记得心里美，还有它那特有的美味。

柿子是我要说的第二种“野味”了。本来我就很喜欢吃柿子。人们通常只知道吃软柿子，其实硬柿子经过特殊加工后也是很好吃的，甜而硬，还有一种清脆。但是真正让我难以忘怀的却是北京的冰柿子。

1972 年和 1973 年的冬春之交，我从四川接兵回京，就在郊区西峰山的新村训练新兵，我们住在老乡家里，家主姓姚，务农，兼养蜜蜂，妻子是大队妇联主任。除夕晚上，姚妻拿出冰柿子给我和另一位班长吃，说这是当地风俗，除夕吃冰柿子，求个吉利，叫“透心凉”。

北京盛产柿子，我们营区有的山上几乎漫山遍野都是，一到秋天，风景独特奇异，煞是好看，也没少吃。但是硬邦邦的柿子，简直就是冰块，冻得就像石头，我可是第一次看到。询问做法，他们告知，秋天采下收起，放软了以后再放进冰窖——在地窖里放置从河里采来的冰块——也就冻成这样。

这该怎么吃呢？我有点不解。依据想象，一定是用文火烤或者热水化，但是他们不是这样，而是把冰柿子放进一盆凉水里，大概一两个小时吧，冰化了，柿子软了，在滴水成冰的季节里，吃到这样的“野味”那可真是爽，真正的透心凉啊。正是那个凉爽劲，让冰柿子一直留在我的记忆中，直到今天，盟盟的一声叫好，就马上唤醒我久违了的记忆。

（2018 年 12 月 13 日）

陶醉工作

半下午进城，办了一圈事，回家已经八点多了。从珠江路乘地铁 1 号线到南京南站再转 3 号线，看到对面座位上的一位年轻人朝我看了一眼，当然是神色特殊地看了我一眼。我本能地稍稍在意，但是马上也就过去了，又回到阅读中。

到胜太西路下，我已经完全忘记这件事情了，但是那位年轻人却主动走了过来招呼我：“你刚下课吗？”我说：“不，今天没课，是进城办点事，回来晚了一点。”我嘴里答应着，心里却开动紧急搜索：这位究竟是谁？

在这里招呼我最有可能的是小区业主；于是问他：“你住在小区吗？”他否定了，说是听过我讲课。听过我讲课的人太多了，我也就没有多想，但他紧接着进入我讲课的语境，说了我在讲授世界观人生观和价值观的时候，讲过一个事例，到现在他还记得。

我还没有来得及询问，他就像为了证明自己的记忆一样，马上对我说：“你说过你家装潢时工人给你安装镜子的事情，安得不好，你为他示范。”是的，这个故事我也记忆深刻，还写进《笔下风流》一书里。

“嗷，对对对，我想起来了，我是在课上讲过这个亲身经历的案例，以此说明和强调人要敬业，做事必须认真。”我虽然应和着他，但在心里已经有了几分感动。能被学生记住的老师是很容易产生感动情绪的。

“我是交通电台的主编”，他这才自我介绍，而且说出讲课地方是在中华门宾馆。这我自然记得，那是文化系统年年举办培训班的地址，我已经多次在那里讲过课，当然印象深刻。

说着说着就到分手的时候了，他还郑重地补充一句：“我在去年入党了！”语气很诚恳也很满意，还不能说没有自豪；当然更像是对我工作的一种肯定。我马上递过去一句真诚的赞美：“好啊！”

分别了，我还有几分钟才能到家，就一路回想着刚才的情景，同时也慢慢地体会，体会着教书这个工作的意义。体会着，体会着，竟然体会出来几丝陶醉，尽管是淡淡的，却是纯美的。

（2018年12月18日）

南陵掌故拾零

今天来南陵的“春谷”学堂开了一堂讲座。讲座是县组织部和宣传部联合举办的，晚餐时两位部长一起陪同，聊了许多话题，但相对集中的还是南陵掌故。

南陵自古有名，主要因为拥有铜矿资源。铜在今天还是重要的有色金属，在以铜铸币的古代，其重要性更是不言而喻。铜陵因铜得名，也因铜闻名。但是在历史上，铜陵曾经隶属南陵，直到现在，虽然铜陵是铜陵，南陵是南陵，铜陵的矿产收益还分南陵一杯羹。

中国商朝的青铜铸造技术已经很高，西周更胜一筹，这与南陵的铜矿资源密不可分。商朝的情形没有记录，但是西周开始采冶南陵铜矿资源是有据可查的，所以南陵成为中国青铜文化的重要发祥地之一。

南陵从汉代始置春谷县。这改变了我对“春谷”的印象。原以为春谷学堂的“春谷”是个象征性名词，这才知道它是南陵古代的行政建制名称。赫赫有名的周瑜就是首任春谷长，相当于今天的县委书记。不仅如此，周瑜还在此地迎娶了小乔，为南陵历史平添一桩佳话。

到了唐朝，南陵的繁华进入一个新高度，商贾无数，各路名人纷至沓来。诗仙李白也两度携家寓居于此，断断续续长达十六年之久，留有《南陵别儿童入京》等九首千古名诗。那句“仰天大笑出门去，我辈岂是蓬蒿人”也是在南陵写的。“大杜”杜甫“小杜”杜牧等名流也曾光顾南陵。

说到这里，王部长还特地问我一个问题：“知不知道李白在南陵靠什么生活？”我曾经在书上看过他有经商的哥哥资助，部长告诉我还有他老丈人的资助。这可以相信，李白似乎是个入赘许府的女婿。不管丈人多牛，资助诗仙总不是一桩丢人的事。

但是让我一千个意想不到的是，部长还说李白曾经在此经营铜矿生意，这就刷新了我的观念，也一定会刷新许许多多人的观念。想想也是，一家几口的生计总不能专靠别人资助吧，说不定除了俸禄也会搞点创收。幸好，他没有成为巨贾大亨，要不然那才是文学的大不幸呢！

（2018 年 12 月 21 日）

今天我放假

的确未经集体研究，更没请示报告，我就独断专行地决定今天给自己放假。早起，一路乘坐地铁来到鼓楼——当然是南京的鼓楼——拿点常规药品后，坐个好喜欢的 31 路公交车往大行宫去。

去大行宫什么地方？找四川酒家。干什么去？吃，做一回吃货。吃什么？小笼包子，当然还配一碗小馄饨，又吃又喝，无比快乐。吃完十一点钟了，想去老屋睡一觉，一摸钥匙没带。那就走，走路。走路可是我的优良传统。

一路向北，安步当车，再往鼓楼走，我喜欢那里，既有我久远的记忆，更有她悠久的历史。走到浮桥，一道绿光闪过，一看还是过去的邮局挺在那里，只是绿色更加光亮，突发思古之幽，走进去，什么业务也没有，就在那里静静地坐，慢慢地想，想得进入假寐状态。

想够了，也有了精神，悄悄地站起来，慢慢地走出门，穿过那道潺潺流淌的河流，想象着几十年、几百年、几千年前的情况。继续向前，向前，逛、荡、浪。忽然想吃毛栗子，于是找，找，找，终于发现有一家，但在马路对面。为了吃，再悠悠地逛、荡、浪了过去。

买了 10 元钱的，不问它仙乡何处，反正个头不大，形态颇圆，还算可爱。估计老板看出我的为难之情，亲自示范，单手捏着毛栗子的尖端，一用力，圆满开花，看上去很享受，吃起来也很美。边走边吃，边吃边走，与其说享受美味，不如说享受悠闲。

吃着走着，又见一家卖江米条的，那可是我的心头爱，抑制不住馋欲，再掏出 10 元。看着黄澄澄、金灿灿的一包，好有收获感啊！打开一尝，嘎嘣嘎嘣地响，酥甜可口，还是过去的美味；香气扑鼻，浸入脾胃，爽！

还没来得及拐弯，遇到一家重庆小面馆，看见眼前的是位大妈，想起的却是曾经穿着七分短裤的重庆妹子，不由自主地走了进去“来一碗”，当然也附加了两个条件，清淡，不辣。清淡、不辣还叫重庆小面吗？没有办法，我要保卫前“线”，她也入乡随俗。

面来了，说是豌豆素面，端上来的却不是新鲜的豌豆。不免失望，但是想起现在不是长豌豆的季节，也不为难人家，取筷开吃。面条终归还是面条，只是那些圆溜溜的豌豆可真是久违，久违了，虽然没有一丝丝的绿色，却有春天里的清香。吃完了，问价，又是10元。

呵呵，30元的消费，不仅陪伴我漫长的路程，还能打发我今天回家后的一段时光，值！

（2019年1月24日）

我是二级大师啦

革命要有纲领，奋斗要有目标，春节要有任务。今年春节前后的三项任务已经完成两项：给恩妻扬名立万，给《三字经》做理论提炼，还有一项没有完成，就是怎样把我中国象棋水平由三级大师提到二级大师的高度。

壮志已立，意志如山。从昨天中午开始，我向二级大师发起总攻，2200分就是一个临界点，达到休战，不够留级。对我来说，这个分点不仅是一个战斗高地，更是一个战役目标，必须占领，誓把胜利红旗插上2200主峰。

开始进攻一路顺利，就像把考试成绩从80分提高到90分那么简单；对面战场情况多变，战斗主力不断更换，我虽然以不变应万变，也随时调整战法，但是不管对手菜不菜，赖不赖，我均以压倒一切敌人的英勇气概爬到1990分，胜利在望，得意扬扬。

接着擂鼓三通，誓以一鼓作气，灭此朝食。不想几个三级大师连续退场，时间也不早了，且做美梦去吧。一觉醒来，再披挂铠甲重新上场，心里大喝一声：谁来马前受死？手指轻点鼠标，宣告战斗开始。此时上来一个一级大师，我藐视之，愿意交手，一决高下。

他放马过来，我右相飞宫；他当头摆炮，我右马横跃；他右车平出，我左炮右移；他士角架炮，我进马攻角……就这么你来我往，你攻我挡，十几个回合后，渐渐麻痹，觉得对手不过如此；岂料突然丢落一车，大出意外，大意失荆州，悔之晚矣。真是骄兵必败！

交过学费，午饭后再睡一觉，养足精神，重新上阵，志在必得，否则春节任务不得圆满。于是仔细寻找对象，不找低手，不对高手，专找三级大师。轮番换将，胜负参半。我随时调整战法，声东击西，侧面迂回，佯攻主力，重打薄弱，十八般武艺样样试过，几次接近主峰，总是功亏一篑。

好在分差不多，10 分左右而已。正等待，又来一个一级大师，我下定决心，与之开战。几个回合，感觉对手级别虽高，技术一般，但我接受教训，再不敢掉以轻心。场面一度惊心动魄，杀得天昏地暗，可谓战罢玉龙三百万，败鳞残甲满天飞。终于被我觑得破绽，一招制敌，不多不少，正好 2200 分。

2200 分，不仅让我成功完成今年春节的全部任务，更把我送到一个新的历史高度。其喜洋洋者矣！其喜洋洋者矣！男子汉大丈夫，不战则已，战则必胜！现在已是大年初三，马上就要结束春节，当此之时，我抖擞神威，以胜利者的姿态庄重嘚瑟——欧耶，我已经是中国象棋的二级大师啦！

（2019 年 2 月 7 日）

约会张博士

张桂珍博士早已经是教授了，我还是喜欢叫她张博士。我们相识很久，但是空间距离却越拉越长。不说友谊，许多信息也需要交流共享，所有热线始终畅通。人是需要面晤的。按说同城，见个面也不是难事啊，可是实际上呢，比邻天涯，所以每次总会说到见面的愿望，少说也有两年了吧，就是没有见成。

尽管如此，彼此的内心又是天涯比邻。昨天，我在一家大型企业讲课，休息时，她来电话问我在哪，我说在课堂上，因为距离不算太远，她立即说下午来听“师傅的新课”。应该没有问题啊，可是还不方便：我已经连续讲了六个小时，今天还有半天，确实需要休息。因为见面总要交流，交流应该认真，认真就需要精力——那样我肯定吃不消。但是约好今天见面聊聊。

终于到“今天”了，课间休息，我给她打电话，意在约个地点，喝个茶，聊聊天；那头却很匆忙，在照顾病中的妈妈，连话都难以说完；我这头呢，还没有等到约定好又要继续开讲。饭后，我拿定主意，先去看看新华书店——已经一段时间没去那里了，再去一家不是很远的茶社。这个茶社她倒未必熟悉，但是她对那里的外围环境不陌生，容易找得到。就它吧，不用民主集中制了。

走出书店，我拎着好几斤重的一大袋子书，也想顺便锻炼锻炼，于是向着茶社方向踽踽而行，距离嘛，少说也有三个站。途中我拨通电话告诉她选定的地点，但是电话还是无人听——后来知道她的手机又出了点问题——真的有些急人而又无奈，只好发个微信。她没有看到，却来了电话，我进一步指示地点，她略有迟疑，一点几秒后说马上就来。

虽然不算太远，但是交通状况使不远的路变得遥远，我已经嗑完一碟瓜子，看了几篇微信文章，接着又粗粗翻阅刚刚买来的一堆书的大纲小目前言后语。她又来了电话，说在乘车，我当然知道她是怕我着急，安慰我。我现在倒是真的不急了，地点定了，人已落座，仅眼前的一堆新书就够我消磨的，有什么急的呢。

只是我顺便想一个问题：这年头，在同一个城市怎么见个面就这么困难，简直就是咫尺天涯。幸亏还有电话和网络，不然，被城市化拉长了的空间距离究竟怎样才能被缩短，被激烈的节奏折磨得无暇他顾的生活怎样才能获得从容和悠闲。

唉，奢侈的愿望，愿望的奢侈，原来都是时代的烦恼。“是啊，十年前还不是这样！”我在向她倾诉这个烦恼后，她这样回应我。看得出，她也在思索，还有些思索的茫然。生活本不应该这样，可它偏偏就是这样。

（2015 年 11 月 15 日）

餐桌问事

人人都有知识盲区，已知的越多，未知的越大，所以，人必须勤学好问。孔子是个榜样，《论语》说“子入太庙，每事问”，至少说明他是个不耻下问的人。在这一点上，我甘做孔子的学生，所以经常与之“对标”。

今天上午，我来南大，这次不是本部而是仙林校区，为他们的外培班开一个讲座。中午就在食堂就餐，与莘莘学子一道吃饭，别有趣味。吃着吃着发现一个现象，怎么女生明显多于男生，估摸着，起码三分天下有其二；不免有点好奇，于是问旁边的一位：“您是老师吧？”

得到肯定回答，我就得寸进尺，换个角度向她请教：“你们班上男女生比例状况怎么样啊？”“基本一半对一半。”我又问：“那为什么现在食堂里的女生明显多于男生呢？”她似乎很高兴回答我的提问，对我说：“这是研究生食堂，如果到本科生食堂情况就不是这样的了。”说罢还补充一句：“那里的饭菜更加丰富。”

疑问得到解释，心里坦然许多，我们也就进一步往下聊。我又问她：“为什么研究生的女性就更多呢？”她说：“只能说明女性优秀。”显然这是一个道理，但肯定不是普遍道理，也许反映这位老师的性别自尊，也许她更需要选择这样的外交辞令来回答这个问题。

我又挑出一个话题，说我去过许多地方，但凡公务员考试，录取率都是女孩子明显高于男孩子。她也承认这点，但又说：“只要男孩子入围面试，基本都被录用的。”的确有这种情况。这又是为什么呢？我没再说，也没再问，但是录取男生的情况说明，社会心理是有另一个标准的。

这个心理标准是什么呢？浅层原因就是男孩子入职后的“事情”少，使用效益肯定更好，而女孩子则“事情”多。任何单位总是以工作为中心，好像从来没有例外，所以从实际需要的角度看，用人单位肯定更加愿意招收男生，而更少考虑女生，只是分数面前人人平等，难以拒绝达线的优秀女孩子们。

我绝没有性别歧视观念，反倒认为男女平等本是天道，这是一个方面；另一方面呢，男女的自然分工也是天道啊。而我们的社会政策设计呢，似乎更加注重社会平等而忽略了自然的分工。我十分怀疑，靠忽略自然分工来提高女性的社会地位是不是一个可持续的社会政策。但我相信，两极相逢，物极必反，对于这个问题，社会总能找到更合天道的政策和制度安排。

（2019 年 4 月 17 日）

芜湖—安庆侧记

这是真正的“侧记”，因为我在 14 点 25 分走进 D5605 次 1 号车厢后，坐在靠东一侧，背北面南，与车同向，西面的窗户被旅客拉下的遮阳帘挡住视线，只能看到左边一侧的风景。

从芜湖去安庆的第一站是铜陵。两城之间有一个鲜明的地貌特征，山山相连，几乎没有间断，峰峦不高，但也不低，山体绿化极好，连成一线，放眼望去，满目青翠。没有别处那些修到山腰的梯田，山就是山，地就是地，区分清楚；山下的土地都是平原，区别只是大块的是大平原，小块的是小平原，连一片坡度较大的地也没有看到。

铜陵一过，路边的农家房屋不断地被抛到后面，又不断地突兀而现。似乎都是别墅，零星散布，有的就是独立别墅，很少看到联排的，摆出与世隔绝的孤傲。房顶几乎都铺着琉璃瓦，不仅色泽鲜艳，在阳光的照耀下熠熠生辉，但丝毫没有炫耀的感觉，而是藏在深深的绿色植被里。

一出铜陵就奔赴池州，山峰更密，也更多一点气势，林木森森，绿色厚重，有的就给人以堵住了车窗的感觉。有几片水，相距不远，水面当然不及大的湖泊，应该也是湖泊，说来也算辽阔，平静安宁，水面如镜，好像永远也泛不起波浪的样子，被太阳蒸得娇媚缠绵，仙气缭绕。

池州站的东北侧出现了成片高楼，已是现代城市气象，让人的观感大不如前。尽管人们都知道城市化是社会发展的趋势，而且越来越多的人已经生活在现代城市里，可是真正面对这些夹在翠绿丛中的钢筋混凝土建筑还是很不舒服，特别是在对着它们那灰不溜秋的色调时，越发感到只有自然的魅力隽永无尽。

还是看到了工厂，应该是一家小水泥厂，说不定已经停产多时。外面就像混凝土搅拌车，车罐已经锈迹斑斑，尽管没有锈蚀的地方仍然十分明亮，还是掩饰不了我能感觉到的那种落寞惆怅，如果真是这样，那反倒说明任是深山更深处，发展理念也更新。也是啊，在这样的深山中，小型重污染企业不去，一旦排污，环境依靠自然净化是很缓慢的。

车出池州不久，一条绿水，显然是一条河流，通向远方，来不及看它究竟通到哪里，只见河中长满绿色水生植物，有些拥挤，有的甚至被挤出水面，形成簇拥的状态。我的一行字还没有写完，一条大河突然出现，白色如练，银波泛滥，直指东南方向，看着那泛着蓝色的森森天光，真叫人惊讶而神往。

真快，看见长江了，也就标志安庆到了。向东看去，水面开阔，水天一色，烟波浩渺，气度恢宏。水里有船，但不是高耸的江轮，也没有熙攘的盛况。我问邻座，怎么感觉水面不如从前宽了呢——我还是 17 岁时第一次在这里与长江亲密接触——回答是受三峡大坝影响，现在江面也就只有大约一公里宽，而过去的宽度则有两三公里。不过也好，抗洪压力小了，过去每年的 5、6 月份正是防汛期。究竟是利还是害，我无从判断，却又有点杞人忧天。

（2019 年 5 月 22 日）

偶遇知性女士

昨天已经过去了，昨天的一个故事还在心里，想把它记录下来，觉得还是有点意义的。

看看独秀园，是我来到安庆的第一个愿望。因为新文化运动以天光乍现、春雷初响的气势，呼喊出科学民主的口号，坚实地奠定了其在中国近现代史上的地位，影响极其深远。而陈独秀不仅是新文化运动的“总司令”，还是从新文化运动中走上历史前台的中共一大到五大的“总司令”，来到安庆焉能不去看看他的陵园——独秀园！

由于下午还要返回芜湖，上午的讲座结束后，讲座单位的汪部长和刘主任早已安排好姜主任陪我同去。独秀园的规模不是很大，文字也不复杂，不多时也就走上去、走下来了，算是完成一个参访过程。还有一个展览馆，想来文字介绍和实物展览应该更加丰富，但是不巧，闭馆整修，说是三个月后开放，只能留待将来再看。

我们已经调转车头，准备直奔火车站，这时一位中年女士招呼我们，原来她是想搭乘我们的便车到公交站。独秀园算是新建的景点，据说有公交通达，但我们没有看到站牌，整个陵园除了我们一车三人外，就她一个游客，物以稀为贵，人也是如此，她更像独秀园里的一位贵客。

姜主任和司机都是安庆本地人，开窗后简单问问情况也就请她上车。听口音她肯定不是安庆人，也不是南方人，一问才知是山西人，感觉有点遥远，也就有点好奇：午时三刻，说不上赤日炎炎，但也是骄阳灼人的，这么一位衣着朴素的中年女性，竟然孤身一人顶着这么大的太阳前来看望陈独秀，怎能不叫人多出几分好奇的心理。

我先致歉意继而请教她是不是做文化工作的；她说是做档案工作，我一听有点得意于自己的猜想。我们也因此对她多了几分敬意，姜主任甚至主动向她介绍黄梅戏博物馆，说可以顺道把她带到那里看看，然后我们再去火车站。她却说已经去过博物馆，只要送到公交站就可以了。

我还是保留着内心的好奇，再问她管理什么档案。问这话时心里有一种期待，期待能遇到彼此知识领域更接近的人。她说管发电厂的档案。这个回答显然与我期待的差距较大。但她继续说已经去过了黄山等自然景点，现在更想看看名人景点。话还没有说充分，她就一边主动指着拐弯处的公车站，一边说我们“安庆人”真好，说罢也就饱含谢忱与我们挥别。

她是下去了，我们的议论还在继续，好像在开一个讨论会，共同感觉她应该是一位知性女士，有文化，特别是有人文修养，不然不会一个人跑到并不十分出名、还地处偏僻的独秀园来看陈独秀。只是遗憾，没有能够与之进行更充分的交流。

议论中，姜主任和师傅提出一个有意思的观点，我也同意，那就是她还是有较好物质基础的，不然难以支持她的游历。这当然正确，但是看上去物质基础未必就有多厚，否则她完全可以不选择公共交通工具，那可要两个小时才有一班啊！所以理解她需要换个角度。

那么究竟是什么支持她选择这样与大众不同的旅游方式呢？大概只有一个比较靠谱的答案：热爱文化，也许对于人文知识还情有独钟。就像我们对她的尊敬，其实也是源于我们对文化的敬仰。

推人及己，想想我们的内心又何尝不是藏着一个往往有点捉摸不定的“魔”呢，它就是文化。不管人们表面是多么热衷于物质，但在精神深处又总是藏匿着一种对于文化的醉心与追求。非为其他，盖因文化乃是人的独创，人的灵魂；人之所以创造文化，并不复杂，源于本能。如果人们没有这种文化的本能，不管什么文化都是难以被创造出来的，创造出来了也是难以持续的，当然也就难以不断地走向更高的文明。

（2019年5月24日车上）

君子有礼

下课了，从鸡鸣寺乘地铁3号线回家。刚进车厢，见到一个空座，向前走去。巧了，一个60岁上下的男子，穿着很旧的保安制服，应该是个体力劳动者——也走了过来，而且速度不慢，我就适可而止，他就顺势落座。

我有途中阅读的习惯，刚一站稳，就靠到柱子上，打开余秋雨的《君子有礼》看了起来；他却站起身，给我让座。我想，他可能觉得我比他年长，也有可能是对我刚才“适可而止”的一个回馈，更有可能的是要给我一个阅读方便。

不管选择哪一项作答，结果都是善的。我相信我的判断，因此感动于心，同时觉得他至少还是一个有礼而尊重文化的人。于是示意他不用让座，但他还是坚持，我直接以手按住他，连说“不用的”。在我的执意下，他才勉强再次坐下。

我重新走进余秋雨的《君子之道》，真是巧了，看到的内容正是“君子有礼”一节。其中所引的《左传》语曰：“君子贵其身而后能及人，是以有礼。”可见“礼”从来就是君子的一个标准。《晏子春秋》更进一步说：“凡人之所以贵于禽兽者，以有礼也。”这就更把“礼”作为人兽之别的标准。

看到这里，我对于礼的确产生了新的认识，重新认识又进一步促进思考。正在慢慢体会，那个给我让座的男子到站了——也就一站而已。下车前，他还特地招呼我，算是他给我的一个特殊安排。我一边点头致谢，一边坐了下来，却停止阅读，打开手机，记下这则平凡的故事。

从浮桥写到胜太西路，完成了以上的内容，但是意犹未尽，到站下车，但不出站，坐到站内的凳子上继续写完感想。

礼是中华文明的重要范畴，看似形式而已，实则以道德底蕴为支撑，因此具有深厚的精神文明内涵。别以为今天社会礼崩乐坏，其实这是社会转型过程中的一时乱象而已。须知，深植于我们民族灵魂的传统文化精神，其韧性绝不是人们想象的那样简单。仲尼有言：“礼失而求诸野。”任何一种文化，一旦内化成普通大众的生活习惯，它就真正建立起来了。我们从这个也许就是最普通的劳动者身上得到这种启示，我也从中获得并强化一种文化的自信。

（2019 年 8 月 13 日）

农事四则

（1）农事报告

终于秋天了，秋老虎只是隔三岔五出来转转。今天艳阳高照，而且烤人。但是，再厉害的太阳也会下山。我的农事已近尾声，趁着太阳下山这会儿工夫，我来起草一份农事报告。

春耕夏耘，秋收冬藏，是农业社会生产生活的基本步骤。一年之计在于春，春耕春种的情况决定半年收成。我今年春天的农事安排，由于没有经验，准备不足，小误农时。尽管如此，还是栽种了一批瓜菜，大致情况如下——

黄瓜：是我农事收成最好的品种。买来的瓜秧就很茁壮，栽下近 20 棵全部成活。在一个月内，长势喜人，我把晾衣竿都让给它们作为进步的阶梯。开花不久就结瓜，进入梅雨天，长得更好，收获更大。但是立秋之前，瓜形反倒没个正经样子，上细下粗，里面还长出黄色的颗粒。说是雨大水涝的原因，但不知就里。

瓠子：应该是黄瓜的表亲，秧苗与黄瓜相差不大，都是大叶植物，连成长的态度和姿势也很相近。为了让五盆瓠子充分发挥自己的优势，我把一棵垂丝海棠剪得一人高，成为它们向上攀登的脚手架。它们也懂得感恩图报，两三天就能供应一次。但是来了可恶的施工队，因为盘根错节，理不清楚，不得不腰斩它们。

辣椒：栽得不算多，大大小小八九盆。真是辣椒，十分泼辣，扩张性很强，能长得像棵树苗，但比树苗发杈快，半径远远超过盆口。开着白色的小花，结出绿色的椒果，而且人丁兴旺，繁衍不绝，直到现在还硕果累累。爱辣让它们长得老一点，怕辣就拣嫩的摘。餐桌上的虎皮青椒成为大家的喜爱。就是盆子不能太小。

茄子：种得不多，只有三棵，颜色也是绿的，果实却是紫的，因此成为一道特别的风景。株高叶大，不耐干旱，稍一缺水，马上就垂头丧气，吊儿郎当。果实像个棒槌，上面细一些，下面粗圆形。表面光滑细腻，质地绵软，可炒可烧，还可以蒸，总之可口受用。但是一入秋，马上就摆出一副老气横秋的样子。

豇豆：不可小看的植物，细细的藤子，小小的叶子，攀爬能力超强。阳台栅栏都被它们霸占，还想对二楼发动侵略，被我及时制止。淡紫色的花，形状像蝴蝶。花一凋谢，嫩嫩的豇豆就登台亮相。只要雨水充足，一不小心就条条下垂，闪耀着青白色的光芒。多数成双结对，也有光棍，总是不失时机地偷听别人的甜言蜜语。

蕹菜：开始我想，这种草本植物应该好种，用不着精心伺候。谁知道它竟然脾气不好，占着风水宝地却不做贡献；我当然生气，连根拔除，补种豇豆。后来有个闲盆，随手栽了几棵。真是浪子回头，但见它们噌噌地向上窜，又长又粗还很嫩。产量虽少，我却获得重要经验，明年我会好好地扩大它们的势力范围。

西红柿：我种了 20 多株，想象着能够源源不断地吃到它们。开始的确不错，成长的速度超过同时栽种的所有品种。我也知道养它们是个技术活，需要剪枝掐尖等，但是到底没有名师指点，所以结果总不满意。正在不断发问“为什么长不大”的时候，施工队进场，彻底破坏了它们的成长环境，让我失去研究对象。

总之，半年来，在太太和孩子们的帮助下，自己也不怕苦不怕累，总算得到一点收成，但是远不理想。经过初步总结，获得一点基本经验：明年，不管孔老夫子高兴不高兴，我都要好好地“请学稼”。

（2020 年 8 月 13 日）

（2）搬石头

搬石头是典型的粗活、重活、累活、苦活，现在愿干的人少了，即使专做这个工作的人也是极不情愿，看那样子，能偷懒就偷懒。

不知什么原因，才隔几年，雨污分流又来了，我门前的草地又被挖了一遍，而且是机器挖的。挖就挖吧，只是这次不像上回，挖出来的基本没有净土，建筑垃圾居多，于是我要求他们把石头拣出来。

领导答应得很好，可是到头来连一块小石头也没动。据我观察研究，劳动者的劳动态度已经大不如从前了，来一批，走一批，再来一批，再走一批，无非嫌累怕苦，大概报酬也不满意。这就使管理者答应的事情无法落实到底。

孔子说："吾少也贱，故多能鄙事。"我的少年就更加"贱"啦，所以，尽管现在做着清高的脑力劳动，但是从来不丢掉从事粗笨农事的本色，以至生活上，只要我能做的体力活我都自己做。

现在，这个特长又派上用场了。还在夏天，我就不断地把草地上的石头捡到一起，堆了一堆，想让施工方一次运走，但是这都多长时间啦，还没有搞到我这里。昨天夜里才从外地讲课回家，梦里下了一场大雨，今天是个阴天，觉得很爽；一早起来，我就一盆一盆地搬运，一连运了十几盆吧，终于把一堆乱石头大致做了一个清理。

我原本就好出汗，这么一累，更是浑身上下大汗淋漓，连皮肤都像泡脱了一层皮，除了痛快，还是痛快。每当这时，我总会想起青少年时代在农村从事的重体力劳动。人多抱怨吃苦，我却有些"反人类"，总觉得苦难对人更是一种特殊的磨炼。

（2020 年 8 月 21 日）

（3）期待胡萝卜

黄瓜扯藤、茄子出盆，剩下的豇豆和辣椒，在越来越明亮的秋阳照耀下继续忙碌。当然，还有那盆蕹菜，依然生气勃勃，青翠欲滴。

做事最怕没有方向，现在还就是没有了方向。盆子闲了，要让它们重新上岗，毕竟就业是民生之本啊！还能种些什么呢？请教别人，未得要领。我说种点韭菜吧，卖菜的老农教导说 25℃的气温才能种韭菜，那就等候 25℃的到来。

忽然想起，种点胡萝卜吧。太太从江北买了一包籽，我一看，怎么与我印象中的不一样啊？记忆中的胡萝卜籽就像虱子那样。她说卖种子的人说现在就是这个东西。我还是不放心，那就做实验。

现在的农事讲科学，再科学也不能没有经验，经验和科学的结论都来自实验。于是我先挪出两个小些的盆子，撒上种子，放到一边，观察情形。同时把所有闲盆里的土倒出来，放到地上暴晒一段时间，前天夜雨停歇后，白天继续浇水浸泡。

今早，终于发现实验盆里已经长出一对绿色的嫩芽，不敢说它们就是胡萝卜，但我相信就是，如果不是，在我没有播撒其他种子的情况下，不可能几天之内，同时出现相同形态的生命景象。

它们的出现，让我信心大增，于是挥锹翻土。土要倒腾，起码具有松土与增氧的意义，会大有益于植物成长。现在把不同盆里的土倒在一起，重新搅和，相当于重新配置资源——这可是改革开放啊！我是坚持改革开放的。

轮到盆子们上场了，我把十五只圆盆放在一处，装满土，撒上种。再把它们安排到草地的边缘地带，虽然没有喊出“向右看——齐”的口令，还是用手把它们调整得整整齐齐。谁叫咱们当过兵呢，当兵的嘛，怎么能够稀稀拉拉的呢！

一切忙碌停当了，我要记下这个故事。当然，剩下的就是期待，期待胡萝卜的成长——成长——茁壮地成长，直长得膘肥体壮。

（2020 年 8 月 22 日）

（4）再搬石头

早上写下《期待胡萝卜》一文后，上午也就算是个闲人，既然不读书，也不想看“报”，那就把种菜的土壤倒腾倒腾，为下面的农事做些准备。但是中午忽然想起一件大事：应该把门前的路整理一下，方便家人行走。

这条小路原本是用鹅卵石贴面的不规则四边形混凝土块间隔铺成的，大概是取“曲径通幽”的诗意，我很喜欢。但是被雨污分流施工队破坏了，说是要恢复的，谁知道那是什么时候。路是天天要走的，一旦遇到下雨这里就特别不好走。

想到问题就要解决，既然一时不能依靠别人解决，那就自己动手。说干就干，不等太阳下山，我就挥锹挖坑；坑挖好了，再把放在一旁的鹅卵石块挪到坑里。开始想得比较简单，动手了才知道，原来这些家伙竟然如此沉重，少说一百来斤，反正我是搬不起来的。

到了这个份上，既不能不干，也不能蛮干，但是家里除了老的就是小的，没有外援，只得孤军奋战。于是想好窍门：先把石板掀起来，这个我能做得动；然后再用“滚”的方法，这个我也还行；就这么翻啊“滚”的，一连安排了两三块，路是成型了。

又是浑身大汗，担心我缺水，盟盟送过来一杯凉茶，咕咚咕咚地喝下去，身上的汗冒得更加来劲儿，心里却感觉特别爽。于是用早已湿透了的睡衣袖子，再以典型的老农姿势，擦一把满脸的汗珠，再把新的一块放进挖好的坑里。

门前的路已经铺好了，还有一块找不到原来的位置，总不能胡乱地扔到青埂峰下吧！但是我从来只做力所能及的事情，既然力不能胜，那就不去勉强，现在还把它放在原处。估计是草地出口处的，那里离外面的道路仅有几步之遥，垫几块砖头也就能够暂时解决泥泞问题。

通过这件事情，我就进一步地想，人啊人，一人一个性，一人一个命，命中注定你是劳动人民，想不当劳动人民都不行。这也是一种乐天安命吧！

（2020 年 8 月 22 日）

第三编　议论散文

两种不同的“开场白”

8 月伊始，暑气蒸腾，我第一次来到扬巴公司——扬子石化与德国巴斯夫合资的一家大型化工公司，利用晚上下班后的时间，与我的听众共同完成一个讲座。但是第一场讲座的开场白，已经让我获得一种非常不同的感受，第二场进一步强化这种感受，感受到一种模式、一种文化，相信下面这种感受还会得到进一步强化。

会议由工会主席“小燕子”主持。她还在扬子石化的时候也主持过我的讲座，但是今晚是在扬巴，她的主持特点就与过去不同了。首先不是介绍我的“光荣”，而是给大家介绍安全通道，明确要求如果出现紧急情况，从什么门出到什么地点集合。怎么样，新鲜吧？反正我是数十年间见所未见，东西南北闻所未闻。这就是差异，实质就是企业文化的差异。

“文化”是个非常复杂的问题，至少有几百种定义，就在人们还没有来得及统一“文化”的时候，文化已经被先进企业拿过来与自己的生产经营活动相结合，经过刻意的塑造，并形成各自的价值观念、理想信念，仪式、符号以及处事方式，这就是人们常说的企业文化。企业文化早已领导时代潮流，以至于现在只要还想混得像个样子的企业，哪怕装也得装出一个“企业文化”来。

企业文化是一种组织文化，是组织就有集会等大型活动。扬巴公司是中国扬子石化“爸爸”和德国巴夫特集团“妈妈”共同养育出来的一个“混血儿”，就是我们常讲的中外合资公司。就像今天晚上的活动，如果在“爸爸”那里举行，一定有个郑重的开班仪式，相关领导要到场做动员讲话，然后才隆重推出“我”。那么在“妈妈”这里呢，如果是大型业务性活动，相信也会大同小异地如仪进行。我想在这一点上说，两者应该没有大的区别。

但是区别还是来了，就在开场白。“小燕子”在扬子主持我讲座的时候，尽管也很地道完美，但是没有这个安全介绍与要求的程序性内容，至少我没有留下过印象；可是在扬巴主持我的讲座时，还没等隆重地推出“我”，首先就提出安全问题。以中国的文化传统和生活观念看，这个做法似乎有点“不吉利”。我没有说错吧？这只能说差异还是由文化和企业文化拉开的。

在企业文化中，人是根本，因为只有人才会创造文化。企业文化虽然由文化观念、价值观念、企业精神、道德规范、行为准则、历史传统、企业制度、文化环境、企业产品等方面复杂构成，但是只有价值观念是其核心。价值观念是人的观念，人是观念的本体，也是观念的载体，没有人也就无所谓价值观念。但是价值观念源于人而必须回归人，才能发挥能动的作用，所以在企业文化中人是根本。

是人就要关怀，就有被关怀的需求。人的需求是一种普遍而真实的存在，只有马斯洛从人本主义心理学的角度把人的普遍需求层次化，提出众所周知的生理需求、安全需求、情感和归属需求、爱的需求，以及自我实现的需求。在这“五层次说”里，“生理需求”是本能，满足不了这种需求就没有人。“安全”之所以被摆在第一位，是因为没有安全，有了人也会等于零。人是万物之主，当然也是企业之主。对于企业来说，员工与企业的关系就是人在业存，有人业兴，无人无业，人毁业灭。所以对人的安全的关心就是对企业的关心；对企业的关心，必然要反映在对人的安全的关心上。

这个问题看似普通，实际上呢？我们更多的人和企业大概还没有进化到这个阶段。不信请摸着自己的胸口——当然，摸着脑袋也行，好好想想：我，我们做到了吗？须知，一种真正的文化认同，必须是发自内心的情感皈依，一种真正的文化观念的形成，必须经历长期的认真培育。而这种培育也必须贯彻在个体和集体的行为中，体现在方方面面，落实到每一个环节。就像“小燕子”的开场白，就是这样的一个环节。

（2018 年 8 月 5 日）

扬州怡园的创新管理

面向大众的餐馆，特别是以小吃为主的大众餐馆，我是常去的，但是总有一个印象：拥挤混乱。想起来就有点头皮发麻。本以为人多就是这样，也只能这样，没有什么不对的。

为了散散心，昨天晚上，我和太太带着一大一小两个孙子来到扬州；今天早上，奔着扬州特色来到怡园吃早点。没有想到还没等到特色小吃，怡园的管理方法首先刷新了我的观念。

在一般的餐馆里，至少在我常去的几家餐馆里，因为面向大众，势必人多，也就带来一些乱象。乱则主要集中在两个点上，一是开票买单的地方，二是就餐的厅堂。尤其是在厅堂里，吃的、站的、看的、转的……总之，同在一个时空，彼此相顾，颇为尴尬。

什么都是可以改变的，什么都能做得更好，怡园的管理就是一例。怡园的特别之处不是人多，而是能把那么多的人集中到入口处的一个柜台前；这样一来，在厅堂里的顾客，则只有就餐者，没有等待座位的，于是就有了秩序和安静，氛围自然文明多了。

即使在入口处的柜台前，也不是买单开票，而是排队取号。就是这一招，实现了有效分流，所以尽管顾客盈门也能挤而不乱。比如，他们把所有取号的顾客分成两队，一队是“大桌”，8 人以下、4 人以上的，一队是“小桌”，4 人以下的，依次取号，按号入座，入座扫码，完成买单，然后就在座位上静静等候送餐。

这样，但凡进得厅堂的都有座位，坐在座位上的，不是正在就餐的，就是准备就餐的，总之，没有一个顾客是站着的。如果还有站着的，基本都是用完准备离开的，所以整个厅堂虽然座无虚席，但基本没有乱象。

正是这一点让我特别在意，为此，我还特地和服务人员讨论了一下。她们说，原来也很乱，现在才好的。这说明怡园也不是从来就是现在这样管理的，想来他们也是通过创新管理方式才实现目前的有效管理。

当然，任何创新都是有条件的。怡园之所以能够实现这样的创新管理，首先应该是他们既能直面问题，又能从实际出发解决问题，这才是真正的创新之道。须知，最有效的创新通常都是坚持问题导向，从问题出发，在寻找最佳解决问题方法的过程中实现的。

其次，创新不仅必须要肯思考，而且精神上也必须能够与时俱进。比如，眼前怡园的管理方式，10 年前大概就不容易产生。现在之所以产生了，说到底还是得益于网络支付手段的普及与运用，否则，也是难以达到现在这个管理高度的。

但是问题就在于，网络支付手段早已普及，为什么许多的餐馆还没有能够像怡园这样通过创新管理方式实现有效管理呢？这才是值得深思的地方，也才是怡园的可贵之处，当然也是我写作这篇小文的现实意义。

（2019年8月18日）

人格形象就是教养水平

昨天晚上，看了一篇微信文章，叫作《你说话的方式毁了你的优势》。单看题目，不能说没有道理，于是进一步阅读，想吸取一点营养，提高一点素养，加深一点修养，谁知一看却大失所望。

该文开头讲了一个故事，说一个文创企业老板带了一个年轻女职员参加一次活动，准备吃饭时，大家乘机交流创业心得，而女职员却低头玩起手机。老板对她说："你就不能不玩手机吗？"声音大了一点，大到连坐在一旁的文章作者都听见了。

女职员红脸反问："怎么了，饭不是还没来吗？"老板更生气了，说"要再玩手机你就出去"。后来，该女职员在洗手间碰到了文章作者，说拿了年终奖就辞职，不伺候这个"烂人"。下面的内容就是文章作者的分析议论，基本是对老板的否定。

要我说，老板的说话方式固然欠妥，但是分析起来可能就不会那么简单。该文作者如果不是想通过这个议论为自己做某种辩护，那就可能是个不会思考与分析问题的人。其实这个问题的重点不在老板而在女职员，在于女职员太缺乏教养了，以致毁了自己的形象，还贬低了老板的形象。

首先，人必须学会尊重别人，这是基本教养。这个女职员一看就是一个不思进取的人。大家可是在饭前交流创业经验啊，这是多么难能可贵的机会，她竟然玩手机等饭，真是一个吃货。再说，大家口吐莲花，你却旁若无人，就算老板不训你，别人又会怎么看你。你把别人不当一回事，不可能赢得别人的高看。

其次，人必须学会知趣，这也是基本教养。这个女职员一定是常被老板训斥的。从常理来看，一个领导在众人面前无情面地训斥部下是严重失礼，但是这个老板做了，一定是她过去常被规劝而不思改正，现在的表现却在反衬企业员工素质不高，进一步反衬企业素质不高，以致老板不得不发脾气。须知，人不知趣，只有“脾气”才能生效。

再次，人必须学会感恩，这还是基本教养。这个女职员根本不会辞职。老板之所以能够在众人面前以直言快语训斥她，说明在此之前他们各自都不止一次地领教过对方，结果呢？老板忍无可忍，她却忍气吞声。她在私底下发表的辞职宣言只不过是自我圆场而已。她是不会轻易辞职的。她其实应该感谢老板对她的容忍。

人啊人，怎能没有基本的教养呢！你的人格形象是由教养水平决定的，没有教养，上帝也不愿帮忙。

（2017 年 1 月 5 日）

惩戒是重要的教育原则

惩戒，就是通过惩罚使人警戒；与其相反的就是奖赏。惩戒与奖赏是相反相成的关系，其完整运用就是中国古训中的恩威并施、刚柔相济，其有效运用需要有机结合，不可偏废。这绝不是哪个人独立的、偶然的发明创造，而是大众在漫长的生活尤其是在教育实践中提炼出来的管理智慧与原则。

人类与生俱来的劣根性和冥顽性决定惩戒是不可缺少的教育手段。惩戒的形式通常是严厉的，但是本质却归为与人为善的德育，所以在重视德行的传统社会里，哪怕是在几十年前的现代社会里，大众普遍尊重严师，把严师看作负责任的化身，而且“严师出高徒”就是大众深谙与坚持的教育真理。

从具体的惩戒行为来说，惩戒的对象通常都是“坏”孩子而不会是“笨”孩子。因为“笨”可以被体谅，应该受尊重，而“坏”则不然，不予惩戒后果严重。遵规即守德，守德必遵规。人们常说家有家规、国有国法，只要是一个组织，不管什么形式的组织，没有一个没有规矩，道理简单：没有规矩不成方圆。所以组织内部的违规行为如果不能适时惩戒，就会产生示范效应，最终破坏组织的基本秩序。

多年来，满地流淌心灵鸡汤，一些诸如情感、鼓励、表扬、欣赏等教育方法被绝对化、夸大化，以致惩戒的原则被弃之如敝屣，甚至滥用“人权”原则堵塞正当惩戒之路，结果怎么样呢？相信人们都能看到。殊不知因材施教才是普遍原则。因材施教就是因人施教。无论集体的人还是个体的人，都是最为多样化的，所以机械地套用一个模式，片面地提出一些高大上的原则，放弃惩戒手段，说明根本不懂得教育的实际。

讲一则真实的故事。家有幼孙，有几天从幼儿园放学总是带点纸片或者小塑料插件回家，我很警惕，第一天晓之以理，第二天动之以情，第三天严肃声明：再不改正“爷爷一定会打屁屁的”。孩子还小，哪里懂得那么多大道理了，结果依然故我，这时，我就毫不客气地“啪啪啪”一顿。屁屁红了再讲道理，效果立竿见影；然后天天检查，巩固成果，终于彻底改正了这个毛病，直到现在都能保持未经允许决不把外面的东西带回家的习惯。

对此，家人也有分歧，认为不应该体罚，应以鼓励为主。我严厉批评他们心灵鸡汤喝多了，明确告之，现在孩子的行为就是好奇而已，没有其他想法，如不及时纠正，一旦养成习惯，性质会随着年龄的增长而改变。心灵鸡汤是真香，真有营养的，需要喝，但还要看到社会真实的另一面。请问国家为什么设立公检法？说到底不就是为那些拒绝“心灵鸡汤”的公民准备的吗？这就是国家的惩戒，而且每一个国家都存在这样的惩戒。

所以，我坚定主张，无论什么性质的组织，对于自己的管理和教育对象，必须保持必要的惩戒权力。惩戒本身就是一种有效教育。不信，每一个人看看自己的同班同学，最有出息的往往出自好孩子和“坏孩子”之中。好孩子不用说，“坏孩子”为什么也会有出息，因为他们当年受到的惩戒更多，因此得到更多的心理和人格锤炼，走上社会也更加经得起摔打。

当然，我所主张的惩戒是一种教育原则，其实际运用必须因人因事因地因时而异，但是不管怎么运用，必须真诚地从善的愿望、爱的情感出发，既不能伤筋动骨、摧残身心，更不能危害生命。无论现在还是将来，学校一般都不会鼓励和支持体罚式的惩戒，但我相信，传统家庭教育中的体罚还是普遍存在的，既不能说好，也不能说不好，只能说要看有没有必要。总之，原则都是大道理，运用之妙存乎一心，作为惩戒的原则是必须的，作为惩戒的主体，纵有必要实施惩戒也需理性，更不可把权威变成淫威。

（2019年7月14日）

说明：该文作为跟帖于“头条”发表后，被编辑部评论为“智者！精彩的剖析，合理的论证”，并推荐为“头条”首条。

差不多先生还健在啊

昨天，我连续读了两遍胡适先生的《差不多先生传》，明显感觉胡适先生没有多高的文学天赋。不信的人可以去读读这篇大作。尽管如此，还是开卷有益，最大的获益就是通过“差不多先生”对我们马马虎虎的国民性产生典型化记忆。

该文一开头就说差不多先生是“中国最有名的人”，“是全国人的代表”。接着描写他的特征：有眼看得不很清楚，有耳听得不很分明，有鼻子和嘴，对气味和口味都不很讲究。最后引差不多先生的名言：“凡事只要差不多，就好了。何必太精明呢？”这是胡适先生写于1924年6月的一篇杂文，屈指距今已经整整92年，国家都换了，按说差不多先生应该作古了吧，没有想到至今健在，今天上午我还遇见了他。

上午单位组织体检，查外科，量腰围。我对医生说，皮尺量在裤腰带上了。这位医生竟然笑嘻嘻地对我说“差不多就行了”。我顿时想起来了“差不多先生”，没说话，心想从皮带上量出的腰围，误差之大可想而知，这样的体检还有什么意义呢？中午，我在茶社就餐，旁边一群成功女士高谈阔论，话中不乏外国故事，其中讲到日本和德国的匠人很多，他们做事总是追求把事情做得最好，好到极致。同时批评国人做事比较粗滥。

我没插话，却联想刚才的经历，颇有同感。我对于自己的体型还是有点自知之明，知道腰围超标，但不会很多。这是一回事。但是作为医生，在履行自己职责时，焉能马马虎虎，抱着差不多的想法。让我失去对你的敬重还是小事，严重的是你在这个岗位上，奉行差不多主义，俨然一个活脱脱的差不多先生，该有多少人受你影响。而一旦受到影响，扩散出去，可是几何级数的负能量。

虽然我深信生产方式会改变人的生活方式和工作态度，但还是感慨差不多先生至今健在。好想我们的国人能够尽快改名更姓，从此叫作“多不差”，那将会是一种什么状况呢？那样，某国某日在某个地方，一帮成功女士或男士，所赞美的也许就是中国的“匠人”精神和“多不差”先生如何如何了得！好在，“多不差”先生已经越来越多。

（2016年7月7日）

退休金就是“仓龙”

这两天，在闪电出游的路上，忽然想起一个民间传说。说的是过去有的人家米缸里有一条仓龙，不管你从上面舀去多少米，它很快就会给你恢复到原来的数量，因此家里的米总是吃不完。

这当然是个传说中的故事，可是人们每一次说完这个故事，总是深深地叹息，透出一种渴望而无可奈何的神情；同时眼睛又不由自主地望着自己的米缸，有时还要多望几眼；条件反射，连听故事的人们也同时对着米缸眼巴巴地张望，透出一种莫大的集体向往。

传说嘛，多为神话，但是神话并不总是虚幻的，起码寄托着人们对于未来的某种幻想与希冀。想想现在的养老金制度，不就是真实版的米缸“仓龙”吗？每月某日的早晨，人们的手机短信就会响起，告诉大家多少多少元已经到账了。不管上月的“米缸”亏空多少，现在又被填平了，运气好了，还会不断地长一点。

过去没有多想这个故事，自从关于这个古老传说的记忆被勾起后，现在每月的这一天，通常都会再复习一次这个古老的传说；同时也有一种感觉，就是古老的传说往往还有某种预示性。所以我对未来总是抱有信心，因为心里还装着很多很多的古老传说！

写到这里已经是 2013 年 9 月 4 日，时过六年，又有新的发现和想法，接着上面的话题继续说。

今天想起要去学校科研处，把过去的一些文字和音像成果目录抄下来一并收入文集。先乘地铁 3 号线，大行宫下，再转 2 号线。这是一个大站，转车的人多，但见浩浩荡荡的年轻大军，就像集体参加马拉松赛跑，每一个人都在冲刺，不同的是有的跑得快，有的跑得慢，最从容的也在加快脚步，无非都想赶上更早的一班车，踩上那个规定的时间点。

为了生存，他们不得不奴隶般地服从社会分工，就像士兵一样执行那个叫“时间”的命令。我们都曾如此，共同经历过，但是毕竟离职很久，松散地行走已经成为生活的常态。现在看到这一幕，既悲悯眼前的年轻群体，更悲悯自己的曾经。是啊，自由是多么宝贵啊！但首先需要“自有”。试想如果卡里没有一条“仓龙”，我们还能这样优哉游哉吗？除非跑不动，否则，这个马拉松队伍中肯定会多一个气喘吁吁的你、我、他。

（2019 年 3 月 21 日）

花生革命

花生是重要的经济作物。今天吃饭，与太太聊起花生，忽然想起故乡的花生在 20 世纪 60 年代初所经历的一次“革命”。但是奇怪，这件烙印在我少年心里的“革命”，在此后几十年间一直没有再听到人们提起过，这就更让我觉得有必要说一说。

老花生的历史究竟有多古老我不清楚，但其品质落后则是肯定的。果实长在藤子上，藤秧伸到哪里花生才能结到哪里；生长形态又是平面分布，而不是集束状，所以收成不高，要不然也不会被“革命”。这种生长形态决定其收获方式繁重复杂，现在的人们大概早已没有记忆，但我却清清楚楚地记得当年收花生的情景。那年我应该四五岁。

因为老花生是藤生的，果实平面分布，如果用锹起挖，劳动量大，效率也低，于是采用“水起法”：首先把花生藤子锄掉，然后用耕牛和犁翻土起底；再放水，水高出地面后，又用耕牛耙地，让花生漂起来。花生漂起后，祖父和父亲一人一边，扯着一根粗粗的稻草绳，贴着水面把花生果赶到田头埂边；这时祖母和母亲就用秧杈和竹耙把花生从水里捞起来，除去大的根藤，再由父亲挑到场地最后晒干。

肯定不会迟于 1962 年，故乡引进新的花生品种，名叫“山东福”，这是我记得的读音，文字究竟是不是这么写的不敢肯定。如果真是这么写的，很可能就是从山东省引进的，因为两省同属华东地区，方便。新花生的点种方式和老花生没有不同，但颗粒饱满收成较重。由于秧苗是颗状，起收方式自然简单，挖起后把成捆的秧果运到门前场地进行分离，晾干收藏，就算完成工作。

这事放在今天不值一提，但在那个交通阻隔的时代，可是重大的开放成果啊。类似这样的生产力革命，其实还有很多很多，回想起来，真是感慨万千。想想我们这代人，为了解决一个“吃”的问题，经历了多少世代多少岁月多少苦难，其间既有收获的喜悦，也有歉收的遗憾，更有绝收的心酸。但我始终相信，从皇帝到总统再到今天，没有谁刻意与民为敌制造灾难。一切都是为了更好些，只是有时不慎摔倒在摸索和奋斗的路边。所有这些，放到后世，就是历史，智者理解，善者同情，粗浅之辈往往重重地吐出一句“浑蛋”！

（2017年2月11日）

附：“透视你的心”的回复

我的《故乡的花生革命》在凯迪社区原创文学发表后，文末的观点性结论引来不少政治性批评，也是自然，只有网友“透视你的心”引《庄子》“技经肯綮之未尝”[按：语出《庄子·养生主》，大意为刀法自如，切中要害。]公开示赞，指出：“说实在的，我之所以为楼主结尾中肯而赞，是因为楼主末端概括力超强。遗憾的是，文盲六毛贼既多又狂，难能理解隐含其中的深奥道理。”我对网友“透视你的心”本来就十分欣赏，其留言提要点题，所以我及时给予回复，也是对所有批评者的一次集体回应。当然我也借此回复进一步从理论上集中阐述我的历史观。

回复“透视你的心”

谢谢“透视你的心”！

理解历史本来就不是一件简单的事情，我现在越来越觉得它不是一件简单的事情，不仅需要生活经验、综合能力与理性精神，更需要思想高度。没有思想高度就难以凌绝顶而小众山，反倒可能陷在某条小沟小河里出不来，一辈子就在里面打滚，滚着滚着还真的以为历史就是这样。

我们这个民族和国家走到今天是多么不容易啊，多少代人前赴后继接续奋斗，既有精英献身，也有平民牺牲。凡此，都是代价，只有将这些代价纳入民族和国家奋斗历史的轨道考察，才能赋予各类牺牲以特殊的历史价值并使之获得积极的历史意义。

历史总有相似之处，却鲜有雷同之点。历史之路有直有曲，如何取舍有道有术。许多学人，包括权贵，看不到我们为什么能够走到今天，并且还有一点辉煌的资本，夸夸其谈，但就是不谙历史的道与术，总是言不及义。

须知，对于研究与认识历史来说，大家握道，凡夫论术，但凡把握不住蕴藏其中之“道”者，永远都在历史科学的殿堂门外徘徊；津津乐道于历史之“术”者，不过以学术的方式演绎民间文学而已。

所以啊，对于历史，看上去人人都有发言权，但是为什么更多的人成不了历史学家，真正的历史学家却永远都只是一小撮而已，难道不是一个值得深思的问题吗？我所欣慰的是像“透视你的心”这样的年轻人还是有的嘛！

（2017 年 3 月 5 日–6 日整理）

对草革命

我们是农耕民族，以食为天。食从地里来，所以土地是我们的命根子。为了安身立命，总在努力扩大土地面积，尽力提高土地品质，以便获得更多的“食”。但是，与我们争夺土地的因素太多，其中就有一个顽敌：草。因此，大概从有种植经济开始，我们就不断发动对草的“革命”。

草是宝，这是今天的观念，当年我们可是把它视为大害，当作天敌，所以世世代代革它的命，必欲除之而后快；只是无可奈何，“野火烧不尽，春风吹又生”。为什么我们非要革草的命呢？因为草侵略了我们的生存空间；于是我们反对草的侵略。反对侵略就是对外革命。这种对草的革命战争，构成了我们民族的一条生存主线。

《诗经》是中国最早的诗歌总集，写作除草的句子很多，其中《小雅·甫田》就有“自古有年。今适南亩，或耘或耔。黍稷薿薿”。我来翻译一下吧：自古就有这样的年成。我要去南面看看墒情，有的除草啊有的培垄，黍米和高粱长势茂盛。由此可见，至少远在商周时代，我们的先人就懂，要想庄稼好，必须要除草。类似这样对草实行革命的句子还有很多，不去一一列举了。

最早的田园诗人是魏晋时期的陶渊明，他在《归园田居》里写道：“种豆南山下，草盛豆苗稀。晨兴理荒秽，戴月荷锄归。道狭草木长，夕露沾我衣。衣沾不足惜，但使愿无违。”其中一句“草盛豆苗稀”，对比十分强烈，突出说明草禾两类植物，就像汉贼势不两立，所以他从早到晚，一直坚持对草革命，目的就是获得一个好收成。

唐代李绅的《悯农》更加有名，妇孺老少无人不知，其中的一首说："锄禾日当午，汗滴禾下土。谁知盘中餐，粒粒皆辛苦。"诗的主旨是劝导人们珍惜粮食，但是作者不是空洞说教，而是通过烈日当空的除草革命情形，以及对除草革命时挥汗如雨的艰苦场景的描绘加以劝导。寥寥20个字，何其简单，又何其伟大，教育了一代又一代的中国人，还将继续教育繁衍不绝的子孙后代。

今人中还有一个小文豪，专门用"江城子"词牌写了一首《除草》，这样的除草革命佳作真是罕见。词曰："暑夏酷热雨倾盆。草长疯，日炎蒸。布衣湿透，汗撒田地中。锄遍稼禾万亩青，一回尽，又重生。　　总盼今岁秋景丰。晨起身，暮归程。树间行里，几度勤耘耕。惊雷滚滚望苍穹，心几忧，莫成空！"从意境看，似乎是化用了陶渊明《归园田居》，甚至也有李绅的意思，但是却把除草革命的场景写得更为生动具体，特别是"草长疯，日炎蒸"，"一回尽，又重生"，写尽了人力与草力的拉锯斗争，正是这种对草周而复始、无限循环的革命与反革命斗争方式，培养了我们民族的坚韧性格。

关于对草革命的作品还有很多很多，但是所有这些作品围绕的一个基本点就是"食"。随着历史的进步，我们变得高级了，于是把对草的革命上升到"卫生"的高度来认识和处理。我开始学习"a、o、e"的时候，就天天"讲清洁"，搞卫生，不仅打扫教室，还要打扫室外环境；打扫室外环境时，不仅收拾垃圾，还要把小草一棵一棵拔掉，拔得地上不见寸草。

拔呀拔，从少年拔到了青年，从乡村拔到了京城。1969年，我已经成为光荣的解放军战士，唱着"北京啊北京"走进了北京城，虽然住在西峰山里，但是每逢打扫卫生还是有一个拔草的项目。特别是1972年夏天，基辛格访华，那可是一个历史大事件，当时我们驻扎在矿业学院，那天按照命令，整建制地出动拔草，硬是把五道口一带马路两边拔得寸草不留，充分体现了对草革命的彻底性。

但是革命尚未成功，我们还要努力。1973年我退伍进藏，1975年，我"复辟"了，又从遥远的拉萨走进中央民族学院历史系，充当教育革命的试验品。打扫环境卫生时，除草还是集体劳动的必修课。这里的风水很好，草的命道也很强劲，每逢此时，我们不但用手革命，还用铁锹革命，硬是以这种冷兵器把一棵棵青翠欲滴的绿草彻底埋葬，希望它永世不得超生；只是过不多久它们还是冒了出来，所以我们就不断革命，继续革命。

后来，我们也就更长大了，借助科学的知识，对草的认识也就发生了革命性的变化，直至把草的价值上升到环境高度。于是大讲特讲草的优点，什么吸收二氧化碳，发挥光合作用，释放氧气，改善空气，吸收热量，降低气温，减少沙尘等等，总而言之，好处多多，一言难尽。观念变了，世界也变了；世界变了，我们也变了：不仅停止了对草的革命，转而把草当作宝物，以至种草成为事业和实业。草业家们除了庄稼地之外，硬是把草铺到一切可以铺到的地方。

本来嘛，这个世界就是芳草萋萋的状态，只是我们用了成千上万年，转了一个大大的圈，现在又回到了原点。套用唯物辩证法的语言，这可不是简单的回复原始，而且经历了吃饭——卫生——环境——美化，也就是从物质到精神层面的变化过程，终于跃升到了一个新的高度，从“天涯何处无芳草”的原始起点，再进步到“天涯何处无芳草”的高级状态。

（2019 年 12 月 6 日）

一把铜锁话沧桑

眼前这把熟铜制作的挂锁，锁环镀铬，一边一个圆形，锁身两面各镌刻一朵梅花，下面还有一行英文“BLOSSOM”。原有两把钥匙，不知道流落何方。20 年前我还在使用，前年拆迁，扔掉了最后一只帆布箱子，这把铜制的挂锁也就沦为孩子们的玩具。刚才又从地下捡起来，端详着，忽然生出几许沧桑感想。

从那行英文看，它或许是进口的洋货，或许是出口的国产货。进口的可能性较小，那时中国被西方封锁，虽然 1973 年外部环境转好，但是外汇宝贵，国家不大可能用外汇进口这类本国能造的轻工产品。出口的可能性更大，那个梅花标志就很中国化。再说出口需要，中国商品使用英文也不少见。顺着这个思路想，很可能它就是出口转内销的产品。

如果这样，就要说说它所代表的产品质量。这都多少年啦，我还是 1973 年春天离开部队前，用复员费从北京昌平县（现为昌平区）买的。买它是为我的帆布箱子配套的。屈指已将近 48 年，但是金银两色如新，没有一点锈蚀，锁身金光灿灿，锁环银光闪闪。穿过这些耀眼的光芒，似乎还能看到“为人民服务”几个大字。

这可不是泛政治化，那时的企业，受到计划经济的规制，以“为人民服务”作为生产宗旨，而不是以营利为根本追求，如果不是技术落后，生产出来的产品，不是“商品”是“产品”，品质通常可靠。产品质量靠什么保证呢？外部靠政府管制，内部靠思想政治工作和产品检查制度，再加上技术革新。根本的动力机制就是精神激励，奖励的形式是表扬和奖状，惩罚的形式就是“尅”（批评），只有严重的才被处分。

今天呢？不但许多东西很好，而且越来越好，甚至商品，不是“产品”而是“商品”，就像泉水一般涌出。它的质量又是靠什么保证呢？外部靠市场竞争，内部靠严格管理，再加上技术创新。但是竞争才是根本的动力。奖励的形式主要是金钱和荣誉表彰，惩罚的主要方式则是经济处罚，严重的就不是一般的处分，而是“开”，就是开除，使人失去工作。

说起我们这一代人，真是见多识广，两个社会、两种制度、两种生活方式，甚至连两种文明的转轨变型都经历过了。绝大多数的人们都是先穿着布鞋进城，再穿着皮鞋下乡，甚至出国云游，闯荡天下。想象我们能以百年人生，尽阅国家春秋，经历人类历史上从未有过的沧海桑田之变，何其幸哉！

（2020 年 9 月 15 日）

古今屯田

要求长孙盟盟背诵杜甫的《兵车行》，讲到“或从十五北防河，便至四十西营田”，自然要解释一下“营田”就是“屯田”，屯田就是开荒种地，解决军需问题。自古以来，当兵吃粮天经地义，所以有个治军铁律叫作“兵马未动，粮草先行”，因为“军无粮自散”。

军需当然要从百姓来，但在东汉末年，军阀混战生灵涂炭，曹操的《蒿里行》就说“白骨露于野，千里无鸡鸣。生民百遗一，念之断人肠”。人民都没了自然就断了军需，要巩固军事实力断不能无粮无衣，于是曹操开始招募在黄巾起义中流离失所的农民在许昌实行屯田，以保障军需。

创新都是在解决实际问题中产生的，曹操一不小心创造了一个新型的屯田制度。“新型”的意思就是说这个制度并不是曹操的原创，而是改进性的创新。一般认为，最早的屯田制起于汉文帝的“徙民实边”，这应该是最早的“民屯”；到汉武帝时进一步屯田于边防，戍边与垦耕一举两得，从此有了“军屯”；到汉魏时代才正式发展成为民屯与军屯并用；后来还出现过“商屯”。

这类创造其实都是源于生存本能与民族特性。我们自古就是从地里刨食，所以只要稍微稳定，旁边有块土地，不用命令号召，马上就会让这块土地绿油油的。我 1973 年进藏工作，那时西藏的蔬菜很少，所以无论什么单位都有集体菜地保障供应，许多人也有自发开垦出来的自留地。我想古人一定如此。正是这类生活经验启发了政治家们，才有屯田制度的出现。历史是人民创造的，只是被英雄们代表了。

中华人民共和国成立后，为了减轻人民和地方政府负担，军垦制度被普遍推行。我当兵时，我们部队就有专门编制在天津从事粮食生产；每个连队不仅有自己的菜地，还有专人养猪。走出军营看，尤其是边疆地区，这样的军垦制度也是遍地开花。我在西藏工作时，拉萨就有农垦师，顾名思义就是专门从事农业生产的师级建制单位。更著名的就是新疆生产建设兵团。

据网络平台信息介绍：新疆生产建设兵团承担着国家赋予的屯垦戍边职责，实行党政军企合一体制，在自己所辖垦区内，依照国家和新疆维吾尔自治区的法律、法规，自行管理内部行政、司法事务，受中央政府和新疆维吾尔自治区双重领导，在国家实行计划单列的特殊社会组织，是国务院计划单列的省（部）级单位，享有省级的权限。屯垦戍边是中国几千年开发和保卫边疆的历史遗产。中央政府在西域新疆大规模屯垦戍边始于 2000 多年前的西汉，以后历代沿袭。

须知，正是有一支涵养在新疆生产建设兵团编制内的民兵队伍，西北地区才有定海神针。由此可见，屯田制是多么重要，其生命力又是多么强大。但是好像在 2000 年前后，我就看到过一篇文章，具体内容记不清了，但是记得主要观点，作者不仅从法理的角度论证生产建设兵团的“不合理性”，而且主张应该撤销建制。今天看来，作者如果不是包藏祸心——毁我长城——那也是浅陋误国的书生之见。须知，这种寓兵于民，平战结合的建制乃进退裕如、立国安邦之良制善治。秦时明月汉时关，万里长征人未还，古往今来，多少壮士英魂还在和今天的英武之士心灵交融，控扼大漠，捍卫雄关，无此，焉有边庭冷月之尊荣。

（2020 年 2 月 29 日）

张謇与知识分子的生命新通道

我在大学时，杨策老师为我们主讲中国近代史。他是苏南人，讲到近代历史人物时，除了进步的历史观之外，可能还有乡情使然，所以对光绪帝师翁同龢和近代实业家张謇总有一些情结。现在我就在去南通的路上，自然勾起一些历史的记忆，姑且重点说说张謇吧。

说他什么呢？大家对他的实业救国成就都很熟悉，诸如在中国棉纺织领域的艰辛开拓，一生创办了 20 多个企业等。其实，他对中国历史的贡献远不止于此，在实业救国之外，他还办过 370 多所学校，因此成为名副其实的教育家。可是还有一点，人们对他的历史贡献似乎还有认识不到位的地方，他实际上为中国传统读书人闯出了一条新的生命通道。

中国传统的读书人是一个承载中华文明道统、传播中华文化知识的特殊群体，因为他们主要的事业就是训诂读经，其出路无非三条，“不为良相即为良医”，一句话已经说出了两条道路，还有一条就是孔子开启的塾师之途。但是如果不能著书立说成为学问大家，这基本就是一条卑微的路。张謇作为清末状元，对这些一定了然于心。

但是张謇却完全不同于旧式知识分子的迂腐守旧抱残守缺，其过人之处就在当年革命救国、改良救国争得不亦乐乎的时候，他却选择实业救国的道路。尽管主张实业救国的也许他不是第一人，更不是唯一的人，但是真正付诸实践的却由他首开先河，所以他成为中国创办近代实业的第一人。

创办新型的生产事业是近代历史发展的方向，所以走到这条路上的人自然也是越来越多；但是张謇就是与众不同，总能拔得历史的头筹。就在越来越多的人创办实业的时候，他又首先创办纺织大学和上海海洋大学，既使自己成为名副其实的教育家，更为实业救国之路奠定坚实的人才基础，最终也使这条道路越走越宽敞，不能不说他是代表历史前进方向的人。

他的教育事业当然是为他的实业服务的，但是也许他压根儿没有想到，却又实实在在地为中国读书人，就是旧式知识分子群体开辟了一条新的生命通道：学习实业知识，奔赴实业之路。这从教育的意义上说，张謇实乃近代中国的孔子式人物；从启蒙的意义上说，他是率先走上科学之路的人，因为“科学”的口号是在新文化运动中才和“民主”一起喊出来的。哪怕他是无心插柳，但是面对今天春风杨柳万千条的现代景象，追根溯源，不能不说张謇是第一个植柳的人啊！没有他，我们今天还能如此从容自在地“柳浪闻莺”吗？

（2019 年 4 月 12 日）

复旦王教授的白璧微瑕

我喜欢复旦大学王德峰教授的哲学课，言简意赅，深入浅出，有自己的观点，连授课风格也与众不同。但是从“头条”看了他给学生讲孟子和荀子人性论的视频，感觉有一点遗憾。

人性论是个复杂问题，思想家们纠缠了几千年，在世界范围内，西方主流观点是人性本恶，东方主流观点则是人性本善。中国是主要的东方大国，尽管人性观不一而足，但主要由孟子和荀子代表着，前者主张性善，后者主张性恶。

王教授在视频课中比较孟子和荀子的人性观时，的确提出了自己的观点，只是他对孟子的人性观进行了充分发挥，而对荀子的人性观只是提出一个总体评断，没有具体分析，但是观点已经出来了。这不是缺点，而是囿于时间的正常取舍。他把人性分为自然和社会两个层次也是对的。问题在于他认为孟子的人性观是讲人性中的社会性，而荀子讲的人性观是讲人性中的自然性，如此定论的本意可能是为了折中，但是问题也就从这里产生了。

问题就在于这种分析可能是脱离历史环境做出的主观判断。为什么这么说呢？我认为孟子和荀子在谈人性时是没有这种自然性和社会性之分的，他们只是把人性作为一个整体性问题进行基本的分析与判断。为什么会这样呢？因为在孟荀生活的战国时代，人们尽管知道上古先民饮血茹毛构巢而居，但就是没有形成人从兽来的科学认识。中国古人把人的来源归于神的创造，女娲造人就是证明。西方在人类学产生之前也是持神创论，主要由基督教代表这种观点。

在孟子和荀子还不知道人是从兽进化过来之前，尽管他们也朴素地察觉到人性中具有兽性的基因，但不可能从理论的层面上对人性中的自然性和社会性给出科学的区分与界定。不是他们缺乏思想智慧，而是他们都没有科学材料。材料既是科学分析的依据，也是理论观点的基础。人从兽来这个观点的科学支柱当然是人类学。

自从16世纪产生人类学之后，其研究角度不断调整，总体而论在19世纪之前，人类学家们研究的重点被后人称之为“体质人类学”，进入19世纪后，人类学家们才开始注意地下考古发现，并逐步进入文化人类学的研究阶段，也就渐渐发现人从兽来的事实。到美国人类学家路易斯·亨利·摩尔根时，人类学研究获得重大突破。他的《古代社会》一书最重要的贡献不在于告诉人们人从兽来，而是揭示出史前“兽”们（人类）的组织结构与原理。

话说回来，王教授试图折中孟子和荀子的人性观，在“解决问题”的基本点上又实现了统一，当然这不是王教授的主观努力，而是孟子和荀子的共同秉持，那就是都重视对人的教育，所不同的是孟子主张教育扬善，荀子主张教育抑恶。换言之，孟子主张的教育目的是基于人本思想，扩展和养育人性中的善端，使君行仁政，士成君子（大丈夫）；而荀子的教育思想则主张通过学习《诗》《书》《礼》《乐》《春秋》和《易》而“至乎礼而止矣”。就是说教育的根本目的是把人教育成守礼的人。

尤其需要重视的是，荀子的“礼”，不仅是礼仪，更是法度。法度即礼法，礼法就是带有伦理色彩的法制。《商君书·更法》：“及至禹、汤、盘庚、武丁，各当时而立法，因事而制礼，礼法以时而定，制令各顺其宜。”所以，荀子要求守礼即是守法，通过守礼而改变人性之恶。这个思想本质上固然有异于现代法治思想——以宪法为核心构建起保障民主程序的统治方式——但又不能不说在那个时代还是十分进步的。荀子被后世许多人认为是法家思想家，不能说没有道理，他培养出韩非、李斯等著名法家人物既是事实，也是证明。

所以我以为，王教授的观点尽管瑕不掩瑜，毕竟白璧微瑕。

（2020年5月3日）

读《胡人野腔集》

我时常接到赠书，总想认真读后写点感想，可是时间总是被不同的事务分割了，无法成文，所以存在严重的道义亏空。就说张德岸同学的《胡人野腔集》吧，收到时翻翻看看，然后总想翻翻看看，即便翻翻看看，也很难进入情境。今天终于把它从身边文件架上取下，用了两个小时，再浏览一遍，生出若干感想，写出来与大家分享。

这虽是一本自印书，但是体大虑周，内容极其丰富。全书主体部分分为五卷：卷一《胡扯闲篇》是即时感想，大事小情，物质精神，尽成话题，看似随便道来，实则严肃精到；卷二《胡诌杂咏》是全书重点部分，可以看作文字把玩，拆分成语，注入新意，怀旧抒情，厚重淳朴，人文物象，即兴即议，言事表意，自然贴切，充分体现他的文字功力和诗歌修养；卷三《胡思乱笔》是生活篇，诚如作者自云，触景生情，睹物思人，孤寂遐想，情动抒怀，足见生活多彩；卷四《胡言教子》，不仅反映他的教育方式独具特色，而且集中展现他的教育理念，责任凝重，父爱博大，情也殷殷，言也谆谆；卷五《刊行文集》集中收录发表在报纸杂志上的诗文，题材多样，文风渐老，其中怀旧文字尤其感人。

文如其人，书是自画，概览全书，作者的半世人生已经跃然纸上，颇具特色。家庭人文底蕴厚重是其一大特色。德岸自不待言，夫人燕利，一幅插图，用笔工整，画眉迎风，墨荷挺立，撑开意蕴，点缀全书，使人开卷神怡。千金君婷，学业有成，作品迭出，真才女也！先在内封处以硬笔简画作者肖像，再以“无肉不欢的大胖，热爱生活的老张，世界上最好的爸爸”三句话，诠释作者，以图象形，以文绘魂，父女亲情，尽在其中。德岸在校已是公认才子，爱读善写，爱好广泛，非常勤奋。天道酬勤，数年后，书写已经晋升为书法，文章已经发展成著作。这样书画和谐的夫妻，文章竞美的父女，融传统与现代于一体的家庭，真是羡煞人也！

梅花香自苦寒来。德岸的成就与其说来自聪明，不如说来自勤奋。其勤奋之状态，但从书中即可窥得。勤于思考是其一。书中文章总有思想之光闪耀，这种光芒需要底蕴支持。底蕴需要积累，所以它永远都是勤奋思考者的光荣。勤于动笔是其二。思想的火花犹如闪电，如果不能及时留下，必将转瞬即逝。文字是思想的载体，行文需要勤奋精神。纵观全书，可以看出作者是眼到、心到、手到。没有勤奋焉能有成！勤于积累是其三。学识的获得，总是由点到面，由约到博，由少到多，过程漫长，必须持之以恒，才能久久为功。全书文字量大，涉及面广，议论风生，厚度显著，绝非一日之功，须得数年积累。

庾信文章老更成。但愿德岸能在夕阳晚霞的照耀之下，磨砺出更多更好的华章美词，常与分享，以助我等众乐乐焉。

（2015 年 10 月 7 日）

抄书和敲书

我喜欢读书，但是青少年时代的乡村书籍资源贫乏，有的村子连一本书也找不到，只好借书、抄书、背书，日久而成习惯，习惯而成自然，以至直到十多年前，每每看到好文，还会情不自禁地挥笔抄来，至今仍然保留着若干本读书笔记和厚厚的一堆卡片。

曾有同事不解地问我为什么这么抄，我说抄一遍的印象大不同于读一遍。这是实话实说的经验与体会；其实还有一个想法，就是不愿意有了新工具就丢了老传统，在人生的历程中，我对形成的传统总是心存热爱与珍惜。别以为这只是我的个体心态，其实何尝不是公共心理。比如我们总是在老传统和新工具之间选择与挣扎，许多“珍贵”也就是这样保存下来的。

抄书的确不同于泛读，我脑子里曾经大约储存过两三百首古典诗词，基本都是靠抄书所得。记得 1974 年冬天和 1975 年春天，我在上海出差，住在徐家汇的健民旅社，天天抄写背诵唐诗宋词，遭到来自北京、四川、青岛等地出差人员的嘲笑，他们大惑不解地问我抄背这些东西有用吗，我说喜欢。但是他们天天谈政治，与我分别时还不忘留下一句：“你还是背你的唐诗宋词吧！”语中暗含讥讽，讽刺我不关心政治。

人总是现实的，因为抄书很费时间，一旦工作任务饱和，也就不那么想手抄了，所以我虽然珍视过去的传统，还是不得不与之渐行渐远。尤其是进入 21 世纪，电脑普及，时代强迫必须换笔，能不换吗？我不先进，直到 2003 年非典流行集体闭关才学会电脑写作，通过一万多字的论文，也就彻底改变了写作习惯。我的《笔下风流》一书就是这么敲出来的，还要继续敲出几本吧。

我讲的敲书，本意不是写书而是抄书。原想退休后在家敲敲四部古典小说，然后再把诸子百家敲出来。没有想到迄今为止还是走不出职业状态，所以抄书不可能了，敲书同样没能做到。昨天端午得暇，买回一堆大字本书，有六册《昭明文选》，三本《战国策》，还有一本《山海经》，腰包瘦了，身体累了，一路爱不释手。我读书有个毛病，重视前言后语及内容提要，看看这批书的这些方面的文字，觉得好可爱呀，于是又激发出抄书的兴趣。

不过现在以手抄书的确没有必要了，于是抄书也就改为敲书。但我毕竟不是以敲书消遣日子，而是通过敲书，既保持和发扬自己的习惯，又增加新的知识用于教学与写作。教学是我的工作，对待工作我永远都是认真的。认真不能只是一个态度，还要有与之匹配的知识，否则对不起听众不说，想起来自己都会于心不安。所以我还是要重操旧业，只是把抄书的老传统变成敲书的新把式，的确又敲出一些喜欢的文章，权当深度阅读吧。

（2016 年 6 月 11 日）

我与《参考消息》

《参考消息》现在公开卖，当年可是内部参考资料，很神秘。20 世纪 60、70 年代，在部队只有干部才能阅读。但是当年的基层连队干部多数文化水平不高，反倒看得少，我们几个同样没有什么文化却又愿意看它的战友，有时就到上面“窃取”一些信息。“国交途绝几星霜，修交再开秋将到。邻人眼温吾人迎，北京空晴秋气深。”日本首相田中角荣 1972 年在北京写的这首汉诗，以及他介绍这首诗的情形，我就是从那时某天的《参考消息》上蹭来的，记到现在。

因为喜欢，1975 年，我一走进中央民族学院历史系就定了一份，每月 5 角钱，天天读，吃饭排队也手不释报，还自鸣得意地说什么家事国事世界事事事关心。与此相关的还有一份大参考，我们就只能听说而看不到了。

后来社会开放度越来越大，我也越来越有“身份”了，从拉萨六中的教师，到南京压缩机厂的组织干部，再到南京市委党校的理论教员，报纸杂志一类的信息越来越丰富，因为教研室每年都订《参考消息》，我也还是天天必读。也许是资料多了，反而冲淡了信息记忆点，所以今天怎么也想不起来我在这段时间里从这份“神秘”的报纸里究竟得到了什么特别的信息。

其实上面这些故事并不是我今天在睡觉前想说的，我真正要说的却是下面这件事。说来阅读《参考消息》也有半个世纪了，却有一个长久困惑的问题，那就是“参考消息”这四个字到底是谁写的？多年来，我请教过别人，别人也请教过我，而且不止一次两次，可是谁也说不清。因为也不是什么必须解决的问题，每次就这么过去了；直到今天我才在“头条”上看到一篇文章，说这四个字是鲁迅的。因为有事，文章没有看完，但是已经豁然开朗，可不是吗，就是鲁迅的字体啊！

再一想，也有疑问，鲁迅是 1936 年去世的，那时应该还没有新华社，再说我也从没有听说过鲁迅给新华社题写过“参考消息”；于是推想，大概是新华社在创办《参考消息》时从鲁迅手稿中辑录出来的四个字，就像有人辑录王羲之等书法家字体做招牌一样。还是不放心，上网一查，果然如此。360 网站上说:《参考消息》由新华通讯社主办、参考消息报社编辑出版，于 1931 年 11 月 7 日在江西瑞金创刊……1956 年《参考消息》筹备改版，重新设计报头，决定从鲁迅手迹中搜集了这四个字，并且一直沿用至今。

网络真好，谢谢“头条”，终于把我一个悬在心里几十年的问题解决了。刚准备落笔又勾起一件往事:《参考消息》好像曾经面向全国读者，以“我与《参考消息》”为题征过文，当年没感觉，也没想法，更没有动笔，今天却歪打正着，像模像样地说了几件与这份报纸相关的往事，看看还算切题，那就还用“我与《参考消息》”作为标题吧。

（2019 年 12 月 9 日夜）

对着《宋史》发愁

房子不变，书房的空间也就不变，但是工作需要的信息却天天在变化、在增加，怎么解决这个矛盾呢？倒腾，通过不断倒腾让不重要的图书资料下岗。下岗也是一种下场，最终的下场又是什么？它们在走出家门后也就命由天定了。

交过的朋友舍不得忘记，读过的书籍也舍不得随便丢弃，就像眼前 40 册一套的《宋史》，实际只有 39 册，跟随我已快 40 年了，虽然已经决定要处置它们，而且已经下架半年多了，还是没有挪出书房，只是让它们贴着墙靠边站而已。

要说这套《宋史》，也是其来有自，书是中华书局的简装标点本，还是 1979 年我从拉萨市新华书店专门为我们拉萨市六中图书室购置的。北京援藏的仉珊老师就是细致，不仅给每一册书写上编号，封内还有一张白纸做成的留存卡片，再加盖三处“西藏自治区拉萨市第六中学”的公章。

其实我是它的唯一读者。当时读书还未能尽得其要，也就是遇到相关问题时才来翻翻原著，只能说还是读了一些，因此也就建立起一种感情。它虽然姓公，我的内心还是想把它变成自己的，正好 1982 年内调，学校欠我 200 多斤全国流通粮票，还不上，我就提出用这套《宋史》抵扣。从此它就被我私有化了。

因为书是我的了，也就随我“内调”，先用军卡经过几千里路的运输抵达柳园，又转火车到达南京站，再用卡车把它和其他伙伴们一起运到家门口，暂放岳母家里。因为我在企业上班了，做的又是组织人事工作，所以基本没有和它厮磨的机会。再说也不必要，厂工会的图书室就有二十四史。

久而不用，渐渐淡忘，但是总有想起的时候，一天打开箱子，就想看看它是否平安，没有想到还真是出了问题。儿子的两位舅舅酷爱养鸟，水平端的了得，但疏于读书。倒也罢了，偏偏把《宋史》的第一册（目录）大部分撕下伺候那些可爱的鸟儿们，不懂事的儿子也跟着撕，硬把 40 册的书变成了 39 册，从此再用就极不方便。好在我已经不以历史为本职了。

尽管如此，在历经三四次的迁居过程中，我都一直把它带在身边，束之高阁，而且重新编写了书目，倾注的心血不能说少。1984 年元月我已经成为党校教员，而且改行从事理论教学与研究，使用二十四史和使用马列著作一样方便。按说家里的《宋史》应该改换门庭了吧，但是感情使然，还是让它高高在上。

现在回到本文开头，其实我很发愁，但又不得不忍痛割爱。我已经狠心地让它接地气了；接下来，不管舍得舍不得，它整整齐齐地受绑被缚是免不了的；然后，然后呢？肯定要经过小贩之手转到旧书市场，我能做的就是希望它能遇到一个爱书的君子。

不过，我也要告诫它，这样的君子肯定越来越少了，所以不管遇到遇不到都要淡然，因为时代变了，真的变了，我们已在一个信息化时代生活和工作。以我为例推知他人，即使要用《宋史》，首先用的也是电子本，然后根据学术规范，去查证一下原文出处作为注释。所以，自从纸质图书资料被数字化以后，其使用价值也就被压缩在越来越小的空间里。这就叫无可奈何花落去。谁叫我们一起赶上了信息化时代呢！

（2017 年 12 月 22 日）

整理书籍的感想

因为不断购买，书橱里的书籍自然不断增加，加上写作和研究也需要不断调动它们，特别是它们还被两个顽皮的孙子进行过颠覆性的破坏，过去的藏书秩序已经不复存在，必须腾出几天时间，重新整理以提高使用效率。于是一边整顿它们，一边想着自己的心思，不免生出一些感想。

首先想到书籍其实就是一种生产工具和生活资料，因此随着生产和生活方式的变化，不仅自己的藏书内容会发生变化，藏书结构也会不断调整。我的藏书结构大概分为历史、文学、思想文化、政治理论、科学知识以及一些法律和闲杂书等。历史是我的第一专业，当年这类书籍都是摆在最重要最方便的位置；后来从事政治理论工作，它们的位置也就退后；退休后更加关注传统文化，增购了一批新书，原来历史类的书籍又往后摆了。借这次整顿，把郭沫若、范文澜、翦伯赞等当年的大家著作彻底放在最不好取用的位置，同时把新增加的 20 世纪初期的一批史学大家的著作往前挪挪。党建类的政治理论书籍，多数研究性宣传性的资料都是很少用到的，但是不能扔掉，于是按照历次党代表大会的顺序重新调整，把基本文件作为历史的基石与界碑，其他的解释性书籍摆在旁边作为辅料，形式上骨肉联系，一旦研究需要寻找起来也很方便，同时还筑成了一条党和国家意识形态的前进路线。

当然了，一本本书就像一个个人，均有存在的价值，但其价值大小最终总是取决于人们对它的需求程度。可不是吗，就说这里的一些名著吧，不就是具有更加久远的价值吗！说到底，久远价值就是能够被人们使用更长时间而已。再说现在的全部藏书吧，半数以上基本不用，但是它们并不因此失去备用的价值，备用价值也是价值，所以我还要藏着，有了它们心里似乎就踏实些。我当然想过这些书到底还能用多久，就算上天开恩让我活到 100 岁，也就剩下 30 年了，30 年而已。百年之后呢？儿子肯定继承不了父业，孙子呢，只能说仅有微乎其微的可能；即便他们侥幸真的走上我的老路，还能用得上这些古董吗？几乎不可能。因为个人的藏书总是按照自己的学习兴趣和研究思路建设起来的，他们的思维一定有自己的特质与路数。所以目前这些藏书的绝大多数最终归宿都是进入旧书市场，其价值再由市场重新配置，有的也就直接化为纸浆，遵循物质不灭的规律重新为人类所用。总而言之，它们的命运是由我的自然生命的长短决定的。讲到这里，联想自己“立言”的梦想和眼前这些书籍的命运，一下子觉得自己是那么渺小，渺小得微不足道。

还有一点，就是这些藏书所隐藏的我的个人学习与生活信息，大多是我在阅读时不经意留下的痕迹，看着它们不由得感触良多。竺可桢、宛敏渭的《物候学》里的那片叶子，让我想起 47 年前在拉萨市新华书店买书的往事以及捡豆子一般的读书经历。夹在 1978 年走出中央民族学院历史系前夕阅读的《中国小说史稿》里的那张行李标签，真实地记录了我在这年夏天从北京站寄出行李到甘肃柳园取到行李的时空历程。还有许许多多留在书中的红色标音文字，不仅见证我的阅读历史，也证明我当年的文化起点是那么原始与初级。当然，在我看到《基督山伯爵》第一册时，重读留在扉页上的《基督山伯爵与皮克案件》一文——那是我用整整一页纸的小字记录下来的读报笔记，眼睛一亮，既想起那座矗立在朗朗乾坤之下的拉萨市第六中学，还想起我的挚友吴忠全与我闲聊该书时的情形，心中感慨万分：40 多年就这么过去啦，就这么没啦？！奇怪，遥远的记忆好像特别深刻，所以每每翻到当年读过的一本本书，总像翻开一卷卷依稀的故事。虽然读的这些书都是别人写的，但是由于我有阅读留记的习惯，反倒在不知不觉中写下了自己的历史。说来真是一件沧桑趣事。

（2020 年 2 月 23 日）

文章须以个性扬

我的生活散文与其他随笔基本都是实录，所写不是经历的事物就是遇到的人物，起码也是当时的心情。就像本卷第一编的《一片银杏叶子》，就是在街边公园等候长孙盟盟放学时随手记下的场景与心情。

12 月 5 日我把它发在凯迪社区原创文学栏，今天早上点开看看，出于好奇，框蓝标题，随手点击一搜，发现用这个标题的文章竟然那么多，如《最后一片银杏叶子》《一片银杏叶子》《一片银杏树叶》《一片银杏叶》等，没有上传到网上的可能更多。

不仅如此，在同样标题下又有不同作者的文章，从小学生学习作文到成年人抒发情怀，还有老师们教授怎样写作这样的命题作文，更有图片画品等，题目高度相似，内容绝无雷同，可谓风格多样，斑斓多姿，想一朝看尽以此为题的文章还真不易。

这真是一个有趣的现象，看来银杏叶子，当然是秋天的银杏叶子，是一个很能激发人们内心情感的事物。“悲秋”是文学史上的一种共性。为什么人生自古多悲秋？大概因为秋天是一个敏感的季节，具有独特的个性。天地万物，一旦经过秋天的肃杀、凋零与整理，马上显露另一种自然的本真，独特的个性。银杏叶子的个性不就是通过深秋而得到彰显的吗！

是啊，枯藤老树，西风瘦马；无边落木，萧萧而下；落霞孤鹜，秋水长天；梧桐摇落，芭蕉夜怨；东篱菊香，南山遥望；大雁南去，离人思乡等，都是这个季节里独有的。就像秋天的银杏叶子，如果放在春天里，不过就是无边绿色中的一片绿色而已，只有秋天才能彰显其独特的个性，闪耀的光彩。

正是这种季节的特性，才使得这么多人同以“一片银杏叶子”为题写作心中的美景。看似趋同从众，其实不然，想想看，人们为什么会对着一片银杏叶子生发感慨、命笔行文呢？表面看，人们写的是秋天，是银杏的叶子，其实他们写的是自然的个性。我们也正是通过这种共性选题的写作现象，看到人们对于个性的真爱、歌颂与追求。如果没有秋天，没有秋天里的银杏叶子，尤其是没有它那独有的金黄色的激发，人们的心情和才情还能像现在这样挥洒吗？想来不会。所以，我说“文章须以个性扬”。

（2018 年 12 月 7 日）

不懈随笔

随笔就是随性而为的文字形式，是文章里的特殊体例，应该算作杂文一类。但随笔不是随便，虽然其特色就在“随”，但绝不是随随便便地写，更不是随随便便就能够写得出来的。

“随”的形式包裹的却是“意”的本质。没有“意”的“随”，哪怕美丽曼妙，也不过金玉其表。有心打扮未见其美，无心装束格外动人，强调的是自然美。自然的本质就是真，所以随笔之意以真为贵。不说真话不言真情的文字肯定不被待见。

怎样真呢？首先要选择真实的故事。故事是人演绎的，人的唯一性决定故事的唯一性。唯一性总是宝贵的。故事不是理论，总是朴素的，但是再朴素的故事也有深刻的本质，当我们在随意叙述故事的时候，必须牢牢把握住故事的本质，否则你的故事没有魂，那也就真的是随随便便的文字了。

即使把握了故事的本质，那也只是获得对于对象化事物的认识成果，还不是完整的“意”。须知，作者的“意”才是灵魂中的灵魂，才是文章中的DNA。因为故事仅是题材，其中的魂与作者的魂应当高度贯通，互相感应——本来就是高度贯通、互相感应的，否则，文章虽有灵魂，但是魂格分裂，结果反倒陷入自相矛盾。

怎样贯通这个原则完全取决于作者审美重建的本领。因为对象化事物是客观存在的，不以作者的意志为转移，但是怎么发掘利用其中的意义，主动权则在作者手里。正是在这个意义上我要说，你是什么人，才能写出什么文，也注定你才能写出什么文。

随笔的真正优势恰恰又在于“随”，就是表达形式的自由活泼，这是引人入胜的阅读机制。但是要实现形式的自由活泼绝不是一件轻而易举的事。首先，作者要有较好的文字功底，话都说不清楚能让别人听得明白吗？让人看不明白的文章自然不入文章之流。其次，作者要有较高的知识造诣，没有相对全面的知识格局，捉襟见肘，左支右绌，自由活泼只能是愿望而已。还有，作者能够胸有丘壑。丹青意造本无法，画圣胸中常有诗，前者说的是画无定法，后者说的是画品需要作者具有诗的意境。诗画本是不同事物，却有共同的美学本质，其贯通路径就是诗中有画画中有诗，这种境界其实就是作者胸中的丘壑。

总之，写好随笔不容易，起码要有文化精神与文字技能。我之所以不懈随笔，就是想做一个有点文化精神和文字技能的人。尽管我真诚地认为自己是个没有文化的人，但它并不影响我对文化的信仰与追求。

（2017 年 8 月 29 日赴杭州途中）

模型书的背后

前天晚上住在巢湖边上的一家酒店，酒店面积很大，装饰性的摆设也就有了足够空间。书橱基本也算装饰性摆设，虽然里面的书籍并不多，却很有档次，如《史记》《资治通鉴》《四书五经》《本草纲目》等。看到这些，我为之一惊，随手翻翻《史记》，感觉重量很轻，取下一看，只是徒有其表的模型书，真是大煞风景，也就失望地物归原处。

由此想起 20 世纪 70 年代读过的《参考消息》，上有一文说当时苏联有很多家庭，在橱柜里摆上许多模型书作为装饰，冒充斯文。还没来得及嘲笑人家，已经发现我们也有这样的家庭，不说别人，我在 20 世纪 80 年代，就曾把大量书籍借给别人布置新房，完全可以看作苏联人的翻版，就是没有想到今天在这家准五星级宾馆里又遇到了这样的“假斯文”。

讲座安排在上午，起了个大早，虽然很有把握，还是看看讲稿。但是背后的书橱对我有一种磁场般的吸引力，再说又发现书橱里还有同名不同颜色的藏书，终于忍不住，翻动一些封面深色的书籍，可以说有点下意识，但是没有想到这回感觉不一样，沉甸甸的，为之一惊。进一步取出原书，啊，还真是《史记》《资治通鉴》《四书五经》《本草纲目》等。原来是这样的：与模型书配套的还有真本。我快速地翻翻各书目录，并没打算真正阅读，所以没看几行也就放下了，但不是物归原处，而是放在桌子上，对着他们静静地想点什么。

想起前面所说的一些苏联家庭和我们的一些家庭，那种冒充斯文的现象当然可笑，但是想想还真不应该全盘否定，因为行为本身虽然荒唐，支配行为的背后的东西却是宝贵的，那就是对于文化的尊重与向往。试想，如果主人没有发自内心的尊重文化以及所处的社会环境具有崇尚文化的氛围，还会产生那样附庸风雅的行为吗？正确的解释应该是，正是存在尊重文化的价值观和社会风气，才有那些没有读书能力和兴趣的人却用文化替代品装饰门面的事情发生。它，至少比“招财进宝”清高一些吧！

再看看眼前的摆设，虽然真假参半，但是这些真实的形而下的文化产品的存在，却深刻地反映着这块土地上真实地存在一种尊重文化的形而上精神。所以看上去几本模型书有点荒唐，但在本质上还是值得敬畏的，因为它所展现的是千古流淌的文脉精神，只要这种文脉精神尚存，民族的精神就能经久地律动。它不仅是驱动现实的精神杠杆，更是昭示未来的精神意向。

（2018 年 4 月 20 日）

简评“叶画”

邓炜是我向来热爱的同事兼友人，今天在本校微信群里转发一篇名为《震惊，第一次见过这样的树叶》的微信文章，内容为系列画品，有近 30 幅之多，题材兼顾古今中外人文自然，说是幅幅精彩绝不为过。因其画在枫叶上，我就姑且把它叫作“叶画”吧。

我以为，这组“叶画”最令人惊奇的地方不是内容而是形式。该绘画形式可以说是一种新的绘画创意，也可以算是一次绘画用材革命。如果属于后者，其材料既可能是仿枫叶的工业化产品，也可能是对自然枫叶进行了工业化的处理。

比较而言，如果属于前者，更有特别的意义，就是以这种方式实现了人文精神与自然本质的高度结合。不管这种结合是通过艺术家个性化创作得以实现的，还是通过电脑技术合成出来的，本质上都反映了当代人的后现代精神追求。

当然，把文字写在叶子上古已有之，贝叶经就是；把画直接画在沙滩上的也很多见，沙画就是。但是前者是人类在低级阶段的高级选择，仅限于材料的选择，其精神取向根本有别于今；后者尽管不曾闻于古人，但是肯定有之，论其性质即兴娱情而已，难与今天的沙画相提并论。因为沙画的本质乃“叶画”的另版。

人是形神兼备高度活化的社会存在，人首先来自自然，所以永远不可能脱离自然；但是人之所以是人，是因为已经走出自然。回顾历史，人类文明的进步就是逐渐摆脱对自然的依附，直到近代，工业化才使人类空前地远离自然。

但是人从自然来，所以不管其社会性多高，仍然保留着自然的秉性。就像我们走入城市却向往乡村一样，所以不管文明到哪里，人类对于自然总有一种皈依的本能。正因如此，工业化程度越高，我们的乡愁也就越浓，这应该是后工业化时代的一种社会特征吧。我们其实就是这样矛盾地活着。

艺术形式是社会意识形态的载体，特定时代的艺术作品，一定会反映特定时代的精神特质。正是从这个意义上讲，这幅“叶画”作品意蕴深刻，值得好好品味。看上去是形式大于内容，实际上却是内容远大于形式。其中反映的社会现实就是被工业化了的我们，正在努力一步一步地摆脱城市的束缚，与之相随的就是我们总想一步一步地回归自然，至少我们在精神上存在这种梦幻。至于作者究竟是有心还是无意表达这种梦幻已经不再重要了。

（2016年7月28日）

我与海燕聊文化

海燕是个文绉绉的小资型的知识女性，我们认识也有几年了。真正的相处是从去年我去新疆伊宁授课开始，因为受她超规格的接待，一直铭感于心。出乎意料的是，就在昨天，她竟然随团来江苏参加培训。子曰：“有朋自远方来，不亦乐乎？”何况海燕！我快乐地领着她走进夫子庙的秦淮人家，专门品尝南京特色的系列小吃。

因为她在讲文化方面的课，自然聊到文化。尽管我从骨子里就认为自己是个没有文化的人，可是海燕提出命题来了，难不成我还要“谦虚”地避而不谈，只忙一个“吃”，那也太不尽地主之谊了。谈，怕什么，无非就是出点丑，出丑也有好处，知道自己丑在哪里，下回就会把自己打扮得漂亮一点了。

主话题是聊中国的传统文化。我说宽泛地讲，一切过去了的有过较大影响的文化都可以叫作传统文化。传统文化博大精深，几乎无所不包，但其政治思想类的文化才是中国传统文化中的道之所在，所以这类文化应是更重要的传统文化，其中包括诸子百家，当然主体还是儒释道三家。这类政治思想文化的基本主题就是究天人之际，述治世宗旨，明修己之道。

当然不能泛谈，进一步聚焦儒家文化，就是以孔孟为代表的传统儒家文化。儒家文化的文本形态基本就是儒家十三经，《易经》《尚书》《诗经》《周礼》《仪礼》《礼记》《春秋左传》《春秋公羊传》《春秋谷梁传》《论语》《孝经》《尔雅》《孟子》，这些可谓儒家经典。我师徐庭云教授曾经教给我们一个口诀："三经三礼和三传，论语孟子也要看，孝经虽然是假的，加上尔雅十三篇。"

不掉书袋子，前人也是这么干的，我的安徽老乡朱熹被视为儒学的集大成者，他就把浓缩儒家文化主体政治思想的《大学》《中庸》《论语》《孟子》辑录出来，合成一类，称之为"四书"。相对而言，四书中的《论语》《孟子》是综合性的原典，而《大学》《中庸》则是专题性的原典，《大学》讲治世之学，《中庸》说处世之道。

由于《大学》讲的是治国安邦的大道理，实际上就是执政者及其干部的基本教科书。单就文体来说，不过是以"三纲八目"构建起来的一篇政治论文。"三纲"者，"大学之道，在明明德，在亲民，在止于至善"。"八目"就是"格物""致知""诚意""正心""修身""齐家""治国""平天下"，人们通常把它简略地概括为"修齐治平"。

"三纲"是全书的政治与思想纲领，所追求的就是通过彰明道德，塑造新人，以达到理想的善境；"八目"则是一个环环相扣的逻辑体系，也是实现"三纲"的基本路径，也是实践纲领。如果联系现实做个比喻，"三纲"就是《共产党宣言》，"八目"就是社会主义初级阶段基本路线和各项大政方针，只是逻辑起点不同而已。

"八目"的逻辑起点"格物""致知"是一个哲学命题，准确地说，是哲学中的认识论，基本思想还是认识从实践中来，只是首先要我们"格物"，这就杜绝了主观唯心主义，所以其本质还是主张从客观实际出发。在这个意义上说，与我们基本路线的立论基础"社会主义初级阶段论"算是异曲同工。

至于"诚意""正心"则是一个立场与态度问题，就是为什么人的问题。这个问题很重要，因为它既决定国家本质，也规定权力方向。换成今天的语言就是必须坚持立党为公、执政为民，这是政治合法性的基础，也是天道。天道就是人道，人道就是人心。人心向背决定政权的兴衰成败。

怎么解决“意”和“心”的问题？“修身”。所以“自天子以至于庶人，壹是皆以修身为本”。修身就是修心，就是改造思想，这是通用标准，但还是个体的社会实践，所以一定要把个体修心的成果高度地社会化，运用到改造社会的实践中去，使精神变物质。于是更进一步要求“齐家”，即管理好“家庭”。这是治国安邦的基层锻炼与经验，是干部走向更高台阶所必须具备的，因为传统中国的国家历史特征就是家国同构。

家是以血缘为纽带的社会细胞，“国”即诸侯封地，是无数“家”的联合体，也是真实的社会，所以再进一步的要求就是“治国”，有了这样的地方工作经验，就可以发挥稳定天下辅佐天子的柱石作用。然后与天子一道致天下太平，建成王道乐土。所以追求“太平”是中国政治文化的基本特质，也是我们民族性的一个基本特点。这也就是《大学》中的“止于至善”。

还有监督与耻感文化和文学作品到底有什么意义等问题，有空再做整理。谢谢海燕，不仅一连坚持两个多小时听我胡说八道，而且快乐地说，这是“美食与精神的盛宴”。

（2017 年 7 月 6 日）

徐老师介绍了泷川资言

我在中央民族学院历史系读书时，是徐庭云老师给我们讲授古代汉语的。她在课上给我留下的记忆可谓一言难尽。我在回忆录《沧桑留念·徐庭云》一文之外多有记述，今天突然又想起一件往事来，而且与日本学者泷川资言有关。

徐老师在课上十分推崇前四史，这很正常，也是史家共性；但是她在介绍《史记》时，却十分强调日本学者泷川资言的《史记会注考证》，这可以视为她有别于其他老师的一个特色吧，至少我是第一次从她那里才知道泷川资言这个日本的史学家，而且记到现在。

由于时代和生活的变迁，前人著述作品中的许多名词概念会成为后人阅读的障碍，于是产生注释家。就说《史记》吧，问世以后注家蜂起，最终形成了裴骃的《史记集解》、司马贞的《史记索隐》和张守节的《史记正义》，史称《史记》“三家注”。对于《史记》研究来说，这应是第一批重大成果。

还是由于时代和生活的变迁，后人在阅读《史记》和利用前人注释阅读《史记》时，又会进一步产生新的障碍，于是——欧美情况我不了解——中日注释研究者相继不绝，但是各说各话歧义纷繁。1865年出生的日本人泷川资言，广搜不同版本，博采诸家之说，认真总结梳理，详加考证，最终形成《史记会注考证》，成为继“三家注”后《史记》注释研究的集大成者。

此书在1932—1934年间刊行问世，受到世界汉学界的极大推崇，1955年在中国由文学古籍出版社刊行，现在的版本已经林林总总蔚为大观。中国的史学大师钱穆先生曾说：“泷川氏书非无可取。即其用力之勤，已足使吾人惭汗无地……其书颇注意古今地望。每一地名，必注其今称，绝无一漏……异国人治吾古籍，用心及此，亦足促吾人之深长思之。”

徐老师对该书的特殊重视应有受到那个时代总体评价影响的一方面；但是徐老师对于该书的推崇并不盲目，她在课堂上就曾坦言：一个日本人的汉学研究成果，达到这么高的水平，确实值得敬佩。她家学渊源，这个看法也就具有更深厚的基础，因此更加经得起历史考验。2009年新世界出版社再版该书时，仍然以尊敬的态度介绍该书：“问世七十余年来，至今仍无人能出其右。”这就是证明。

这也让我不断思考：日本民族能有今天绝非偶然，其各行各业的“匠人精神”共同托起这个民族，推动这个国家融入欧美，完成近现代化。今天，我们缺少的也许正是这种“匠人精神”，至少在《史记》研究方面，中国尚未出现泷川资言。所以，在国际关系中，政治斗争该怎么斗就怎么斗，但是千万不要被政治风云遮蔽慧眼，须知，以谦恭的态度学习日本民族的认真精神是应该的。说到这里，不由得要谢谢徐老师，是她第一次告诉了我们泷川资言的信息，使我今天多了一个咀嚼历史与现实的实例。

（2016年8月4日）

“庹”和“抱”

最近搜集文献资料发现有个学者姓庹，经查才知道读音为tuo；顺便了解还有一种意思，是“中国一种约略计算长度的单位，以成人两臂左右伸直的长度为标准，约合五尺”，也就是半丈。

看了这个解释恍然大悟，想起当年在农村生产和生活，绳索都是必需品，但制作却基本都是就地取材，以稻草为原料，凡是男人都会干的。无论初级产品中级产品还是制成品，都离不开量，量的方法既不用尺更不用丈，而是用庹。

由于它既是一个动词，也是一个量词，而且经常发挥量的作用，“庹”字也就成为常用词汇。但是当年文化实在太低了，读其音明其意却不知怎么写，直到现在才明白，也庆幸老来总算明白了一件事。但是明白了庹字之后，思想又链接到另一个信息端，那就是“抱”。

人们都知道，抱是一个动词，但是未必都知道它也是一个量词，其本义是表示两臂合围地量，既用于估量物体的粗细，如合抱之木，也用于估量物体的数量，如一抱柴火等。可以肯定，它的使用历史早于秦始皇，而且比秦始皇统一的度量衡使用得更加久远，因为它是源于自然法中的习惯法。

既然是习惯法，肯定源于人类生活方式；人类的生活方式又源于生产方式。早期人类的生产方式是自然经济。自然经济的生产目的是自给自足，而不是交换。目的不是交换不等于没有交换，简单的交换在原始时代就有，不信请看看纪录云南“苦聪人”的影片。

简单的交换需要简单的标准，于是就产生了诸如庹和抱这样的方法性标准。从交换的角度讲，直到20世纪60年代仍在使用，我在年轻时上街买麻绳，除了用秤称，就经常使用庹的方法。评估粗大树木的价值也是以抱为测量方法的，后来才被数学的计算方式取代。

庹和抱的方法肯定是粗放型的，但请不要嘲笑这种粗放。粗放也是一种智慧。试想在生产力极度低下，物质财富极度贫乏的状态下，制作一个精致的度量衡工具首先不大可能，其次谈何容易，更重要的是实际生活并不需要毫厘必较。如果需要丈量长度，两臂一张，“庹”就有了；如果需要评估树木粗细，两臂一合，“抱”也有了。而且它们就在身上，既不感到累赘，也不担心丢失，使用起来是多么简单、方便、安全啊！

李白说，今人不见古时月，今月曾经照古人。是啊，日月经天，万古一照，就是天道。道法自然。自然法是合乎天道的智慧。比如历法，不管阳历、阴历还是阴阳历，莫不把年月日的确定与具体天象相对应，所以它是源于天道的人间发明，人间发明的合乎天道的自然法。联系庹和抱，作为自然法中的习惯法，是如此简单；但在如此简单之中，又蕴含着人类多么伟大的智慧啊！即使文明到了 21 世纪，想起来，我还是肃然起敬。

（2016 年 2 月 23 日）

民谚与科学

昨天白天下雨，晚上还下雨，晚饭后儿子出门喊起“下雪了”。奶奶闻声就叫盟盟和优优快去看雪。孩子们出门一看还在下雨，颇感失望。不用说，一定是开始飘了雪花，但是雨不肯罢休，雪也就被雨化了，自然还是在“下雨”。

我说雪是贼，通常都是夜里偷偷地下，即使现在下了也形不成雪景，真正的雪景要到明天早上才能看到。如此从容是有经验支持的。在我儿时，多数时候的雪都是出现在我们睡着的夜晚，早上开门一看，白茫茫一片，总会兴奋得跳起来，叫起来。

去年年底，我在皖北两地授课，29 日早上大雾弥漫。能见度不出 50 米，我在从宾馆走向礼堂的路上就说，今冬一定会有大雪，并且背诵出“春雾雨，夏雾热，秋雾凉风冬雾雪”的民谚作为根据。今早的大雪验证了这条民谚的真理性。

千万不要小看民谚，它是人们对于生活经验的总结，只要能在生活中形成并流行开来，通常百试不爽。不说下雪，就讲下雨吧，我的故乡在合肥北面，合肥的西南方向有座大蜀山，每到夏天，只要看到大蜀山方向的天上布云，老农就会念叨，“大蜀山长云，下雨不要问神”，它比当时的天气预报准头大得多。难怪科学家竺可桢都在《物候学》一书中大量引用民谚。

民谚是经验，是对经验的提炼，所以有一种自然的权威性；但是理性不足，通常上升不到理论的高度，因此缺乏普遍性。当然，它也受到地域的局限，比如“大蜀山长云，下雨不要问神”，它就只适用于特定区域。至于为什么，那是需要科学解释的，也只有科学才能解释，而民谚就承担不起这个责任。当然，如果能够科学地解释，也就是理论而不是谚语了。

但是科学却姗姗来迟，直到近代才光临人间。科学，顾名思义，就是分科的学问，它被人们解释为反映自然、社会与思维的知识体系，所以科学与经验比较，科学具有抽象性与普遍性，其高明之处就在于对客观事物总能说出个子丑寅卯，也就是总能说出个“理”。

“理”是理论，是理性，是更高层次的认识成果。与经验相比，它不仅看到事物的表象，更看到事物的本质；不仅承认具体经验的客观性，更能对具体经验给出合规律的理论说明，这也就是科学的力量。科学的力量肯定包含理论的力量。

人与人的差别，在一定意义上说就是认知能力的差异，本质就是理论能力的差异。比如有个“意会难言”现象，“意会”说明多数人都有相同的经验与感觉，“难言”说明大家都缺乏解释与表达感觉的能力，这时冒出个聪明人，一语道破其中奥秘，集体的认识能力顿时井喷，于是一起上个大台阶。这就是理论的功能。

科学其实是个研究的事业。低端的研究做材料工作，但只是处在经验的层面；中端的研究则是运用已有的理论解释新的问题；真正高端的研究则是创新，本质就是创造。一般创造通常只是花样翻新，即巧妙重复，就是在同一个层次上从一个新的角度满足人们一种新的需要。特殊的创造就不同了，比如原始创新，这样的创新不仅能把人类的认识引领到更高的阶段，更能把人类生活引领到更高的阶段。

这才是推动历史进步的重大动力。这样的理论一旦产生，人类的生活必定焕然一新；这样的人物一旦出现，人类也就获得新的导师。从这个意义上说，历史也是“英雄”创造的。

（2018 年 1 月 4 日）

人生的结果是乘积

旅友书屋有一本口袋书，名曰《思维方式》，是日本人稻盛和夫所著。来不及细看也就放下，但是记住了“推荐序”的标题“相信自己的无限的可能性”，这是励志金句。还有一个公式是“人生·工作的结果 = 思维方式 × 热情 × 能力”，的确不错，很有哲学味道，总之我喜欢这种人生哲学。

哲学现在正坐冷板凳，说喜欢哲学，有点笑话的味道，但我真的有点喜欢这门看上去最无用的学问。但是最无用的往往又是最重要的，哲学就是这样。我之所以说哲学是最重要的，那是因为它就像空气，有它没有感觉，没它立即窒息。联系“思维方式”，看似虚无缥缈，实际上呢，我经常说它决定我们与真理的距离，现在不仅没改变这个观点，反而更加坚持，可以说它也是我的人生哲学。

热情就是激情，是一种可贵的情绪，也是一种精神动能。没有激情的人，无论做什么都不可能取得成就。但是激情又有不同类型，如冲动型、持续型等。冲动型的激情是人都有，但它只是大海潮水，易涨易退。只有持续型的激情，才是持之以恒的品质，也才是获得成就的基本条件。保持这种激情需要信仰的支持，信念的支撑，没有这种精神素质，何谈成功。

能力是一种解决问题的实际才能，也是实现人生理想、事业目标的实际保证。哲学家只是以不同的方式解释世界，而问题在于改造世界。改造世界肯定需要哲学的指导，但也需要实际的操作能力。没有实干的能力，再美妙的理想不过是想入非非而已，再科学的认识也只能“哲学”地存在。从这个意义上说，能力实际上就是改造世界的一种物质力量。

这个公式的高明之处在哪里？就在紧扣“相信自己的无限的可能性”这个主题，把思维方式和热情当作更重要的前置条件，在这两者之中，思维方式又是首要条件，在乘以热情之后才进一步转化为能力。不信你看这个公式，总是后者决定前者，被乘数决定能力的大小与发挥的程度，并最终转化为“人生・工作的结果”。这就等于在特别强调哲学与精神的特殊价值。

当然，这个公式尤其高明的地方，不是以相加的方式说明问题，而是以乘积的方式决定结果。这样一来，在决定“人生・工作的结果”的“思维方式”“热情”和“能力”三个要素中，也就不可忽略其中的任何一项，因为忽略任何一项都意味着乘积（“人生・工作的结果”）的最小化。

虽然不知道稻盛和夫后面的话是怎么说的，也不管稻盛和夫后面的话是怎么说的，全书的“纲领”已经给了我这些启示。纵有若干差异，谅无根本不同。

（2018 年 6 月 15 日）

孤儿班里的瞎老太

1960年春天，我住进大李大队孤儿班。孤儿班里一共有20个左右的孤儿，管理我们的是一个不太老的老太和一个很年轻的阿姨。到了晚上人就多起来了，阿姨的丈夫是大队书记，还有一个盲人老太，带着一大一小两个儿子，一起住到这里，很是热闹。

盲人老太是个热闹的主角，一肚子的故事，说起来滔滔不绝，每天晚上都会和几个大人一起讨古，也会讲点家长里短。我们插不上嘴，也不能插嘴，就躺在床上静静地听，直到她用没完没了的故事把我们送进梦乡。说来奇怪，她每天都有故事，而且讲了那么多，我却只对女娲造人的故事感兴趣，直到今天还能记起。

在她嘴里，女娲"兄妹成婚"和"抟土作人"两个故事是一起讲的。第一个故事说，当时天下没有人，只有女娲兄妹，他们必须成婚，否则没有后代；但是感到可耻，那就交给天决定。于是哥哥背着半个磨页上了昆仑山顶，女娲守着山下的半个磨页，当山上的磨页滚下来后，正好合上了山下的磨页，说明他们成婚乃是天意，从此也就有了人。

后来读点书，知道这个故事应该出自李冗的《独异志》："昔宇宙初开之时，只有女娲兄妹二人在昆仑山。而天下未有人民。议以为夫妻，又自羞耻……乃结草为扇，以障其面。今时人取妇执扇，象其事也。"这个文字故事主题与瞎老太版本的民间传说一样，但是情节差别很大，盲人老太的掺进了农耕民族的生活用具（石磨），而《独异志》则隐去目的，突出礼俗文明，体现的是耻感文化，但是共同的主宰却都是"天"。

如果说第一个故事讲的是以性造人，那么接下来这个故事则是无性造人。说是当时天下没有人，女娲感到寂寞，于是想起用黄土做人。她在屋里不停地捏啊捏的，终于捏出许多人，需要搬到外面晒干。没想到老天突然下起暴雨，女娲来不及搬运，只好挥舞大扫帚，把一堆泥人扫进屋里，结果有的掉了胳膊，有的断了腿，还有的眼睛被刺，耳道被戳。虽然女娲吹了一口仙气让所有的泥人都活了，但是既有缺胳膊少腿的，也有其他残废的。

昨天晚上，我要为两个孙子选择简短古文，正好看到《太平御览》记载的女娲造人故事。《太平御览》是宋代类书，而女娲造人的故事却引自汉代应劭的《风俗通》：“俗说天地开辟，未有人民。女娲抟黄土作人，剧务，力不暇供，乃引绳于泥中，举以为人。故富贵（贤智）者，黄土人也；贫贱凡庸者，引絙人也。”

这个故事不但说出了人的来历，而且说出了富贵贫贱的来由。但这段话不好读，我就大致翻译一下：《风俗通》说天地开辟之初，天下没有人民，女娲就和泥巴做出很多人。但她事务繁多，来不及做出更多的人，于是把一根粗大的绳索揣进泥巴里，然后抡起甩开。天下富贵和贤智的人就是女娲用黄泥巴做出来的，那些被甩在地下的泥人就成了平凡庸碌之辈。

现在想来，盲人老太嘴里的女娲造人显然是从这两本书中得来，但她没有“眼睛”，自然目不识丁，不可能阅读文本；她靠什么知道这些传说呢？肯定有个好脑筋，不然装不下那么多的故事。就像女娲造人的故事，一定也是她从前人那里继承来的。前人的故事，口口相传，代代相传，传承者还会进行合乎自己理想的再创造和艺术加工，于是有了不同的故事版本，区别在于有的在书上印着，有的在人们口中流传。

但是对我而言，如果没有盲人老太的故事，这个版本那个版本的记载，未必就能够引起我的重视，至少不会在今天早早起来写下这篇文字。由此想到，做人要做一个有意义的人，不管什么人，只要对人有意义，总能活在人的心里。盲人老太就是一个有意义的人，至少在女娲造人这个问题上，她在不经意间成为我的第一任文化启蒙老师。

（2018 年 7 月 10 日）

路上偶得的艺术感受

久违《读书》，但是过去建立的感情还在，所以今天从合肥南站乘车去南陵，早到半个小时，流连于旅友书屋，见到《读书》，就像久别重逢的老友，倍觉亲切，简单翻翻目录就付给店家 12 元。

之所以这么爽快，概因第 5 期首篇范景中的《美术史为什么重要》一文吸引了我。虽然洋洋近万言，拿到手后，还是有些迫不及待，快到南陵差不多读完。没有失望，甚至窃窃自喜，庆幸与这篇文章相遇结缘。这种情绪是源自一种自知艺术修养不足又总想补补课的自觉。但又深知此生不可能成为艺术家，所以也就从不抱做艺术家的奢望；可是我喜欢理论，哪怕对艺术理论也是饶有兴趣的，就像现在，有了机会就涉猎一二。

书在手里，但就像从路边捡来的一样，想想除了付钱之外，也真的就是从路边捡来的，于是赶快读，而且在读了这篇文章后，也还真的觉得获得一些进步。具体说来，我就是从这篇文章里得到了对于艺术价值的新认识，所以感到特别受益，也就特别高兴。

范景中很会说，史论结合，议论风生，不仅引用的史料为我所未闻，更重要的是他把蕴藏在这些史料中间的意义揭示得恰当而到位，让彼此紧密联系，层层递进，从而构建起一种令人信服的逻辑关系，并最终形成一种艺术价值论。这里不说文中所涉及的西方美术史内容，仅以他引用的中国古代的张彦远、米芾和董其昌的材料为例。

唐人张彦远被称为中国美术史之父，其在《历代名画记》中说出了“若复不为无益之事，则安能悦有涯之生”的千古名言。作者认为这十六个字“似乎是整个文明史上第一次对艺术表达了一种超物质目的的观念，暗示出一种伦理的哲学：艺术是一切人类成就的典范，因此可以修正道德价值的尺度：简言之，由于艺术可以净化身心，因此能够成为对抗野蛮、对抗低俗的解毒剂”。

宋人米芾更是了得，在《画史·序言》里针对杜甫说薛少保“惜哉功名忤，但见书画传”，批评老杜不懂“五王之功业，寻为女子笑。而少保之笔精墨妙，摹印亦广，石泐则重刻，绢破则重补，又假以行者，何可数也……回视五王之炜炜，皆糠秕埃壒，奚足道哉！虽孺子知其不逮少保远甚”，我认为米芾之论前无古人，表达了国王可以统治一时，而艺术则能统治一世。何其壮阔的思维啊！这让我想起一位已经忘记姓名的老一辈革命家说，真正能够流传于世的只有艺术家。

接着，作者又引明人董其昌在《画禅室随笔》中的名言：“画之道，所谓宇宙在乎手者，眼前无非生机，故其人往往多寿……黄大痴九十而貌如童颜，米友仁八十余神明不衰，无疾而逝，盖画中烟云供养也。”这个看法已经切换角度，揭示艺术对人生的意义。按照作者的说法，“烟云供养，这又是一个了不起的观念，它建立起人与艺术关系的新评价：艺术给予人类目的，同时赋予人类达此目的之方法”。

如果让我来说，上述三位大家，分列于唐宋明三代，跨时以千年计，其言如中流磐石，既标志艺术史之进程，也在历史的冲洗中越发显示出不朽的韧性，更以骄傲的神态鸟瞰乾坤，平实而深邃地指点人们：艺术与世界、艺术与历史、艺术与人生的超然意义。如此看来，如三位大家及本文作者，已经把艺术提升到艺术信仰的高度，即以艺术为信仰的对象化。

纵观全文，尽管作者说了许多，而且说得很好，可我蓦然回首，却发现他在文章前头作为题记引用的约翰·拉斯金的名言更好，甚至感觉读了这几句话，即使不读这篇文章的其他部分，也不算损失太大。

不信请看："伟大民族以三部书合成其自传：记行之书、载言之书和造艺之书。欲理解其中一部必以其他两部为基础，但尤以艺术之书最值得信赖。"真是既高屋建瓴，又切中要义，应该代表西方文明中的艺术观吧？其鲜明特点就在于把艺术历史化了，从而创造一种极具超越性的新历史观。如果能把这段话与前引史料融为一体，也就必然会升华出一个更有普世意义的艺术论。我确实获得了这种感觉。

（2018 年 5 月 15 日）

买一本《北大历史课》

"瘾"是一种特殊心理，估计人人都有自己的瘾，我买书就有瘾。这不，刚一走进南京南站，第一个去处还是旅友书屋。一眼看见《北大历史课》，心里一亮，瘾就上来了。上大学时陈佳荣老师就对我讲过，在北大就算混几年出来也是不一样的。今生愚钝，与北大无缘，但是心仪久焉，现在就买下这本书来补补课吧。

拿起书，一看竟然有大号字的"陈寅恪"大名，一时误以为是陈寅恪的作品，毫不犹豫地付了款；但是越读越觉得不对劲，这才发现书不是陈寅恪的，而是经典课程编委会编著的著作。出版商却很会策划，引用了陈寅恪的名言作为封面装饰，我就是因此"上当"的。但是封面上陈寅恪的这段名言我还是很喜欢，于是一字一字地抄了下来，再加上标点符号。

"我认为研究学术，最主要的是要具有自由的意志和独立的精神。所以我说'士之读书治学，盖将以脱心志于俗谛之桎梏'。'俗谛'在当时即指三民主义而言。必须脱掉'俗谛之桎梏'，真理才能发挥，受'俗谛之桎梏'，没有自由思想，没有独立精神，即不能发扬真理，即不能研究学术。”

既然补课就要阅读，阅读总要先读目录。看罢目录，顿觉风格一新，每个小题的文字都很简约，以事为纲，焦点集中，要讲什么，一目了然，颇有“纪事本末体”的味道。各种典故总在娓娓叙述中自然地流淌出来，毫不生硬。写作风格也精粹规范，极有力道。我们许多人写作之所以拙，关键就是两头弱。如果还不知道怎样加强两头，看看这本书肯定可以得到提高。不信请看看人家是怎样讲解盘古开天辟地的吧。

《盘古开天辟地》共有四个自然段，开头一段总论说：“盘古是中国古代传说中开天辟地的神，他殚精竭虑，以自己的生命演化出生机勃勃的大千世界，给后人留下无穷无尽的宝藏，是中华民族崇拜的英雄。”这是对整个历史故事的总揽，有了它，我们一下子就站到了一个特定的高度。接着二三两段叙述故事本身，如据民间神话传说……盘古临死前……最后一段是这样升华总结的——

“盘古是自然大道的化身，在开天辟地的传说中蕴涵了极为丰富而深刻的文化、科学和哲学等内涵，是研究宇宙起源、创世说和人类起源的重要线索。而他的‘鞠躬尽瘁、死而后已’的献身精神，更是人类精神的至高境界。”这种阐发和总结，不仅集中表达了作者的观点，而且深刻发掘出故事的意义，是著作独有的新意与深度。

“意义”真有这么大的意义吗？当然，因为意义不是虚无缥缈的东西，而是一种实实在在的价值观，体现一种认识的高度和社会的功能。我在多篇文章阐述过这个观点，只是没有想到在这本书里和钱穆先生不期而遇。钱穆先生大名鼎鼎，鼎鼎大名，也许就是这个原因，他的《中国历史研究法》一文被安排到这本书里作为代序。而钱穆的文章在一开头就说历史研究的意义——

“近人治学，都知注重材料与方法，但做学问，当知先应有一番意义。意义不同，则所采用之材料与其运用材料之方法，亦将随而不同。即如历史，材料无穷，若使治史者没有先决定一番意义，专一注重在方法上，专用一套方法来驾驭此无穷之材料，将使历史研究漫无止境，而亦更无意义可言。黄茅白苇，一望皆是，虽是材料不同，而实使人不免有陈陈相因之感。”

由此可见，他对历史研究的意义是有特殊重视的。在钱穆的意义观里，其意义相当于哲学上的价值观。进一步说，它一经提出，事实上又贡献了一种研究历史的方法论。比如任何观点总要从材料来，胡适先生说过：有几分证据说几分话，有七分证据不说八分话。这强调的就是证据的重要性。另一个方面，归根结底，材料是要为观点服务的，研究历史尤其如此。观点其实就是使用材料的价值导向。只要做到这一点，历史研究的方法性也就彰显了。

当然，曾经有许多人对此大不以为然，甚至大加挞伐，其纲领性的口号就是"论从史出"。胡适其实就是这个主张。殊不知"论从史出"与钱穆的意义观根本没有冲突。因为"论从史出"的本意是通过强调材料的重要而强调观点的可靠。观点不仅是研究的意义，更是历史的智慧。我们的先人早已深谙此理，孔子作春秋，乱臣贼子惧，就是历史研究的价值所在。到了宋代，司马光更以"资治通鉴"（书名实为宋神宗赐）四个字，鲜明地道尽了历史研究的本质意义，这样的价值观就像日月高悬，至今还在照耀着我们，又有谁能撼动得了它的真理性。

（2019 年 11 月 8 日）

逻辑问题和"李约瑟难题"

为补文化课，最近开始翻翻《周易》，看着看着想起三十多年前，经常听到人们批评中国人没有逻辑，证据就是没有西方式的逻辑学。对于这个问题，我也曾经困惑，但是从来不敢苟同。

首先，事实不是这样，不论后世，早在春秋战国时期的百家学派中就有名家，墨子的逻辑思想更是得到公认，其后生编撰的《墨经》就是逻辑理论著作。其次，看看这个时期的百家学说，虽然文风各异，旨趣不同，但是没有一家的学说阐述没有强劲的逻辑支持。再次，纵观历史，每一个地域文明通常都是自成体系的，没有逻辑的贯通是不可能构建起自己的文明体系的。

但是这种观点曾经大行其道，原因何在？就是近代中国落伍，西方兴起自然科学，而中国却在训诂读经。我反复表达过文化的优劣需要得到物质的论证，物质文明落后了，就会把自己的文化拉出来拷打，拷打的结果就是中国文化阻碍了中国的进步。根本原因找到了，具体原因自然也就越挖越深，以致“中国人没有逻辑”也被“挖”出来了。难道不是这样的吗?

可是事实并不完全就是这样的，不信请看爱因斯坦是怎么说的:“西方科学的发展，是以两个伟大的成就为基础，那就是希腊哲学家发明的形式逻辑体系（在欧几里得几何学中），以及通过系统的实验发现有可能找出因果关系（在文艺复兴时期）。在我看来，中国的贤者没有走上这两步，那是用不着惊奇的。令人惊奇的倒是，这些发现（在中国）全都做出来了。”我这里先强调一下“全都做出来了”。伟大的人就是与众不同，不仅丝毫没有文明与种族偏见，而且特别地发现与肯定一个异质文明的成就。

当然，爱因斯坦在这里说的应该是自然科学的文明成就。就以这个话题说事，似乎在整个西方世界，只有李约瑟能以皇皇28卷的《中国科学技术史》系统总结、全面展示（据说被统计为1000多项）中国古代的科技成就，充分证明中华民族的创造力曾经是何等惊人。可以说，李约瑟的巨著为爱因斯坦的“全都做出来了”做了一个令人信服的系列举证；当然，爱因斯坦的“令人惊奇”，既能看作对李约瑟研究成果的高度肯定，也能成为“李约瑟难题”的另一个表达方式。

所谓“李约瑟难题”，就是“尽管中国古代对人类科技发展做出了很多重要贡献，但为什么科学和工业革命没有在近代的中国发生?”这是李约瑟在1930年提出并延续至今的历史之问。这个历史之问的具体内涵，他在《中国科学技术史》第一卷总论序言中说得很清楚:“中国的科学为什么会长期大致停留在经验阶段，并且只有原始型的或中古型的理论?如果事情确实是这样，那么，中国人又怎么能够在许多重要方面有一些科学技术发明，走在那些创造出著名的‘希腊奇迹’的传奇人物的前面，和拥有古代西方世界全部文化财富的阿拉伯人并驾齐驱，并在公元3世纪到13世纪之间保持一个西方所望尘莫及的科学知识水平?中国在理论和几何学方法体系方面所存在的弱点，又为什么并没有妨碍各种科学发现和技术发明的涌现?”“李约瑟难题”的实质就是中国古代的经验科学领先世界千年，究竟是什么原因使之没有产生近代实验科学，也就是经验科学高度发达，理论科学严重不足。

不能说理论科学的高度不发达与逻辑学理论没有关系，但也不能说就是这个原因吧。世界的结构，人类的生活，文化的发展，本身一定是合逻辑的，不管我们认识到或者认识不到。当然这种逻辑本身只是一个客观存在，但是逻辑理论就不同了，它是人们对于客观逻辑深入研究而总结出来的形而上的认识成果。有了它，肯定能够指导人们更加自觉地去发现世界、发现真理。但是，回到前面，从爱因斯坦到李约瑟都是充分肯定中国古代的科技成就，难不成这些科技成就的取得就不需要“逻辑”和“逻辑理论”的指导？不可能，不可能的。纯粹的自发性能够偶尔地产生发明创造，但是断难形成系统的发明与创造。

我们今天只能依据这个客观事实进行反向推论：在中国古代的文明和文化体系中，事实上是存在一种合乎天道天理的逻辑和逻辑理论的，但是由于复杂原因，墨子开创的中国式逻辑学理论学派没能有效集成和充分发展，因此也就没能进一步跨进近现代科学理论的殿堂，形成数理逻辑。但是，李约瑟实际上已经对“李约瑟难题”部分地给出了答案：“自从耶稣会传教士在17世纪初叶来到北京以后，中国的科学就已经逐步融化在现代科学的大熔炉之中”，引号里的话也是李约瑟在前面提到的序言中的叙述。这个非观点性的一般的叙述，如果作为观点看待，也许能够成为“李约瑟难题”的正解。事实也能支持我的这个看法：由于欧洲在16世纪诞生现代科学以后，伴随着资本主义的发展，科学技术也获得加速发展的历史条件。而中国在这个阶段恰恰没有走上资本主义道路，这就使得中国的科学技术发展没有获得最重要的资本主义的社会条件支持。

对于“李约瑟难题”来说，我的上述看法只是我的观点，但毕竟提出来了。现在，我们再回到逻辑问题上来，中国式的逻辑理论，追根溯源，当以墨子为代表。那么“墨子”又是怎么来的呢？“人更三代，世历三古”的《周易》是不是也是墨子逻辑理论的思想之源呢？是不是也有数理逻辑思想蕴含其中呢？囿于学识，加上《周易》实在难读，我现在肯定回答不了这个问题。但是能不能就此抛出一个“管式之问”呢？我提出这个疑问的基本根据就是《周易·系辞》所说的“《易》有太极，是生两仪，两仪生四象，四象生八卦”。

太极理论是什么？就是关于宇宙的本体论，相当于老子《道德经》的道。“道可道，非常道”，说的是道不可道。如果加以俗解，道是一种混沌的存在，其妙不可言说，所以人们只可意会。一旦意会也就等于获得一种理论的指导。在这种混沌的存在中，究竟有没有诸如数理逻辑的存在呢？

在数千年的《周易》研究中，虽然方家辈出，似乎没有明确涉及这个问题的人。如果说没有这种数理逻辑理论深藏在太极之中，那么又该怎么解释中国古代《周髀算经》《九章算术》等“算经十书”的产生？难道它们不要在严格的数理逻辑理论的指导下创造？如果说需要，那么这种在现代西方才产生的科学理论是不是早已存在中国的太极思想中，《周易》理论里？须知，《周易》可是群经之首，其意义超然拔擢，广泛辐射到中国文化的每一个方面，甚至有人认为它就是更高的外星文明给予我们的馈赠。

（2018 年 5 月 9 日）

敬畏也琳和也琳们

人在一天天地变老，但我始终喜欢与年轻人交往，因为从他们那里我能得到许多意想不到的收获，不仅能够感知青春的律动，年轻的美妙，朝气的鲜活，生命的力道，时尚的信息，还能强化对未来的信念。

今天奉命回校，做一个“党校人话初心”的发言。没有时间成文，早起赶快做了几页 PPT，权当发言提纲。实在有点不自觉，竟然不知不觉地多讲了 30 分钟。回到座位打开手机，已经收到好几条鼓励的微信，让我高兴而宽慰。其中还有也琳发给我在台上发言的两个瞬间。

我在一一致谢后，进一步收到也琳的回复：“感动（于）您的高尚品格和不懈努力”，后面还有三个大拇指。我再次致谢，顺便问问她（他）在哪个部门。得到回答后，觉得她可能是个女孩子，而且进一步想起在我们原来的群里，她经常在我的帖子下面留言。是的，就是她。

这让我有一点遗憾，在校时竟然没有认识她，于是向她表示“昨天没有和你多交流，下次有机会当面聊聊”。她回复，“是的呢，听您的讲课收获很大，基础研究 + 信仰指引”。这个回复让我惊讶。如果仅仅是前面的话完全可以看作客气和礼貌，但是“基础研究 + 信仰指引”这可是一个卓越的见解。

我之所以说她的这句话卓越，因为它完全是我意中所有而又语中所无的，由她说出来，连我都有被点拨的感觉。其次，它更是对我学术人格的一种刻画，而且可以说是入木三分。在整个发言中我不乏自评，但多是具体感悟，并没有这样的“炼句”。比如我的确反复强调基础研究和价值引导的重要性，却始终没有能够像她这样把两者联系起来，从而达到一个自我总结的高度。

说出这样的感想，非为其他，重点是想通过也琳这个典型人物透视党校这批年轻学者的群体素养。现在能来党校从事教研工作的，起点就是博士，这是十年前都没能普遍做到的，而现在已经成为基本门槛，想来真是叫人欣喜。尽管如此，以我的成长体会而言，没有十年以上的磨炼一般还是难出道的，这是由党校教研活动的特殊性决定的，不说其他，就说社会实践这一个方面，弥补起来谈何容易！

但是这个群体又真的很棒，基础知识、基础理论和基础研究能力绝不是我们在初入道时所能比拟的，这些都是巨大的优势。基础知识广博使他们的眼界与众不同；基础理论条件说明他们已经获得严谨的逻辑思维训练，请相信，思维方式决定与真理的距离；研究能力就是一种从事科学工作的实际本领，也是实现思维成果转化为社会物质成就的基本功。

面对这样的群体，我的内心既充满喜悦，也有巨大的本领恐慌。就像也琳，仅仅通过我 70 分钟的发言就能准确无误地捉住通篇要领，而且表达得那么精粹准确。这种能力是令人生畏的。《论语·子罕》记载孔子说过这样的话："后生可畏，焉知来者之不如今也？"后世据此衍生出一个"后生可畏"的成语。所谓"可畏"绝不是一个"可怕"那么简单，照我看来，孔子所表达的应该是一种庄严的敬畏。我对也琳和也琳们确有一种庄严的敬畏！

（2019 年 7 月 3 日）

治学须有四境界

人生在世，必以事立；事有千头百端，每个人通常仅能从事一件两件。做事固然需要技能，更加需要精神。精神有境界之分，境界越高，成功几率越大。因为境界属于思想与品格范畴。丹青意造本无法，画圣胸中常有诗，具有深厚思想基础和坚韧不拔意志品格的人才能取得较大成功，否则，充其量就是成事的匠，却很难成师，更不会成为大师。

治学也是做事，真正的学者，其治学过程必定充满艰辛。能够筚路蓝缕以启山林的，一定需要大境界。在漫长的学术史上，大凡治学有成者，无不具有自己独特的经验体会，但是真正能把自己的经验体会上升到理论与规律层面上，并以艺术化语言加以表达，让人心悦诚服而奉行的，大概只有一个人，他就是王国维。

王国维是中国近现代学术史上罕有的一位享有国际声誉的著名学者，先有厚实的国学底蕴，再得西方哲学、美学熏陶，从而获得很高的中西艺术与学术素养，并以此为基础，融会中国古典哲学、美学，形成了独特的美学思想体系。进而专攻词曲戏剧，最后进入史学研究领域，并在史学、古文字学、考古学等方面获得丰硕成果，留下精深丰厚的学术文化遗产。

在王国维的学术文化遗产里，《人间词话》是一颗璀璨的词学理论明珠。他在该书中以“境界说”为核心，构建了一个关于“境界说”的范畴体系：有我之境与无我之境、造境与写境、隔与不隔、大境与小境、常人之境界与诗人之境界等等，并以此梳理词史，裁断词人词作优劣。（参见彭玉平《人间词话》译注前言）

就在《人间词话》第二十六章，他提出了著名的“三境界说”：“古今之成大事业、大学问者，必经过三种之境界：‘昨夜西风凋碧树，独上高楼，望尽天涯路。’此第一境也。‘衣带渐宽终不悔，为伊消得人憔悴。’此第二境也。‘众里寻他千百度，蓦然回首，那人却在，灯火阑珊处。’此第三境也。”虽然他在这里讲的是“古今之成大事业、大学问者”，但是后来被更多的人局限在治学一域，我现在就沿着这个思路说下去。

描写第一个境界的“昨夜西风凋碧树，独上高楼，望尽天涯路”，选自晏殊的《蝶恋花》词，原意是写离愁别恨，但王氏借此表达治学者治学首先要登高望远，明确方向；第二境界的“衣带渐宽终不悔，为伊消得人憔悴”，源自柳永的《蝶恋花》，本写离别时长，更觉苦等煎熬，王氏以此比喻学问之路艰辛漫长，需要吃苦耐劳、奋斗到底的意志；第三种境界才是收获成功，“众里寻他千百度，蓦然回首，那人却在，灯火阑珊处”是宋辛弃疾《青玉案·元夕》的名句，王氏以此象征经历艰辛的春耕夏耘，终于进入收获成果的金秋季节。我在《党建学科与执教心得》一文里说过：“只要真正以科学的态度，进行科学的研究，追求科学的目标，谁能不曾与共！”

但是细细想来，王国维的“三境界说”固然道出成大事业与大学问者的共性经历与经验，但是似有不足，也许尚欠一个更重要的境界，那就是对于事业与学问的价值信仰。回想历史，古今成大事与大学问者，对于从事的事业必定有一种慎重初选，选定后则义无反顾的奋斗经历。之所以能够义无反顾奋斗以终，必定源于对事业价值的深刻领悟，并以此目标为基本点建立起自己的信仰体系。这样的事例不计其数，我这里仅选择在中国文化史上具有宗师地位的屈原与司马迁说说。

屈原是战国时期楚国诗人和政治家，出身贵族，先受楚怀王信任，出任左徒、三闾大夫，掌管内政外交。作为文学家，他是中国第一位伟大的爱国诗人，浪漫主义文学奠基人，开辟了“香草美人”的传统，被誉为“中华诗祖”“辞赋之祖”。作为政治家，他对内主张举贤任能，修明法度，对外力主联齐抗秦，始终怀揣以楚统一中国的政治理想与价值追求。所以虽遭排挤毁谤，甚至被流放至汉北和沅湘流域，但信仰犹在，即“亦余心之所善兮”，所以“虽九死其犹未悔”；但在秦将白起攻破楚都郢之后，他政治理想彻底破灭，价值信仰体系彻底崩溃后，毫不犹豫地自沉于汨罗江，以身殉国，以身殉志。可见在他这里，信仰远超生命本体。

另一位宗师就是司马迁，他是中国史学的开山之祖，以伟大的《史记》首创中国史学著作的纪传体例，为后世历代官修正史所遵循。该书也被鲁迅称为“史家之绝唱，无韵之《离骚》”。但他经历的磨难可谓古今唯一，不仅被祸险些丧命，而且蒙受宫刑。面对如此奇耻大辱，他选择忍辱求生，并非贪生怕死，因为《史记》尚未完成。这是他人生价值追求，崇高信仰所系，他要通过《史记》“究天人之际，通古今之变，成一家之言”。所以他在能够通过宫刑保留生命的时候，毅然决然忍辱求生。

须知，中国人的信仰具有鲜明的世俗特征，通常不是追求超验的归宿，而是与特定的价值目标相结合，其最高取向就是“不朽”。不朽的评判指标则是永垂青史，万古流芳，实现路径就是“立德、立功、立言”。司马迁正是要通过《史记》立言，扬名垂万，所以才选择忍辱求生。我相信在他的心中，不知多少次地翻腾过这些厄运奋发的先例：“文王拘而演《周易》；仲尼厄而作《春秋》；屈原放逐，乃赋《离骚》；左丘失明，厥有《国语》；孙子膑脚，《兵法》修列；不韦迁蜀，世传《吕览》；韩非囚秦，《说难》《孤愤》；《诗》三百篇，大抵圣贤发愤之所为作也。”他们的不朽均由其“一家之言”决定。他的一篇《报任安书》，道尽心中的酸楚悲愤，所以当他最终完成《史记》后，竟然悄无声息地走了，去向哪里？

无人知晓。这同样证明，他把对于不朽的追求高置于生命之上，所以，伟大的事业一旦完成，生死对他来说根本就是无足轻重的了。

当然，在王国维提炼出来的“三境界说”里，应该也包含这种价值信仰的思想，但他毕竟没有把它作为一个独立范畴融入“境界说”的体系之中，所以我才多嘴多舌，唠叨这么一篇文字，意在表明治学须有四境界：坚定信仰——选择方向——奋斗到底——收获成功。

（2018 年 12 月 30 日）

编后附言：本编所收相当部分为杂文。杂文也是散体文章，所以本编名为“议论散文”。

第四编　文化散文

略论国学

国学者，华夏民族传世典章之谓也。不说《三坟》《五典》《八索》《九丘》，自汉代刘歆始以七略成书，初分六部，曰六艺略、诸子略、诗赋略、兵书略、术数略、方技略。《汉书》首创“艺文志”，《隋书》再设“经籍志”，尽搜书目，无遗巨细。迭经后世相继丰富，至清一代，一揽所遗，总而成书，以经史子集分类，曰《四库全书》。书成，以手复抄，分藏于文渊、文溯、文源、文津、文汇、文宗、文澜等七阁。

“四库”之经者，儒学之系列，中华正统思想之典籍，分为《诗经》《尚书》《周礼》《仪礼》《礼记》《周易》《左传》《公羊传》《谷梁传》《论语》《尔雅》《孝经》《孟子》。汉武崇儒，凡此渐成经典。至宋，朱熹集其精要，始纂四书五经，为学者必读。“四书”者，《大学》《中庸》《论语》《孟子》之谓也。逮《四库全书》成，复增“五经总义”“四书”“乐”“小学”等，计有十类。

史部尽收正史、编年、纪事本末、杂史、别史、诏令奏议、传记、史钞、载记、时令、地理、职官、政书、目录、史评等十有五类。子部收录诸子之作，兼及类书，计有儒家、兵家、法家、农家、医家、天文算法、术数、艺术、谱录、杂家、类书、小说家、释家、道家等十有四类。集部于章回小说之外，辑录诗文词集，凡楚辞、别集、总集、诗文评、词曲等五类。

史入近代，国族衰微，前辈反思缘由，由器物而制度而文化，遂有新文化运动鄙弃孔孟伦理。及至改开，经济昌盛，精神沉沦，上下交相再思，一时难得其解，于是文化乡愁覆笼神州，芸芸众生不知魂归何处。庙堂碍于政治，民间热衷复古，文士自发读经，引领文化还乡。适逢今上好国学，以资文化自信，国学复兴乃得天时地利人和者也。

时代使然，吾辈多不习四书五经，亦无机缘窥见他类。纵有好古之辈，亦稍涉诗词小说家言而已矣，鲜有尽研孔孟之学者。吾少，厚古薄今，亦曾有志于学，惜庶几白丁，更无名师，困于黑暗，昧于奋争，及至弱冠之年，粗通文墨而已矣。偶得机遇，始入高等学府，以史为业，趔趄而行，于国学经典流于泛泛，未得深解。后则颠沛，生计艰难，无暇他顾，年三十又四始入党校，弃史学而治党建。党建故显学者也，然在理论之列，应于时事，穷于新典，于国学仅存梦缘。公历2010年，余岁届花甲，退离现职，复得自由之身，于教学走笔之余，应育孙之需，渐近国学，亦有所思。

其一，国学亦应发展。流水不腐，水之流者发展貌也，流则长新不腐。国学至今不绝，乃得发展之利。即举儒学论，已历先秦、宋明与当代，人称“儒学三期”。先秦儒学为儒学成型期；宋明儒学为功能释放期；当代儒学实为再生期。总揽历史，一源多流，总而一系，故谓源远流长矣。欲存长久，务必纳新，是谓发展云云。

其二，国学亦应适时。古今皆谓国学博大精深，皓首穷经者何止万千，但求其旨要，论其主流，究天人之际，述治世宗旨，明修己之道，是为学问耳。《孟子・告子》曰：“学问之道无他，求其放心而已矣。”心者，仁义之常道，故应适时而生，应时而用，贡献当下，裨益治世。如无现实功用，百学皆死，岂有例外哉！

其三，国学亦应平等。国学早于先秦时期，已有百家并存诸说争鸣之势，唯有义理分歧，未见高下尊卑。汉武一朝，罢黜百家，表彰儒学，后世亦独尊孔孟程朱。然近代以降，国运不昌，儒学降贵纡尊，多被贬斥。今若复兴中华文化，须复以百家共存，众人拾薪，多流汇合之原态，兼容并蓄，取其精华，以厚主流。

其四，国学亦应吸纳。他山之石，可以攻玉。中华文化之盛，素仰长新，更赖多元。纵观华夏文明，绵延数千载，既化太古洪荒，更纳胡夷之长。近代伊始，人类始兴工业文明，国人开眼，渐尊西学；冷战之后，全球一体，文明激荡更烈，国学固有再兴之势。然欲兴国学，须贵西学，取其精华，弃其糟粕，助益中华文明浴火重生。

语曰：树高千尺，必有根系；江河万里，总有源头。国学乃我文明之根，文化之源，国族之魂，信仰所系，终极皈依。吾辈应立足当下，举目长远，视通万里，思接千古，摒妄自尊大，鄙食古不化，弃抱残守缺，敞博大胸怀，采撷人类精华，融汇古今智慧，古为今用，洋为中用。若此，焉有国学不昌乎！

（2018 年 6 月 24 日）

说说三种“创世说”

人总会关心自己是从哪里来的，越是关心越是会追溯到更加遥远的过去。因为人虽然有自己的地球家园，但它不过是无限宇宙中的一粒沙子而已，所以要回答这类“原始关怀”，必然涉及创世说。始终关心这个问题并有探究天赋的人，不是成为科学家，就是成为哲学家，起码也能成为神学家。

“创世说”古已有之，差不多不同的宗教文化体系都有自己的回答，但是比较而言，基督教的上帝创世说最有影响。《圣经》说：上帝用七天时间创造了世界。在万物初始之前，宇宙是无边无际混沌而黑暗的，上帝不满，就说“要有光”，于是世间就有了光。上帝称“光”为“昼”，称“黑暗”为“夜”。亮光隐去，黑暗来临，从此，就有昼与夜的交替。（搜狗百科）这只是上帝创世第一天的工作。第二天上帝又创造了水和空气。第三天创造大地、海洋和陆地植物。第四天创造天体和星斗。第五天创造了鱼类和飞鸟。第六天不仅创造了走兽与昆虫，还按照自己的模样创造了人类，并让他们统治世界。第七天，上帝完成了创世，休息。

我们炎黄子孙同样关心创世问题，并且也有自己的创世说，就是盘古开天辟地说。三国时吴国的徐整在《三五历纪》一书中说：“天地浑沌如鸡子，盘古生其中。万八千岁，天地开辟，阳清为天，阴浊为地。盘古在其中，一日九变，神于天，圣于地。天日高一丈，地日厚一丈，盘古日长一丈。如此万八千岁，天数极高，地数极深，盘古极长。后乃有三皇。”还说：“首生盘古，垂死化身。气成风云，声为雷霆。左眼为日，右眼为月。四肢五体为四极五岳。血液为江河，筋脉为地里，肌肉为田土，发髭为星辰，皮肤为草木，齿骨为金石，精髓为珠玉，汗流为雨泽。身之诸虫，因风所感，化为黎甿。”另有明代董斯张的《广博物志》又载：“盘古之君，龙首蛇身，嘘为风雨，吹为雷电，开目为昼，闭目为夜。死后骨节为山林，体为江海，血为淮渎，毛发为草木。”

比较两种创世说还是很有意思的，首先，创世主体都是神，区别在于西方的创世神叫上帝，中国的创世神叫盘古。其次，创世神都是先创造世界万物而后创造人类的，区别在于上帝是一次完成造人，而盘古造的人则有先后，先创造了统治者，就是“神于天，圣于地”和“三皇”，而后才创造出黎民百姓。再次，上帝创造了人，还统治人，再让人去统治世界，最终又让人回到自己身边；而盘古则以自己的伟大牺牲创造出世界万物和人，然后却把统治芸芸众生的工作交给“神”“圣”和“三皇”们，自己却没有安排对他们的终极关怀。

当然这些都是神学和神话的观点。历史的进步产生了伟大的自然科学，在自然科学中有一个宇宙学，宇宙学有个宇宙大爆炸理论。这个理论认为，宇宙大爆炸之前，世界是一个混沌的状态，没有时间、空间。爆炸之初，物质只能以中子、质子、电子、光子和中微子等基本粒子形态存在。爆炸之后的不断膨胀，导致温度和密度很快下降。随着温度降低、冷却，逐步形成原子、原子核、分子，并复合成为通常的气体。气体逐渐凝聚成星云，星云进一步形成各种各样的恒星和星系，最终形成我们如今所看到的宇宙，也有了时间和空间。虽然周延百密，但也是一种创世的科学假说，我们姑且把它叫作“科学创世说”。

令人称奇的是，如果把宇宙大爆炸理论（科学创世说）与上帝创世说和盘古创世说相比较，似乎我们中华文明中的盘古创世说比上帝创世说更加靠谱，也就是说更加接近宇宙大爆炸的理论观点。理解这个问题需要抓住三个关键环节，那就是创世之前的状况、创世活动的过程和创世工作完成后的情况。

先看创世前的情况：在上帝创世说那里，上帝是先于世界而存在，但他站在世界之上按照自己的意志创造世界。在盘古创世说这里，创世之前的世界只是一个混沌的存在，盘古虽然也是先于世界而存在，但他不是凌驾在世界之上，而是包含在混沌的世界之中，最后以自己的伟大牺牲创造世界。而科学创世说则认为，在宇宙大爆炸之前，世界也是混沌状态，既没有时间，也没有空间。这一点是十分重要的，它不仅是一个科学问题，还是一个哲学问题。比较而言，盘古创世说与科学创世说更为接近吧。

再看创世过程的情况：在上帝创世说那里，上帝创世是用了六天完成，一天休息，创造万物是分类依次进行的。盘古创世说则是创世孕育时间长，一万八千岁，实际创世时间也是一万八千岁，总共三万六千岁；当然这还只是创造天地的过程。上帝创世说是先创昼夜，最后创人，而盘古创世说则是先创造出来天地人，而后再造化万物。在科学创世说这里呢，则纯粹是物质运动的过程，这当然是摒弃了神创色彩的科学假说。

最后看看创世工作完成后的情况吧：上帝创世说和盘古创世说的共同结论是有了世界、人及万物，而在科学创世说那里，随着宇宙大爆炸，也就产生了时间和空间的三维世界。至于人和其他万物，我们就暂时不要去中国和外国的上帝那里寻找答案了，至少人类学和达尔文的进化论已经为我们提供了一种比较可信的答案。科学总还是要比神学靠得住一些的。

（2018 年 7 月 12 日）

说明：昨天外出途中看到头条新闻有一个质疑宇宙大爆炸的信息，激起我的兴趣，今天乘兴完成。本想联系哲学谈谈，那就太长了，就这样吧，觉得 2000 字已经基本说清问题了。

想说一点神话

为了给未来社会输送两个合格劳动力，我要为孙儿盟盟和优优整理一些简单古文作为文化滋养，这就要涉及神话题材，由此激发兴趣，竟然想来聊聊神话问题。谈不上研究，也真的没有研究，即兴聊聊已有的感受而已。

只要稍加注意就会发现，神话，无论中外的神话，起码有这么几个规律性的特点：一是在时间上多产生于远古时代，在空间上几乎每一个民族都有自己的神话；二是神话故事总有文学艺术性，且多数属于浪漫主义作品；三是神话人物总有一种独有而超自然的力量，因此具有超凡的英雄人格；四是神话越到后来越趋向微观性，英雄越来越小，生活色彩越来越强。

如以中国神话来检验这么几条规律性特点就会发现，现在保留下来的神话故事数以百计，都是文字记载的，但是其中一些最古老的神话故事，流传时间肯定超越文字历史，汉民族的神话故事尤其如此。在空间上，凡有中华民族子孙生息繁衍之处，几乎都有自己的神话作品，只是有的被保留下来，有的被历史淹没了而已，当然有的还在口头上流传着。

尽管在中华民族内部，由于信仰体系的差异，各民族的神话载体有别，有的存在于宗教体系内，比如我所记得的藏民族关于人类起源的神话传说等，但是更多的神话则以文学形式流传，而且只要是文学形式，几乎都有浪漫主义色彩，如《格萨尔王传》等。当然，除此之外，有的神话则存在于其他文化体系中，比如汉族的诸多神话作品就是这样。

不管有无明确结论，仅从逻辑和规律上看，神话必定来自人的生活，这是一方面；另一方面，神话在很大程度上是人受到自然的启示与激发，并以自然比拟生活加以想象而创造出来的，所以但凡神话，不仅具有超自然的力量，如盘古开天辟地、女娲补天和抟土造人、羿射九日等，莫不如此，而且每一种超自然的力量必定是由特定的伟大人格来体现，因此这样的人格也就成为崇拜的偶像。

历史地看，凡是文字记载的历史，越是早期越是混沌，它所反映的是人的认识的整体粗糙性，所以开天辟地这样的工作一个盘古就能完成。但是随着生产的发展、文化的普及，特别是人对自然认识的进步，神话表达的对于超自然力量的崇拜必然下降，这时，人的崇拜之所以还能以神话的方式存在和表现，是因为在人的潜意识中，仍然希望借助神话表达生活的愿望和维护生活的理想。

当然，凡是存在的总是合理的。但是不管神话多么神，本质都是“人话”，这应该是合理的解释。那么，“人话”为什么要用神话的形式表现呢？

首先，神话具有哲学意义。哲学是认识和解释世界的学问，所以是人不可缺少的。远古人类，站在苍茫大地，仰望浩渺天空，必然发出天地人从何而来等“天问”，只有神话能够给予回答，神话的回答就是对于“天问”的“天答”。

其次，神话还有审美意义。审美是主体与客体建立起来的形象的情感的关系状态，也是主体对客体的认识、理解、感知和评判，所以所有神话所反映的审美意义都是天地人关系的理想状态。在神话时代，没有比神话更美丽动人的作品。

此外，神话也有信仰意义。信仰是人心中的上帝，是人灵魂的牵引，所以必定高于现实，超越自身。但凡神话所要表达的理想与意向，或是人类目前所无法达到的指标，或是人类心目中的理想状态，因此神话也就成为信仰的特殊形式。

神话更有生活意义。对人来说，物质永远都是生活中第一重要的，但是精神同样是人不可缺少的生活资源。能够创造神话的时代，一定是精神资源短缺的时代，因此神话就成为人的高级生活元素，从精神的角度丰富并提升人的生活品质。

此外，神话的历史意义也不容小觑。一切历史都是曾经的现实，一切现实都将成为历史。要想成为历史而不是历史的烟云，必须要有沉淀。沉淀需要载体才能存在。试想，在没有文字和民智未开的时代，神话难道不是传承历史最好的载体吗？

（2018 年 7 月 9 日）

神话传说与历史

最近接二连三地看到质疑夏朝存在的信息，我深不以为然。如果夏朝都不存在，三皇五帝岂不更加荒诞不经了，那么中华文明史一下子就要被砍去千年以上，甚至更长。这大概就是现在一些人质疑中华文明上下五千年的主要依据。对此，我一时确实拿不出更充分的实物证据，但又感到存在于神话传说里的历史和真理逻辑还是值得说一说的。

几乎一切民族都有自己的神话和传说时代，但神话的本质是人话，传说绝不是胡说。这个道理并不复杂，因为人类最先经历的总是无文字时代。无文字不等于无历史，是人就有经历，经历就是历史。但在没有文字的时代，“记录”历史就只能依靠口口相传，于是形成传说。代代相传的故事，必然不断磨损，又不断加工，也就不断被加入后人的艺术想象与夸张，而且与远古先民的原始自然观相结合，于是传说也就有了神话色彩，或者干脆变成了神话。

神话和传说首先成为文学资料，同时也被历史学家们纳入史学范畴，既做某种证明，更为某种启迪。讲历史要拿出证据，这是实证主义的史学观，当然有其合理性的一面，但是也有片面性和绝对性的一面。比如神话传说，往往一时很难证明，当然不能作为信史；可是谁又能够真正舍弃神话传说的历史证明力？比如中国历史上的三皇五帝和夏商周三代。三皇五帝到现在还是神话传说性质的历史。夏商周三代的夏朝到现在仍然是一个令人将信将疑的时代，以至于无论中外都有人把它虚无化。这是武断的。

纵观历史，只有关于它们存在的越来越多的事实不断出现，绝没有越来越多的事实证明它们压根儿就是子虚乌有。

当然这种武断也是大有来历的。只要把时光倒回去一百年，我们就能看到，当时的中国史学界兴起了一个疑古派，不仅把夏，还把商，甚至东周之前的中国历史都看作是后人伪造出来的。根据就是没有证据证明它们的存在，仅有文字记载的传说。当然在此之前甚至还曾兴起过并流行一时的“华夏文明外来说”，就连大名鼎鼎的章太炎等人都持这种观点。今天我们批评历史虚无主义，殊不知，这也是当时的历史虚无主义。之所以产生这种历史虚无主义，其实是落后的中国在西方文明的强势比照之下，国人精神畸变的一种学术化反映而已。

但是历史已经证明，还将继续证明，神话传说里包含着历史和真理的基因。试想，如果不是 19 世纪 20 年代那位叫作王懿荣的学者兼官僚，患了某种疾病需要去中药铺按方配药而偶然发现“龙骨”，人们也许到现在还不知道最早的汉字是甲骨文。如果不是刘鹗、罗振玉、王国维、郭沫若等人对甲骨文的研究释读，今天大概谁都难以确证商朝的真实存在。可是追溯对商朝历史的研究，不说更多，就在孔子所处的春秋时代就已经是个不大能够讲得清楚的问题了，而现在呢，我们完全可以这么说，对于商朝的历史，我们的认识要比孔子的清楚丰富得多。

至于夏朝，现在的确还没有更充分的实物证明它的存在，但是商朝从被质疑到被确认的历史就向我们展示了一种历史逻辑：一时没有找到证据证明并不等于永远不能得到证据证明。我们完全可以把这样的历史逻辑作为一种史观。在上古时代，西周的文明高度发达，孔子赞其为“郁郁乎文哉”。事实证明，这样的文明不是从天而降，也不会从天而降，而是从商朝继承发展来的。那么商朝的文明虽然不及西周，但是司母戊方鼎还不能代表一个文明的高度吗？所谓文明，是以金属工具的出现、文字的发明和国家的形成作为标志的。一口司母戊方鼎就融合了三种文明的标志。再进一步问，难道商朝的文明就不需要历史的奠基与过渡？当然不是。那谁能当此大任？舍夏其谁？

从现在来看，夏朝之所以没能留下更多的考古证据，与水患有极大关系。我们先看郭衷恒《历代帝都考》的介绍：“夏禹受禅，都平阳，或在安邑。有商，迁徙不一，汤初都亳，至仲丁时，亳有河决之害，乃迁嚣。至河亶甲，嚣又有河决害，复迁相。祖乙之时，相又患河决，迁于耿。耿又为水所圮，复迁邢。盘庚嗣位，邢又河决，乃南涉于河迁亳，从汤所都改号曰殷，而商道复兴焉。”从中看出商朝就被水患折腾得疲于奔命，由此推想夏朝的水患一定更加频密。如果说没有禹就没有夏，那更可以说，没有水患就没有大禹。所以从以上的情况可以看出，夏朝因为居无定所，其文明成果应该是被水淹土埋了。

更进一步问：夏的源头又在哪里？只能追溯到三皇五帝。别看它们到目前为止主要还是神话传说，也许有一天，人们终会发现它们也曾真实地存在过，甚至还有更早文明的存在也未可知。不信？仓颉造字的传说始于何时？是黄帝时代吧！不错，这是传说，但是汉字可是真实的存在啊。仓颉的前头又是谁？湖北大溪文化遗址的陶器上可是有 100 多种符号啊，山东大汶口文化遗址的陶器上也有象形符号，西安半坡彩陶上还有几何符号等，这些都可能是原始文字，也许就是汉字的雏形。如果真是这样，我们的文明史还要向前推进，至少大溪遗址的历史在 6000 年以上。

总而言之，不要低估神话传说的历史价值，反倒应该重视神话传说的历史启示，同时也不要从时间上任意割断在历史进程中形成的历史共识。历史不是从我们开始的，尽管我们应该比古人更聪明，但千万别以为我们就一定就比古人更聪明。

（2018 年 10 月 31 日）

《三字经》的教育思想与知识体系

中国重教，古今一贯。但在前现代教育中，初级识字教材就是“三、百、千”，即《三字经》《百家姓》《千字文》。若论社会影响力和历史贯透力，当数宋人王应麟编的《三字经》为最。尽管后人对其不断增订，形成多种版本，但以清人章太炎的增订本最为权威，以至其成为 20 世纪初期最畅销的书籍之一。该书虽然仅有 1269 字，但是文辞浅白，句式超短，内容丰富，涵盖广泛，意蕴深刻，影响久远。尽管不以大纲小目区分内容结构，如果细加考察，蕴藏其中的为什么教、教什么、怎么教等基本问题仍然十分清晰，并从整体上反映中国古代的教育思想和理论逻辑及其知识体系。

一、为什么教

教育的对象只能是人，永远是人。人是什么？这就涉及对人的本质的认识，也是教育的理论基础。在中西两大文明体系中，对人的本质的探讨诸说纷呈，但从根本上说，西方文明力主人性本恶，而中华文明则认为人性本善。因为人性本善是中国主流思想文化的基础性观点，所以《三字经》开卷就以“人之初，性本善”对人之本质作出经典表述，而且影响至深至远，以至德主刑辅的治国理论以此为据，施教化育的理论基础也在于此。

中国主流思想文化是儒学，儒家学派为孔子创立，原教旨儒学即孔孟之道。但人性本善论的真正代表却是孟子。从《论语·阳货》看，孔子只是说“性相近也，习相远也”，只有《孟子·告子》才说：“恻隐之心，人皆有之；羞恶之心，人皆有之；恭敬之心，人皆有之；是非之心，人皆有之。恻隐之心，仁也；羞恶之心，义也；恭敬之心，礼也；是非之心，智也。仁义礼智非由外铄我也，我固有之也。”儒学虽经两汉经学改造，但是并未改造人性本善论。宋代朱熹开始调整性善说，指出“孟子说性善，他只见得大本处，未说得气质之性细碎处”。为解决这个“大”与“细”的矛盾，他把人性分为天命之性与气质之性，认为“天命之性是理”“理则无有不善”，只有气质之性才“一本万殊”，既坚持人性本善的基本立场，又给人性之恶开辟了解释空间，而且暗合了孔子“性相近也，习相远也”的观点。王应麟编著的《三字经》，坚持人性本善，以此为据，从此出发，其来有自，理所当然。

当然，在中国思想史上，并非没有人性本恶论者，同为儒家学者的荀况，就在《荀子·性恶》篇里鲜明主张：“人之性恶，其善者伪也。”此论虽然与孟子的性善说迥然有异，但是解决问题的方法却殊途同归，共同主张教育。区别只是孔孟认为不教而迁，荀子主张通过教育抑恶扬善，改恶从善。仅从《三字经》来看，孔子的“性近习远论”是“苟不教，性乃迁”的直接理论依据，但是“不教而迁论”实际上又整合了孔孟荀三家主张，只是荀子的主张被隐含于内。比如“其善者伪也”，就是肯定后天努力对于改恶从善的重大意义。这种努力就包含社会教育与自我修养。也就是说，人的天性无论善恶，后天的影响都有可能改变它。所以无论要发扬善性还是抑制恶性都必须进行教育；只有教育才能使人明辨善恶，保持善性，改变恶性。这就进一步回答了“为什么要教”这个基础性的理论问题。

教育的出发点是树人，树人当然也是教育的本质。究竟以什么树人？教义万宗以德为本。德配天地，道贯古今，德的地位如此之高，以至于抽象的道也必须通过具体的德来彰显，所以教育的本旨必须是宣扬道德而归于人。《大学》云："大学之道，在明明德，在亲民，在止于至善。"说的就是教育的本旨在于通过彰明道德，培养新人，以达到最高善境。但在孔子学说中，德的最高范畴是仁，而在孟子学说里，德的最高范畴为义。孔孟之道，仁义一体，孔子倡导杀身成仁，孟子赞美舍生取义。但在孟子看来，德有四端，就是从恻隐、羞恶、恭敬、是非"四心"里引申出来的"仁""义""礼""智"四德。四德归义。《孟子·离娄下》说"大人者，言不必信，行不必果，惟义所在"，就是证明。《三字经》里的"人不学，不知义"，这里的"义"不仅泛指道德，也是孟子道德论内涵的点睛之处，所表达的基本思想，就是《孟子·滕文公上》所说的："五谷熟而民人育。人之有道也，饱食、暖衣、逸居而无教，则近于禽兽。""圣人……教以人伦：父子有亲，君臣有义，夫妇有别，长幼有序，朋友有信。"换言之，人无教即无德，无德则近似禽兽；人之为人，在于有德，德之获得则在于教育。

二、教什么

教育不仅要给人以道德教养，还要给人以确定的文化知识。知识是道德观念的载体，是认识与体验真理的工具，也是人从蒙昧走向文明的桥梁，更是构造能力的综合体系。《三字经》依据传统文化结构编排了一个庞大的知识教育谱系，虽然局部内容按照数序编排，在技术上造成内容跳跃，但在大格局上却没有根本性偏差。为阐述便利，这里进行适当的归类调整。

（一）孝悌为先。《三字经》坚持"首孝悌，次见闻"。之所以孝悌并提，以孝为先，见闻（知识）次之，是由孝的理论地位决定的。《孝经·圣治》："人之行，莫大于孝。"《汉书·艺文志》："夫孝，天之经，地之义，民之行也。"所以中国传统一向以孝为百善之先，百行之首。孝的本质是尊亲。《孟子·万章》："孝子之至，莫大乎尊亲。"亲即父母。悌是处理兄弟关系的原则，其理论形式就是"兄友弟恭"。孝悌是家庭伦理、君臣之道、社会关系的基石，当然也就成为传统中国家国同构、君父同伦的宗法体制的基础，所以它是首先要被灌输的伦理道德观念。

（二）知数识文。近现代数学科学虽不起源于中国，但中国一贯崇尚数学，自古就有《周髀算经》《九章算术》等“算经十书”和诸多骄人成就。《三字经》于孝悌为先之后继而要求“知某数，识某文”，固然有遵从自然数列行文方便的用意，但决不可因此而忽略其对数学的高度重视。因为无论生产生活和交换，均需数学工具。但对这里的“知某数，识某文”不可作重文妄断，须知，“知某数”者，乃“一而十,十而百。百而千,千而万”；而“识某文”者，则是通过认识与上述数字相对应的文字，从而实现“知某数”与“识某文”的相互贯通。

（三）天地万物。《三字经》说：“三才者，天地人。”世界之大，无物不备，何以天地人为三才？《易经·说卦》：“乾为天……坤为地。”《黄帝内经》：“天覆地载，万物悉备，莫贵于人。人以天地之气生，四时之法成。”刘勰《文心雕龙·原道》：“仰观吐曜（三光），俯察含章（万物），高卑定位，故两仪（天地）既生。惟人参（三）之，性灵所钟，是谓三才。为五行之秀，实天地之心。”《三字经》以三才为纲，总揽万象，统摄天物，观其大端“曰春夏，曰秋冬。此四时，运不穷”“曰南北，曰西东。此四方，应乎中”“曰水火，木金土。此五行，本乎数”。既有天地，共生“六谷”“六畜”以养人。三才之论即中华文明的世界观理论。

（四）礼乐化和。中国文化追求天地人和，并以礼乐化和。礼是人间秩序。《三字经》把礼的范畴概括为三纲五常九族十义。“礼之用，和为贵。”为和需乐。乐有“八音”，“八音能谐，无相夺伦，神人以和”。礼乐辩证统一。“乐者，天地之和也；礼者，天地之序也”，乐与礼统一于和。“和，故百物皆化；序，故群物皆别。乐由天作，礼以地制。”和则致治，致治则政和。所以礼别尊卑，乐殊贵贱。因为“凡音，生于人心者也；乐者，通于伦理者也。乐者，音之所由生也，其本在人心之感于物也。是故知声而不知音者，禽兽是也；知音而不知乐者，众庶是也。唯君子能知乐，是故审声以知音，审音以知乐，审乐以知政。是故不知声者不可与言音，不知音者不可与言乐。知乐则几于礼矣”。所以《三字经》高度重视礼乐化和。

（五）训诂句读。教育必起于初步，学者必先厚基础终而致远，这是教育必须遵循的规律。基础总是累积而厚，是谓“不积跬步，无以至千里；不积小流，无以成江海”。但是千里之行，始于足下，学问前程，必启蒙于人生初始。怎么启蒙?《三字经》说“为学者,必有初,小学终,至四书”,讲的就是蒙童学习的步骤与进程。学童启蒙从小学开始。所谓“小学”系指“详训诂,明句读”。也就是从识字开始,懂得说文解字,进而掌握句读常识。句读属于阅读训练,古代书籍无标点符号,不经句读训练,很难正确诵读。所以小学阶段学习识文断字,句读文章,既是知识启蒙,也是基础训练,为进一步教育准备工具。“小学终,至四书”,就是在完成训诂句读的基础教育后,才能进入学习经典著作的更高阶段。

(六)明经读子。进入高级阶段后,《三字经》对于教育内容的安排是秉承“先经后子再史”的逻辑顺序。读经从“四书开始”。儒经卷帙浩繁,先从朱熹选编的《大学》《中庸》《论语》《孟子》等“四书”入门,同时阅读《孝经》。“孝经通,四书熟,如六经,始可读。”就是在通读《四书》之后进一步学习《诗经》《尚书》《周易》《乐经》《礼记》《春秋》等六经。“经既明,方读子”,“五子者,有荀扬,文中子,及老庄”。所列五子,虽各有千秋,但均系开辟式的人物,他们就是战国的荀子,西汉的扬雄,隋朝的王通,春秋时代的老子和战国时期的庄子。读完诸子再读历史,以学贯古今。详见下文。

(七)博古通今。中国古代典籍概以经史子集四类相分,《三字经》独略集部,反映的是“实学”观——不列程朱理学和陆王心学就是证明。实学派主张经世致用,所以《三字经》史的分量最大,从“考世系,知终始”出发,要求在“经史通”后“读诸史”。诸史起自三皇五帝,历经夏商周秦汉晋隋唐宋元明清等朝代更迭,总体而论,“廿一史,全在兹。载治乱,知兴衰”,“读史者,考实录。通古今,若亲目”。——欲知大道,必先读史,这是经世致用人才必备的知识背景,所以要“口而诵,心而惟。朝于斯,夕于斯”。“勤有功,戏无益”,惟夙夜以求,方能有成。

三、怎么教

教育是通过体系化的知识传授以提高教育对象认知能力,从而形成理想人格的工作。怎么教呢?《孟子·告子下》说:“教亦多术矣。”“术”既是方法,也是原则。方法具体灵活,原则稳定概括,也是更高层次的“术”,具有理论性、实践性和规定性相统一的特征。《三字经》对中国传统教育原则给出了层次分明、旨趣确定的总结,并置于全书总纲部分,对于教育实践具有指导意义,大致说来有以下七个方面。

（一）专职原则。就是专业化开展教育的原则。生产发展产生分工，分工产生专业，专业产生专家，进而产生专职部门等组织机构。专业化地开展教育既是社会分工的产物，也是社会分工的需要。所以《三字经》提出“教之道，贵以专”。这里的“专”通常被解释为专心致志等主观态度，固然无错，并不全面，而且忽略根本。依我之见，其义乃是教育需要由专门机构、专门人才，专心致志地开展，所以这里的“专”是从“教”的角度提出来的原则要求。在数千年的教育实践中，为了贯彻“专”的原则，才产生庠序社学以及不同术业和学问专家。“专”的不同之处在于春秋之前为国家所专，孔子兴办私学，也就开创公私并办的教育格局。纵观历史，历代先贤几乎没有不是教育专家乃至学问专家的，只要是学问家，又大多收徒讲学，专职性地发挥教育专家的作用。这个原则直到今天仍被坚持运用。

（二）环境原则。环境就是人能感知的客观世界。人是意识主体，环境是客观实在。人固然具有改造客观环境的能动性，但也有被客观环境改造的被动性。晏子曰：“橘生淮南则为橘，生于淮北则为枳，叶徒相似，其实味不同。所以然者何？水土异也。”这是最为经典的客观环境决定论。教育经验证明，人越是低龄化越是容易受到环境影响，被环境改造。孟母深谙此理，择邻而处。《三字经》的“昔孟母，择邻处”，就是以孟母三迁为例，要求规避不良环境对受教者的消极影响，强调良好环境对教育结果的积极意义，从而揭示近朱者赤、近墨者黑的基本规律，彰显环境原则的教育价值。今天，这个思想还在影响学区房的价格。

（三）义方原则。义方就是规矩法度和道理，义方教育就是教人守规矩懂道理。规矩法度是社会规则，人的行为习惯必须与之适应。《孟子·离娄上》：“不以规矩，不能成方圆。”省其居处，观其义方，就是强调注重从人的行为习惯上观察其教养品质。良好的行为习惯从来就是养成教育的成果。养成教育就是义方训练。孔子说，“道之以德，齐之以礼，有耻且格”，说的就是以道德引导，以规范约束，使人知所行止。春秋卫人石碏在劝谏卫庄公时说：“臣闻爱子，教之以义方，弗纳于邪。骄奢淫佚，所自邪也。”“臣闻”一说，说明教子以义方，才能使受教者不陷入邪途，在春秋时代就已经成为社会公共教育经验。至《三字经》则以“窦燕山，有义方。教五子，名俱扬”再次加以总结，树立榜样，并把具体的教育方法与成功范例相结合，从而彰显义方原则的有效性。直到现在，人们仍然普遍认为好习惯胜过智商。

（四）主体原则。教育是责任，责任是确定的职责和任务。履行职责完成任务必须要有责任主体。教育责任的担当者就是教育的责任主体。《三字经》以“养不教，父之过。教不严，师之惰”，明确教育的责任主体就是父和师。“父”首先是父亲，同时也是以父亲为核心的家庭代名词。“师”自然是先生、老师等职业教育者。父与师在形式上处于同等地位，实际上父的主体责任远大于师，首先担负着早期抚育和道德启蒙责任，主要以言传身教完成家庭教育。家教是一种极其重要的环境教育和基础教育。其次，“父”还具有是否让孩子接受师教的主导权。窦燕山与孟母等都是“父”的优秀代表。而老师的责任就是韩愈所说的“传道授业解惑”的职业责任。但是无论传道授业还是解惑，均需老师拥有从严的职业态度与精神，“不严”即“惰”，惰则误人子弟，只有严师才能教出高徒。这也是古今一贯的教育共识。

（五）劝学原则。劝学即启发学生对学习意义的认识和学习价值的坚持，调动其学习的主观能动性。劝学与重教紧密相关。《论语》以《学而》起首，《荀子》以《劝学》开篇，《礼记·学记》论教劝学，凡此，代代传承，俨成道统。《三字经》直接拿来《学记》之“玉不琢，不成器；人不学，不知道”，仅改一字，以“义”代“道”，进而发展成为劝学原则。历朝历代，劝学言论不绝于书。前述四项原则都是外因，而受教者的心灵感动才是内因，外因是条件，内因是依据，外因通过内因而起作用。没有受教主体的自觉呼应，能动配合，一切外在的教育努力终难奏效，纵然有效只能事倍功半。所以《三字经》以“子不学，非所宜。幼不学，老何为”等循循善诱，体现劝学原则的根本主旨，就是进一步把学习活动与受教者的自身利益相联系，可谓动之以情，晓之以理，导之以行。直到今天，一切教育活动必有“动员”环节，动员就是“劝学”原则的古为今用。

（六）示范原则。榜样的力量是无穷的。中华民族历来敬祖宗、崇圣贤、尚君子。祖宗、圣贤和君子的德行，具有示范意义和榜样作用。因此缅怀先人遗风，仰慕圣贤，效法君子就是教育过程中必须贯彻的示范原则。《三字经》不仅以孟母、窦燕山为“父”之示范，更以“学”为核心而树立起来不同类型的榜样：“昔仲尼，师项橐”（长向少学）；“赵中令，读鲁论”（仕而仍学）；“披蒲编，削竹简”（贫而好学）；“头悬梁，锥刺股”（勤奋苦学）；“如萤囊，如映雪”（夜不辍学）；“如负薪，如挂角”（劳而兼学）；“苏老泉，二十七。始发奋，读书籍”（大龄始学）；“若梁灏，八十二。对大廷，魁多士”（学而终成）。还有少年榜样：“莹八岁，能咏诗。泌七岁，能赋棋”“蔡文姬，能辨琴。谢道韫，能咏吟”“唐刘晏，方七岁。举神童，作正字”等，可谓千年不懈，苦心相劝。今天各行各业的树典型、评先进等，都是变相的示范教育。

（七）致用原则。《中庸》要求：“博学之，审问之，慎思之，明辨之，笃行之”，学问思辨一切归行，行则致用。明朝思想家王阳明力主知行合一。明末清初思想家顾炎武倡导实学，主张博学明德，经世致用。凡此，大致代表中华学风。《三字经》说教劝学，贯彻的也是“幼而学，壮而行”的致用原则。所谓致用无非人事两端，“人”者，学习做人，“事”者，学习做事。对于做人来说，“犬守夜，鸡司晨。苟不学，曷为人。蚕吐丝，蜂酿蜜。人不学，不如物”。唯有学习，知书达理，学会做人，才能有别于动物。对于做事而言，学习就是为“上致君，下泽民。扬名声，显父母。光于前，裕于后”。首先是治国安民，也只有实现这个根本目的，才能为自己扬名立万，光宗耀祖，泽被后人。这对君国为忠，对父母为孝，对子孙为德。这个致用原则也是衡量教育成效的基本标准。今天，学以致用仍然是教育的信条。

总之，《三字经》在中国传统教育史上具有极其重要的地位，其教育思想具有强大的历史贯透力，其教育原则至今仍在深刻影响社会教育，其知识体系尚能为今人系统了解传统文化提供便利。但是由于历史的局限，其知识体系具有浓郁的“故纸”性质，其所倡导的读书做官等价值取向，在现代社会生产方式和价值观念的比照下，已经显示出严重的偏狭性，这是今人阅读与运用该书需要明鉴与警惕的。

说明：本文为学术论文，现在依内容归为文化散文一编。

中国“字同音”四法

周平王东迁后，周室逐渐式微，中国进入500多年的大分裂时期，史称春秋战国。至公元前221年，秦王嬴政虎视天下，横扫六合，一统中国，始创帝制。为巩固国家政权，统一货币和度量衡，推行车同轨、书同文、行同伦。书同文主要解决了战国时代相同文字不同写法的乱象，为人民之间的交流创造了文字便利。但是真正有效进行语言文字交流还必须进一步统一文字的读音，不然一国之民也会“鸡同鸭讲”。所以自秦之后，历代学者一直都在寻找字同音的方法，简而言之，其过程大致经历 2000 多年，先后形成字注法、反切法、注音法、拼音法等四种主要方法。

一、字注法。这是我的说法，就是以字注音法，究竟起于何时无须悉考，到东汉时期肯定定型。不说其他，我手边的一本《说文解字》就能证明。该书是东汉许慎贡献给中国历史的第一部字典，中华书局 1963 年影印出版，殷韵初在为《说文解字》所写的《前言》里介绍，该书起初对于文字的“注音仅云‘读若某’而已”，后来有人索性就把这种方法叫作“读若法”。换成我的话说就是字注法，即以一个字的读音为参照基准而确定另一个字的读音。这肯定不是最好方法，却是当时历史条件下所能找到的最好方法。此法虽然原始，但生命力却极其顽强，我在自学扫盲时就曾使用过这个方法，至今在我珍藏的许多书籍中仍然留有多处痕迹。而这在当时也很普遍。

二、反切法。这是没有拼音字母的拼音法，出现在隋唐之际，就是以两个字拼读一个字，我师徐庭云曾经用现代汉语拼音的方法教导我们，就是大致以第一个字的声母和第二个字的韵母相拼。东汉以后，人们对于音韵之学持续探索，研究者相继不绝，成果也不断涌现。西晋吕静的《韵集》、隋代陆法言的《切韵》、唐朝孙愐的《唐韵》都是代表。尤其是《切韵》一书，以“定南北音”为宗旨，以韵目为纲，共分 193 韵，分为平上去入四类，为《唐韵》奠定最重要的基础。至《唐韵》出现，反切法已成定式，这才有五代时的徐铉依据《唐韵》在《说文解字》中“加注反切于每字之下”的做法。反切法在汉字历史上使用最久，直到清朝的《康熙字典》仍以反切法注音，实际使用到注音法出现之后。

三、注音法。这是以章太炎所创记音字母为蓝本而创造出来的以注音字母为汉字注音的方法，在 1913 年召开的中国读音统一会上得到确认。这次大会是中国近代史上一次关于文字改革的重要会议，本想搞一套迁就南北折中古今的标准国音，但是多种主张很难协调，在章太炎诸弟子的坚持下，最后竟以政治表决的方式解决问题，结果既否定了罗马字母方案，也抛弃了传统的反切法，1918年北洋政府教育部也就认可颁行。1930年国民政府又将注音字母改称为“注音符号”，正式称为“国语注音符号第一式”，在大陆一直使用到1958年。我在小学一年级时就赶上了注音字母末班车，又搭上了学习汉语拼音的头班车。

有人说采用注音法否定拉丁化是狭隘民族主义的产物。这个观点未必成立，但它却触及当时的一个特殊背景和重大问题。须知，这次大会距离新文化运动只有两年时间。新文化运动滥觞于1915年，高潮在1919年的五四运动，以民主科学相号召，全面否定中国传统文化，其激烈主张远胜文革，钱玄同、陈独秀、吴玉章、鲁迅、刘半农、瞿秋白等人都是主张废除汉字的，连蔡元培也主张直接采用拉丁字母。所以能在这个背景下坚持注音法的确难能可贵，现在想想还真幸亏他们的坚持，要不然汉字的命运还不知道会是什么样子。

四、拼音法。就是现在实行的汉字拼音方案。中国读音统一会虽然否定罗马字母方案，在实践上却开启了汉字改革的方向，达成汉字必须改革的共识。但是围绕“字同音”问题，事实上产生了注音法与拼音法的两条路线斗争。虽然注音法最终得到了官方支持，但是主张拼音法的一派却从来没有放弃，官方也没有完全堵死此路，1928年由国民政府批准出台的《国语罗马字拼音法式》，把国语罗马字作为国音字母第二式就是证明。但是方案繁难，推广不开，几年后陷入低潮。与此同时却兴起拉丁化新文字运动。瞿秋白、吴玉章、林伯渠、萧三和几位苏联汉学家当时研究取得的成果就是拉丁化新文字，通过边区推广实践并取得许多宝贵经验，成为汉语拼音法的历史先声。

但是拉丁化新文字并不是拉丁化拼音，因其没有标音，也就无法解决与汉语发音声调的矛盾。1951年初，国家领导人根据这些历史经验与吴玉章的报告，明确指出：“文字必须改革，要走世界文字共同的拼音方向。”5月成立文字改革研究会筹备会，次年2月成立中国文字改革研究委员会，承担组织汉字改革、制定汉语拼音方案的任务。1954年10月，国务院提议成立中国文字改革委员会，指示“拼音方案可以采用拉丁化，但是要能标出四声”。1955年文改会专门成立拼音方案委员会负责制定汉语拼音方案，并于1956年初拿出第一个汉语拼音草案。此后在吴玉章的领导下不断改进方案，1957年提出《汉语拼音方案修正草案》，1958年2月11日，全国人大一届五次会议通过《全国人民代表大会关于汉语拼音方案的决议》（参见余颂辉、刘丹《瞿秋白、吴玉章与汉语拼音的制定》），至此，拼音法才被一锤定音，既彻底完成中国字同音的历史任务，也为中国走向世界、世界走向中国架起更加畅通的桥梁。

当然，在这项重要的改革中，周有光的贡献值得一提。尽管人们誉其为“汉语拼音之父”，他却自谦是“汉语拼音之子”。我以为究竟是父是子并不重要，关键在于实际贡献。他的贡献到底有多大，360百科说他“1955年调到北京，进入中国文字改革委员会，专职从事语言文字研究。周有光的语言文字研究中心是中国语文现代化，他对中国语文现代化的理论和实践做了全面的科学的阐释。周有光是汉语拼音方案的主要制订者，并主持制订了《汉语拼音正词法基本规则》”。“周有光在语言文字学和文化学领域发表专著30多部，论文300多篇，在国内外产生了广泛影响。”“研究中心是中国语文现代化”一语，应该是对周有光研究成果的性质判断与高度评价。至于其对汉语拼音的贡献，“周有光是汉语拼音方案的主要制订者”一句也就够了吧！如果说是汉语拼音最终实现了“字同音”，那么周有光则在同时代的人们中出乎其类拔乎其萃，因此人们誉其为“汉语拼音之父”也未尝不可。

（2017年1月19日）

《诗经·采薇》选段别解

昔我往矣，杨柳依依。
今我来思，雨雪霏霏。
行道迟迟，载渴载饥。
我心伤悲，莫知我哀！

《诗经·小雅·采薇》很长，共有48行192字，这是最后一段，也是全诗最为精彩的一段，广为人知，写的是一个戍边军士参军与退伍路上的不同心境，如果翻译成现代语言，大致意思就是——

我参军时走向边防，
杨柳枝轻轻地飘荡。
现在退伍返回家乡，

雨和雪呀满天飞扬。
慢腾腾地向前走去,
饥饿口渴折磨肚肠。
内心里啊充满凄凉,
没人知道我的悲伤。

人是社会动物,社会是组织化的,每一个人总被编入一个组织乃至多个不同的组织里。完全脱离组织的人是无法生存的,也从来没有这样的人。就像这个军士,走进部队时的心情与退伍回乡的心境为什么会天上人间,除了自然等条件的作用之外,还有一个脱离组织(部队)的原因。

历朝历代都要征兵的,商周时代当然不会例外。该诗作者大概是在春季应征入伍的。春天里,寒冷渐去,气温回升,万物复苏,生机勃发,一场声势浩大的征兵宣传动员以后,一批热血青年,怀揣杀敌报国觅封侯的雄心壮志报名了;即使不那么热血,派兵役也会让一批青年走进部队,扛起斧钺卫国戍边。

征兵是国家行为。国家就是最大的组织,国家行为当然就是最重大的组织行为。这样一批热血青年新生力量在国家的动员下,成建制地输送到部队,自然能够得到国家有组织的保障,每一个军士也许过上了从未有过的物质生活,一时对未来更会产生美好憧憬,其心情在无限春光的映照下,自然显得更加愉快。但是,几年或者更长的时光过去了,退伍了,回乡了,回家了,脱离了既有的严密的军事组织。

从心情上讲,昂扬的豪情,浪漫的理想,封侯的壮志,也许都已随风而去,而且对于未来更加生出不可知的担忧,所以此时的心情肯定不同于彼时。相比于当初,军士退伍虽然也是国家行为,组织安排,但其组织规模肯定更小,而且已经走出军营,必然逐渐由集中走向分散,组织功能也就不断衰减,因此物质保障也就难以充分,甚至途中吃喝都成问题,这时的人当然很容易感到失落。

再进一步说,人通常总是心以物喜,亦以物悲,失落境遇里的心理总是脆弱的。恰于此时,遇到了这样雨雪霏霏的倒霉天气,自然格外觉得怆然悲凉。加上道路漫漫,荒原辽阔,也许无人为伴,更加心生惆怅,徒增悲伤,于是哀哀而叹息,戚戚而悲歌:

昔我往矣,杨柳依依。

今我来思，雨雪霏霏。
行道迟迟，载渴载饥。
我心伤悲，莫知我哀！

由此可见，所有这一切，都是源于这个军士离开了原来的组织。虽然他肯定还会投身于另一个或另一类的组织，但在没有投入之前，他是身无皈依，心无着落，孤独无助的。诗歌本是情绪的产物，正是有了这种特殊的心境与情绪，作者才能写出这样沉凝厚重，亦歌亦叹，哀而不怨，生动感人的伟大作品。

（2017年9月11日禄口机场，到粤后润色）

也说“桃之夭夭”

晚上，我在白板上教优优认字和练写英文字母，盟盟来插了一杠，写个“夭”字给优优认。优优没有认出来却启发了我，反过来问盟盟可知“桃之夭夭，灼灼其华”。我没教过他，他自然不知道，于是顺便给他做个解释，并在白板上写下与此相关的《诗经·周南·桃夭》的第一个整段：

桃之夭夭，灼灼其华。之子于归，宜其室家。

这是一首广为人知也很受喜爱的诗，其中的“桃之夭夭”后来还被演化成“逃之夭夭”。但是不管“逃之夭夭”逃到哪里，总是从“桃之夭夭”这里引申出来的。这就要把“桃之夭夭”的意思讲解一下。

给孩子讲课要求准确，不能随意发挥，于是打开电脑请教“百度娘娘”。“百度娘娘”说:“夭夭：茂盛的样子。”并把“桃之夭夭，灼灼其华”翻译成“翠绿繁茂的桃树啊，花儿开得红灿灿”。我向盟盟“照本宣科”后，躺到床上睡觉去了，忽然觉得“百度娘娘”对于“夭夭”的解释不确切，甚至可以说是错误的。这下睡不着了，又起来要把问题搞明白。

“百度娘娘”错在哪里？反复琢磨，觉得首先它违反自然规律。如果仅从字面意思看，很难说这样的解释有什么不妥，但是桃树是自然界植物，其生长规律是由自然决定的，对其形状的解释不能脱离先孕其蕾，又开其花，再繁其叶，最后结果的自然规律。如果把“夭夭”解释为茂盛的样子，那肯定不是形容花的茂盛，而是形容叶子的茂盛，在文学史上，几乎没有以茂盛形容花之盛开状。如果依百度的解释，春天里的桃树岂不是花叶并茂，问题是从来就没有这种自然现象啊，所以这种解释是不妥当的。

批评归批评，我对“百度娘娘”一向偏爱，再来替她圆个场吧：百度之解通常是集中广泛之论，并不代替严格考证。那是不是前人都没有发现这个问题呢？倒也不敢这么武断，但多数之说的确是陈陈相因，纵有靠近本义的也缺乏集中表达，因此对读者没有产生认知上的冲击力，导致这种不当之解至今难以纠正，甚至连博学的“百度娘娘”也还在以讹传讹就是证明。

再进一步找来几本书看看。《辞源》对于古汉语词语的解释可算权威了吧，它就说“夭夭”为“美盛貌”，并以“桃之夭夭，灼灼其华”举例，还引《传》（案：应是《毛诗故训传》）之语：“桃有华之盛者，夭夭其少壮也。”这个解释比较含混，对“夭夭”的“少壮”解释没有给出明确的对象，但是已在前面讲了“桃有华之盛者”，所以给它个 60 分吧。《辞源》同条再举闻一多《古典新义》上《诗经新义》的解释：“夭夭”即“屈曲之义”。也还行，讲的肯定不是花，而是枝的形态，也算得其要领。

但是《辞海》就不像《辞源》老奸巨猾，直截了当地说“夭夭”是“形容茂盛而艳丽”。对吗？当然不对，至少不全对。我的总体看法就是，对于“夭夭”的释义，凡是不和“茂盛”搭界的都能说得过去；只要一和“茂盛”搭上边，那就“呵呵呵”了，所以《辞海》在这一点上还是不够专业的。真是智者千虑必有一失啊！

那“夭夭”到底该当何解？其实“夭夭”就是对于盛开的桃花所依存的枝干在新春里的新丽气质的形容。不管什么人，什么书，给出了什么样的解释，总也拧不过大自然的本真。在自然的桃花那里，本来就只有枝繁叶茂，没有花繁叶茂的现象。到此为止，我们已经依据自然规律基本完成对于“夭夭”的字义解释。下面，我们再进一步从创作方法上理解全诗的意思，这样就会更加确证上面的文字释义。

《诗经》是中国诗歌之源，《毛诗序》将其创作方法称之为“六义”，就是《周礼·春官》归纳的“曰风，曰赋，曰比，曰兴，曰雅，曰颂”。至唐，经学大师孔颖达在《毛诗正义》里进一步解释：“风、雅、颂者，《诗》篇之异体；赋、比、兴者，《诗》文之异辞耳。大小不同，而得并为六义者，赋、比、兴是《诗》之所用，风、雅、颂是《诗》之成形。用彼三事，成此三事，是故同称为义。”就是说风雅颂是诗经不同的篇目分类，赋比兴是诗经不同的写作方法，诗经运用赋比兴的写作方法，才创作出风雅颂的成果，所以将风雅颂赋比兴一起称之为六义。

孔颖达的观点其实是深受刘勰的影响。刘勰在《文心雕龙·比兴》一文中首先指出：“诗文弘奥，包韫六义，毛公述传，独标兴体，岂不以风通而赋同，比显而兴隐哉？故比者，附也；兴者，起也。”“兴之托喻，婉而成章，称名也小，取类也大……且何谓为比？盖写物以附意，扬言以切事者也。”“诗人比兴，触物圆览。物虽胡越，合则肝胆。拟容取心，断辞必敢。攒杂咏歌，如川之澹。”在赋比兴三者中，赋即铺陈直叙，但刘勰重点阐述的是比兴，可谓辞简意达，影响深远。

其次，对于全诗立意的大众化解释也不符合该诗本义。现在我们回到“桃之夭夭，灼灼其华。之子于归，宜其室家”上来。“桃之夭夭”和“灼灼其华”实际上是“赋”“比”统一，就是托物比人。但是人们通常把“夭夭”“灼灼”二者所比喻的对象仅指姑娘，前引百度就是这样。我以为“桃之夭夭，灼灼其华”是分别比喻男女双方的，以“桃之夭夭”比喻青年男子的清新气质，以“灼灼其华”比喻年轻女子的美貌。这才为“兴”准备条件，也才能合理地过渡到“之子于归，宜其室家”。这才是全诗本段的真谛。换言之，本段诗句歌颂的是郎才女貌的好合，而不是仅仅赞美姑娘的美丽，而后引导姑娘赶快嫁人。如此看来，这四句原诗应该这样翻译才比较妥当：

小伙的气质像春桃那样新丽，
姑娘的美貌如桃花一般灿烂。
真心相爱的姑娘和小伙子啊，
你们可要赶着时节喜结良缘。

这样理解才能正确地步入全诗二三两段的逻辑轨道：“桃之夭夭，有蕡其实。之子于归，宜其家室。”这是第二段，讲的是二人婚后，姑娘有了身孕，家庭更加和睦美满。接着第三段：“桃之夭夭，其叶蓁蓁。之子于归，宜其家人。”就是二人好合之后，儿女众多，全家更加兴旺发达。

总而言之，《诗经·周南·桃夭》共三段 12 句，大多数人至少存在两处理解不确切的问题：一是把“夭夭”解释为桃叶茂盛，与自然规律不合；二是把全诗的重点人物局限于姑娘，也与全诗内容不合。正确的解释应该是："桃之夭夭"是形容男子之美质，"灼灼其华"是称赞女子之美丽。全诗之兴最终落实在相爱、婚姻、家庭等生活的逻辑与轨迹上，也符合时代对于男女婚姻的要求。

（2018年4月23日，5月5日发表在《江苏党校报》）

"郢书燕说"与"汤之盘铭"

韩非子是中国历史上伟大的思想家、法家思想的集大成者，这是定论；但是人们可能没有在意，他其实还是个段子高手。只是当年的段子不像今天的诗体韵文，而是以短小精悍的故事为形式。以成语典故为例，自相矛盾、守株待兔、讳疾忌医、滥竽充数、老马识途、郢书燕说等等都是出自《韩非子》，每一个成语都是一个生动有趣的段子。先秦诸子几乎都有这个特点，只是韩非子更胜一筹。

在他的"段子"里有个"郢书燕说"："郢人有遗燕相国书者，夜书，火不明，因谓持烛者曰：'举烛'，云而过书'举烛'。举烛，非书意也，燕相受书而说之，曰：'举烛者，尚明也；尚明也者，举贤而任之。'燕相白王，王大说，国以治。治则治矣，非书意也。"这则歪打正着的故事不大可信，试想，哪有给一国之相写信而不检查词句的。但是段子的本质是讽刺作品，所以"郢书燕说"就成为讽刺曲解原意牵强附会以讹传讹的汉语成语，这应该也符合韩非子的本意。

但是事情往往有蹊跷处，一个正宗的事典被演绎引申出超越事典本身的歧义而又成为约定俗成的共识，这类事例实在是不胜枚举。最近我与恩师徐庭云通信，从她为父亲遗著所写的《出版后记》窥得一事，值得一说。这就是《大学》所引"汤之盘铭曰：'苟日新，日日新，又日新。'"。据我师徐庭云之父徐宗元老先生考证，这里的九个字就错了三个，真正的原文是"考日辛，且日辛，兄日辛"。这个成果因徐老先生溘然离世而未能发表，我也未得其详，但观点有了。转述这个观点的可是我师徐庭云熟悉的学识非常渊博的学者。他说在七十年代初，"向徐宗元先生请教甲骨文的有关问题时，徐老先生就说《大学》中的'汤盘铭'是一件商代的世系表"，而不是《大学》里现在的九个字。

这事可信。因为徐老先生不是庸人，治学谨严，精于考据，功力非凡，有乾嘉学者遗风。由于精通金文和甲骨文，又十分熟悉先秦典籍，所以曾考出《周礼》六官系统之伪。又以甲骨文中所见的殷代历法与先秦文献对比，认为殷代甲骨文中最早的日食是在殷代武乙在位（前1147—前1113年）时，比《诗经》中“十月之交，朔日辛卯，日有食之”的记载早了三百多年。还指出《尔雅》释“纪年”为“商曰祀”不确，因为在甲骨文中，“岁”“祀”“年”“载”皆有。另认为“物”字本义为牛与耒耜的结合。凡此种种，难以一一，皆为正本清源的学术创建。惜以未逮花甲之年，因脑梗而弃世，留下巨量学术手稿，目前中华书局正在筹备出版。

《大学》乃《礼记》中的一篇，相传为曾参所作。对于其中的“汤之盘铭”，据我师徐庭云介绍，历代经师如东汉郑玄、唐代孔颖达等均沿用错误的释文，做出了错误的解释。直到南宋朱熹，仍然沿着这个错误思路去做解说：“汤以人之洗濯其心以去恶，如沐浴其身以去垢，故铭其盘，言诚能一日有以涤其旧染之污而自新，则当因其已新者而日日新之，又日新之，不可略有间断也。”也许这是徐老先生曾经的观点的展开。所以我师进一步说：在《大学》成为四书之一、又成为科举考试的必读书之后，所谓的“苟日新，日日新，又日新”的错误——极为典型的“郢书燕说”——便流传到中华文化所及之处。

此说究竟能否成立，由于徐老先生的离世，至今尚未出现“继绝学”者，所以现在当然也就难以断定。但是如果说这“汤之盘铭”是一个错误，那也真是将错就错，一错就是几千年，并且以这个错误为基点，再从这个错误基点出发，经过后人不断进行学术思想重建，不仅俨然成为中华文化的重要精神，而且因其契合时代现实，更被今人发扬光大，以至“苟日新，日日新，又日新”被搜狗百科概括为：“比喻从勤于省身和动态的角度来强调及时反省和不断革新，加强思想革命化的问题关键。”网络上亦有这样的说法：“做新民是中国古代的帝王成汤的座右铭，倡导代表人类不断发展和积极进取的精神，是一个日积月累的变化，从量变到达质变的必然趋势和结果，是人类思想进步和物质创新的哲学。”这算是不争的公共认识了。

可见，虽然郢书燕说在人类生活中广泛发生，但是像“汤之盘铭”这样的“郢书燕说”却比较少见，所以我觉得有趣，更有价值，也就接过话题再来说说，以提醒方家引起注意，或许能让徐宗元老先生的观点真正立将起来。

（2018年8月4日）

管仲也是哲学家

人是复杂的，评论者和被评论者都是复杂的，所以对于同一个历史人物的评价往往褒贬不一，对于管仲的评价也不例外。先不溯及既往，仅说最近几十年来的情况，虽然对管仲的评价存在差异，甚至巨大差异，但在总体上还是肯定居多，并且越来越被充分肯定。不去人们生僻的领域寻章摘句，就从人们熟悉的信息角度提供证据。

《辞源》在中国是一部历史悠久的大型权威工具书，始于1908年编纂，1915年以五种版式出版，1931年出版续编，1939年出版合订本，1949年出版简编本，1979年修订后由商务印书馆正式出版。不论立国之前的版本情况如何，仅从1979年的版本来看，由于该书侧重于古代汉语词语释义，淡化意识形态，所以对于管仲吝用“家”评，仅说他“初事公子纠，后相齐桓公，主张通货积财，富国强兵，九合诸侯，一匡天下，使桓公成为春秋五霸之首”。从这些信息看，《辞源》就是把“管仲”作为一个纯粹名词介绍，而不是一个历史人物加以评说。

但是《辞海》就不同了，它是中国最权威的百科全书，而且具有“史册”功能。其初版于1936年，1965年修订出版未定稿，1976年由上海人民出版社出版，但是“内部发行”。该版《辞海》把管仲评价为“春秋初期的政治家、法家的先驱”。1979年《辞海》再由上海辞书出版社正式出版时，剔除了“法家先驱”的用语。2002年再版时还是维持1979年的观点，把管仲称之为“春秋初期的政治家”。这个评价的确太过保守而狭隘，因为管仲岂止是一个政治家，至少作为“法家先驱”他是当之无愧的，只是不知道为什么就被删去了。

1969年人类社会出现了互联网，到20世纪80年代广泛兴起，标志人类社会进入信息化时代，历史信息也突破由少数人把握的狭隘格局，对于历史人物的评价也就更能集中广泛的社会智慧。应该就是这个原因，在最近20年间，管仲在网络世界的地位逐渐升高，获得全面高评，令人欣慰。搜狗百科等称他是“春秋时期齐国著名的政治家、军事家”，百度则高度评价其为“中国古代著名经济学家、哲学家、政治家、军事家。被誉为‘法家先驱’‘圣人之师’‘华夏文明保护者’‘华夏第一相’”。“四家”属于定评；“被誉为……”属于誉评。不能不说这些评价，尤其是百度的评价才是真正反映了管仲的全貌，既代表了现在的人们对于这位伟大历史人物的认识达到了一个新的高度与深度，也让管仲更加“管仲”。

我在这里不论其他，仅从哲学的角度说点看法。管仲之所以终于被戴上了哲学家的桂冠，肯定是源于他的哲学贡献。管仲的所有著作与思想均集中于《管子》一书。如果说管仲是一位哲学家，那么他的主要贡献则集中体现在对于“道”的论述上。在现存《管子》的 76 篇文章中，涉及“道”的就达 65 篇，有人统计，“道”字共出现了 486 次，几乎言不离道，以至《汉书·艺文志》直接把《管子》一书列入道家类。在《管子》一书中，《心术》上下、《内业》《五辅》《乘马》《白心》等名篇，都是具有代表性的重要哲学著作，尤其是《心术》《内业》《白心》等篇，坚实地奠定了管仲的哲学家地位。

因为“道”在中国哲学中是一个极其重要的范畴，其所揭示的是宇宙的本体、过程和规律，因此在中国哲学中具有特殊的地位与价值。在关于本体论的理论体系中，“道”更是一个极其重要的范畴。中国哲学的基本范畴体系有关于天（道）、天人关系和人（道）三个基本方面，在与本体论相关的天的理论中，基本有元气、精气、太极、道、理和气、有和无等一元性范畴和对立统一性范畴所构成。其中，元气、精气、太极道属于一元性范畴。在这四个一元性范畴中，“道”是极其独特的范畴。

管仲对于“道”的独特贡献在于承先启后，奠基开创。说他承先启后，因为“道”的概念尽管最早并不是出现在《管子》里，而是出现在《尚书》中，但是《尚书》的道不是哲学范畴，而是一个政治范畴。是管仲最先把《尚书》里的“道”上升为哲学范畴，尽管还不是最高范畴。在整个中国哲学史中，作为哲学范畴的“道”有本体论和规律论的层次之分。真正对“道”给予最充分论述的莫过于老子的《道德经》。正因如此，老子被公认为“道”的鼻祖，也是以道作为本体论的真正代表。但是如果因为看重道是中国哲学的最高范畴而忽略最先从规律层面论述“道”的管仲的哲学贡献就有欠公正。大概也正是这种忽略，才导致长期以来一些人不把管仲当作哲学家看待。

就道论道，管仲的地位是继承《尚书》开启《道德经》的中介，也就是从《尚书》到老子的一个环节。从自然信息考察，管仲生于公元前 723

年（稍有异议），卒于公元前645年，而老子则与孔子差不多属于同一时代的人，生于公元前570年，卒于公元前500年，以两者卒年比较，足足相差145年。这样看来，管仲生活的时代早于老子应该没有疑义。这个生卒年代信息决定《管子》一书中的“道”及其理论，能够成为从《尚书》到《道德经》的一个过渡环节，其文本逻辑应该是《尚书》的政治“道”——《管子》的规律“道”——《道德经》的本体“道”。也就是说，管仲的开创性在于继承了《尚书》“道”的概念，但《管子》则对“道”给予规律性的论述，赋予“道”以哲学的意义，进而为老子推动“道”的哲学跃进提供一块极重要的基石。

当然，不承认管仲哲学家地位的真正理据，是《管子》一书通常不被认为是管仲之作，而是后人托名管仲的文集，所有文章既不是出自一人之手，也不是出自一家一派之手。可是事实却是迄今为止，似乎没有谁能够真正证明《管子》一书中的哪篇文章，哪些文章，尤其是哪些哲学文章不是出自管仲之手，而是出自明确的他人之手。既然不能提供足够证明，那就不应妄度，而应忠于文本，尊重管仲的署名权。再说，也许会有一个或几个学者愿把自己的研究成果归于管仲所有，但是让所有的学者都能如此无私奉献，在历史上从无先例，毕竟立一家之言是中国古代学者的最高追求啊！没有任何证据可以直接证明哪位高人能够如此“管而忘我”。

真正可能的是《管子》一书的文字未必尽是出自管仲之手，说不定也由不同专长的“秘书”们整理而成，但是再能干的“秘书”也就是个“文字匠”，不可能比全能的治国大师管仲更加高明，所以书中的基本思想应该非管仲莫属。他作为齐相，有四十年的执政生涯，有关政治、经济、军事、文化、外交等领域的诸般事项，不仅需要直接面对，而且处于一线决策指挥处理的地位。认识源于实践，实践产生思想。历史充分证明，任何一个伟大的政治家、军事家……通常都有独特的哲学思维和理论素养，所以对于执政时间如此漫长，治国经验如此丰富，能把齐国打造成当时的“美利坚”，在捍卫华夏文明斗争中居功至伟的管仲来说，产生系统的哲学思想不仅可能而且应该。试想，如果没有系统的哲学智慧支撑与指导，怎么能把诸般国事熔于一炉而且获得巨大成功呢？

（2017年9月24日）

孔子是个天下主义者

以世界之大，主义之多，实难历数。从人类共生的角度讲，在所有的主义中，似乎超不过天下主义和共产主义的历史高度。这两个主义虽然不是一回事，但又不是截然不同的两回事，起码在空间上都主张世界的一体性，本质上都推崇公共性。

中华古典《礼记·礼运》，就曾明确主张“大道之行，天下为公”。以我之见，这就是天下主义，是另一个类型的“共产主义”。历史地看，孔夫子就是最为坚定地为天下主义奋斗到底的人。不信请看《礼记·礼运》篇的记载。

说的是，孔老夫子那年以助理祭祀的身份参加完年终祭祀——大致就像我们今天的年终总结、团拜宴会，来到外面，一边遛圈，一边叹气，门徒言堰小心翼翼地问道：老师啊，没吃好还是没喝好啊，叹啥子气呢？孔老夫子这才慢慢地给江苏小伙子言堰介绍几千年前的共产主义社会，并且不无惋惜地说：言堰啊，“大道之行也，与三代之英，丘未之逮也，而有志焉”。

这下轮到言堰叹气了，说老师啊，请您说得通俗一点好吗？孔老夫子这才想到要因材施教，看了言堰一眼后说道：就是在实行天下为公的时代，还有后来夏商周三代的伟大领袖们统治的时期，我都没能赶上啊，但是我的志向就是要让大家都回到那个时代啊！言堰听懂了，情绪也被感染了，也就来劲了，自然进一步请教那个时代到底有多好。这时的孔老夫子也兴奋起来了，于是引《礼运》之文娓娓道来：

“大道之行也，天下为公，选贤与能，讲信修睦。故人不独亲其亲，不独子其子，使老有所终，壮有所用，幼有所长，矜寡孤独废疾者皆有所养，男有分，女有归。货恶其弃于地也，不必藏于己；力恶其不出于身也，不必为己。是故谋闭而不兴，盗窃乱贼而不作，故外户而不闭，是谓大同。”还怕言堰不懂，特别强调，这“大道之行，天下为公”就是天下主义的总纲领，其他都是这个社会的具体特征。

说罢，孔老夫子瞅了言堰一眼。言堰是个聪明的学生，很高兴地说：老师的话我听懂了，就是说在那个天下主义的时代，天下为公不为私，选贤任能，诚信友善。人们既关心自己亲人，也关心别人，既爱护自己孩子，也爱护别人的孩子。鳏寡孤独残疾人都能得到社会保障。男人有事做，女人嫁得出。看见丢在地上的财货很心疼地捡起来，但不据为己有，遇到需要出力的事情挺身而出，也不是为了自己。所以，没有钩心斗角，没有强盗蟊贼，连外出时门都是不用上锁的。这样的社会就是大同社会。

孔老夫子和蔼地瞅瞅言堰，表示肯定，觉得这个小子有灵气有出息。但是再叹一声，话锋一转说："今大道既隐，天下为家。各亲其亲，各子其子，货力为己。大人世及以为礼，城郭沟池以为固。礼义以为纪，以正君臣，以笃父子，以睦兄弟，以和夫妇，以设制度，以立田里，以贤勇知，以功为己。故谋用是作，而兵由此起。"

就是说这样的大同社会已经被破坏了，天下成为家天下，人们各自亲其双亲，爱其子女，财物生怕不归己有，气力则唯恐出于己身。天子、诸侯的宝座，时兴父终子继，兄传于弟。内城外城加上护城河，以此作为防御设施。把礼义作为根本大法，以规范君臣关系，使父子亲密，兄弟和睦，夫妇和谐，设立制度，确立田宅，表彰有勇有智的人，把功劳写到自己的账本上。因此，钩心斗角的事就随之而生了，兵戎相见的事也因此而起。想想这不都是私有化改革惹的祸吗，弄得人人为私不为公。

如此下去怎生得了，时代呼唤圣人，孔老夫子接着说道，于是"禹、汤、文、武、成王、周公，由此其选也。此六君子者，未有不谨于礼者也。以著其义，以考其信，著有过，刑仁讲让，示民有常，如有不由此者，在埶者去，众以为殃。是谓小康。"我再来解释一下吧：夏禹、商汤、周文王、武王、成王、周公，就是时代的圣人，他们共同的招数就是把礼当作法宝，用礼来表彰正义，考察诚信，指明过错，效法仁爱，讲究礼让，向百姓展示一切都是有规可循。如有不按礼办事的，当官的要被撤职，民众都把他看作祸害。这就是小康。

说白了，就是礼治时代。但是窘啊，三代礼治，到头来还不是礼崩乐坏天下大乱吗！对此乱局，人人都想重整江山，个个又都无计可施，上天就把伟大的责任交给我孔丘了。

听到这里，言堰问道：老师啊，您打算怎么做呢？孔老夫子回答得很干脆：创办私立学校，以德化民，匡正天下。言堰嗷了一下，再没吱声。从此孔老夫子开始了民办教师的生涯，有教无类，广招门徒，终于从三千个弟子中培养出七十二位贤人，还带着大家周游列国，到处宣传天下主义，但是到处碰壁，只能对天浩叹，“道不行，乘桴浮于海！”就是说如果在中国实现不了天下主义，我就乘筏子到海外去输出革命。结果呢，连黄河都没有渡过去，还把科研耽误了。

（2016年1月31日）

《论语》就是“伦理论”

《论语》是本什么书？大概谁都知道。但是严肃的论说还是要有学术讲究和依据的。对于《论语》，中国最早的图书目录学专著《汉书·艺文志》是这么说的：“《论语》者，孔子应答弟子、时人及弟子相与言而接闻于夫子之语也。当时弟子各有所记，夫子既卒，门人相与辑而论纂，故谓之《论语》。”这是为《论语》定性的权威说法，也是我们现在论说《论语》成书原因的基本依据。

但是感觉这段话没有受到应有的重视。例如我在坊间就屡有所闻，说《论语》是孔子死后弟子们回忆其言论而编纂出来的，我自己也曾说过这样的话。这个话一般说说自然可以，很难说是错，但是作为正规论述就不够档次，更不严谨了。因为按此说法就降了《论语》的书格。

书和人一样，都有个格的问题。格是什么？就是资格和格调。书的资格就是书的级别，级别决定书的权威性；书的格调就是书的思想内容，思想内容决定书的价值。如果说《论语》记载的只是孔门弟子对老师言论的回忆资料，那么《论语》的权威性和思想价值就大打折扣了，就像今天人们的回忆录在历史研究中仅有参考价值一样，或者换个说法就是二手资料。

怎么理解《论语》的权威性呢？只能回到班固。尽管班固与孔子相距也有几百年了吧，但是对《论语》成书等信息的介绍没有比他更早的，所以他留下的证据就是最好的。在前引班固《汉书·艺文志》的一段材料里，关键应该落在“应答”“当时所记”以及“相与辑而论纂”的三个点上。

“应答”一词，说的是《论语》所记载的不是孔子的讲稿。从孔子述而不作的特点来看，他应该没有写出系统讲稿（如果有必定流传下来），主要是传授礼乐射御书数等既有知识，在这个过程中随时阐发自己的心得体会。这类阐发既有课堂内的，更有课堂外的。所谓课堂外的，就是在课后与学生的研讨交流。比如周游列国，就是“开门办学”，这些社会实践和课外交流中的“应答”式心得体会才是孔子的真思想。

“当时所记”一语，说明书中内容是孔子学生们的课堂笔记或者随行记录，具有原始性、实录性，从治学的角度讲，堪称第一手资料，所以都是孔子真实的经历和原汁原味的思想。所以“当时所记”，对于判定《论语》一书的价值具有极重要的意义。换言之，没有这四个字，《论语》就变成了二手甚至三手的转述资料了，转述的资料肯定难入经典之列。

至于“相与辑而论纂”一句，可以推想，孔子死后，弟子们是专门开过学术研讨会的，并统一给每个人布置任务，就是各人要把自己的笔记整理出来。在整理过程中，不完整的笔记需要互相比对。在经历这样的“相与”之后，再根据整理情况依次编纂。当然，“相与”还有一层互相联络支持的意思。须知，在当时的社会条件下，大家聚集起来是多么不容易啊！之所以还能“相与”起来，归根到底是由大家对于孔子言论历史地位的认识决定的。

从来没有不受非议的人物，孔子也不例外。从《论语·子张》的记载看，孔子死后，想“砍旗”的不在少数，而且都是高居庙堂之辈，最典型的就是叔孙武叔毁谤孔子。对此，子贡起来护旗，高度肯定孔子思想，说：“仲尼不可毁也。他人之贤者，丘陵也，犹可逾也；仲尼，日月也，无得而逾焉。”看，很有黄克诚的风格吧。试想，如果没有这样一个共同信念，大家是难以凝聚起来的，尤其是难以凝聚起来整理孔子的言论与思想。

在“相与辑而论纂”一句里，“论纂”一词对于成书原因而言则又是重点；当然，更加重要的也是难点的应该是一个“论”字。这个“论”字至少具有四个层面的意思。首先，对于拟编著作的价值要有一个总体论证，不然没有指导思想，形不成编纂高度。其次，是论证编辑技术，就是发凡起例，结构布置。又其次，才是内容安排，总要把大家所记录的不同文字分门别类编入不同章节里吧，这就形成现在的二十章或曰二十篇。还有最后一层意思，尤其复杂——

书是有了，总得有个名字吧？当然最终被确定为“论语”。那么为什么要安这么个名字呢？这又涉及《论语》之“论”到底是读 lùn 还是读 lún 呢？我们这一代人普遍缺乏小学训诂的底蕴，但是知道循名责实、实至名归的道理。明明是个“论 lùn”，为什么要读作“伦 lún”？“论”字既不是“伦”的通假，也不是“伦”的错讹，既然代代读“伦 lún”，那我们就要把这个“伦 lún”的意思搞搞清楚。

在数千年的学问史上，并不是无人关注这个问题，相反，研究者大有人在，形成的观点诸说纷纭。尽管如此，我还是觉得回到班固较好，细品《论语》内容比较可靠。回到班固，就是要以学术的眼光看待前引《汉书・艺文志》里的那段话，它实际上高度综合了迄于汉代的研究成果。但它重点说明的是《论语》一书是怎么搞出来的，似乎不能说明《论语》书名的读音问题。

那么这个“论”被读作“伦 lún”到底是怎么一回事呢？依我之见，内容决定名称，《论语》其实就是“伦语”或者“伦语论”，即专门阐述人伦道理的著作。总揽全书，一部《论语》说的不就是人伦纲常的道理吗？只是更加偏重政治伦理罢了。既如此，那为什么不直接把它叫作“伦语”？这是一个学术点。因为孔子述而不作，所以没有能够开创一个伦理学科体系。现在的《论语》固然自成体系，但这不是孔子自己构建起来的，而是孔门弟子们集体整理研究的成果。所以如果直接叫作“伦语”，那就等于说这是孔子直接著述的著作。而这不是事实。

弟子们把孔子的言论整理汇编出来了，看看内容，讲的都是伦理纲常，不是一般讲，而是深入地论证。于是大家商定，把孔老师的这本书就叫《论语》吧。用这个名字可以把两个方面的意思统一起来，首先，名称反映了内容。《论语》就是“论伦理道德的话”，或者就是“伦理论”的意思。其次，名称反映成书的情况。《论语》本身的编辑方法也是按序排列以类相从，这本身也是一种“伦”，而这要归功于弟子们。换句话说，全书主题思想是孔子的，但是怎么编纂全书的思想却是弟子们决定的。所以，现在的《论语》一名，不仅反映本书的性质，也包括孔门弟子对于《论语》成书的历史功绩。

我说这话固然有揣度之嫌，但是谁又能说事实不是这样的呢？想想看，如果没有孔门弟子的努力，整个中国历史都会改写的，这大概没有人会否定。再从《论语》成书过程看看古人的智慧，孔门弟子的智慧，也并不比我们今天的人差啊！

（2018 年 6 月 3 日）

说明：本文于2018年7月6日以《关于〈论语〉的断想》为题发表在《江苏党校报》。

“学而时习之”当作何解

孔子是中国伟大的教育家、思想家、儒家学派创始人，被后人奉为无冕之王、万世师表，朱熹甚至说：“天不生仲尼，万古长如夜。”但其一生述而不作，没有留下专著，死后才由弟子们辑录其言行编纂出《论语》一书。汉武帝表彰儒学后，孔子被逐渐推崇，《论语》也被奉为圭臬，至《隋书·经籍志》正式将其列入经典。

因为《论语》文字简约，含义隽永，加上古今词义演变，对它的理解就不是那么容易。于是从魏晋开始注家蜂起，但是歧义难以统一。至宋代，朱熹一方面将《礼记》中的《大学》《中庸》和《论语》《孟子》合成“四书”，一方面给予集中注释，最终形成《四书章句集注》，从此“四书”获得统一而权威的解释。

新式教育兴起之后，《四书章句集注》的权威也受到挑战，许多注释也被突破，再次出现歧见纷呈的局面。我在这里不说更多，仅就《论语·学而》起首之句“学而时习之，不亦说乎”谈点自己的体会。对这句话究竟应该作何理解，分歧很大，朱熹在《四书章句集注》一书中列出三种观点，但从历史影响来看主要就是朱熹和“二程”的观点。“二程”者，即宋代理学家程颢、程颐。

在《四书章句集注·论语集注》中，朱熹指出：“说、悦同。学之为言效也。人性皆善，而觉有先后，后觉者必效先觉之所为，乃可以明善而复其初也。习，鸟数飞也。学之不已，如鸟数飞也。说，喜意也。既学而又时时习之，则所学者熟，而中心喜说，其进自不能已矣。”这里对于“说”的解释古今无异，后面的理解才是关键。

朱熹在给出自己解释的同时，不废前人，祖述“二程”，当然这也符合“集注”的要求。所以朱熹同时列出“程子曰：‘习，重习也。时复思绎，浃洽于中，则说也。’又曰：‘学者，将以行之也。时习之，则所学者在我，故悦。’”。程朱之论，焦点集中在一个“习”字上，可以说“习”字是整个解释的纲领，正解有得，曲解无获。

朱熹对于“习”的理解主要集中在“时时习之”四字，而“二程”的解释则重点落在“时复思绎，浃洽于中”和“学者，将以行之”两个重点上。程朱观点看似对立，依我之见，这两种解释可以统一，而且本身就是统一的。两者统一的基础在于实践，区别在于“二程”把实践区分为心内之实践与心外之实践，而朱熹则把心内之实践与心外之实践归于“时时习之”。

先说“二程”的观点。“习，重习也”，重习就是复习；但他们说的不限于这种机械的重复，机械重复无快乐可言，而是一种能动的复习，能动性就体现在“时复思绎，浃洽于中”，就是说在不断的复习中获得自己的体会与认识，因此才产生快乐。这是一种心内的实践。接着“二程”又对心外实践给出解释：“学者，将以行之”，并“时习之”。就是把学到的知识付诸实践，在实践中不断体验学到的知识，从而掌握运用知识的主动权，因此才产生快乐。

朱熹属于后人，应该高于“二程”。那么朱熹的高度在哪里呢？如果说“二程”的观点属于两点论，那么朱熹就把“二程”观点合二为一，合成一点论，更加侧重心内实践。“既学而又时时习之，则所学者熟，而中心喜说，其进自不能已矣”，实际上讲了学习实践中的量变与质变两个阶段。首先是从学到知识到熟练掌握知识，这是在量变阶段；“时时习之”充当了介质；“中心喜说”说明物质转变为精神；而“其进不能已矣”，更进一步说明快乐的精神已经转化成为进一步追求知识的动力。

但是朱熹和“二程”是有区别的，区别在于一点论与两点论。因为朱熹的一点论更加注重从学习到“复习”的实践过程，所以在客观上给人以“排斥”其他社会实践与学习关系的印象。而“二程”的两点论就不存在这个问题，因此显得更加明确合理。唯其如此，“二程”与朱熹对于“学而时习之，不亦说乎”的解释也就产生经久持续的影响，直到今天，人们对于《论语》中的这句话到底该作何解仍是两种观点彼此不让，但是似乎都没有脱离“二程”与朱熹的范畴。

仅举一例为证。杨伯峻先生是很有代表性的学者，他在《白话四书》中，就把“学而时习之，不亦说乎”翻译为：“学到了知识，按一定的时间去复习，不也高兴吗？”这看似直译实则包含了意译，既是意译也就代表了他的观点。那么他对“习”的理解就是复习学到的知识。应该说，这个观点具有相当的代表性，甚至可以说是一种主流观点。

其实朱熹对“习”的解释与“二程”并不矛盾。“习，鸟数飞也。学之不已，如鸟数飞也。”其中“鸟数飞”说的主要不是复习，而是练习、实习的意思，所以杨伯峻先生以及一切“复习论”者的理解都是既不符合孔子的思想，也不符合朱熹的本义。

20 世纪网络兴起，世纪之交网络普及，现在网络已经成为强大的信息平台，各种知识信息在这个平台上高度交流、聚合、裂变，也深刻地影响了对于“学而时习之”的理解，并形成了一种强调“实践”的倾向。如搜狗百科就说“学习到的东西，按时去复习、实践”，百度知道则解释道：“孔子说：‘学到待人处世的道理并适时实践练习，不是一件令人心生喜悦的事吗？’”

这就对了，这也就是我要强调和坚持的。进一步看看《论语》的结构我们就知道了。《学而》一篇包括十六章，内容涉及多个方面，重点则是自省修身，节用爱人，礼之用、和为贵，以及仁、孝、信等道德范畴。由此可见，《论语·学而》篇的“学而”固然与学习有关，但是作为篇名并不是由内容而是由“学而”两字处在篇首的地位决定的。换言之，孔子论学习的言论散见于《论语》多处，仅以“学”字为重点解释“学而时习之”，既有望文生义之嫌，多少更有一点言不及义的味道。

总而言之，“学而时习之，不亦说乎”的正解，就是能把学到的知识不断地加以运用，从中获得自己的体验，难道不是一件快乐的事情吗？从根本上说，它所坚持和强调的就是儒家一贯倡导的学以致用的思想与原则。

（2018 年 10 月 21 日）

“学而优则仕”是合理的

囿于时代原因，我们这一代人多数没有系统研读过儒学，早年关于孔孟的那点知识，尤其是关于孔子的那点知识，基本得益于当年的批林批孔运动。说来讽刺，却是事实。

记得在批林批孔运动中，动辄被拎出来批判的一句话就是“学而优则仕”。其实这是冤枉孔子的。因为从著作权的角度讲，这句话不是孔子而是子夏说的。在《论语·子张》里，子夏曰："仕而优则学，学而优则仕。"当然，从思想的角度讲，又是不冤枉的，因为它的确符合孔子的主张，比如《论语》开宗明义就讲学习，而且后面多篇也诲人不倦地要求人们学习。

学习的目的在于应用，孔子教人学习的目的也在于应用，两者统一在教学内容上。孔子授徒总体来说是以培养君子为目标，以文行忠信"四教"培养温良恭俭让（也有"恭宽信敏惠"之说）"五德"；再以礼、乐、射、御、书、数"六艺"培养弟子实际本领。但他对于人民生计之类的业务似乎不以为然。樊迟"请学稼"，就被骂为"小人哉"。但骂过以后又说："上好礼，则民莫敢不敬；上好义，则民莫敢不服；上好信，则民莫敢不用情。夫如是，则四方之民襁负其子而至矣！焉用稼？"这些都是证明。

仕在君子之列。综合起来看，仕而优则学和学而优则仕均反映了孔子的教育思想。从事实来看，别看孔子臭骂了樊迟，其实樊迟才是真正实践仕而优则学和学而优则仕的典范。樊迟先在季氏宰冉求那里任职，后因求知心切才转拜孔子为师。学习期间多次提问，三次问仁，使孔子关于仁的思想得到极大发挥。这是典型的仕而优则学；孔子死后，他又帮助冉求大败齐师，说明他重新入仕，这又是典型的学而优则仕。当然，他最后还继承孔子衣钵，收徒讲学，这也可以看作另一类的仕而优则学，所以他受到后世极高尊崇，被列入七十二贤人之列。

我之所以说学而优则仕是合理的教育思想，这需要历史地理解。从根本上说，人类认识和改造世界的全部学问主要指向两个维度，一是社会，一是自然。这两大门类的学问，到了近代以后都被升格为"科学"，前者叫"社会科学"，后者叫"自然科学"，这是人类社会几千年进化的伟大成果。科学是认识世界的方法，科学发展带来技术进步。技术则是改造世界的能力。在孔子时代，无论自然科学还是社会科学都还没有产生，但是改造社会的学问还是层出不穷的，所谓百家争鸣者，反映的就是这样的历史状况。

在孔子时代，由于近代自然科学还没有来到人间，人类认识和改造世界的努力主要指向社会领域。国家是社会高度组织化的产物。国家权力在那个时代就是改造世界的唯一巨大杠杆。春秋时期是一个旧式国家走向解体、新兴国家走向形成的时期。怎样才能积极而有效地参与到改造旧社会、创造新国家的进程中来呢，这恰恰就是以孔子为代表的儒家学派所关心与追求的。

而要参与这样的历史进程，别说当年，就是现在，也必须手握权力。那么这种改造世界的权力究竟应该由谁掌握更好呢？当然是德才兼备的君子。这样的君子无一例外都是“学”来的。“学”的人那么多，自然要好中选优，于是儒家合理地提出了学而优则仕的主张。孔子是个理想主义者，在那个时代要真正做到学而优则仕也是带有浓厚的理想主义色彩。但是必须承认，这是一种合规律的理想主义，更是一种魅力经久不衰的指导思想。正是在它的指导下，中国在隋唐时代开创了科举制度；国民政府时期也有选官考试制度；即使现在的人们要进入公务员队伍，依然需要考试叩门。凡此一切都是学而优则仕思想的实践化，能说它不合理吗？

说到这里，想起自己，当年年少无知，以蔑视权贵、尊崇学问为高尚，所以对于孔子的这个思想是大不以为然的；现在终于有了经验资本和基本觉悟，对于学而优则仕的认识也发生根本变化。如果现在孔子站在跟前，我会真诚地对他老人家说：“夫子，七十几代再传弟子歉疚之至，汗颜也！”

（2018 年 7 月 3 日）

孔子也愿“开出租”

如果我说只要能够发财致富，孔子也愿意去开出租车，一定有人诧异：能有这等事情吗？孔子哎，天纵之圣、天之木铎、至圣先师、万世师表，你姓管的胡说八道，是可忍孰不可忍！

别急嘛，要我说孔子怎么啦，圣人不错，难道圣人不食人间烟火？既食人间烟火就要财富支持，这是古今通则至理。要不孔子怎么会说：“自行束脩以上，吾未尝无诲焉。”就是说，送我一捆腊肉我就可以教你了。由此可见，孔子授徒是有偿的，不仅把“薄利多销”与“有教无类”相结合，而且体现出广种薄收的智慧，所以教了 3000 个学生，出了 72 个贤人，固然产生了品牌效应，但是至少有 2928 人成为垫底的。

其实呢，孔子走上教书之路大概也是不得已，我可以给他的志愿排个序列，第一做官，第二发财，最后教书治学。说话自然要有证据，在价值取向上，借用子夏之语说，就是他一向主张“学而优则仕”，事实上他在五十六岁由鲁国大司寇“行摄相事，有喜色”。但是学究气重的人一般不适应官场生态，所以他的仕途短暂，最后大概也是求富无门才自主择业走上民校校长的职位，一边教学，一边科研。只是他的科研方式与众不同，不是著书立说，而是自比老彭（老子和彭祖），述而不作，整理国故（六经）。

别看孔子也追求财富喜欢钱，他还真是一个有道德的人，观其一生，除了对会见卫灵公夫人南子那件事有点文过饰非外，私生活没有什么花边新闻；尤其在言论方面，似乎更不说假话糊弄人。但是我说孔子为钱也愿开出租，还真的不是调侃，而有事实支持。不做烦琐考证，仅依《论语·述而》里的一段话就能证明，而这段话又恰恰说明孔子是个有道德的人，至少不愿言不由衷。

子曰：“富而可求也，虽执鞭之士，吾亦为之。如不可求，从吾所好。”杨伯峻把它翻译成：“财富如果可以求得，纵是拿着鞭子做市场的守门卒，我也去干。如果不可以求得，还是干我喜欢的。”这个翻译不大好，比如“市场的守门卒”是个什么角色？大概相当于今天的单位保安。当保安致富古今没有先例。“执鞭之士”应该就是赶马车的车夫，这不就相当于今天开出租车的师傅吗？这就是说，如果做“开出租”的师傅（执鞭之士）能够致富，我愿意去开出租。可见在做官的选项之外，谋求财富应该是他的第一志愿，教书治学才是备选的事业。

但是如果细心考察，就会发现，这也只是表象，在他的内心深处还是追求崇高的学术与文化事业。“从吾所好”的一个“好”字就说出了他对学术与文化的深厚感情。财富与学术文化不是天敌，而是好友，追求财富与喜好学术文化也不矛盾，说不定他就是想先获得财富，然后以此作为资本创办更好的学校，或者更好地进行学术文化研究，这大致相当于当代学人沈志华的路线。

不过孔子到底是孔子，虽然对于财富具有强烈的需求，但又绝对不同于一般的势利之徒。他自己就说：“不义而富且贵，于我如浮云。”可见他是一个义薄云天的人。特别是到了后来，教书教出甜头，科研搞出乐趣（试想，没有乐趣能够“韦编三绝”吗？），所以生活情趣也能变得简单而快乐，以至自己情不自禁无限深情地感慨：“饭疏食饮水，曲肱而枕之，乐亦在其中矣。”

其实呢，孔子不仅视不义之财为浮云，还对不义的聚财行为和攀富行为表现出深恶痛绝。《论语·先进》记载的这个故事就是证明："季氏富于周公，而求也为之聚敛而附益之。子曰：'非吾徒也。小子鸣鼓而攻之，可也。'"季氏应该是个奸商，求是孔子之徒，孔子在鄙视季氏的同时，不仅以不承认求的弟子身份来划清界限，而且要求其他弟子对求进行集中批判。这种鲜明的立场与爱憎之情，在孔子的身上虽然鲜见，但是有此一例也就能够进一步说明他的财富观了吧。

（2018 年 5 月 12 日）

孔子与原壤的和而不同

《论语·子路》记载了孔子的一个主张："君子和而不同，小人同而不和。"意思就是君子能在"和"的前提下允许和尊重"不同"的存在；而小人则不然，强求一律，不允许不尊重"不同"的存在。两种态度必然造成两种结果：前者易于实现"和而不同"，后者则只能"同而不和"。

"君子和而不同，小人同而不和"，语气文风何其平实，实则具有极其深刻的文化与伦理内涵，实际上早已经上升为中华民族自立于世界民族之林的处世原则。全世界如果都能这样，毫无疑问，也就真的"环球同此凉热"了，至少不会冷战热战的。孔子是最先倡导这个原则的，那么他做得怎样呢？这是需要考察的。

我们就用孔子的标准来衡量。"始吾于人也，听其言而信其行；今吾于人也，听其言而观其行。"这是《论语·公冶长》里的话，意思是说，我早年对人是听他怎么说的就相信他是会怎么做的；现在却不仅要听他怎么说，还要看他怎么做。那我们已经听到孔子之言了，现在就来看一下孔子之行吧。

不说很多，但说《论语·宪问》记载的一个典型事例就能证明孔子还是做到了"和而不同"。"原壤夷俟（叉开腿坐在地上）。子曰：'幼而不孙悌，长而无述焉，老而不死，是为贼。'以杖叩其胫。"看来原壤是孔子的老朋友，孔子看见他"夷俟"的样子，就开始数落他：你啊，少年时代就不遵礼数，成人了又不从事著述，现在老了还不死，简直就是个害人虫啊！

从孔子这段骂原壤的话里，我们能够窥测到两个方面的信息。一是两个老家伙不仅相识很久，而且友谊很不错，不然孔子不会以这样的语气骂他，而且还用拐杖敲他小腿。二是我们还能看出两个老家伙也存在深刻分歧，首先，孔子一贯讲“礼”，而原壤却从小就“不孙悌”。其次，成人后，孔子积极作为，至少能够“述而不作”，而原壤却“长而无述焉”。

存在这样巨大的分歧还能够终生为友吗？放在一般人身上可能不行，但是在这两个老家伙身上就行。我从杨伯峻的书里看到原壤妈妈死了，孔子去帮忙料理后事，原壤却站在妈妈的棺材上唱了起来，孔子非礼勿视，非礼勿听，假装看不见也听不到，照忙他的。如果没有终身友谊，孔子不会这么做；如果原壤是个无知无识的小人，肯定也不会这般表现。

这个情节实际反映出原壤和孔子都在“君子”之列，所以虽然在基本主张上存在根本分歧，但是他们却既能“不同”大半辈子，又能“和”了大半辈子，的确是彼此尊重的，最后各得其所。孔子成无冕之王，万世师表，原壤虽然籍籍无名，但是他的主张很可能在后世庄子一类人物那里得到了实现。比如庄子丧妻鼓盆而歌与原壤丧母踏棺而唱，是何其相似乃尔。庄子算不算原壤的传人？至少两者有些神似吧。

（2018 年 5 月 14 日）

《孙子兵法》首重人心

其实早在 20 世纪 70 年代，我就读过郭化若译注的《孙子兵法》，但是除了记下一些著名警句之外，其他就像秋风过萍，总体感觉该书就是研究谋略制胜之道而已。今天看来，不能说错，但是年轻浅薄，显然没有关注到该书战略层面的制胜之道的政治意涵。

《孙子兵法》十三篇，首篇就是《计篇》。一般人说计，通常是从战术层面说的，比如三十六计等，基本都是这样的策略原则。但是现在再来看《计篇》，感觉就大不同于从前了，说得明白点，该书论兵，篇篇讲的都是取胜的方法，但在所有的方法中，最重要的却是政治战略。这有原文为证。

“兵者，国之大事。死生之地，存亡之道，不可不察也。故经之以五事，校之以计，而索其情：一曰道，二曰天，三曰地，四曰将，五曰法。”

大意是说军事和战争是国家大事，事关生死存亡，不能不做认真研究。具体说来，就是要对道、天、地、将、法这五个方面深入进行比较研究。

在形式上，这五个问题是并列的，但是实质上却不在一个层面，“道”列首位，地位十分清楚确定，实际上也在统摄其他。因为道在这里的意思就是政治，准确含义就是人心。不信请看：“道者，令民与上同意也。故可与之死，可与之生，而不畏危。”意思就是要使人民与国家统治者同德同心同志，人民才能与你生死与共无所畏惧，这才是国家在战争中取胜的根本之道。

如果说这是一种政治思想，那么对其重大意义，《大学》更加经典明确：“得众则得国，失众则失国。”这已经是包含战争跳出战争，在说得人心者得天下，失人心者失天下的道理。从荀子到唐太宗的舟水之喻，不过是对这个思想的化用而已。所以这一政治思想被安排在《孙子兵法》的首要位置，绝不是点缀，而是对于战争规律的深刻洞察。

说它是规律，因为它被古今一贯地渗透在国家实践中。《左传》中的那篇著名小文《曹刿论战》，说鲁庄公对曹刿讲了三个可以一战的条件，第一个是小恩惠人，第二个是小利惠神，均被曹刿认为不足道，只有第三点，“大小之狱，虽不能察，必以情”才获得曹刿认同，说明你（庄公）忠心为民，民必从之，从而得出“可以一战”的结论。我以为这是以政论兵的典范，说明政治在战争中的地位与作用是战略性的。

往事越千年，不必细谈，说点近的吧。美国有个学者叫作克莱因，据说该人系专研综合国力的专家。他在我这里著名的当然不是什么专家身份，而是他创造的这个著名公式：PP=（C+E+M）×（S+W）。

其中 PP 代表综合国力；C 代表人口和领土；E 代表经济力量；M 代表军事力量；S 代表国家战略；W 代表国民意志。前三个要素合称为硬国力，后两个要素即国家战略和国民意志被称为软国力。这个公式真正的科学之处在于不再把综合国力分解为五个要素，而是在硬国力和软国力之间使用一个“×”，就是这个乘号把国民意志的地位与价值彰显出来了。也就是说，即使你的硬国力再强，但是没有人心支持，民意不顺，上下不合，综合国力的下降程度就不是一般的减差，而是特殊的乘积。

所以，要赢得战争，《孙子兵法·计篇》所说的五个方面缺一不可；

在这五个问题中，道是挂帅的，尤其不可缺少。道即人道，道即人心，道即社会规律。既是规律，不可违抗，只有遵循，所以人心可用不可欺，可存不可弃，也就成为一条万古不朽的政治智慧，无论在什么形式的决战中，其战略地位都是如此。

（2016 年 1 月 26 日）

《孙子兵法》的“不战而屈人之兵”

古往今来，研究《孙子兵法》的大有人在，诸说纷呈不可避免。无同即无异。所谓不同观点总是聚焦在相同的信息点上。比如《孙子兵法》中的“不战而屈人之兵”一句，既被公认为战争艺术的最高境界，又是诸说共据的一个焦点。

在诸说之中，最有代表性的一说要数郭化若老先生横空出世的“不切实际说”，就是说“不战而屈人之兵”是不切实际的幻想。就事论事，此说前无古人，的确能成一家之言。本老人家最近教诲长孙盟盟学点传统国学时，涉猎到了这里。既来之，则学之，则思之，则辨之，自然也就“则”出了自己的一些看法。

我的看法总起来说，觉得殊可尊敬的郭老先生的“不切实际说”有点不切实际。实事求是应是至高智慧，其中义项之一就是要从实际出发。无论做实际工作还是治学问道，违背这个思想原则一般都会付出代价。我之所以说郭老先生的观点不切实际，就是以这个思想原则为指导得出的看法。

当然，思想原则代替不了事实本身，那么讨论这个观点切不切实际的依据当然是事实。事实又在哪里呢？就在文本本身，也只能是文本本身。既谈文本上的事，脱离文本的语言及其语言环境，不管得出何种结论，最终难免不切实际。既然如此，我们现在就来看看文本语言及其语言环境吧。

先说文本语言。在“不战而屈人之兵”一句中，首先要考究的就是“屈”字。对此，前人不乏考据。从曹孟德开始直到今天，对于“屈”的理解基本都是屈服之意。但是最近却有高人一反陈说，认为“屈”是“（使之）不足”，即减少、降低、抑制的意思。我以为有点勉强了，还是按照众人一贯的理解吧:“屈人之兵”就是使敌人屈服。

接下来再看文本的语言环境。《孙子兵法》十三篇，第一篇论“计”，即研究宏观战略；第二篇论“作战”，但说的还不是战术行为的作战，而是在理论层面上研究战争利弊，准确地说，就是从物质基础出发讨论战争的利弊，具有极高的战争理性；第三篇《谋攻》才真正进入“战争”。“不战而屈人之兵”就是在这里出现的。请看——

“凡用兵之法，全国为上，破国次之；全军为上，破军次之；全旅为上，破旅次之；全卒为上，破卒次之；全伍为上，破伍次之。是故百战百胜，非善之善者也；不战而屈人之兵，善之善者也。”这里，孙子把“全”与“破”对立统一，说明在战争中整体地降服敌人乃上上之策，就是“善之善者也”；比较而言，与“全”相对的“破”乃为下策。论其性质，应该属于战役战术行动中的战略思维。

郭老先生说它是不切实际的幻想，显然没有注意到这是站在“攻”的背景下做出的战略考量，也是军事行动中的政治命题。须知没有进攻就没有屈服。没有大兵压境，岂有城下之盟！只是“攻”有战略和战术层面的区别，《谋攻》的篇名本身就说明是“谋”，就是战略谋划，真正的军事进攻才是战役或战术行动。

在“攻”的军事行动中，还有谁不追求百战百胜的吗？当然没有。就是孙子本人，如不追求百战百胜，还用得着苦心孤诣地著述什么《孙子兵法》？问题在于同样追求完胜的孙子，却对“不战而屈人之兵”给予更高肯定（“善之善者也”），如何才能切合实际地理解？这就需要从该书第一篇和第二篇中寻找答案。

第一篇《计篇》，前面刚刚说过，这是研究宏观战略的篇章。孙子曰：“经之以五事，校之以计，而索其情：一曰道，二曰天，三曰地，四曰将，五曰法。”通俗地说，对于战争这样的国家大事，一定要从全局上谋划好道、天、地、将、法这五个问题，并且需要进行深入的比较研究。我在前天才写的《“孙子兵法”首重人心》一文中说过，“道”是政治，是人心。

明白这点之后，我们再回到战争中来。在孙子时代的战争，基本都是为了争夺土地与人口，而不是以杀戮为目的，因为土地是最重要的生产资料，人口是最重要的生产力和战斗力。所以，一时的战争行为，看上去是为了攻城略地，实际上是为了永久占有这里的土地和人民。当你以此为战争目的的时候，“全国”“全军”“全旅”“全卒”“全伍”当然也就成为“善之善者也”，这是由战略目标决定的。

再从战术上看，“全国”“全军”“全旅”“全卒”“全伍”之所以是“善之善者也”，这从第二篇《谋攻》同样可以找到答案。简单地说，求“全”是由求“钱”决定的。该篇第一段就点出军事行动“日费千金”，说的是“钱”的问题吧。第二段说，战争宜速决，因为“钝兵挫锐，屈力殚货，则诸侯乘其弊而起”，“屈力殚货”说的还是“钱”吧。第三段接着说：“善用兵者……取用于国，因粮于敌。”“故智将务食于敌，食敌一钟，当吾二十钟。”不仅仍然在说“钱”，而且把账算得一清二楚，表达的意思就是，不打便罢，要打就要占敌人的地，吃敌人的粮。“全”的意义再次彰显。试想，如果你实行“三光政策”，即使胜利了，得到的只能是一片焦土，经济上得不偿失啊！

当然，还有一点孙子他老人家没有说到，而我老人家却觑得明白，那就是兵源问题。打仗嘛，总要死人的，死了人就要补充，兵源在哪里，可以到俘虏堆里找啊。你把敌国敌军都“全”了，把俘虏改编过来，你的兵源也就有了。否则，就只能在本国本土上演“车辚辚，马萧萧，行人弓箭各在腰。耶娘妻子走相送，尘埃不见咸阳桥。牵衣顿足拦道哭，哭声直上干云霄”的场景。

总之，“不战”不是真的不打，更不是没有真打的能力，相反，恰恰是以足够的战争能力为支撑形成了必胜的态势，就是我们今天讲的战略威慑。离开这种战略威慑来谈不战而屈人之兵，那可就真的不切实际了。而《孙子兵法》显然不是这个意思，也没有这个意思，它只是把在必胜的形势下为了“全”而不轻易地“破”赞为“善之善者也”。

写到这里，我长长地吁了一口气：本老人家终于发展了一把《孙子兵法》！

（2016 年 1 月 28 日）

《孙子兵法·计篇》的战略观

《孙子兵法》十三卷，也叫十三篇，首卷即为《计篇》。我在《〈孙子兵法〉首重人心》一文里讲过，这里《计篇》的“计”不是战术层面的计策，而是战略层面的谋划，因此是全书的总纲和理论基础，当然也是指导战争全局的基本方针。这种安排说明孙子的确不是一般的军事家，而是一个杰出的战略理论家。现在我就来谈谈该篇的战略观。

完整的战争是一个由战略、战术、战役、战斗等构成的事件。战略之所以特别重要，那是因为它从全局上谋划战争、决定胜败。清人陈澹然说："不谋万世者，不足谋一时；不谋全局者，不足谋一域。"看上去这是在论述长远与暂时、全局与局部的关系，与军事无涉，实际上完全适用于对一切战争的指导。

但是研究战略绝不是空洞的概念游戏，必须具有实实在在的内容，《孙子兵法·计篇》就是这样以大约500字阐述战略问题的，并最终形成自己独特的战略观。具体地说，《计篇》是由战略地位、战略结构、战略比较、战略实施、战略权谋、战略算计等构成的一篇宏大的战争系统论。

所谓战略地位，特指军事战争对于国家的重大影响。《计篇》说："兵者，国之大事。死生之地，存亡之道，不可不察也。"就是说军事战争是国家大事，关系国家生死存亡。除了地球毁灭，似乎没有比这更重大的事情了。须知，国家是历史进化的产物，它是特定民族、民众的政治组织形式。军队是其捍卫自身利益的盾牌。军队就是战争机器，所以不能不从国家安危的高度研究军事战略。研究什么？"经之以五事，校之以计，而索其情。"怎么研究？这就引出战略结构。

所谓战略结构，就是把有机的战略整体分解为道、天、地、将、法等不同的部分，但各自的地位又不尽相同。"道者，令民与上同意也。"孙子对上下"同意"的意义给予特别强调："可与之死，可与之生，而不畏危。""天者"，不是怪力乱神，而是"阴阳、寒暑、时制也"，纯粹的自然节令，空间环境。"地者，远近、险易、广狭、死生也（生死对决的战场）"，特指地理环境。"将者，智、信、仁、勇、严也"，这说的是统帅需要的综合素质。"法者，曲制、官道、主用也"，这是指军队的编制、管理方法和后勤保障等条件。

所谓战略比较，就是要对敌我双方整体战略中的五个方面进行比较研究。具体地说就是要通过比较研究得出"主孰有道？将孰有能？天地孰得？法令孰行？"的结论。同时，《计篇》还进一步把军队素养和奖惩机制纳入战略范畴深入对比研究，要找出"兵众孰强？士卒孰练？赏罚孰明？”的比较优势。当把这五个方面以及军队的整体素质深入比较研究后，也就知道胜负了。

所谓战略实施，就是实现战略目的的步骤。研究的目的在用，前面所论，基本属于理论层面的问题，最终要加以实施。而在进入战略实施阶段后，战略理论就转化为战略实践，战略谋划也就转化为战略行动。这时将帅就是决定性的因素，必须一切行动听指挥。为使指挥系统有效，“听吾计”者“留之”，“不听吾计”者“去之”。这里的“吾”应该不是仅指孙子本人，而是泛指最高军事长官。最高指挥官既要“计利以听”（给下面分析利害），“以佐其外”（以指导他们外出作战），更要“因事而制权”，给他们“将在外君命有所不受”的机动处置权。这是原则坚定性和灵活性的结合。

所谓战略权谋就是为实现战略目标而制定的策略艺术。战争切忌书生气和教条主义，必须充分运用权谋诈术。《计篇》说“兵者，诡道也”，就是这个意思。既然兵行诡道，就要“能而示之不能，用而示之不用，近而示之远，远而示之近。利而诱之，乱而取之，实而备之，强而避之，怒而挠之，卑而骄之，佚而劳之，亲而离之，攻其无备，出其不意”。这样的制胜天机不可泄露，保密工作十分重要。

所谓战略算计，就是战略上的利害计算。计算工具无人不用，无事不用，进行军事对决的战略谋划，更加不能忽略对于战略利害的盘点。《计篇》曰：“未战而庙算胜者，得算多也；未战而庙算不胜者，得算少也。多算胜少算，而况于无算乎！”就是说战前充分计算胜负概率，胜率就高；反之就低。计算充分的胜利把握就大，不充分的把握就小，更不用说那些不计算的了。“吾以此观之，胜负见矣。”我们如果用这样的方式预测战争，胜败是可以首先看出来的。

有一个洋军事理论家李德·哈得说过：“尽管战斗是一种物质上的行为，可是其指导却是一种心理上的程序，战略愈高明，则愈容易把握有利机会，而只需付出最低的成本。”尽管他并没有孙子战略论的政治高度，但毕竟说出了战略的一般重要性，我就用他的话来收官今天的这篇小文章吧。

（2016年2月2日）

漫说韩非之死

韩非到底是怎么死的？一个广泛流传的看法就是被同窗李斯妒杀。根据就是韩非学说深得秦王嬴政喜欢，人已到达秦国了，李斯恐怕他动摇自己的地位，所以向秦王进谗言，最终下狱致死。这种说法不能说没有一点根据，遥想当年李斯就有仓鼠厕鼠之论，再想想在沙丘政变中扮演的不光彩角色，都可以看出此人对于自己的地位是十分在乎的。但这终究不是一个正当的观点。其实，关于韩非的史料主要分在《史记》《战国策》和《韩非子》三处。当然与韩非之死直接相关的史料就在前两处；就是这些也能基本说明问题了，关键在于怎么解读这些材料。

韩非何许人也？《史记》说："韩非者，韩之诸公子也。喜刑名法术之学，而其归本于黄老。非为人口吃，不能道说，而善著书。与李斯俱事荀卿，斯自以为不如非。"这段话是客观介绍韩非的一般情况，具有这么几个要点。一、韩非和李斯都是荀子之徒，政治思想没有根本冲突，都倾向于刑名法术，对此，所有材料都没有分歧，而且两人的人生之路最终都在秦国（朝）画上句号。二、两人天赋有很大区别，才能也不相同。韩非因为"口吃不能言"，才能着重向著书立说发展，于是成为思想与文章大家；而李斯则相反，所谓"自以为不如非"，是指著书立说的才能不及韩非，这是从他的《谏逐客令》一文可以看出，在紧急情况下迸发出来的文采也是令人惊叹的，但是没有更系统的思想也是事实。可是他有的却是杰出的政治干才，或者说是高级政治家禀赋。试想，身处虎狼之国，位居九卿之上，政治言行可是从来没有出过差错，反倒让我们看到秦王（始皇）对他几乎言听计从。这不但是一般人难以做到的，韩非更是难以做到。

那么韩非、李斯和秦王他们又是怎么交集到一起的呢？《史记》是这样说的："人或传其书至秦。秦王见《孤愤》《五蠹》之书，曰：'嗟乎，寡人得见此人与之游，死不恨矣！'李斯曰：'此韩非之所著书也。'"对此，我们需要把握这么几个要点。一、抽象一点说，是共同的思想与理想把他们召唤到一起的，如果没有深刻的道义相通，不可能产生死而无憾的想见心态。二、秦王的勤奋努力很是出名，同时也很重视革命理论，如果他没有理论素养，没有对革命理论的强烈需求，韩非的理论哪怕再美好，他大概也激动不起来，至少不会那么崇拜韩非的理论。三、正是秦王有这个思想基础，加上一切革命总会反儒的规律，秦王看到说到他的心坎上的韩非理论，才会产生迫不及待急不可耐的想见心理。四、这时的李斯才审时度势，云淡风轻地介绍了韩非。李斯态度似乎冷淡，殊不知这就是政治家的智慧。因为他们是同门师兄弟，天下尽知，过于热衷会有丰其羽翼之嫌，就算秦王不疑，皇亲国戚们一定也会叽叽喳喳，三人成虎不是没有可能，郑国渠事件已经证明。五、也许秦王这时还不知道韩非之名，但是不管知道不知道，经过李斯的介绍，他肯定记住了韩非。总之，这段材料为他们相见做出了很好的铺垫。

终于见面了，其实也没有什么特别重要的历史意义，因为秦王要的是韩非的思想——他已经得到了——未必是韩非这个人，但是见见也好。历史是这样撮合他们的。《史记》说："秦因急攻韩。韩王始不用非，及急，乃遣非使秦。秦王悦之，未信用。李斯、姚贾害之，毁之曰：'韩非，韩之诸公子也。今王欲并诸侯，非终为韩不为秦，此人之情也。今王不用，久留而归之，此自遗患也，不发以过法诛之。'秦王以为然，下吏治非。李斯使人遗非药，使自杀。韩非欲自陈，不得见。秦王后悔之，使人赦之，非已死矣。"这段材料也有这么几个要点需要把握。一、韩非和李斯的现实处境完全不同，李斯在秦已居相位，而韩非在自己的祖国却"不能用"，只能用文字感叹"说难"。二、李斯的地位没有任何危机迹象，而韩非的地位却十分尴尬：在秦攻韩国的开始阶段，韩国并没有马上派他使秦，因为韩非原本不被信任；秦王对他仰慕，则使韩国对他更不信任；最后实在是情急之下才派个用场。结果呢？两国处在战争时期，事关国家生死存亡，秦王不可能马上赋予韩非重任，也就是客客气气地对待他。三、正是韩非这种里外不是人的地位，尤其是在"今王不用"的情况下，才让李斯和姚贾能够"害之"，而且敢于"毁之"，起码是让秦王默许他们杀掉韩非。因为留则不敢重用，去则放虎归山，利弊权衡之下，个体生命永远不会高于最高政治利益。四、李斯纵有坏心眼，也只能在这时使一使，于是让韩非自杀——说不定还是关照他。韩非死了，秦王虽然"后悔之"，但也没追究任何人的责任，可见韩非之死就不是任何其他人的责任，而是秦王自己的决定。五、怎么会在这时冒出个姚贾呢？这就要看《战国策》了。

《战国策·四国为一将以攻秦》说：燕、赵、吴、楚四国联合攻秦，秦王召集群臣宾客六十人问计，只有姚贾献策并愿意出使四国搞外交，而且很自信“必绝其谋，而安其兵”。秦王很高兴，赐他豪车，赏他千金，穿王的衣服，佩王的宝剑，经过三四年的活动，终于得胜而归，被“封千户，以为上卿”。可是韩非却不以为然，说本来四国未必就能联合起来，有如此高的外交成本，王自己也能做得成。姚贾在这几年中，利用外交机会私交诸侯。这可是个重大政治问题了，事关对君主（国家）忠诚与否。秦王闻之，以此质问姚贾，姚贾自辩成功，逃过一劫，对于韩非之恨也就可想而知。姚贾终于得到机会，向秦王建议：“可以存社稷者，虽有外诽者不听；虽有高世之名，无咫尺之功者不赏。”这就是直接指责韩非不但造谣污蔑他，而且指责他对于秦国未建寸功，不应受赏。这是很有分量的话，无疑加大秦王决策的权重，于是秦王“复使姚贾而诛韩非”。可见，在韩非之死的问题上，姚贾发挥的作用远超李斯。

秦王就这么容易被左右吗？那就太过小看他了，应该还有更深一层原因，也是决定性的原因。如果没有这个原因，再来一个李斯和姚贾，韩非还是会活得好好的。真正道明其中奥秘的应该要算清人梅增亮。他在《韩非论》一文中明确指出：“太史公谓韩非引绳墨、切事情，悲其为《说难》而不能自脱。嗟夫！非之为《说难》，非之所以死也。”为什么？梅氏的解释是：

“今人君无贤智愚不肖，莫不欲制人而不制于人，测物而不为物所测。然卒为揣摩智士之所中，而不能脱其要令者，彼士也阴用其术，而主不知，故因势而抵其巇。使知有人焉玩吾于股掌之上，而吾莫之遁，虽无信臣左右之谗，其不能一日容之也决矣。

且古今著书立说之士，多出于功成之后者，不然，则无意于世以潜其身。今非方皇皇焉入世之网罗，独举世之所忌讳者，纵言之而使吾畏，亦可谓不善藏其用者矣。不然，非之术，固士阴挟以结主取济者，非独以发其覆而为祸首，岂不悲哉！”

说得简单点，就是帝王忌讳其用心被臣子所测，而韩非则是窥测帝王心理的大家，这是韩非与秦王的根本矛盾。所以秦王才是真正掌握韩非生死簿的人。对于韩非来说，可谓兴也《说难》，亡也《说难》。

如此一说，李斯还真是一个“背锅”的，至少没有多大愧对同窗的地方，所以过去的李斯妒杀韩非的历史陈说，几乎都是不懂政治的肤浅之论与陈词滥调。试问，李斯在这么一个政治环境下他能怎么办？他根本无力也不敢使秦王收回成命，假如硬谏，结果也只能再赔上自己而已，所以，回到《史记》的环境里，他就只能顺水推舟和姚贾联手执行秦王处死韩非的决定。如果不是李斯，说不定韩非会死得更惨，连个全尸也难得。

呜呼，韩非！政治思想超级深刻，政治智慧极其简单，因此不可能在权力的道路上真正有所作为。他的历史地位就是帝王师；至于和秦王的关系，只能说：相见何如想念！

（2020 年 1 月 28 日）

为曹丕一辨

——《七步诗》的背景不可信

曹丕曹植本是同胞兄弟，之所以能够长期被人们一起记住，很大程度上是由于那首著名的《七步诗》。诗有两个版本，繁本六句，简本四句，精华之句则是“本是同根生，相煎何太急”，其所表达的是对骨肉相残的强烈谴责。由于《七步诗》是曹氏兄弟之间的故事，他们自然也就分别成为两极剧情的人格代表。但我总觉得曹丕是被冤枉的。

其实《七步诗》既不见于正史记载，也不见于《曹子建文集》，而是出自刘义庆的《世说新语》。《世说新语》不是历史，而是笔记小说。我手头就有北大中国文学史教研室选编、中华书局出版的上下两册《魏晋南北朝文学史参考资料》，《七步诗》既没有出现在该书所选曹植的正式作品中，也没有被选在“其他作品”里，而是列在附录的资料里，附录资料就是来自《世说新语》。

《世说新语》的材料是这样说的：“文帝尝令东阿王七步中作诗，不成者行大法。应声便为诗曰：‘煮豆持作羹，漉菽以为汁。萁在釜下燃，豆在釜中泣。本是同根生，相煎何太急！’帝深有惭色。”文学作品总是更容易被人喜欢，尤其最后两句确有不朽的警示意义，所以这首诗以及围绕这首诗发生的故事也就成为我们民族的集体记忆。

当然，对于这首诗的质疑也是史不绝书，不同的是有的委婉，有的直接。我说的“委婉质疑”就是人们不是直接否定，而是从艺术比较中间接否定。比如宋·佚名氏的《漫叟诗话》就说，“曹子建七步诗……其工拙浅深，必有能辨之者”，表示可疑。明末清初毛先舒的《诗辩坻》：“子建……《七哀》妍至雅洁，似胜《怨诗》。《七步诗》四句者，词意简完，然不若六句之有态。”“六句”固然“有态”，但是“工拙浅深”，非曹植风格。

真正直接否定的有当代学者兼作家余秋雨。余秋雨在《中国文脉·那一家》里以鲜明的态度指出：“我的判断是：传说中的曹丕，那天的举动过于残暴又过于儿戏，不太像他这么一个要面子的聪明人的行为；但这四句诗的比喻却颇为得体，很可能确实出于曹植之口，只不过传说者虚构了一个面对面的话语情境。”这是认诗不认事。当然还有人直接指出：“煮豆燃豆萁，豆在釜中泣。本是同根生，相煎何太急！”系罗贯中伪作，不是七步诗的原文。难道还另有《七步诗》不成?

别人说是别人的事，我是越来越不相信这样一个三人成虎的故事，但是不去考证，因为去考证一桩自以为子虚乌有的事情，显然不智；再说，除非出现奇迹，还能考证出什么结果吗? 但是不考证具体事实，却可以考校这件事情的一般道理；而要考校一般道理，就需要从大格局上考察与理解曹丕这个人。

首先，从政治上说，生在帝王之家的兄弟之间发生权位之争本是常态，结局固然有悲惨的，但大都不是你死我活的，所以曹丕曹植兄弟之间发生仇杀并不具有必然性。须知，帝王素质重在治国的政治才干与智慧而不在文学水平。曹丕政治历练与智慧胜于曹植应是事实。

陈寿在《三国志》里说曹植“文才富艳，足以自通后叶”，因此深得曹操宠爱，曹操开始也确有培养他接班的打算。然而曹植“不能克让远防，终致携隙”。具体事实就是丁仪、杨修等人“为之羽翼”，犯了政治大忌；引起曹操疑心后却不知收敛，仍然“任性而行，不自雕励”；甚至因“乘车行驰道中”犯忌而致有关官员被杀。而曹丕呢，却“御之以术，矫情自饰，宫人左右，并为之说，故遂定为嗣”。须知，曹操首先是政治家，然后才是诗人，一句“生子当如孙仲谋”的感叹，足证曹操选择接班人是政治挂帅的。因为孙权之文乏善可陈，甚至读书也不过“观其大略”，其能唯在政治。既然安排曹丕接班，因“虑终始之变”，借故杀掉杨修，强干弱枝。所以在曹操生前，曹丕曹植虽有“太子之争”，远没有达到你死我活的程度。曹操死后几年曹丕才称帝，期间并没有看出曹植对曹丕构成政治威胁。面对这样的大势，曹丕不可能产生非杀曹植不可的政治冲动。

其次，从文学成就上看，曹植的文学成就的确了不起，钟嵘的《诗品》是有高度代表性的诗论专著。清人章学诚把《诗品》与《文心雕龙》相提并论，特别指出《诗品》“思深而意远”“深从六艺溯流别”。这种批评优势在于“知溯流别，则可以探源经籍，而进窥天地之纯，古人之大体矣”。

钟嵘就是根据这个原则评论曹植与曹丕作品的。他评价曹植之诗：“其源出于《国风》。骨气奇高，词彩华茂。情兼雅怨，体被文质，粲溢今古，卓尔不群。嗟乎！陈思之于文章也，譬人伦之有周孔，鳞羽之有龙凤，音乐之有琴笙，女工之有黼黻。俾尔怀铅吮墨者，抱篇章而景慕，映余晖以自烛。故孔氏之门如用诗，则公干升堂，思王入室，景阳潘陆，自可坐于廊庑之间矣。”所以把曹植诗列为上品。至于曹丕，钟嵘说他的诗作“其源出于李陵，颇有仲宣之体，则所计百许篇，率皆鄙质如偶语。惟‘西北有浮云’十余首，殊美赡可玩，始见其工矣。不然，何以铨衡群彦，对扬厥弟者邪？”尽管曹丕与曹植的作品是如此高下分明，但钟嵘仍将曹丕作品列于《诗品》中品，虽低于曹植，却高于其父（曹操诗被列下品）。可见曹丕于文学并非不成功，兄弟之间的文学真真切切的伯仲之间耳，所以曹丕纵有嫉妒之心，也很难激发深仇大恨。

再次，从精神层面看，曹丕的精神世界具有宏大超拔的一面。具有这些精神品质的人通常思接千古，尤其是在政治地位稳固的情况下，更容易跳出世俗性质的争权夺利，更加在意塑造垂范千古的形象，所以不会轻易迫害没有政治威胁的兄弟。

了解曹丕的精神世界并不难，只要读读他的《典论·论文》即可。该文在中国文学批评史上堪称经典，这并不是由他的政治地位而是由文章的质量决定的。短短600多字，广泛涉及文学批评中关于文学的价值、作家的个性与作品风格、文体以及文学批评的态度等基本问题。关于文学的价值，是曹丕首次把文学作品提高到“经国之大业，不朽之盛事”的高度，说明文学具有经世致用与建立信仰（不朽）的双重价值。关于文气，他不仅认为“文以气为主”，而且认为“气之清浊有体，不可力强而致……虽在父兄，不能以移子弟”。关于文学体裁，他明确指出“文本同而末异”。郭绍虞认为，“曹丕以前，人们对文章的认识，限于本而不及末，本末结合起来的看法，在文学批评史上，是曹丕首先提出来的”。关于文学批评者的态度，曹丕既批评“贵远贱近，向声背实”，又抨击“闇于自见，谓己为贤”，认为这些问题都不能产生正确的批评。分析这些说明曹丕不仅是一个文学家，而且是一个文学批评理论家。成为一个作家已经不易，既成为作家，又成为文学批评理论家尤其不易。曹植属于前者，曹丕属于后者。在《魏晋南北朝文学史参考资料》的建安文学一段，共罗列曹操、曹丕、曹植、孔融、陈琳、王粲、阮瑀、刘桢、诸葛亮与蔡琰等十家，除了曹丕，其他人似乎均无文学理论专论。

这与《七步诗》的逻辑关系是怎么联系起来的呢？这就要理解理论与实践的关系。理论是抽象的，代表形而上；实践是具体的，代表形而下。获得理论高度的人，对于哪怕再高明的作家，都有一种睥睨的心态。而曹植在文学创作成就上固然优于曹丕，但在学术理论层面上似乎没有建树，曹丕具有明显的比较优势，所以即使以最一般的心理尺度衡量，曹丕完全具有平衡心理的机制，诸如以《七步诗》威逼弟弟的做法全无必要。

（2019 年 2 月 11 日）

梁武帝的《河中之水歌》

中国诗歌固然以唐诗宋词为最高代表，但是其历史悠久，就大成就来说，《诗经》《楚辞》算得源头，所以各领风骚；到汉魏时期出现乐府诗，又是一个高峰，《古诗十九首》标志古体诗的最高成就，同时众多诗人也在为以唐诗为标志的近体诗的出现做着准备。

在乐府诗中有一颗璀璨明珠，那就是《焦仲卿妻》，又名《孔雀东南飞》，是我国诗歌史上最长的叙述诗。在“孔雀东南飞，五里一徘徊”起兴之后，直接进入对焦仲卿妻子兰芝的描写：“十三能织素，十四学裁衣。十五弹箜篌，十六诵诗书。十七为君妇……”叙事自然，文辞直白，风格质朴醇厚，这是古体诗的共同特征。

还是 1974 年春夏，我从拉萨回南京休假，和堂弟管怀强一起游玩莫愁湖，除了那片照耀千秋的湖水，记忆最深的就是庭院水中的莫愁塑像、胡志明的墨迹“碧血千秋”和刻在石头上的梁武帝萧衍的《河中之水歌》。歌是歌行体，是古诗中的一种形式。这首诗是这样的：

河中之水向东流，洛阳女儿名莫愁。
莫愁十三能织绮，十四采桑南陌头。
十五嫁为卢家妇，十六生儿字阿侯。
卢家兰室桂为梁，中有郁金苏合香。
头上金钗十二行，足下丝履五文章。
珊瑚挂镜烂生光，平头奴子擎履箱。
人生富贵何所望，恨不嫁与东家王。

今天，我忽然想起把这两个作品联系起来理解，觉得有点意思，至少有三点值得一说，一是梁武帝萧衍的《河中之水歌》做实了南京莫愁，二是梁武帝萧衍写这首诗歌应是出于教化目的，三是这首诗歌与《焦仲卿妻》一诗的关系。

莫愁女史上确实存在过，系一名多人，时空交错，如从诗歌作品看，历史上关于莫愁可是有两个主要版本。梁武帝萧衍之前已经有人写了一首《莫愁乐》，曰："莫愁在何处？莫愁石城西。艇子打两桨，催送莫愁来。"北京出版社 1981 年出版的《汉魏南北朝诗选注》，把诗中的"石城西"解释为"在今湖北钟祥市"，这是一种版本。但我表示怀疑。钟祥市确曾出过莫愁女，那是战国时楚顷襄王的歌舞姬女，但这个莫愁的身份与该诗的情景似有不合。第二个版本的莫愁肯定是南京的了，但她来自洛阳。其实就从《莫愁乐》看，"石城西"似乎应该就是南京城西，因为那时南京就有"石头城"，所以"石城""秦淮"等向来都是南京的代名词，而且"石城西"与南京城西的莫愁湖位置吻合。如果莫愁不在南京，南京不会无端搞出一个莫愁湖。但是真正坐实莫愁在南京的应是梁武帝萧衍写的《河中之水歌》。如果没有这首诗歌，南京也许就没有莫愁了，有也难以是今天的形象，至少影响可能不会盖过钟祥市的莫愁。南京人真要谢谢梁武帝！

梁武帝萧衍为什么会为平民之女莫愁赋诗作歌呢？除了齐梁时代风云气少、脂粉气多的文学特性外，恐怕与政治需要有关。教化社会从来就是帝王的政治责任。我就偷懒按搜狗搜索说：相传，南齐时洛阳女莫愁，貌美善良，聪明勤劳，采桑、养蚕、纺织样样都会，还和父亲学了一手采药、治病的本领，但家境贫寒，卖身葬父，被建康（南京）豪富卢员外买来，成了员外的儿媳。后来丈夫征调去了辽阳边塞，杳无音讯，家业又在变乱中破败，只好和儿子阿侯相依为命。按说，莫愁在诸多变故中应是愁肠百结，但她化愁为不愁，把精神寄托在帮助邻里、扶贫济难之中，经常为乡亲们采药治病，以此为乐。但遭公公反对，莫愁不堪诬陷凌辱，投石城湖而死，以示反抗。她死后，乡邻们在痛惜、同情和怀念之中，把她居所旁的石城湖改称“莫愁湖”。由于莫愁女特别喜爱郁金香花，常常插满一屋，人们又把她的寓所叫作“郁金堂”。这种对业之勤，对父之孝，对夫之情，对子之慈，对贫弱邻人之义，无论古今，皆为美德，梁武帝身为一国之君，自然需要通过这样的先进典型激励良善，教化社会，涤荡人性，亲自作诗就是一种倡导和激励形式。

值得特别注意的是萧衍很有诗赋才能，史载其存世诗歌 80 多首，分为言情、谈禅悟道、宴游赠答、咏物等四类，归为新乐府。新乐府者，乐府之变异也，之所以还被称为“乐府”，因为两者大同，同为乐府。就以《河中之水歌》与《焦仲卿妻》为例比较，两者都在一开头就以诗主的年龄为节点逐步展开，而且都是从十三岁写起，所不同的只是前者写到“十七岁”，后者写到“十六岁”，这可以视为直接继承。那么新在何处？体裁不同是其一。在中国诗歌史上，以曹丕《燕歌行》肇启七言，其间虽有其他诗人也做同类尝试，但只有梁武帝萧衍以《河中之水歌》《江南弄》《东飞伯劳歌》等题材的作品实实在在地把七言诗推向发展，使之达到一个新的高度。用韵突破是其二。我所见的曹丕《燕歌行》有二首，后一首还好，尤其前一首，单句双句上下同韵，肯定消解跌宕起伏的吟诵美感；而梁武帝萧衍的七言诗，以《河中之水歌》为例，在用韵方面则与曹丕具有重大区别，两相比较，萧衍的用韵方法基本属于错落有致，此种方法，前则继承历代传统，后则影响至今。

（2019 年 2 月 25 日）

陶渊明的经济基础

早起，一边打理农事，一边想着田园诗祖陶渊明。这个人的人格形象，主要是由文名和气节共同塑造的。不说文名，但讲气节，其最为闪亮之处就是不为五斗米折腰。事情见载于《晋书·陶潜传》，应该可信。

从历史来看，别说不为“五斗米”，不为一口饭折腰的也不乏其人，但最终都要付出代价，甚至是生命的代价。《礼记·檀弓》记载的那个普通人，为保全自己的人格尊严而选择饿死也不食嗟来之食。《史记·伯夷列传》记载的却是两个贵族的同类事迹："武王已平殷乱，天下宗周，而伯夷、叔齐耻之，义不食周粟，隐于首阳山，采薇而食之。"最后有人对他们说，你们采的"薇"（野菜）也是在周的土地上长出来的。两人闻言，无奈而绝望，既为尽忠，也为全节，绝食而死。

在中国文化道统中，十分崇敬忠义两全的刚道气节，所以这样的故事百代传诵，育人无数。当然，历史还有另一面，那就是"好死不如赖活着"，同样育人无数，于是衍生出成群结队苟活于世的生命状态。虽然不值得颂扬，事实上却是绝大多数人的选择。但是矛盾总要调和，历史也就渐渐孕育生出三种"中庸"性质的价值形态：随波逐流、独善其身、同流合污。

虽然能够以归隐山林的方式独善其身者大有人在，但是陶渊明却是做得最为成功的一位。 他之所以最为成功，关键在于他有官声、文化与田园三种资源集于一身。他二十岁出门求官，二十九岁得官，四十岁在县处级任上辞官归隐。十年官场，宦海沉浮，毕竟获得一些独特的生活经历和社会名声。这种资源对于他的文名没有决定性影响，但会助益其文化实践，提升声望。最终，他选择退出江湖归隐山林，工作重点转向文学创作，其最里程碑式的文学成就就是在这个阶段取得的。

但是，人只要活着就要吃饭，文学创作家也不例外。要想保持自己不苟且的生命状态，也得有饭吃。陶渊明能够不为五斗米折腰，大概家里还有几斗米，否则哪怕自己愿做伯夷与叔齐，难不成老婆孩子也愿意一起上首阳山？所以任何一种选择都是现实的选择。只要是现实的选择，通常都要考虑现实的问题，最必要的就是经济基础的支持。

应该说，陶渊明这个时候的经济基础还是不错的，不看其他，看看《归田园居》组诗就能窥见。"其一"有句曰："方宅十余亩，草屋八九间。"此处的"方"同"旁"。住宅旁能有十多亩地，完全可以维持一个中等家庭的生计。不仅如此，他可能还在四十岁辞职后开荒得地。"种豆南山下，草盛豆苗稀。晨兴理荒秽，带月荷锄归。"从这几句大致可以看出，他在南山有地但缺少劳动力，所以为除草亲自早出晚归。其劳动时间在"晨""月"之间，少说有十个小时左右。再从这个劳动时间推想，南山的土地也不会太少。

正是有这个经济基础，陶渊明才能够在官场不得意时，拂袖而去——老子不干了。归隐田园后，不但不失业，还能白天开荒种地，晚上“饮酒”消遣，避开车马喧嚣，“采菊东篱下，悠然见南山”。这种超然物外的生活状态真是令人向往而陶醉，但是，如果没有经济基础，大概也是祈求难得的。

当然在说他的经济基础的同时，还要看到他死于六十二岁。有人说他死于贫病交加，也有人认为与贫穷没有直接关系，不管怎么说，老了总有几分悲惨。但是这种状况并没有能够摧毁其精神，原因就在于他更有不同于常人的精神。他的精神世界里装了什么精神？一言难尽，姑且不谈，但可以肯定已经成为魏晋南北朝时期的精神文化遗产，而且不声不响地留在他的作品里，我们的精神世界里，甚至成为我们民族精神的一个标杆。我虽然难以企及，但是真诚向往。

（2020 年 6 月 8 日）

魏徵还是个大学者

在一般人的印象中，魏徵就是唐太宗的一个大臣，以敢于犯颜直谏而著名，辅佐唐太宗开创“贞观之治”的伟大盛世，并因此而成为“一代名相”和杰出的政治家。其实他还是一个了不起的大学者，只是他的政绩遮蔽了他的学者本色与光辉。如果他不从政，在学术文化史上也会留下自己的烙印。

既是学者，自然要有自己的学术作品，他有吗？有，而且不少。简单地说，他不仅主编了《隋书》，而且作序，还为《梁书》《陈书》《齐书》撰写总论。《谏太宗十思疏》就十分出名。此外还有《十渐不克终疏》。《贞观政要》虽是唐人吴兢所著，但所记载的却是唐太宗与魏徵、房玄龄、杜如晦的君臣问答，还有谏议和奏疏，其中许多内容就是属于魏徵的。更精彩的是他编撰的《群书治要》，以“务乎政术、存乎劝诫”为宗旨，取材六经、四史、诸子百家，始于五帝，迄于晋代，应是集中国政治思想资料在初唐时期的大成，其在中国学术史上的价值至少有两点不可低估。

其一，对文献分类具有划时代的影响。中国文化悠久灿烂，典籍丰富多彩，通常被形容为“汗牛充栋”“浩如烟海”，这就需要分类，否则无法总揽。需要产生方法，于是汉代刘向、刘歆父子以七略分类，再有王俭的“七志”和阮孝绪的“七录”，都是属于这一大类。到南宋，郑樵在《通志·艺文略》中首创十二分类法。但是真正影响巨大的却是经史子集四部分类法。大致可以说，这个方法就是魏徵创造的。

我为什么说是“大致”呢？因为现在看来，四部分类法最早出现在《隋书·经籍志》。《隋书》虽是魏徵主编，实乃集体著作。从文献学的角度讲，《汉书·艺文志》和《隋书·经籍志》的共性特征都是文献目录总汇，对保留文献贡献巨大；但前者遵循七略分类法，后者则开创四部分类法。这份功劳不能说总编魏徵没有份吧。而《群书治要》一书由魏徵编撰，虽然也不是他一人完成，但魏徵对这本书的贡献更加彰显。该书对各类古代典籍的分类方法与《隋书·经籍志》一致，都是四分法，只是该书性质决定其以四部分类法收录了经史子三部内容。由于《隋书》成书较晚，《群书治要》应该完成更早，所以《群书治要》虽然只收“三部”，但是完全可以说四部分类法在此时已经成熟，只是最终体现在《隋书·经籍志》中罢了。所以，魏徵对文献四分法的贡献也就更加突出。

其二，对《资治通鉴》具有导向性的影响。可以说史学为统治服务就是中国史学的道统，但是真正直接为统治提供服务的则以司马光的《资治通鉴》为代表。该书内容以政治、军事和民族关系为主，兼及经济、文化和历史人物评价，为的就是通过对事关国家盛衰、民族兴亡的统治政策的描述警示后人。书成后，首先受到宋神宗“鉴于往事，有资于治道”的称赞，因此就以《资治通鉴》命名。我以为司马光主编这本书的方法是受到魏徵《群书治要》重大影响的。

因为《群书治要》本来就是唐太宗为以史为鉴、鼓励群臣进谏、批评朝廷过失而下诏编撰的，研究对象就是统治思想与智慧，目的就是从历代统治者治国理政的历史资料中选取修齐治平的精要内容以备借鉴，所以该书与后来的《资治通鉴》的性质高度一致。书成之后，魏徵在序言中毫不掩饰地盛赞：“用之当今，足以鉴览前古，传之来叶，可以贻厥孙谋。”唐太宗也十分感叹，不仅自己手不释卷，还分赐太子和诸侯王作为从政参考。可见《群书治要》与《资治通鉴》是统治智慧的日月双悬。

《群书治要》到宋朝初年就已失传，谢谢日本遣唐使带回日本而得以保存。但是我们并不能因此就否定《群书治要》的编纂思想对于《资治通鉴》的影响。因为该书毕竟到了宋朝初年才失传，其编撰思想、内容与方法已经传播了几百年之久，其影响的广泛与深刻不难想见，所以不会因为该书的一时失传而连编撰思想与方法也随之消失。事实也是这样，《群书治要》与《资治通鉴》都是统治宝典，区别只在于前者内容偏重经史子三个方面，后者则以历史资料为主而已。

回到关于魏徵的学者定位，不说其他，仅凭这么两点贡献，完全可以奠定其伟大学者的地位，所以我们应该对魏徵有更多了解，了解他的学术贡献。更多地了解魏徵以及他的学术贡献，至少会让我们得到这样一个启示：英明的统治不会无缘无故地产生，英明的统治集团必定是一个文化精英团队；反过来看，就是“没文化，真可怕”，话是现在人说出来的，理是古代人就已懂得的。

（2019 年 4 月 3 日）

唐太宗们的集体学习

历史和现实都告诉我们，不管阿猫阿狗，凡能有点成就的，没有一个不是努力学习的个体；升格一点说，凡是有点成就的团队，没有一个不是重视学习的集体。唐太宗就是一个有成就的帝王，现在看来，人家的成功的确不是无缘无故的，不管是夺取政权还是执掌政权，都很努力。这里不去说他的骁勇善战，但说他为了治理好国家而勤奋学习的事实。

说来唐太宗还是非常伟大谦虚的，曾经坦诚地感叹自己肚子里的墨水太少了：“朕少尚威武，不精学业，先王之道，茫若涉海。”人家这可不是故作谦虚，而是深感不足，就这已经非常可贵了；更可贵的还是人家知不足而后开足马力勤奋学习的行动。学习就要资料，文化典籍那么多，对于一个“茫若涉海”的人来说，是不是感到有点狗咬刺猬。

但他不仅会遣将调兵，也会御用文臣，于是下令魏徵、虞世南、褚遂良等一帮哥们儿，从历代帝王治国理政的文献资料中选择有关修身、齐家、治国、平天下的精要论述，编纂成书，最终形成著名的《群书治要》。他在学习以后大受启发，直言“观所撰书，见所未见，闻所未闻，使朕致治稽古，临事不惑”。直到贞观九年，他还进一步发表学习体会：“手不释卷，知风化之本，见政理之源。”

从一个“手不释卷”已经看出唐太宗真学习、真爱学习的样子；但他还有一个更大的优点，就是爱读书，却又不是死读书，读死书，甚至泥古不化，而是密切联系历史的治乱兴衰、治国的成败得失和面临的实际问题。为此，他就首开先河，经常和一帮重臣“集体学习”，利用这种形式鼓励大家进谏治国良言，批评政策得失。这个形式十分重要，对于提高贞观执政集团的科学执政水平发挥了极其重要的作用。虽然这些可贵的学习研究成果当时没有编纂成书，却成就了玄宗时代一个叫作吴兢的人。

吴兢“少励志，贯知经史，方直寡谐”，在武周时代进入史馆，编修国史，中宗一朝任水部郎中等职，直到玄宗时代，担任谏议大夫、兼修文馆学士。此人不仅有水平，有思想，而且有智慧。他编纂史书就主张叙事简要，如实记载，取信后人，认为“太宗时政化，良足可观，振古而来，未之有也”。但是没有比较就没有伤害，面对玄宗执政前后的政治状况，他则忧心忡忡，为给玄宗的执政班子提供历史的借鉴，不是祖述尧舜，宪章文武，而是直接给这个班子重温祖宗的经验，于是着手整理贞观时代遗留下来的集体学习和研究成果，于是有了《贞观政要》一书。

《贞观政要》十卷四十篇，吴兢缀其所闻，参详旧史，撮其指要，举其宏纲，其中四篇尤为重要：《君道》篇记载唐初太宗君臣为巩固政权的研究成果；《君臣鉴戒》篇指出世族和庶族的对立，世族子弟“多无才行”，庶族地主多有不满；《择官》篇对唐太宗知人善任的光辉事实多有记载；《务农》篇则直接反映唐初重视农业生产的情况。总而言之，正是这本书，让我们了解贞观年间唐太宗君臣重视集体学习的情形和理论联系实际的优良学风。

想想唐太宗也是真不容易啊，就是这样学习努力，学风优良，还取得了一系列的重要研究成果，到头来还是“稍逊风骚”。不信可以看看，除了本老人家以外，现在究竟还有几个人把他作为集体学习的榜样加以传扬。

（2019 年 11 月 13 日）

四首《早朝》“绘”盛唐

历史是人们共同创造的，也是人们共同保留的。保留历史的形式很多，除了文字、地下文物以外，艺术也是一种特殊的形式。艺术的种类很多，文学是其一。在明清以前的古代文学领域，最基本的就是诗词歌赋、散文、戏曲和随笔等不同种类。诗歌是人们的普遍爱好，但是多数人阅读诗歌通常仅重视艺术的享受，而忽略其中的历史内涵。其实，如果没有诗歌，我们对历史的理解就会严重缺乏形象感。正是有了诗歌，我们对历史的理解才更加感性丰满。

汉唐是中国历史的巅峰时期，两者比较，大唐更显风骚。之所以如此，历史的记载当然是留真的本体，但是诗歌的贡献也是功不可没。正是杜甫等人的一批诗作，让我们更形象地看到盛唐以及由盛向衰的历史境况。也正是白居易等人的一批作品，让我们感受到晚唐是什么情形。对于持续一个多世纪的盛唐，历史的语言总是横制六合，骏奔百蛮；物华天宝，国泰民安；四海宾服，万邦来朝等。此外还有一种艺术的语言，比如对于盛唐时期的国家能力和国际地位，张九龄说“三年一上计，万国趋河洛”，韦应物说“雄都定鼎地，势据万国尊”。这些都是对大唐王朝一时盛况的形象描写，比较宏观，也显得抽象。

但是文学的特征不仅是形象性，还有典型性，在盛唐境况中就有一个特殊的国家元首办公会议的典型场景，也就是大唐天子早朝的情形，这种情形就像一幅壮丽的画卷，需要以形象思维给予艺术的表现。需要产生创造，创造书写历史。只是这个真实的办公会议场景不是由一个“画工”独立完成，而是由贾至、杜甫、岑参和王维等几个诗人，共同用诗歌的形式，以《早朝》一题集体刻画出来的。这时，虽然平定安史之乱不久，但是大唐威仪尚在。他们可能也没想到，正是他们的“一不小心”，为大唐肃宗早朝盛况绘制了一幅精彩的历史画卷。

为这幅历史画卷开笔的人是贾至。此人出身名门，论起主要经历，曾担任中书舍人、知制诰、尚书左丞相、御史大夫等官职，不仅在新旧唐书留下大名，还挤进了《唐才子传》。幸亏他挤进《唐才子传》，否则绝大多数人恐怕很难想起曾经还有这么一位“国”字头的高级干部。他能挤进这本书，主要是靠诗文成就。在他三十卷文集中有一首特别的诗作，叫作《早朝大明宫呈两省僚友》(与其他三首和诗均简称《早朝》)，就是我们所说的“开笔”之作。其诗曰：

银烛朝天紫陌长，禁城春色晓苍苍。
千条弱柳垂青琐，百啭流莺满建章。
剑佩声随玉墀步，衣冠身惹御炉香。
共沐恩波凤池上，朝朝染翰侍君王。

此诗也许是应诏之作，但看题目，更像作者春风得意，一时兴起，写给同僚的雅致消遣。若论艺术成就尚可，但其历史贡献远大于诗歌本身。首先，他开创了一种高华工整，得意歌颂的体例。元代杨载《诗法家数》就说：《早朝》一诗后，“后来诸公应诏之作，多用此体”。由此可见，他创造了一个“应诏体”。其次，他这么一“呈”，两省“僚友”也就纷纷附和。作品一定不少，但在原诗之外，最终只留下了杜甫、岑参和王维等三首。不过通读四首唱和之作，大唐天子早朝办公的情景已经尽在眼前。对于此诗，《诗法家数》有个总评：“王维、贾至诸公《早朝》之作，气格雄深，句意严整，如宫商迭奏，音韵铿锵。真麟游灵沼，凤鸣朝阳也。”说完了贾至，现在我们来看看杜甫的《和贾舍人早朝》。其诗曰：

五夜漏声催晓箭，九重春色醉仙桃。
旌旗日暖龙蛇动，宫殿风微燕雀高。
朝罢香烟携满袖，诗成珠玉在挥毫。
欲知世掌丝纶美，池上于今有凤毛。

实在地说，杜甫这首诗写得远不及贾至和岑参，更不及王维。贾至的诗把早朝前、早朝中、早朝后的场景写得很充分。哪怕最后“共沐恩波凤池上，朝朝染翰侍君王”两句也半是抒情半是写实。而杜甫这首诗的场景感明显不强，甚至没有和到点子上。难怪明代胡震亨在《唐音癸签》里说：“《早朝》四诗，名手汇此一题，觉右丞(王维)檀场，嘉州(岑参)称亚，独老杜为滞钝无色。”我甚至认为，如果杜甫不是诗名过高，他的这首作品很可能流传不下来。清人沈德潜在《唐诗别裁》就说：“《早朝》倡和诗，右丞正大，嘉州明秀，有鲁、卫之目。贾作平平，杜作无朝之正位，不存可也。”这个评论还是中肯恰当的。好，那就再来看看岑参的《和贾至舍人早朝大明宫之作》吧。其诗曰：

鸡鸣紫陌曙光寒，莺啭皇州春色阑。
金阙晓钟开万户，玉阶仙仗拥千官。
花迎剑佩星初落，柳拂旌旗露未干。
独有凤凰池上客，阳春一曲和皆难。

作为和诗，岑参的这首和诗当然不及王维，但的确比杜甫写得好，好很多。比较杜甫而言，岑参的这首和诗更合贾至原诗风格与内容格局，哪怕尾联的恭维话，也恭维得比杜甫的“欲知世掌丝纶美，池上于今有凤毛”更有水平，他不仅称赞原诗是阳春白雪，而且是让唱和之人难以企及的阳春白雪，从而把作者抬到了一定的高度。再说贾至当时官职是中书舍人，是岑参的上司，他这么说也切合自己的身份。最后，我们再来谈谈王维的《和贾至舍人早朝大明宫之作》。其诗曰：

绛帻鸡人报晓筹，尚衣方进翠云裘。
九天阊阖开宫殿，万国衣冠拜冕旒。
日色才临仙掌动，香烟欲傍衮龙浮。
朝罢须裁五色诏，佩声归向凤池头。

综观全诗，雍容伟丽，气势宏大，造词堂皇，构思神妙，层层递进，通篇和谐。首联写早朝前的预备工作，颔联写的是统一履行朝仪，颈联写的是各方朝奏的进展情形，尾联则写贾至在早朝后需要完成的工作，布局真是完整紧凑啊！其中“万国衣冠拜冕旒”一句，尤其独特，具有另外三首所不具备的大格局，凸显出大唐王朝当时的国际地位，因此成为大唐王朝与域外国家关系的点睛之笔。此外，还有一个特殊之处就是《唐音癸签》说的，“盛唐人和诗不和韵”。这在今天的人们看来有些难以想象，但是当时就是如此，该诗以及其他两首，不和其韵，只和其意就是证明。

总之，大唐不仅是中国历史上，也是人类历史上罕有的盛世王朝，其文化成就十分骄人，唐诗就是对这样一个伟大盛世的全方位的艺术留真，其中四首《早朝》（重点当然是贾至、岑参、王维三首），以其丰富的意象，阔大的视角，雄浑天然地再现了盛唐之气概。凡是用心批阅者，无不更能体会大唐之“盛”。

（2020 年 8 月 12 日）

李白对崔颢的仰慕

李白与崔颢同为唐人、诗人，而且是同时代的诗人。史书好像没有留下他们直接交往的记录，至少我没有留下这个方面的记忆，可是他们之间是有神交的，而且这种神交更多体现的却是李白对崔颢的仰慕。当然这都是源自崔颢的《黄鹤楼》一诗。

说起崔颢的《黄鹤楼》一诗，就不得不先说说黄鹤楼的来历。宋人王得臣的《江夏辨疑》说："……然则黄鹤多以为费祎升仙之地，故永泰初，阎伯埕为之记曰：'州城西南隅有黄鹤楼者，《图经》云，费祎登仙，尝驾黄鹤返憩于此，遂以名楼。'"宋末元初的蔡正孙不同意这个说法，他在《诗林广记》中说："予按《蜀志》，费祎为魏降人郭循所害，祎固不得其终，安有驾鹤而憩此者邪？不知《辨疑》何以为据？州城之东十里，有山多鸟，是为黄鹤山。"南唐人徐锴《方舆记》云："昔有仙人子安，乘黄鹤过此，因得名。楼以西临崖有石，如矶石，为黄鹤矶。后人建楼，托付矶上，故不更别名耳。"看来徐锴所记比较可信。

因为作为生活中的谈资，人们可能更愿意把黄鹤楼与神话相联系，于是口口相传，人人重建，使一个荒诞不经的故事变成一个美好的传说。传说一经形成，不仅成为约定俗成的故事，而且往往成为文学创作的新素材与源泉。崔颢的《黄鹤楼》诗应该就是根据传说写出来的。不信请看："昔人已乘黄鹤去，此地空余黄鹤楼。黄鹤一去不复返，白云千载空悠悠。晴川历历汉阳树，芳草萋萋鹦鹉洲。日暮乡关何处是，烟波江上使人愁。"此处的"昔人"就是传说中的仙人，否则凡间之人谁能乘鹤而去呢？

该诗既成，在当时似乎名气没有后世盛大，至少没有盖过黄鹤楼的名气，起码没有传到李白的耳朵里。宋人李畋就在《该闻录》里说："唐崔颢尝题武昌黄鹤楼诗……李太白负大名，尚曰'眼前有景道不得，崔颢题诗在上头'。"元人辛文房的《唐才子传》大概因袭此论，也说李白登黄鹤楼本欲赋诗，但见崔诗只是感叹："眼前有景道不得，崔颢题诗在上头。"清人沈德潜在《唐诗别裁》一书这样评价该诗的艺术成就："意得象先，神行语外，纵笔写去，遂擅千古之奇。"宋人严羽的《沧浪诗话》直说在"唐人七言律诗"中，"当以崔颢《黄鹤楼》为第一"。

真正的大家不是文人相轻，而是彼此推崇。李白就是见贤思齐的。《该闻录》就说李白见到崔颢大作：“故拟之，欲与之较胜负，乃作《金陵凤凰台》诗”。看，既有模仿，更有竞争，但是没有丝毫阴暗心理。南宋刘克庄的《后村诗话》说：“古人服善，太白过黄鹤楼，有‘眼前有景道不得，崔颢题诗在上头’之句，至金陵，遂为《凤凰台诗》以拟之。今观二诗，真敌手棋也。若他人，必次颢韵，或于诗板之傍别着语矣。”“服善”二字真乃点睛之笔，说出了李白内心对于崔颢的敬服。如果不是这样，他也就不会公开模拟崔颢了。

都知道李白的《登凤凰台》是模拟崔诗而作，殊不知，他还没到金陵时就已经用崔诗格调模拟写出了《鹦鹉洲》：“鹦鹉来过吴江水，江上洲传鹦鹉名。鹦鹉西飞陇山去，芳洲之树何青青。烟开兰叶香风暖，岸夹桃花锦浪生。迁客此时徒极目，长洲孤月向谁明。”该诗的确不够闻名。《诗林广记》说“此诗联联与崔颢诗格调同，而语意亦相类”。李白写了《鹦鹉洲》之后才顺江而下到达南京。在这里他写了数十首作品，但是比较出名还是《金陵酒肆留别》和《登凤凰台》。“凤凰台上凤凰游，凤去台空江自流。吴宫花草埋幽径，晋代衣冠成古丘。三山半落青天外，二水中分白鹭洲。总为浮云能蔽日，长安不见使人愁。”比对崔诗，这首《登凤凰台》模拟风格的确是一目了然啊。

当然我们也要看到，因为崔颢《黄鹤楼》一诗实在是超级强大，也就遮蔽了《登凤凰台》一诗的光辉。须知李白的模拟之作固然不及崔诗，但在模拟作品中已是上乘之作了。须知，正是李白对于崔颢大作的“耿耿于怀”，并用自己一而再的模拟为崔诗烘云托月，才使文坛多了一桩千古美谈，更让我们看到李白对崔颢的仰慕之深，因此也才有千年以来越来越多的读者为崔诗点赞。

说到这里，我想补充一点，就是模仿并不可耻，因为它不是抄袭，而是用相同的方法再创造。其实崔颢的《黄鹤楼》也是模仿出来的，只是青出于蓝而胜于蓝，反倒让人们忽略了它的上游作品。对此，《唐诗鉴赏辞典》的《黄鹤楼》一条在最后的注释里就有介绍：清人俞陛云《诗境浅说》和同为清人的高步瀛的《唐宋诗举要》，皆以为崔颢诗格调出自中唐诗人沈佺期的《龙池篇》。沈诗云：“龙池跃龙龙已飞，龙德先天天不违。池开天汉分黄道，龙向天门入紫微。邸第楼台多气色，君王凫雁有光辉。为报寰中百川水，来朝此地莫东归。”所以，我们不要因为《黄鹤楼》一诗具有超凡的艺术成就而忽略了沈佺期的《龙池篇》对于崔颢的影响。

（2018 年 10 月 6 日）

白居易应是白话文的先驱

现在我们都是说白话，写白文，这要归功于 20 世纪初期的新文化运动和胡适等人。在这场运动中，胡适力倡白话文，主张文学革命。如果不是这批近代先驱的披荆斩棘，说不定我们今天还在之乎者也。

因为讲课，我第二次来到宿州，经过桥下的汴河，追看下游的泗水，想起白居易的《长相思》，也就突发奇想，是不是可以把白居易看作中国白话文的先驱？不想便罢，越想越觉得有道理。

其实在任何时代白话都是语言常态，从实际生活看，古人今人从来都是以白话作为最基本的生活语言。仅举一例，陈胜起义为王之后，儿时朋友前来投奔，看到他那豪华的生活设施，不由得感叹：“夥颐，涉之为王沉沉者！”这就是大白话。“夥颐”更是白话中的俚语，只是很多人不解，仅以感叹词释义，没错，但没说到点子上。须知，我是楚人，知道这是典型的楚地方言，就是“伙计”“伙家”的意思，是感叹兼有亲切称谓的表音词。能够引用这样的俚语入文，也是司马迁的不凡之处。

但在整个古代史的书面文字上，白不胜文也是事实。书面行文的功能首先是记事表情等，但在风格上却追求精粹典雅。精粹就是少而精，因为早先古人写字就是刻字，行文兼做工匠，十分艰难，所以文辞戒繁；典雅就是精致之美，是细腻从容悠然的艺术表现形式，也是审美高度的标志。追求美感是人之天赋共性，这种共性需求必然辐射到行文方面，所以在不害义的前提下，文辞之美很受欢迎。先秦诸子、两汉文章均遵此道。

两汉之后的江南六朝，由于北方战乱，多为胡人统治，代表中华文化主流的中原文明重点南移，既为江南开发注入前所未有的先进机制，又为汉文化的繁荣奠定雄厚基础。但是南方鲜有北图之志，其文化方向也就偏于虚空，崇尚清谈，文学上也就衍生出对于形式之美的片面追求，这才出现唐代韩愈认为的“俗下文字”，就是应付应酬之类的东西，具体表现为追求声律、辞藻与排偶等。陈叔宝时代应该是其巅峰时期。

剑走偏锋总要矫正，经过初唐的“王杨卢骆当时体”，直到唐朝中期，韩愈站出来了，倡导并发动一场文章革命，史称“古文运动”，以改革文风为表，以恢复儒学为里，主张以文明道就是证明。但在当时除了柳宗元等支持响应外，似乎没有获得应有的历史功效，真正的历史声势在宋代才正式形成。在唐宋八大家里，六个都是宋朝人，应该能够说明这个问题。

另一方面，到了唐朝后期，终于出了个白居易，其与挚友元稹共同发起新乐府运动。乐府诗就是汉代官方采集整理的民间诗歌，这是对《诗经》中《风》《雅》的发展，所以新乐府运动实际上是要恢复《诗经》的传统，让生活成为诗歌的底蕴，使诗歌回归生活的正道，这当然也是对于前代文风的纠偏。如从写作语言的角度讲，白居易虽然没有明确提出使用白话文的主张，但其倡导白话写作的意向却十分鲜明，除了少数例外，以白话写作贯彻在他一生的创作实践中，而且具有明显的市民化倾向。正是在这个意义上，我把白居易看作白话文的先驱。

不信请看与宿州相关的《长相思》：“汴水流，泗水流，流到瓜洲古渡头。吴山点点愁。　　思悠悠，恨悠悠，恨到归时方始休。月明人倚楼。”修辞手法就是白描，语言风格就是白话，全词无典，关键词汇尽出自然，体现的精神却极其人性化、生活化，就是王昌龄的“忽见陌头杨柳色，悔教夫婿觅封侯”的再版。由于词始兴于唐，李白的《忆秦娥》也可能深刻影响了白居易。类似这样的例子很多很多，但他们都不能成为白话文的先驱，因为与白居易相比，白话不是他们的主流风格。

当然白话不是白开水，只是浅显易懂的文体；白居易不是张打油，而是特定艺术形式的化身。白居易的诗歌三千多首，作品几乎均为白话，且多为写实，表现出浓郁的现实主义风格，成为有唐一代最为杰出的诗歌艺术家之一。正因他的语言风格与艺术风格高度统一，使其作品在当时的传播广度无人能及。据元稹介绍，许多重要建筑的墙壁上多有白诗，妇孺仆隶也会吟唱。白居易在从长安到江州的途中，就亲见自己作品风行各地。唐宣宗《吊白居易》一诗中的“童子解吟长恨曲，胡儿能唱琵琶篇”，应该就是对他最好的赞赏、总结与评价。

不仅如此，白居易还以创新的文风改造散文，同样发挥了重要影响，这与后来产生的四部古典小说不能说完全没有关系，此不赘述。这个事实说明，中国的语言其实一直存在两条路线，直到近现代，白话最终战胜文言取得绝对优势，固然是历史发展的必然，但是追根溯源，似乎只有白居易是一个长期自觉的实践者，而且对后世产生巨大影响，所以说，他是当之无愧的中国白话文先驱。

写完该文，巧遇地处咸阳的西藏民族学院（现已更名为西藏民族大学）的袁教授，蒙他点拨才知道，原来胡适在《白话文学史》里有此一说。我没有读过这本书，但相信这个话。好在我和胡适是老乡，他说他的，我说我的。

（2016 年 10 月 26 日）

白居易的成名作与初恋

我喜欢白居易，但没有研究过他，还是去安徽宿州教学时，席间闲聊，才知道白居易虽然出生在陕西（也有说他生于河南新郑），但从 11 岁开始就寄家安徽宿州符离，就是以烧鸡闻名的符离集，在这个地方先后生活了 22 年，其成名诗作在此写成，人生初恋也在此发生。

有人统计，白居易在宿州先后写了 36 首诗歌，离开宿州后，也有 20 多首诗歌与这个地方有关，以至他把寄家之地称为"故居""故园"。在这数十首诗歌中，最重要的则是其成名之作《赋得古原草送别》。诗曰："离离原上草，一岁一枯荣。野火烧不尽，春风吹又生。远芳侵古道，晴翠接荒城。又送王孙去，萋萋满别情。"

此诗应该写于 20 岁之前。新旧唐书《白居易传》均说他以"未冠"之年，"袖文一编，投著作郎吴人顾况"。而顾性浮薄，后进文章无可意者。览居易文，不觉迎门礼遇曰："吾道斯文遂绝，复得吾子矣！"唐人张固在《幽闲鼓吹》中说得更生动。"顾睹姓名，熟视白公曰：'米价方贵，居亦弗易。'"但当读到《赋得古原草送别》时，即嗟赏曰："道得个语，居亦易矣。"因与之延誉，（居易）声名大振。如此说来，可爱的顾老头竟然成为白居易的伯乐。

是什么原因促使白居易写出该诗呢？当然是宿州大地的养育之功。宿州在地理上属于淮北平原，方圆数万平方公里，看上去广袤无垠，历来是兵家必争之地。因此之故，遍地掌故，流传悠久，虽然现在这些资源尚未充分开发，但却有个说法："看上去黄土一片，说起来气象万千。"平原最重要的自然植被就是野草，所以这块古老的平原和茂盛的青草才成为深入诗人心底的不朽物象。加上其父在徐州为官，地域接近，官宦子弟交游来访应很平常。正是在这样的背景下，某次偶然的“王孙”离别，才激发出诗人孕育已久的创作激情，终于在这块土地上完成了伟大而不朽的成名之作。

人人都有初恋，初恋往往铭心刻骨，白居易也不例外。对此我没有原始资料在手，只能根据网络上比较可信的文章所提供的资料介绍。诗人的初恋是邻家的湘灵姑娘，彼此相差4岁，属于兄妹级别。诗人在19岁时与姑娘发生恋情，后来执意迎娶，但很难突破门第藩篱，自然遭到母亲与亲友反对，不得已在37岁时才与杨氏小姐结为伉俪。湘灵姑娘也终身未嫁。父女两人曾在九江与诗人相见，抱头痛哭。诗人在57岁卸任杭州刺史那年，沿汴河回京途中，决意绕道符离探望湘灵，可见“中心藏之，何日忘之”，但是人已不知去向，令人悲叹，想来诗人当时的心情只能用“愁苦”形容了吧。

真是天涯何处无芳草。湘灵姑娘虽是村姑，却不平凡，通音律，善歌唱。诗人19岁那年曾以《邻女》一诗赞美她：“娉婷十五胜天仙，白日嫦娥旱地莲。何处闲教鹦鹉语，碧纱窗下绣床前。”诗人22岁那年随父赴襄阳，这是不多的远别，途中写下《寄湘灵》：“泪眼凌寒冻不流，每经高处即回头。遥知别后西楼上，应凭栏干独自愁。”真爱经受了远别的考验。此后又有多首作品抒写思恋之苦。直到贞元二十年，诗人已经32岁，官拜校书郎，在举家迁往长安前，还提出迎娶湘灵，但还是不成。至长安后又写下《冬至夜怀湘灵》：“艳质无由见，寒衾不可亲。何堪最长夜，俱作独眠人。”真是愁苦万状，感人至深啊！

其实白居易直接或间接写与湘灵爱情的作品有很多，这里我要特别说到的是另一首很著名的《长相思》：“汴水流，泗水流，流到瓜洲古渡头。吴山点点愁。　　思悠悠，恨悠悠，恨到归时方始休。月明人倚楼。”我原来一直以为该词是写商妇之怨的作品，现在看来不对，它其实就是诗人站在湘灵姑娘的角度，以虚实结合的手法，既写离愁别恨，又写归时难见（“恨到归时方始休，月明人倚楼”）的痛楚。

是吗？应该是，“汴水”“泗水”都在宿州地界，我在宿州就曾到过“汴水”，遥看“泗水”，而且向陪同人员求证，白居易的《长相思》写的就是这里。那么在宿州这块地方，在白居易的一生中，除了湘灵姑娘，再没有第二个能让诗人梦绕魂牵的人了。所以这首词再次证明初恋的永恒。

（2018 年 8 月 28 日）

漫说李煜绝笔词

李煜，南唐后主，作为皇帝把国家带向灭亡，政治上算是彻底失败。但是作为艺术家却成就多面，精书法、工绘画、通音律、善诗文，尤以作词见长。其词继承晚唐以来温庭筠、韦庄代表的花间派传统，亦受其父李璟及冯延巳影响。风格以南唐亡国为界，前期语言轻松明快、形象生动，用情真挚，风格鲜明；后期题材广阔，意境深沉，遗作近四十首，成为从唐至宋过渡时期词的艺术高峰，对后世词学影响至深至远，被人称为“千古词帝”。

观其一生，得益于家学渊源，更有非凡人可比的皇家教育条件，如此“天赋＋教育”，终于造就他酷爱艺术、追求艺术、精通艺术、醉心艺术的特殊人格。历史经验证明，以艺术人格统治国家鲜有成功者。凡把艺术当国事者，结局必定让国事戏剧化，他基本就是一个把艺术当作国事的政治人物。国家不幸文学幸。他以皇帝的身份全身心投入艺术创作，虽是国家的悲哀却是艺术的幸运。所以他“一旦归为臣虏”，虽是国家和人生的悲哀，却是诗词艺术的大幸。

最终，他死在 42 岁的年龄上，真是可惜，宋太宗哪怕让他多存活一年几年的，中国诗词艺术的历史肯定改写，因为他殒命之时正是他词作艺术的爆发时期和高级阶段，感觉上他这时恰在不可抑制的创作兴奋状态中。究其死因，本质当然是政治的原因，但在形式上他又的确是死于艺术创作，或者说为艺术创作而死。关于他究竟直接死于哪一首词作，至少存在两种说法，一是以唐圭璋代表的“浪淘沙说”，一是以王铚为代表的“虞美人说”。比较而言，我更倾向于后者。

唐圭璋先生是当代诗词学大家，著述丰富而权威。他在其重要著作之一《唐宋词简释》一书中指出，《浪淘沙》帘外雨潺潺一词，“殆后主绝笔，语意惨然”。唐先生虽以一“殆”字表达“大概”，但在该书所选李煜的十九首词中，除《浪淘沙》外均未与作者死因联系，尤其是对《虞美人》一词丝毫没有给出与死相关的介绍；即便从编排顺序上看，《浪淘沙》也被排列在《虞美人》之前，所以“殆后主绝笔”之说应以《浪淘沙》为据，基本能成一家之言。当然，最早持此说者是清人端木埰。他在《< 词选 >批注》里说《浪淘沙》“妄露圭角”。

而另一种说法则以宋人王铚为代表。需要说明的是在王铚之前还有一个胡仔。胡仔是北宋人，其在自己的著作《苕溪渔隐丛话》中说到《浪淘沙》一词：“含思凄婉，未几下世矣。”这里的“未几”就是“过不多久”，而不是“直接”“马上”的意思，看上去与唐圭璋先生的“殆”字之义有形式相近之处，但表达的意思却完全不同，所以它其实是王铚观点的另一类说法，或者说，南宋的王铚在《默记》中说出了胡仔在《苕溪渔隐丛话》中的语中所无而意中所有。

王铚的《默记》是这样记载这件事情的。宋太宗一日问徐铉：“曾见李煜否？”徐铉是南唐旧臣，李煜近臣，现为宋左散骑常侍、迁给事中，所以回答：“臣安敢私见之。”太宗对他说：“但言朕令卿往相见可矣。”徐铉领命拜见李煜时，李煜先沉默不言，忽然长吁曰：“当时悔杀了潘佑、李平。”潘佑、李平均为南唐重臣，因为谏议国事触怒李煜被冤杀，偏偏徐铉属于加害一方，这声叹息应该包含李煜对徐铉的责怪，而话题也是政治性的。可见这位亡国之君太不懂政治了。

徐铉回去后，在太宗询问下如实汇报，太宗心情可想而知，但尚能隐忍。“又后主在赐第，因七夕，命故妓作乐，声闻于外，太宗闻之大怒。”想想也是，在别人的地盘上，特别是在已为臣虏的窘境中，做喧宾夺主的事情，确实有点不识抬举。又传“小楼昨夜又东风”和“一江春水向东流”之句，“遂被祸”。而这两个名句均出自《虞美人》。《虞美人》又满篇都是“故国”“故宫”的情怀啊。情固真切，艺亦精邃，但政治智慧与生存本能远不及阿斗刘禅。

当然，王铚《默记》一书共三卷，虽多记北宋轶事，在《四库全书》中只是归为小说家言。但是须知，在《四库全书总目提要》里却称赞“铚熟于掌故，所言可据者多矣”，所以该书可补正史之缺。由此观之，王铚所记应该可信。在同为当代词学大家刘永济的《唐五代两宋词简析》一书里，就说李煜的《虞美人》“明言‘故国’明言‘雕栏玉砌’，故宋太宗闻之，即赐牵机药以死之”。

如果深入《虞美人》的词意之中，的确可以感到李煜该词属于在沉默中的爆发。唐圭璋先生也认为“此首感怀故国，悲愤已极”“如怨如慕，如泣如诉”。是啊，国恨家仇，身被其辱，正是艺术家创作的巨大动力，在其作用之下，作者对于生死或许也就置之度外，对于李煜这样醉心艺术的人来说，恐怕就更是这样了。所以我说，李煜其实是死于政治，虽然表面上看只是因为一首词作。

（2018 年 8 月 23 日）

史上对李煜们的三个批评

每一个人都是一个鲜活的主体性存在，但对他人而言，我们每一个人又不过是一个客观存在的事物而已，所以遭遇不同评论原属正常，就是一种主观对于客观的反映与反应而已。从特定的意义上讲，正是种种褒贬不一的评论，才搭建起承载个体人生永垂不朽的载体。

李煜，南唐后主，治国不足为训，终以亡国之君载入史册，固在“不朽”之列，不过尔尔。但是总其亡国之恨、失后之辱、苟且之耻，均融合转化成为艺术创作的激情机制，并因此取得高峰耸峙熠熠生辉傲视千古的伟大成就，引无数后人读之而感叹泪垂，足以掩饰其亡国形象之晦暗，更激发千年以来人们阅读、研究和批评的热情。

后人，当然不是历史学家而是文学家和文学批评家们，对于李煜和“李煜们”的批评主要集中在几个作品中。

其一，《破阵子》：“四十年来家国，三千里地山河。凤阁龙楼连霄汉，玉树琼枝作烟萝，几曾识干戈？　　一旦归为臣虏，沈腰潘鬓消磨。最是仓皇辞庙日，教坊犹奏别离歌，垂泪对宫娥。”

宋人苏东坡对此予以讥评：“后主既为樊若水所卖，举国与人，故当恸哭于九庙之外，谢其民而后行，顾乃（反而）挥泪宫娥，听教坊离曲哉！”

樊若水，南唐士人，向宋太祖进献架浮桥平南唐计策，系致南唐灭国之直接原因。东坡之讥评，关键在于指责李煜辞国归宋，虽哭九庙却不谢人民，反而“垂泪对宫娥”，确有不爱江山爱美人之嫌。人民乃江山社稷之本。东坡以一“谢”字表达两种意思：一则应向人民的包涵致谢，一则应向人民受乱致歉。而李煜独缺，说明他为声色所累，心中无“民”，犯下统治之大忌，落此下场也就不足为奇。

其二，《浪淘沙》：“帘外雨潺潺，春意阑珊。罗衾不耐五更寒。梦里不知身是客，一晌贪欢。　　独自莫凭栏，无限江山，别时容易见时难。流水落花春去也，天上人间。”

对此，清人端木埰给出的批评最为严厉：“前章‘不知身是客，一晌贪欢’，正陈叔宝全无心肝，亡国之君千古一辙也。次章又有‘往事堪哀’‘终日谁来’‘想得玉楼’等句。明明觖望不甘，被祸之由，牵机药所由来也。前已荒昏失国，此又妄露圭角，可为千古龟鉴。睹此则知后帝‘此间乐’之语，未可全非。”

一国之君，既已亡国，当以身殉国谢天下，如崇祯帝也。既无殉国之心，那就吞声苟且，蝇营偷生，与草木同朽，既致天下定，也使人民安，谅后人不至苛求。但是李煜拥有并不珍惜，失去才知宝贵，不审己身已是笼中之鸟，不觉存世仅象征而已，反而无力复辟却徒生妄想，南归无望又更恋故国，且悲情日甚，如泣如诉，并屡屡诉诸笔端，传诵天下，遂于无形中形成精神号召，终成大忌，结果也就只能如此。端木埰固然笔下无情，却使人思之无语，阅之有憾。

其三，李璟不是李煜，而是李煜的爹，但属于“李煜们”中的一位，其《浣溪沙》：“菡萏香销翠叶残，西风愁起绿波间。还与韶光共憔悴，不堪看。　　细雨梦回鸡塞远，小楼吹彻玉笙寒。多少泪珠何限恨，倚栏干。”又，“李煜们”的重要人物之一冯延巳的《谒金门》：“风乍起，吹皱一池春水。闲引鸳鸯香径里，手挼红杏蕊。斗鸭阑干独倚，碧玉搔头斜坠。终日望君君不至，举头闻鹊喜。”

宋《魏庆之词话》：“五代干戈，四海瓜分豆剖，斯文道熄。独江南李氏君臣尚文雅，故有‘小楼吹彻玉笙寒’‘吹皱一池春水’之词，语虽奇甚，所谓亡国之音哀以思也。”

可不是吗，五代十国时期，天下纷争，干戈频仍，生存根本在国力，精神更须奋进。而南唐三十八年，一系三世，先主李昪勤政图新，外和吴越，内安生民，基业奠定。至中主李璟虽能开疆拓土，惜挥霍奢侈，吏治腐败，国力下降。李璟好读书，多才艺，擅长作词，但词有亡国之气。至后主李煜，治国无道，作词有方，文辞清新，却意境靡软。仅以词牌观之，“望江南”“乌夜啼”“破阵子”“虞美人”“浪淘沙”等，反复采用，均寓不祥之兆。考察内容，更多有愁苦之状，无矫揉造作之态，气运一体，诚如天成。天命耶？更有舞曲《念家山破》。开宝八年（975 年）南唐败亡，后主入宋，时人陈旸就在《乐书》中说这是“念家山破之应也”。

（2018 年 8 月 24 日）

王安石《桂枝香》赏析

南京，江山形胜之地，十朝帝王之都，上千年来，骚人墨客竞相凭吊吟咏，因此留下无数美文华章，至今每每读起，仍不免唏嘘叹息。若以长短句论，王安石的《桂枝香》，独胜一筹，折桂千秋，遗韵悠长，堪称一绝。

登临送目。正故国晚秋，天气初肃。千里澄江似练，翠峰如簇。征帆去棹残阳里，背西风、酒旗斜矗。彩舟云淡，星河鹭起，画图难足。

念往昔、繁华竞逐。叹门外楼头，悲恨相续。千古凭高对此，谩嗟荣辱。六朝旧事随流水，但寒烟衰草凝绿。至今商女，时时犹唱，后庭遗曲。

宋人杨湜在《古今词话》中说：熙宁九年—元祐元年（1076 年—1086 年），金陵怀古，诸公寄词于《桂枝香》，凡十三余首，独介甫（王安石字）最为绝唱。（苏）东坡见之，不觉叹息曰：“此老乃野狐精也。”有网友说，“细品此词，觉得其中颇有踌躇满志而苦于手无权柄之意，创作时间应该是在初任金陵时”。我不以为然，仅东坡句中一“老”已经说明问题。

全词 101 字，结构分明，意蕴饱满，上片写景，下片怀古。“登临送目。正故国晚秋，天气初肃”，起兴伊始已经纲领全篇，点出地点时间气象。尤其“登临送目”一句，高屋建瓴，神来之笔。作者登高远看，总揽天地江山；船行入目，市井在望；“彩舟”“星河”，虽云泥两端，但天地谐和，其状之美非图画可及。对此千般妖娆，自然引发思古之幽，“念往昔”三字，一声长叹，引人思接千古。曾经的金陵，既“繁华竞逐”，又“悲恨相续”，后来者登高对此，谁又能不感叹荣辱。一切都已过去，六朝已成历史，只有寒烟袅袅不绝，野草枯荣年年。也有前朝遗曲，不时响起，闻之更增慨叹忧思！

该词在文学史上，尤其在南京历史上具有独特地位。一般而言，词兴于隋唐，盛于两宋。宋前题材狭窄，词风柔靡。入宋，苏东坡引领变革，始有婉约豪放两派。但在题材上，苏东坡的《念奴娇》固有开创意义，但其所咏者仅赤壁一点，公瑾一人。而王安石该词风格不及豪放却远超婉约，尤其把地域大历史纳入作品咏诵，似无前人，应属先例。正是从此开创，方有后世（元代）萨都剌数咏金陵，尤以《念奴娇》《满江红》得王安石真传，不失婉约，暗透豪放，遂成词学名篇，文史重彩，在南京地方史上刻下不朽痕迹。其中《念奴娇·金陵怀古》已与百戏之祖的昆曲结合，韵调古朴典雅，意境深邃悠远，令人闻之陶醉。南京有此，盖滥觞于王安石也。

（2018年8月26日）

说明：在中国文学史上，最长的词牌应属《莺啼序》，又名《丰乐楼》，240字。因其审美负担过重，所以虽有作品，流传不开。诸如《念奴娇》《满江红》等词牌则不然，约略百字，承载信息适中，作者抒发自由，便于读者记诵品赏，所以词人多用。但像萨都剌以相近词牌相近字数写作金陵题材的怀古抒情词作，较为少见，难度更高。考其源流，王安石的《桂枝香·金陵怀古》不仅领先以词吟咏金陵历史风物者，更对萨都剌发生了深刻影响。此录萨都剌两首金陵怀古之词。

其一：念奴娇·登石头城

石头城上，望天低吴楚，眼空无物。指点六朝形胜地，惟有青山如壁。蔽日旌旗，连云樯橹，白骨纷如雪。一江南北，消磨多少豪杰。

寂寞避暑离宫，东风辇路，芳草年年发。落日无人松径里，鬼火高低明灭。歌舞尊前，繁华镜里，暗换青青发。伤心千古，秦淮一片明月！

其二：满江红·金陵怀古

六代豪华，春去也、更无消息。空怅望，山川形胜，已非畴昔。王谢堂前双燕子，乌衣巷口曾相识。听夜深、寂寞打孤城，春潮急。

思往事，愁如织。怀故国，空陈迹。但荒烟衰草，乱鸦斜日。玉树歌残秋露冷，胭脂井坏寒螀泣。到如今、只有蒋山青，秦淮碧！

睡前阅读李清照

就寝前，翻翻才买来的《李清照诗词集》。书是上海古籍出版社出的，吴慧娟写了很好的前言，大大有助于人们阅读，我也因此得了便利。

阅读该书，特别是阅读附录部分的《李清照诗集》，刷新了我对这位杰出女性的认识。在过去的概念中，李清照以词人名世，诗歌除了《乌江》（亦称《夏日绝句》）外，多不闻名。现在知道了她的诗作远不止此，共存世十七首。泛泛读罢，平心而论，感觉多不出色，但是《题八咏楼》还是很值得一读。只是今晚，《偶成》一诗更加触动了我。

十五年前花月底，相从曾赋赏花诗。
今看花月浑相似，安得情怀似往时。

手法白描，风格自然，情感流畅质朴，以“十五年前”之美好反衬目前的凄凉悲苦，其比兴与欧阳修的《生查子》有得一拼，虽然后者名气远胜前者。李清照的这首诗写于何时并无定考，《李清照诗集》也未着一字，但我感觉是她在五十岁前，于孤寂之中怀念丈夫赵明诚的作品。细加品之，意境昭然，即便从文字来看，“相从”一语也能证明。

李清照十八岁嫁给礼部侍郎赵挺之之子赵明诚，但在宋高宗建炎三年成为寡妇，年仅四十六岁。以此推论，“十五年前”正是她三十刚过，尚在青春，生活中曾有夫妇花前月下的一幕幕。这对伉俪本来门当户对，学养丰厚，雅趣互赏，且无子嗣，所以二人世界应当比一般人拥有更多赏花赋诗的闲情逸致。

但是十五年后呢，世事沧桑，国家破裂，北方已经沦为金人的殖民地，大宋王朝从此也被后世史家称为“南宋”，以淮为据，偏安于南。李清照虽为女流，却有强烈的家国情怀，既经丧夫之痛，又历短暂而糟糕的再婚生活，更有因为不幸再婚而招致的九日牢狱之灾。此时，年近半百，复国无望，人生向晚，更容易感时伤心，观花落泪。甚至花色愈娇，伤心愈甚，于是以无限悲凉的心情和着文字，从满是沧桑的心灵深处娓娓流出这样一首《偶成》。

《偶成》，看似偶感，其实必然。人生无常也有常，常中也有无常。五年一小档，小档小变样，十年一大档，大档大变样，一档一个样，人人都一样。相信没有人能够面对时光飞逝生活巨变而无动于衷，因此感怀伤时在所难免。不同的是，俗人无文，留不下自己的感叹，而雅士善文，能以诗文吟之。李太白马裘换酒，杜工部感时堕泪，曹孟德对酒当歌，苏东坡望月兴叹，和李清照的《偶成》一样，所发的都是对于世事人生的嗟叹，反映着相近而不同的人生体验，因为他们的嗟叹成为文学的作品，也就流传千古了。

生活中总会涌现出不同的代表。相信，不管社会怎么发展进步，人生的际遇不可能被格式化，那样也就没有人的生活了。只要还有人的生活，这些久远的作品总能代表着不同时代人们的生活体验，体现着不同时空维度中的人们的生活情绪和生命感触。也正是这个逻辑，李清照饱蕴十五年沧桑历练和生活巨变，偶尔面对年年相似的花朵发出的戚然叹息，还能在今天触动我们的心灵。

（2019 年 11 月 3 日）

中秋词中的“待月派”和“送月派”

年年中秋，今又中秋。每逢中秋，几乎人人都会想到苏东坡，因为他的那首写中秋的《水调歌头》实在太出色了，出色得高评迭出，代不绝书。简单举几个例子吧。

宋人鲖阳居士在《复雅歌词》里首先记录：元丰七年（1084 年），都下传唱此词。神宗问内侍外面新行小词，内侍录此进呈。读至“又恐琼楼玉宇，高处不胜寒”，上曰：“苏轼终是爱君。”乃命量移汝州。此时东坡贬在黄州大约四年多了，甚至传出死亡的“噩耗”。《水调歌头》流行到了神宗皇帝的办公桌上，自然让他想起这位旧党人物风流才子，于是吩咐酌情将苏东坡移近汝州（今河南的汝州市）重新安排工作。可见该词当时就有惊天动地的影响。

清朝李佳在《左庵词话》中夸赞苏东坡和他的《水调歌头》，“此老不特兴会高骞，直觉有仙气缥缈于毫端”，就是说东坡不仅兴致高超不凡，而且作品有仙气流于笔端。同朝另一诗词评论家王闿论也在《湘绮楼评词》中说《水调歌头》，“通篇妥帖，亦恰到好处”，“大开大合之笔，亦他人所不能，才子才子，胜诗文字多矣”。的确如此，苏东坡诗文书画俱佳，但终归以词闻名。词中的代表作就是《念奴娇·赤壁怀古》和《水调歌头·明月几时有》。说到这里，还是重温一下《水调歌头》吧——

“明月几时有？把酒问青天。不知天上宫阙，今夕是何年？我欲乘风归去，又恐琼楼玉宇，高处不胜寒。起舞弄清影，何似在人间。

转朱阁，低绮户，照无眠。不应有恨，何事长向别时圆？人有悲欢离合，月有阴晴圆缺，此事古难全。但愿人长久，千里共婵娟。”

如此中秋词品，确如中秋之月，高悬碧空，照亮千秋，用南宋胡仔《苕溪渔隐丛话》的话说，《水调歌头》一词既出，“余词尽废”。“余词尽废”说得精彩，评到极致，让原作和评论一起盖了帽。

但是我们还需要注意一个问题，在所有写中秋的词作中，均以月升起兴，堪称“待月派”；“对立统一”嘛，既然已有“待月派”，也就应当有个“送月派”。天遂人意，还真的就有这么一个“送月派”。“待月”“送月”的概念均出自辛弃疾，我只是加了一个“派”，让他们 PK。苏东坡肯定是“待月派”的总司令，那“送月派”的代表人物呢？自然非辛弃疾莫属，其代表作品就是他的《木兰花慢》。词曰：

“可怜今夕月，向何处、去悠悠？是别有人间，那边才见，光影东头？是天外，空汗漫，但长风浩浩送中秋？飞镜无根谁系？姮娥不嫁谁留？　谓经海底问无由，恍惚使人愁。怕万里长鲸，纵横触破，玉殿琼楼。虾蟆故堪浴水，问云何玉兔解沉浮？若道都齐无恙，云何渐渐如钩？”

思路开阔，天地连体，想象雄奇，但又不失合理，真想问问辛弃疾：“怎么不去搞科研呢？”

我之所以说它是写中秋的“送月派”中的代表作品，其实是辛弃疾自己定义的。他在词前小序里特别说明：“中秋饮酒将旦，客谓前人诗词有赋待月无送月者，因用《天问》体赋。”就是说在中秋的晚上和客人喝了一夜酒，天快亮了，客人提出一个话题，无疑给辛弃疾打通一条思路，激发出一个新的创作兴奋点，于是这首送月西去的作品横空出世。所以我一贯说，好作品都不是一个人的。试想，如果没有那位客人的提问启发，也许永远不会产生这首伟大的作品。

这首作品伟大吗？伟大在哪里啊？我可以肯定地说，这是一首空前绝后的伟大作品，但其伟大之处并不是它的艺术成就。若论在诗词文学史上的地位与贡献，辛弃疾与苏东坡是旗鼓相当的，虽然有人对辛弃疾的评价还高过苏东坡，但总体而言“苏辛”齐名已是历史定论。如果以这首词作与苏东坡的《水调歌头》比较，两者的艺术成就还是不能同日而语，所以《木兰花慢》完成之后并不响亮，更不那么流行。遍察各类词选著作，几乎均不见收，就是证明。可是它毕竟选取了一个全新的角度，以描写落月起兴，提出一串震古烁今的天问，虽然孤篇横绝，却从艺术上代表了我所称之的“送月派”。

如果仅仅如此那也还不够“伟大”的级别，它真正的伟大之处在其科学价值。这在当时人们连做梦也想不到，作者也不会想到，但是历史却让它拥有这样的价值和这份光荣。我以为，人类真正的近代历史应以天文学革命为开端。在天文学领域，“地心说”“日心说”长期对峙，以托勒密为代表的“地心说”曾经获得神学一般的地位。天文学革命则以“日心说”的确立为标志。虽然远在古希腊时代，阿基米德就提出“日心说”，但真正终结“地心说”统治地位的却是1543年哥白尼发表的《天体运行论》，标志近代自然科学的开端。阿基米德同时还指出地球是圆的，但一直无法证实，直到16世纪初麦哲伦通过伟大的航海实践才最终告诉人类：地球的确是圆的。

在这个方面，中国是严重缺席的。但幸好在12世纪的南宋时期产生了一个伟大的词人，以自己的一首《木兰花慢》，虽然远远地跟在阿基米德后面呼应，毕竟又抢在哥白尼的前面大约三百年，以屈原“天问”的形式，艺术地想象出地球是圆的。真是弥足珍贵，直让王国维在《人间词话》里赞叹：“词人想象，直悟月轮绕地之理，与科学家密合，可谓神悟。”“神悟”应该看作精确的猜想。猜想肯定不是科学，却是科学的先声与前奏，是带有科学性质的想象。实践反复证明，没有猜想就没有科学的产生。所以在天文科学史上给辛弃疾该词一席之地应该并无不妥。

（2018年9月22日）

辛弃疾是文武兼备的第一词人

在我青少年时期的20世纪60、70年代，乡人常以“文不能安邦，武不能定国”表达对一个人的鄙视，虽然语不带粗却极其恶毒。如果把这个极端鄙视的语义反过来看，就是文能安邦，武能定国。而这就是传统国人的理想人格，通俗地说就是文武兼备。我要说的文武兼备就是陆放翁说的“上马击狂胡，下马草军书”。所谓“草军书”就是飞扬致用的文才。

究竟有没有这样的人呢？当然有，但实在是凤毛麟角，因为说说容易，真正做到谈何容易。不信请开动历史搜索引擎，从漫长的中国历史长河中搜寻这样的人物信息，可以说，或以文著名，或以武闻世的史不绝书，那种普通意义上的文武兼备的人物也是多如牛毛，但是唯独在国家层面上真正的文武兼备并且得到举世敬仰的大概只有一个人，他就是宋代的辛弃疾。

辛弃疾（1140 年—1207 年），字幼安，号稼轩，山东东路济南府历城县（今济南市历城区遥墙镇四风闸村）人，系中国文学史上的著名词人，南宋王朝的出色将领。在词坛，既与苏轼齐名，史称“苏辛”，共创豪放派，又因与李清照（号易安居士）同为山东济南人，被并称“济南二安”。但是总其一生，由于文名过盛，反而掩盖了他那过人的文武兼备的人格光辉。

若论武才，他的勇武是超人的。绍兴三十一年（1161 年），金帝完颜亮大举南侵，金人统治下的汉族人民乘机奋起反抗。辛弃疾以二十一岁的年龄聚集了两千人，其组织才能得到初步展现。在参加由耿京领导的义军后，担任掌书记，算是才堪重任。完颜亮在前线为部下所杀，金军向北撤退，辛弃疾于绍兴三十二年（1162 年）奉命南下与南宋朝廷联络。不曾想到在他衔命归来途中，得知义军领袖耿京被叛徒张安国所杀，义军因此溃散。英雄总能在危急时刻力挽狂澜，他立即组织并率领五十多人闯入几万人的敌营，生生地把这个叛徒擒拿归案，带回建康，交给南宋朝廷处决。这种英雄壮举仅有勇武肯定不够，必定还有足够的韬略支撑。

因其忠勇可嘉，辛弃疾归宋后，颇受重视，先后担任江西安抚使、福建安抚使等职。但他始终以恢复中原为志，以建功立业自许，这就与朝廷对金方针抵牾，自然也与主和派政见相左，终被弹劾，退隐山居。直到开禧北伐前后，再被起用，先后担任绍兴知府、镇江知府、枢密都承旨等职。在六十八岁那年病逝，获赠少师，谥号“忠敏”。历史不能假设，但不妨设想，如果当时的朝廷能够给予他领军抗金机会，他未必不是岳飞第二。

虽然论起武功建树他在历史上并不足道，即使与同朝的岳飞和韩世忠等人相比也不可同日而语，但是考察个人勇武品格，他在历史上肯定名列前茅。但他与所有以武闻名的英雄相比，却有三点鲜明的不同之处。

首先，他不是一个军事将帅，却是真正具有文韬武略的雄才，前述于万马军中擒获叛徒的英勇事迹，还有著名的《议练民兵守淮疏》《美芹十论》《九议》等条陈战守之策都是证明。

其次，是他的勇武源自博大的精神世界，使之完全不同于那种匹夫之勇。匹夫之勇人皆可为，但是难以持久，因为缺乏精神信仰的支撑。辛弃疾不然，素有“了却君王天下事，赢得生前身后名”的仕子之志，仅以他与朱熹的交往即可看出他还有深邃浩远的精神世界。朱熹去世后，有关当局严禁悼念，他独敢违禁前往，高声致辞：“所不朽者，垂万世名，孰谓公死，凛凛犹生。”这是何等的博大与勇敢。也许这就是余秋雨先生讲的，源自由衷捍卫“赫赫文明”的责任。这才是真正的武道精神，真勇士也！

当然，还有一点更是其他勇武的英雄人物无法企及的，那就是他杰出的文学成就。宋代最为杰出的文学成就就是词。词萌于南朝，兴于隋唐，至宋达到顶峰。辛弃疾是宋代词坛的杰出领袖，一生共留下六百多首词作，结成《稼轩长短句》传世。其词不仅具有强烈的爱国情怀，更有创新精神。以我浅见，在诗词领域，前宋各代，凡涉时政多以反映现实抒发情感为主，至宋一代，自辛弃疾始引入政见，堪称开创诗词文学之先河。观其词作，内容丰富，题材广泛，视野开阔，大到宇宙猜想，中到国策主张，小到生活状态、儿女情长，应有尽有，包容万端。风格固以雄奇奔放为主，亦有婉约妩媚之态，时而信手白描，时而哀婉清丽，用典出神入化，抒情荡气回肠。以一人之力，能够做到一点两点不难，但能形成如此格局多元成就显著的实不多见，更是所有文武双全类的英雄绝无仅有的。

正是因为辛弃疾的“武才”未必全输史上以武著称的英雄，而“文才”则尽赢史上所有豪杰之辈，尤其是他把“武才”与“文才”如此高度统一，形成独一无二的人格特质，所以我才说他应是史上帝王级别之外的文武兼备的第一人。

（2018 年 10 月 13 日）

陆游与唐婉深入骨髓的爱

在中国文学历史上，美丽感人的爱情故事不胜枚举，流传不朽的爱情名篇俯拾皆是，但是这些爱情故事大都是通过别人的文学渲染而得到广泛流传，像《孔雀东南飞》《长恨歌》等都是。不过有一个特例，那就是陆游和唐婉的爱情故事，因其人真事真情也真，千年流传，妇孺皆知。

鄙人年轻时虽然草莽，却特别喜欢陆游的精神、情感与情操，也顺带着喜欢他与唐婉的爱情故事，常常被他们感动得一塌糊涂。现在，又生出一种感觉，就是陆游与唐婉之爱是超越世俗富贵与功利的真爱，可以说彼此相爱的程度是深入骨髓的。更为可贵的是这些都不是民间传说与文学演绎，而是他们用饱蘸血泪的诗词向世人铺展出来的人生经历。

陆游与唐婉的爱情悲剧，当时就分别见载于周密的《齐东野语》卷一和陈鹄的《耆旧续闻》卷十，当然还有其他资料，但主要就是这两本书所记。根据记载，陆游初娶表妹唐婉，琴瑟和谐，但唐婉不被陆母待见，最终只好分离，陆游无奈另娶，唐婉被迫改嫁。几年后的一次春游，二人在沈园偶遇，唐婉盛情款待，陆游不胜伤感，于园壁题写一首《钗头凤》曰："红酥手，黄縢酒，满城春色宫墙柳。东风恶，欢情薄。一怀愁绪，几年离索。错、错、错。　　春如旧，人空瘦，泪痕红浥鲛绡透。桃花落，闲池阁。山盟虽在，锦书难托。莫、莫、莫！"诗人不幸文学幸，该词已是文学名篇，但凡宋词选本，几无忽略。

唐婉看到该词，十分悲伤，于是再以《钗头凤》相和云："世情薄，人情恶，雨送黄昏花易落。晓风干，泪痕残，欲笺心事，独语斜阑。难，难，难！　　人成各，今非昨，病魂常似秋千索。角声寒，夜阑珊。怕人询问，咽泪装欢。瞒，瞒，瞒！"仅从该词文采，即知两人深爱的道理，尤以"病魂常似秋千索"一句，说明这桩爱情悲剧对唐婉的打击是致命的。

周密书中没有记载该词，陈鹄也只是说，陆游"一日至园中，去妇闻之，遣遗黄封酒果馔，通殷勤。公感其情，为赋此词。其妇见而和之，有'世情薄，人情恶'之句，惜不得其全阙"。"不得其全阙"可以理解为没有写完，也可以理解为陈鹄没有得到全词。不去详考，相信这琴瑟和鸣、千古仅有的联袂唱和不是好事者的杜撰。

从陆游的《钗头凤》可以看出，他以满腔悲愤抒发着对于深爱破碎的万般不忍，他虽以牺牲爱情服从孝道，但是“东风恶”一语则又透露出他的强烈不满，因为“东风恶”而致“欢情薄”，给他造成的情感内伤可谓终生之痛啊！至于唐婉，也终于把长期郁积的痛苦、悲伤、无奈与屈辱揉进和词，虽强抑悲情，却款款控诉，既以“世情薄，人情恶”应和“东风恶，欢情薄”，又以纤柔的语言道出内心深处不可磨灭的爱恋，最终竟因伤心过度而去世。

如果说这是陆游在而立之年、情感丰沛之时发生的爱情故事，也许受到生理的支配，那么时隔40年后，陆游又以两首绝句无限深情地怀恋唐婉，则让我们杜绝此想。“城上斜阳画角哀，沈园非复旧池台。伤心桥下春波绿，曾是惊鸿照影来。”这是真正的心伤之作啊！“梦断香消四十年，沈园柳老不吹绵。此身行作稽山土，犹吊遗踪一泫然。”他很清楚，自己也快成土了，但是仍然不能忘记对于遥远爱情与爱人的祭奠。

还不止于此，大约又是十年光景了吧，陆游人已耄耋，据有人考察已经81岁了，还为后人留下两首沈园诗：“路近城南已怕行，沈家园里更伤情。香穿客袖梅花在，绿蘸寺桥春水生。”故地犹在，故人何在？心想故地重游，却不敢移步前去。可还是去了，于是再次感叹：“城南小陌又逢春，只见梅花不见人。玉骨久成泉下土，墨迹犹锁壁间尘。”

人之将死，其言也善，其情也真。如果说爱会伴有青春时代的冲动与疯狂，那么夕阳之下的垂垂老者，早已远离了这些，存留和展现出来的，除了深邃的质朴，就是情感的本真。唯其如此，陆游对于唐婉的深切怀念，让世人增加多少感叹！“问世间、情是何物，直教生死相许？天南地北双飞客，老翅几回寒暑。欢乐趣，离别苦，就中更有痴儿女。君应有语：渺万里层云，千山暮雪，只影向谁去？”能说元好问的《雁丘词》没有加入陆游与唐婉的爱情元素吗？纵然没有，他们也已经以感天动地的爱情悲剧，凄凉哀婉的唱和名篇，为人们诠释了另一种的“生死相许”。

（2018年6月18日）

吴趼人的三首情词

吴趼人是广东南海人，谴责小说家，活跃在清朝末年，代表作品有《二十年目睹之怪现状》《痛史》《九命奇冤》等三部，我只读过第一部，第二部没有读完，第三部压根就没有见过。

《二十年目睹之怪现状》里有多首言情词作，应该是作者所作，只是以书中人物的口吻说出来，就像红楼梦里的诗词一样。早在1972年前后，我就从战友闻广知那里得到口头传授其中的三首，1975年，经我师杨策先生推荐，我才借到并读完全书，发现我所学过的三首情词原来出自该书。当时就抄在一张白纸上，一放就是几十年，今天偶尔从旧书里翻到，敲将出来，与大家分享，以博一乐。是否绝对准确，不敢保证，但是肯定没有大错。

别看这么几首情词不算闻名，却有非常饱满的世道风情历史文化信息，很是值得玩味，尤其具有社会学价值。当然对于60岁以上的人来说，理解其中的风俗人情不是难事，但是对于更年轻的人来说，究竟能不能马上了解其中的意蕴我就不敢肯定了。因为他们生活的时代已经不是词作产生的年代，这就像现在的孩子们很难理解古代诗歌描写的农事辛苦一样的道理。好，现在我就一一介绍。

一、误佳期·美人嚏

浴罢兰汤夜，
一阵凉风恁好。
陡然娇嚏两三声，
消息难分晓。

莫是意中人，
提着名儿叫？
笑他鹦鹉却回头，
错道侬家恼。

《美人嚏》把传统少女的羞怯之态刻画得十分到位。美人出浴，凉风吹来，冷热反差造成刺激，导致喷嚏连连。传统时代，人们把打喷嚏的生理现象说成是有人念叨所致。词中的少女自然也会产生这种联想。但是出彩之处在于明明是她首先想起了意中人，却被自我想象或附会成别人在念叨她，于是发出“恼”的话语。可是一抬头却意识到鹦鹉学舌，会记住她的“恼”话。这样的正话反讲，只有相爱的彼此才能心领神会，而鹦鹉却只能学舌，难以传达真正的意思，结果自然是“错道侬家恼”。

二、忆汉月·美人小字

恩爱夫妻年少，
私语喁喁轻悄。
问到小字每模糊，
欲说又还含笑。

被他缠不过，
说便说，
郎须记了。
切休说与别人知，
更不许人前叫！

在父母之命媒妁之言的时代，新婚夫妇，通常婚前并不相识，婚后才能直接相处。看来彼此称心，情投意合，所以情话绵绵。那个年代女人的一大秘密就是小字，也叫乳名，只能在娘家时使用，出嫁后，无论娘家婆家从此都不允许以小字称呼，否则十分无礼。对于新郎来说，越是新娘的秘密也就越是好奇，于是千方百计地打听，打听不到，就加以纠缠。新娘“被他缠不过”，终于松口，但又十分担心他会走漏风声，于是给出“郎须记了”“切休说与别人知”“更不许人前叫”的三重叮嘱。特别是最后的一个“更”字，显得格外严肃、郑重，甚至义正词严。这种娇嗔的正式和正式的娇嗔，真叫人想来忍俊不禁。

三、荆州亭·美人孕

一自梦熊占后，
惹得娇慵病久。
个里自分明，
羞向人前说有。

镇日含眠作呕，
茶饭都难适口。
含笑问檀郎：
梅子枝头黄否？

新婚少妇，不久怀孕，是男是女，当然难以明晓，于是以梦熊说事，也带有祈愿男孩的性质。孕妇的妊娠反应表现为头晕、乏力、食欲不振、喜酸厌油、恶心呕吐等一系列症状，自己非常清楚是什么原因，却羞于启齿。那个时代的青年男性通常没有生理卫生常识，对于新婚妻子的妊娠反应多数无知，于是形成彼此信息不对称。怎么办？“含笑问檀郎：梅子枝头黄否？”一个“黄否”，既是对酸性食物的真实需求，也是对檀郎的言语暗示。特别是最后两句，生动地描绘出东方女性，尤其是新婚后的传统东方女性对于怀孕之事特有的含蓄羞涩和娇嗔的神态，既让檀郎心疼，也让檀郎头晕。

（2018 年 9 月 21 日）

汉高文帝爸，赵佗不是他

昨天看到“头条”的一篇文章说，越南有一些学者和愤青说广东广西都是越南的，赵佗是他们的祖先。不去谈这些无聊的话题，但是这个“赵佗”却让我想起一个有趣的故事，不仅几十年间至少先后两次看到这个故事，而且印象一直深刻。第一次是十七八岁那年，在农事之余从杨沫的《青春之歌》里看到的，虽然记不住里面那些文绉绉的话，却背下了“汉高文帝爸，赵佗不是他；今年既不中，明年再来吧”的“朱批”。第二次是二十三四岁时，在拉萨看了鲁迅的《且介亭杂文末编》，在《立此存照（一）》里知道鲁迅也读过这个段子。杨沫和鲁迅大概都是从《大公报》上读到的，不同的是前者把它安排成小说的一个情节，后者则利用它做了一篇杂文。鲁迅是这样说的——

海派《大公报》的《大公园地》上，有《非庵漫话》，八月二十五日（按：1936 年）的一篇，题为《太学生应试》，云：

“这次太学生应试，国文题在文科的是：《士先器识而后文艺》，理科的是《拟南粤王复汉文帝书》，并把汉文帝遗南粤王赵佗书的原文附在题后。也许这个试题，对于现在的异动，不无见景生情之意。但是太学生对于这两个策论式的命题，很有些人摸不着头脑。有一位太学生在试卷上大书：‘汉文帝三字仿佛故识，但不知系汉高祖几代贤孙，答南粤王赵他，则素昧平生，无从说起。且回去用功，明年再见。’某试官见此生误佗为他，辄批其后云：‘汉高文帝爸，赵佗不是他；今年既不中，明年再来吧。’又一生在《士先器识而后文艺》题后，并未作文，仅书‘若见美人甘下拜，凡闻过失要回头’一联，掷笔出场而去。某试官批云：‘闻鼓鼙而思将帅之臣，临考试而动爱美之兴，幸该生尚能悬崖勒马，否则应打竹板四十，赶出场外。’是亦孤城落日中堪资谈助者。”

真是温故而知新，今天通过鲁迅重读这些古董级别的信息，竟然发现一些更重要的历史信息就躲在里面，让人顿生一些开窍的感觉。不说更多，就说一点：我就从中看到了中国最后的“文言文派”，面对新文化运动中兴起的白话文的顽固与颟顸，并由他们反衬出采用白话文的重大进步意义，这当然是新文化运动的一个历史功绩。

历史的事件总是偶然发生的，但是历史的必然性又总是潜藏在这些偶然发生的事件中。就说中国汉语的文言文，那可真是意义饱满精粹优美啊！那么它是怎么产生的呢？如果用理论的观点回答，当然是被历史敲打锤炼出来的。因为历史进步需要文字记录信息，于是产生汉字。有了汉字，一方面，社会的信息加速增长，另一方面，火烧铜铸刀刻漆书的书写方式实在艰难，那就通过减少文字的数量、增加文字的义项来解决这个矛盾。但是，这样一来，文字也被专业化了，与用于普通生活的白话逐渐分离，最终也就发展出文字与口语两套系统，前者成为文言文，后者成为白话文。虽然两者并不根本对立，但是毕竟不可同日而语。

有了这样的两套系统之后，各自按照自身的逻辑向前发展，自然，白话适应所有人的需要，而文言文永远都是“贵族语言”。“贵族”总是要被革命的，唐朝的“古文运动”从一定意义上讲也是白话文革命运动，晚唐时期的白居易更是挺身而出率先以白话写诗。到宋元明时期，经济生活更加商品化，社会生活更加市井化，文化生活更加大众化，语言文字风格也就随之变化，其基本特征是不反对文言文，但是发展白话文，连宋词、元曲也都更加口语化。至明清，大部头小说隆重登场，被人们直接称为“白话小说”。但是这时文言文的地位还是高高在上稳如泰山。

更宏观一点说，在中国明朝前后，人类社会已经开始酝酿伟大的资本主义，虽然中国没有首先走上这条道路，但是资本主义还是走上了历史舞台，并从根本上改变了人类社会的进程与方向。面对如此伟大的历史巨变，文化不可能无动于衷，于是产生科学与民主等新型文化形态。尤其是科学，不仅是一种全新的知识体系和逻辑方法，更是一套全新的话语系统。中国自然也要追求，但是语言障碍也就出来了：想用文言文表达和论证生产、生活、思想等各类问题，不仅不可以，而是越来越不可以，于是改革文言文的任务理所当然地提出来了，而且日益迫切，甚至连太平天国都主张使用白话行文。所以清末民初开始实行文体改革，整个过程大致分为“新文体”“白话文”和“大众语”三个阶段，推动最有力的是新文化运动时期，核心却聚焦在废除文言文、使用白话文上，到了20世纪30、40年代基本完成。

有革新就有守旧，在这个过程中，既有主张白话文、反对文言文的一派，更有主张文言文、反对白话文的一派，前者以李大钊、陈独秀、鲁迅、钱玄同、刘半农等文化名流为代表，后者以南方的“学衡派”和北方的“甲寅派”为代表，其中，以不懂外文而用文言文翻译外文作品著称的林纾更为典型。但在清末民初那种尚新、求变、西化、自强的强大历史氛围中，尤其是没有重大影响力的文化领袖群体的情况下，反对派根本不堪一击。但这并不代表反对的力量不强大，相反，具有数千年的历史积淀、千百代学人的文脉传承的文言文，虽然在白话文革命浪潮面前无可奈何，但是深厚广泛的社会根基不会立即土崩瓦解。这不，《大公报》上1936年的这则“段子”，可不是消遣编撰的文学作品，而是一个确定的招生考试故事。

但是白话文运动的实质终究是一场革命。当时的人们已经普遍意识到解决中国问题希望在人民身上，“必须唤起……民众共同负担这个救国的责任。他们知道民众不能不教育，而中国的古文古字是不配做教育民众的利器的”（李孝悌语）。为此目的需要革新文化，推行白话文，让更多的人更容易接受新文化的教育。对于这样的白话文文体标准，胡适1916年在《文学改良刍议》一文中提出的“八不主义”最有代表性，后调整为以下八条：一、须言之有物，二、不模仿古人，三、须讲求文法，四、不作无病之呻吟，五、务去滥调套语，六、不用典，七、不讲对仗，八、不避俗

字俚语。(《新青年》2 卷 5 号)

比照这样的白话文标准，回看鲁迅转引的《大公报》所发表的招生考试故事，感觉腐朽的八股气息扑面而来。其一，命题基本没有 20 世纪初期的时代精神。其二，采题范围只是从传统的经部转移到史部。其三，解题方法基本沿袭了科举制度下的策论模式。其四，行文标准仍需使用文言文，这就根本违背了推广白话文的宗旨。在白话文革命已经基本成熟的“1936 年”依然以这种方式方法考试“太学生”，可以想见文言文的社会根基是多么牢固。考生把“赵佗”误写成“赵他”，固然犯了鲁鱼亥豕的错误；那么试官却把已成古典的“太学生”拿来作为对 20 世纪初期考生的称谓，是不是更加大谬不然？这种时空错位远比“汉高文帝爸，赵佗不是他”可笑得多啊！

在历经百年沧桑之后，我们再来回顾这则故事所包含的两条文化路线的斗争智慧，可以说保守派的保守态度并非没有价值。须知，中国几千年的文明历史得以传承，文言文的历史贡献怎么估计也不过分；只是他们站在一个全新的历史关口还来不及调整自己，因此陷入被动局面自然不可避免。而激进的白话文运动则实现了文学革命，方便了资本主义时代人类所创造的文明成果在中国的传播，促进了民智的开发和中国社会的变革，很好地代表了中国文体发展的正确方向；当然，他们在实现这个奋斗目标过程中所采取的过犹不及的态度，并不完全代表他们的全部立场，而是为达目标先取极端的一种策略。

(2020 年 6 月 21 日)

关于知行模式的随想

无论什么文章，只要以问题为研究对象，几乎没有不谈意义的。意义是什么，就是价值论证、高度定位，俗一点说就是“认识”，文一点说就是“知”。做事也是这样，对于要做的某件事情，同样需要先期论证，否则，对于个体而言没有自觉，对于整体来说形不成共识，当然也就不会同心同德同志同行。

看上去这些都是大道理。有许多人对于大道理不以为然，以为那是假大空的代名词，其实持这种认识的人，基本就是门外汉，很难成事，更难成大事。须知大道理就是普遍真理。

我们平时评判一个人，最好的评语莫过于德才兼备。这里不说德，只讲才。所谓才，就是才能，实际上起码包含两个义项，那就是认识能力与实践能力。前者就是对于事物价值的把握，而后者则是改造事物的方法优选。

把这个问题提高一步，就是一个哲学命题，即知行关系问题，也就是认识与实践的关系问题。认识的本质当然源于实践，但是任何实践都需要特定的认识指导。在知行关系中，基本有三种模式：先知后行、先行后知和知行合一。

先知后行，浅层次说就是先把问题想明白了再去做。深层次地说，先要构建理论，然后再去实行。这种知行模式的优点在于重理性，不足之处在于理论家往往不是实践家，因此，理论容易流于空泛。

先行后知，就是实践跑到理论前面去了。为什么会这样？往往都是没有理论准备而实际紧迫，只能选择先干起来再说。这种知行模式容易产生蛮干家、盲动者。所谓盲人骑瞎马、夜半临深池，说的就是这种状态。

知行合一，不仅是最为理想而合理的认知模式，也是最为理想而合理的行为模式，既可避免坐而论道，又能避免行不论道，把认识与实践始终统一。当然，这种统一的过程并不绝对排斥前两种知行模式，但在知行合一的大前提下，即使出现类似前两种情况，也具有根本不同的性质。

但是不管我们多么强调知行合一，都不可能有始终如一的知行合一论者。因为世界的无限性与多样性决定任何人都无法一次穷尽真理，其所获得的理论认识不过是一种相对合理的结果。以这样的有限认识对应无限的客观实际，必然产生理论与实践不统一的问题。

这个事实往往容易使人产生轻视理论的倾向，而这种倾向永远都是不合适的。同时，这个事实也对理论本身提出更高要求，就是理论不仅必须回答理论的价值，还要回答对待理论的态度与方法，就是我们平时所说的实事求是的态度还是教条主义的态度。

于是乎，前两种知行模式反而彰显其特殊的重要性。先知而后行的知行模式有助于我们重视理论，先行而后知的知行模式有助于我们不轻视实践的本质意义。再把这两种具体情形纳入知行合一模式中，就会产生理论指导实践的更高自觉，也会产生实践第一性、依据实践不断完善认识的觉悟。真能做到这样，也就有了从哲学高度产生对于理论态度的新认知模式。

因此，无论对理论还是对实践，或是对理论与实践相统一，都要真正坚持实事求是的态度。我认为，没有什么比实事求是的知行合一的智慧模式更高的了。

（《江苏党校报》2018年12月20日）

说明：我是一个哲学门外汉，偶尔谈点哲学，确有一些敝帚自珍。但是这篇小文写于什么时候忘记了，文章本身也丢失。幸亏《江苏党校报》给我寄来精装合订本，我才知道该文已经发表在该报2018年12月20日的“江海风”版，十分庆幸，庆幸这篇比较像个样子的哲学小文“失而复得”。

忽然想读鲁迅

最近实在忙，一边不亦乐乎，一边唉声叹气。但也真是奇了怪了，竟然产生读读鲁迅的兴致。也不为难自己，那就随性一把。

没有时间阅读更多的，顺手从书架上拣出一本《鲁迅小说诗歌散文选》，是上海人民出版社1973年4月出版的《青年自学丛书》之一。书是我在这年进藏后买下读过的。屈指一算40多年了，岁月的斑点已经布满扉页，但在我眼里却像群星璀璨。

再睹旧物，情如老友重逢，倍感亲切。尤其看着当年自己的留注，虽然幼稚可笑，却丝毫不觉赧然，反倒给今天的自己一份提醒：别拽，23岁时才读《理水》，还在膏腴的“腴”、黧黑的“黧”旁边用同音字标注读音，当然还写下了该字的意思。类似这样的“批注”可谓俯拾皆是。

还有“更加”的情形：全书内容分为小说、诗歌、散文三个单元，但是经过认真回想，那时我对小说与散文的分界似乎并不十分清楚，尽管我在彼时彼地还算得上一个公认的“白面书生”，不仅到处拜师学艺，还整天做着文学大梦，尤其梦想成为诗人。

“唉”了一声之后，心中不免感叹，感叹今天的人们实在太幸福了，幸福得恐怕难以想象当年的社会文化水准。虽然我在那时甚至没有完成完整的初中教育就辍学了，但是看看该书的编辑特点，不难反窥当时实际文化也很寒碜。

该书的编辑风格，确实很有特点，突出之处是对读者的关怀令人感动。全书172000字，注释与正文大约各占一半，而且注释得十分周到，既有说明性的题注，也有解释性的字词之注。特别是注释用语，十分浅白，非常适合低水准读者的阅读。

不仅如此，在细微处，更见对于读者的深度关怀，比如对难读的字词，一律采用汉语拼音和同音字加以标注，为什么能够这样细致入微呢？基本原因应该是价值观使然。“全心全意为人民服务”，不仅是当时的天下公理，更是全社会信奉的宗旨，于是这样的宗旨也就体现到这本书里来了。

是耶？非耶？不去详论。趁着陪长孙盟盟在励步国际儿童英语班上课的间隙，一边阅读鲁迅，一边用手机留下阅读鲁迅的一则感想。

（2015年9月21日）

范爱农的命

夜晚就寝前，再次翻翻刚从新华书店买回来的鲁迅散文集《朝花夕拾》。20多岁就读过——旧书仍然存在书架上，但是那时文化太低，读不出什么感觉，所以印象淡薄，现在还想再买一本新版的来消遣性地补补课。读到《范爱农》一篇，让我更加属意这个悲剧的小人物。

范爱农和鲁迅原本就是老乡——浙江绍兴人，出生在一个破落的幕僚家庭——这和鲁迅也有点相似，3岁丧父，5岁失母，由祖母抚养成人。范爱农在求学期间经徐锡麟教诲，思想进步，学习勤奋，成绩优良，参加光复会，成为徐的得意门生，但在1912年落水遇难，只活了29岁。

据《范爱农》一文介绍，范爱农是随徐锡麟夫妇赴日留学，鲁迅是在前往横滨接船时与之相识的。但鲁迅在官员检查行李时，看到他给师母带的绣花弓鞋后嗤之以鼻，范爱农也因此对鲁迅大为不满。坐火车时，鲁迅又看到范爱农等一众互相喧哗让座，更加看不惯。特别是徐锡麟被杀引发众怒，他却反对鲁迅等人主张发电回国的想法，让鲁迅觉得他处处与之作对。后来，范爱农由于没钱上学，只得回国在乡下教几个小学生糊口。

也算命中有缘，两人在1910年偶遇，并从相识到熟识，不仅尽释前嫌，而且成为好友。绍兴光复后，范爱农来找鲁迅回绍兴，鲁迅当了师范学校校长，范爱农同时做着监学。但因报馆案风波，鲁迅去南京，范爱农却因失业穷困潦倒。一次和朋友们看戏，夜晚坐船回来，在大风雨中落水丧命。但是鲁迅似乎不大相信这个事实。不管真的情形如何，不能不让人觉得范爱农这个人的命真的太糟糕了。

如此说来，范爱农这么一个人，这么一点事，不过尔尔；但是因为他参加过光复会，后来在当地说不定也能被挂在某块展板上，由导游或者什么人不断地向来来往往的人们介绍，但是那样的痕迹毕竟浅得多。可是自从他的名字在鲁迅如椽的笔下流过之后，就与鲁迅一起永垂不朽了，虽然他只是鲁迅这座高山上的一棵小树。这又让我觉得，范爱农这个人的命真是太好了，好就好在他遇到了鲁迅。

人是有“命”的，命在中国文化里不仅具有特殊的地位与价值，而且还有定数。定数一说究竟有没有可信度，有多大可信度，谁也说不清楚；但是，“大家都是命，半点不由人”，《增广贤文》可是把人世间的万般无奈归入一个谁也说不清楚、谁都将信将疑的命说里，不能不说这也是从无可奈何中生发出来的智慧。也许你不相信“智慧”一说，何妨试他一试，在你走投无路的时候，伸直脖子，长叹一声“命啊”，顿时就会如释重负，归于坦然。

如果说命在冥冥中是有定数的，但在实际生活中却又不可刻意地追求。可不是吗？种瓜得瓜，种豆得豆，那说的不过是自然现象，在社会中，种瓜也许得豆，种豆或许得瓜。所以我们的生活结局其实就是无数个必然性与偶然性相互结合、共同运作的总和。正是这种不可捉摸性，使得我们的人生充满了意外。

就说100多年前的这个范爱农吧，今天还能出现在我们的话语中，就是一个意外，或许根本就不是他所能想到的。他的留名实在是因为鲁迅的《范爱农》一文。试想，鲁迅一生结交的人物，数以百千计应该不在话下吧，能被写入他的著作，就像《范爱农》一文，究竟能有几人呢？寥若晨星。我们又怎么能说“范爱农”不是一个意外呢？这样的意外，在中国的文化里最终都被归入命。

如果命不是在天而由人决定，我甚至想请鲁迅把《范爱农》的标题换成《管怀伦》，如能那样，我宁愿29岁那年就杳如黄鹤。那样，我不仅与天地合一，更随着鲁迅一起永垂不朽——我喜欢永垂不朽。

（2019 年 11 月 20 日）

说明：写完《范爱农的命》，忽然想起鲁迅先生好像还有悼念范爱农的诗作，早起一查《集外集》，果然躺在里面。再读“独沉清冷水，能否涤愁肠”“大圜犹茗艼，微醉自沉沦”之句，倍觉怆然。为一人而连作三诗的文学现象在鲁迅这里是唯一的，由此更加感到鲁迅先生对范爱农这个平凡而悲剧的小人物的情谊是何等深厚。当然范爱农只是触发鲁迅这种悲悯情怀的引子，更深厚的情感背景却是他自身对于家国情状的悲悯。现在将他写于 1912 年的三首哀诗补抄在下。总题虽曰《哀范君三章》，第一首并没有标明“其一”，说明“其二”“其三”实际是作者在完成第一首诗之后，缅怀之情未尽，于是一续再续，才最终形成如此“三章”。

哀范君三章

风雨飘摇日，余怀范爱农。
华颠萎寥落，白眼看鸡虫。
世味秋荼苦，人间直道穷。
奈何三月别，竟尔失畸躬！

其二

海草国门碧，多年老异乡。
狐狸方去穴，桃偶已登场。
故里恶云寒，炎天凛夜长。
独沉清冷水，能否涤愁肠？

其三

把酒论当世，先生小酒人。
大圜犹茗艼，微醉自沉沦。
此别成终古，从兹绝绪言。
故人云散尽，我亦等轻尘。

匆匆相识蒋廷黻

去皖省讲课回程等车，逛逛书店，买下蒋廷黻的《中国近代史》和胡适之的《容忍与自由》，来不及阅读就开始检票上车。我对蒋著更加重视，尽管车身摇摇晃晃，还是一边匆匆翻阅，一边在悬着充电的手机上留下一些心得，现在稍加整理，但重点不是对全书的评论，而是对史学认识的肤浅阐发。

蒋氏的《中国近代史》时间跨度绵长而完整，从中国近代开端的 1840 年写到 1937 年全面抗战之前，固然不是通史，但在断代史里也算是通史性质了。更了不起的地方是它一直通到了“目前”。没有古今一贯的功底，没有思接千载的抽象能力，做到这一点几乎不可能。蒋氏却做得那么好，确如有人评价的那样，“具有强大的综合能力”。

书是江苏人民出版社出的，策划者称赞该书用极简的风格，讲纷繁的历史，脉络分明，好读而深刻，是中国近代史领域的里程碑之作，开史学研究新方法之先河。作者是一位史学大师，的确也是当之无愧的。据我的初步观感，蒋氏之所以具有这些个特点，与他学贯中西的知识背景、政学兼任的社会实践是分不开的。我想就这两个方面稍稍展开。

历史这个东西，一般人都以为是个死学问，这是一个死脑筋的观点，起码也是鱼目混珠，没有把史料与史学分开来说事。其实呢，任何史料形式都是死的，不然就不能叫作史料了。但是史料不是死料，而是隐匿着一种强大生机的存在物，就像一把种子，没有气候土壤等条件，没有遇到耕种者，它就死在那里，永远也活不起来；如果有了这些条件呢？还要说吗！

史学就不同了，它是激活史料的“条件”，并把它们融入史学中来。来干什么？当然是为现实生活服务的，不然又要史学干什么。司马迁为成一家之言，竟穷古今之变，《史记》虽然伟大，作者的政治格局并不够伟大。司马光就不同了，本着“鉴于往事，有资于治道”，编出《资治通鉴》，给史学价值一个最恰当的定位。从这个意义上讲，把他的《资治通鉴》叫作《通鉴资治》更为恰当。不信，只要你去看它，它马上就会教你“芝麻开门”。

历史是人类的导师，史学就是导师的教材，是一门再生动活泼不过的学问。如果说只有历史才能连接过去、现在与未来，那么史学总是与现实热烈地恋爱着、纠缠着，谁也无法让它死去。一个西方学者克罗齐说过，“一切历史都是当代史”，应该包含理解历史与历史功用两个方面的意义。

但是真要达到这个目标，没有史学的作用是绝对做不到的。

这说的还是史学的一般功能与价值。若想真正发挥史学的功能与价值，还是需要学者的具体条件支持。学者万千，良莠不齐，既有高山泰斗之辈，也有滥竽充数一类。蒋氏人成一代大家，书为开山之作，绝非偶然。

蒋氏是哥伦比亚大学博士，学问自不待言，更重要的是这个博士具有西学含量。没有西风东渐，西学介入，我们的国学几乎陷入死胡同，清代把考据学发展到了极致但是没有产生社会科学就是证明。所谓西学，一是自然科学，一是社会科学。何炳棣就曾介绍自己的经验：西洋史的训练，让他一看到问题，就进行中西比较，应用到不同的工具，就得出与前人、时人不同的论点。

从特定的意义上说，历史学也是理解学和应用学，不能够深刻地理解历史，真正的史学是建立不起来的；如果没有史学的现实成果，以史资用一般也是空话。所以，史料——理解——学问——实用，几乎就是一个史学的价值公式。理解是首要的。任何理解总是站在现实的时空条件下对过去人事的认识。所以现实的时空、现实的角度、现实的追求、现实的经验就是绝不亚于学问条件的条件。

蒋氏是后来才成为外交家的，1935 年时弃学从政，担任行政院政务处长。他的学问使他能够站在高处做小事，也让他更加了解世界、认识世界、理解世界。所以同样的小事，在他学理悟性的加工提炼下，获得的理性认识绝不同于一般公务员的事务性和经验性的认识。看看全书的最后两篇，《民族复兴的一个条件》和《中国近代化的问题》，已经在用理论语言说明历史问题了。当然了，它本来也就是时评。

试想，如果没有这个实践条件，《中国近代史》一书应该也能问世，但恐怕就不是这样的《中国近代史》了。仅此一点，是不是可以给我们若干启发呢？我想是的。

（2016 年 6 月 15 日）

一本画册百卷书

——写在1930年《老照片·中国大观》再版之际

从一定的意义上说，交流是社会的存在方式，而信息则是人类相互交流的活性资源。任何信息都是通过特定载体获得存储进行流动的，载体越先进，存储越丰富，流动越长远，作用越发挥。从历史的角度看，信息载体随着历史的进步、社会的发展而不断步入先进化，而且没有最先进，只有更先进。

远古时代，信息简单，流量很小，除了语言之外，信息的主要载体也就是结绳记事的“绳结”而已。后来有了文字，既是信息的符号，也是信息的载体，而且是最重要的载体，所以不管承载文字的材质（石材、陶器、瓷器、金属、皮革、竹木、丝帛、纸张、电子产品等）如何发展进步，文字承载信息的功能从来没有变化与退化。差不多与文字同时产生的信息载体还有原始的艺术形式，如舞蹈、绘画等。

古埃及的楔形文字和中国的汉字本身就是某种程度上的简略绘画，但是毕竟不能与后来的绘画艺术同日而语。随着人类文明的进步与发展，绘画艺术才渐渐成为一种新型的信息载体，而且具有超文字的信息承载与传播功能。一幅《蒙娜丽莎》就有远超相同张幅文字的信息含量。绘画的本质当然是人类的生活，但是毕竟是被“绘”出来的生活，也就是说绘画艺术是对人类生活的一种描绘与升华。在艺术创造活动中，创造者的爆发性与局限性也就不可避免地烙进艺术作品中，从而使艺术作品相对创作而言不可避免地存在“失真”。

怎样才能保真呢？工业文明的兴起，工业技术的进步，使照相机进入人类生活，成为人类生活的新宠，进而产生了摄影等新的艺术品种，其艺术形式就是照片。照片与绘画虽然同属艺术作品，其所蕴含的各种信息同样来源于生活，而且同样具有超越文字的信息承载功能，但是两者相比，最大的区别之处则在于前者“失真”，后者保真，甚至在日本就直接把摄影艺术叫作“写真”，直到20世纪90年代，摄影艺术才逐渐被更加先进的电子科技所取代。但在许多摄影艺术作品中所保留下来的历史信息，则具有无可取代的历史价值。《老照片·中国大观（1930）》（以下简称《中国大观》）就是这样的一本摄影艺术画册。

《中国大观》是 1930 年由伍联德、梁得所、明耀五、陈秉洪编辑，上海良友图书印刷有限公司印行，南京图书馆历史文献部收藏整理，南京出版社予以再版的重要画册，不是唯美主义的摄影作品荟萃，主要以摄影艺术的形式保留着 20 世纪 30 年代的中国历史信息，堪称 20 世纪 30 年代中国国情的“保真大全”。其中的每一张照片不仅是一帧艺术作品，更是一份信息饱和的历史报告，所以夸张一点说，一本《中国大观》差不多就是一部中国 20 世纪 30 年代的百科全书。面对这本尘封已久的历史画册，我的内心除了肃然起敬，深怀敬畏，还会情不自禁地发出声声浩叹，我想借此机会，把她的几个特色向读者做一个概述。

一、权威性。出版《中国大观》的良友图书公司是中国第一家以图书出版为主业的民营机构，声望极高，享誉内外，在中国出版史上享有独特的地位，由其出版的作品权威性不言而喻。不仅如此，该画册的出版发行还有明显的官方背景，这从卷首题赞字画的作者多系达官权贵和社会名流即可窥见。考察画册的各类说明文字，也应当主要来自政府各个部门的撰稿。出版目的唯在“发扬国光”（题赞之一），这不仅从使用中英双语得到证明，更在《丛刊旨趣》里得到明确阐释：“当兹建设之初，欲改变外人之观念，促进国民之努力，首须将国内实情广为宣扬。宣扬之道，文字之功固大，图画之效尤伟。盖文字艰深，难以索解；图画显明，易于认识故也。本公司致力出版，历有年所，爰搜集图片，编纂斯书。使外人阅之，知中国前途之有为，不再横加阻碍；国人阅之，亦可鉴往开来，不在意存畏葸。”正因如此，该册不仅自我定性为国家“宣传画册”，而且申明“谨献此书于国父孙中山之灵前”，由此可见，出版姿态令人敬肃。

二、综合性。正因该画册出版发行目的就是宣传国情，“是以本书内容，图画为纲，文字为辅，类分十六，图片千余。远至古代文物，近至现今新创，罔不包罗。精华荟萃，蔚为大观！”画册内容涉及广泛，分为美术、政治、军备、教育、农工商、交通、名胜、都市、建筑、家庭、妇女、儿童、体育、电影、戏剧、社会等十六个大类，涵盖了当时国家从经济基础到上层建筑各个方面的基本情况，可谓国家结构尽显画面，基本国情面面俱到。在每一大类之下又设若干细目，可谓纲举目张，即以《美术》

一类为例，概有古画、今画、书法、西洋画、现代雕刻、古代雕刻、浮雕、古物珍藏、美术工艺、美术的磁器、美术摄影等十一个方面，应该是把当时美术的基本分类囊括无遗。为方便读者，画册在每一类标题之下均配以400字左右的精粹文字加以说明，既是该类题解，又是阅读指南，文图互训，图文并茂；既有历史纵深感，更有现实丰富性，提纲挈领，文字简约，意趣盎然。

三、客观性。该画册照片以其直观性所表达的客观性不言而喻，姑且不叙，仅从文字说明就可以领略其客观精神，似乎很难发现不实踪影。比如介绍国家政治与军备，重在体制与政府结构，不加主观评说，自然而然，文字平实，可信度高。谈论美术，重在中西对比，略彰中国成就，无褒无贬，客观介绍；但是涉及其他类别则不尽然，比如现代教育体系虽然奠基于20世纪初期，但在画册的《教育》一类文字说明中，叙述现实状况则长短兼呈，尽显不隐恶虚美的客观精神，既言“大学勃兴”，又说“即行停止”；既说各省都有建大学之议，又说多因政潮校款关系“而辍弃”；既直言“上海大学固多”，更说“年来因政府干涉，因而停止者亦不少”，甚至率陈“颇有制造高等游民之讥”。如此宣传风格，如果不是亲见文字记录实难想象。

当然一本画册的容量毕竟有限，不可能尽收风光无限的国情信息，所以沧海遗珠在所难免，挂一漏万情有可原。但是有些重大信息遗漏确也不当。比如《美术》一类位列刊首，竟然不列敦煌。虽然这座东方艺术宝库是在1900年才被发现,1930年代尚在整理发掘的初始阶段，但是在此之前，敦煌大名已经震动世界，敦煌艺术已经闪烁全球，忽略这类文化瑰宝，的确难以理解，令人遗憾。

如此《中国大观》，虽然几十年来沉睡于南京图书馆的历史文献部，但是一直得到他们很好的珍藏；正是由于他们的悉心保护，使得这本画册历经岁月洗练而丝毫不逊历史光泽，反倒在今天更加弥足珍贵。现在，他们在搜珍寻宝的过程中，郑重打开历史尘封，认真审定之后，决定把该画册交由南京出版社再版，这对读者，特别是对20世纪初期的历史研究者来说，肯定是一件好事，一件幸事。据我拙见，有此一册在手，胜读百卷文本，或许不是太过夸张。承蒙他们的信任与不弃，命我这个草莽之辈为再版的《中国大观》作序，真是不胜荣幸，但愿我的这篇文字不负委托之重，不给画册蒙羞。

（2013 年 1 月 23 日）

说明：本文系应南京出版社约请为《中国大观》再版所写的序言，后因该社决定仅对原书再版，不做任何附加，故此序没有派上用场，但笔者被誉为“真是高人”。

大老粗的文学成就

文学真是一门特殊的学问。特殊就特殊在文学成就一般是文化人创造的，但又不一定，没有什么文化的人往往也能创造出惊人的文学成就，而且还被反复证明。

抽象一点说，《诗经》305 首诗，分为风雅颂三大类，其中的“风”就是民歌，就是劳动人民在生产生活中“胡咧咧”出来的文学作品，但是谁能想到它们竟然被后人奉为经典。虽然它们经过了孔子的加工，估计也就是重新编辑分类而已，而不是文字修改，至少不会有大的文字改动，因为他老人家虽然不擅诗歌，却很有自知之明。这不能说劳动人民就没有文化吧？当然了，比较而言，劳动人民又的确是社会文化最低的阶层，但是《诗经》恰恰证明，最没有文化的劳动人民不但能够创作出诗歌，还能够创作出经典的诗歌。

说个个案吧。项羽是秦末的悲剧英雄，虽然出身贵族，却不喜文化甚至鄙视读书识字，认为学那些个劳什子不过记记姓名而已，要学万人敌。真是追求什么获得什么，他真的获得万夫不当之勇。可是最终又成了一个名副其实的孤家寡人，自刎乌江，不能说与他少文无关。如果就这么死了也就得了，肯定留名，却不一定留情；但他偏偏在生命的最后时刻留下一首《垓下歌》，英雄气短儿女情长，堪称爱情绝唱和历史悲歌的高度统一。如果没有《垓下歌》，这位英雄之死肯定没有如此浓郁的悲剧色彩和生命厚度。试问有几个学富五车才高八斗的文人能够写出如此撼人心魂的伟大作品？

接着说，项羽败了，刘邦赢了。估计刘邦的文化要比项羽高点，要不然以他的身世背景是当不上秦朝的街道办主任（亭长）的；尽管如此，也从来没谁说过他肚子里有多少墨水，倒是人们不厌其烦地数落他把儒生的帽子当尿壶。可就是这么个大老粗，当了皇帝，平了叛乱，回到家乡，大宴乡亲。酒过三巡，菜过五味，激情飞扬，拔剑起舞，慷慨而歌，吟出诗歌史上少有的三句头《大风歌》：“大风起兮云飞扬，威加海内兮归故乡，安得猛士兮守四方！”咋就不多来几句呢？其实呢，也就够了，我们不仅从中一点感觉不到他的得意和自满，相反，所读到的却是一个胜利者的忧思、不安与恐惧。唯其如此才赢得不朽的价值，再多那么一句几句，也就是“凑句”而已，说不定还狗尾续貂。

再说一个温柔缠绵的吧。五代十国时代的吴越王钱镠，“目不识书”，也是一个没文化的。但是谁能想到他这种无文之辈竟然能在文学史上留下一笔。他的夫人总喜欢在寒食节回娘家省亲，一住还要很久。这年春暖花开时节，连动物都发情了，他自然也是春风动春心——想她了。别看没有什么文化，可是到底也算是个做政治工作的，懂得语言艺术，加上尊严使然，用很含蓄的方式写了九个字：“陌上花开，可缓缓归矣！”言简意深，深情无限，真的好可爱呀，后人说它“不过数言，而姿致无限，虽复文人操笔，无以过之”。这肯定不是秘书写的，秘书是公文训练出来的人才，抒情都有八股气，只能说这又是一个无文化的战胜了有文化的。

为什么会这样，车子就要到站了，我就长话短说。文学者，人学而已矣。人是情感动物。诗歌是文学的一种形式，其职能不外乎人们常说的“诗言志，词言情”。“志”也是情，属于深沉壮烈之情。所以，没有特殊情感就产生不出特别的文学作品，特别的文学作品一定具有特殊的情感意蕴。人之情感贵在真诚朴实，而无文化的人本能地接近这个标准。有了这个情感基础，遇到特殊的情境，就容易激发出创作的潜能，从而在不经意间留下伟大的作品。当然，他们永远留不下长文，别说《水浒传》《红楼梦》，连《春江花月夜》这样的篇章也是写不出来的，只能留下情感高度迸发的即兴小作品，或者隽永悠长的名言警句。这也够了啊！反观历史，长作品是斗不过短作品的。

（2019 年 4 月 2 日）

皇帝不好干

过去的时代，好像人人都想做皇帝，但除非是特殊上位的，一般皇帝都要经过严格培养与训练。训练皇帝主要也是从德才两个方面着手，但是德才相比，也是以德为先。虽然德在今天人们心中的地位与分量大不同于古代，而且德的标准也不断调整，德的力量也严重衰减，但它仍然是不可缺少的为人要件。人一旦脱离对于德的敬畏之心，后果将十分可怕。

在古代社会，德的地位十分崇高，不仅是一种世俗的行为规范，更是一种价值坐标，甚至就是一种信仰，所以我们不要以今天的道德观念去理解古人的道德情感，那样就会隔靴搔痒。考察历史，我们会发现这样一个规律，越是早期的人们对道德的崇敬感越强；对道德的崇敬感越强，道德的约束力就越大。所以在那些个时代，士农工商莫不以德为本，就连皇帝也不例外，也不敢例外。

一般人总以为皇帝唯我独尊，为所欲为，那是以想象理解皇帝。其实皇帝很不好干，既要接受制度制约，也要接受朝臣掣肘，更要接受道德审判。史官平时以"起居注"等辑录皇帝的一言一行，等到驾崩了，还要经过朝议才能盖棺定论。定论的事实依据基本都在史册本纪中，但是褒贬定论则以一个字集中表达，这叫"谥"或者"谥法"。

谥法始于周，秦废汉复，从此历代因袭，直至清灭亡。谥法就是法律制度，总共三十个字，曰：忠、孝、贞、惠、肃、恭、宣、文、敬、献、靖、安、简、宽、定、懿、庄、廉、顺、穆、武、烈、僖、节、襄、桓、刚、直、愍、元。每一个字都有万钧之力，乾坤之重，其含义就是历史的尺度，皇帝们的褒贬荣辱历史地位都是通过它们衡量之后才盖棺定论的。别看皇帝活着的时候被人们称为"圣上""今上""陛下"，他们到死都不知道自己的谥号到底用得上哪一个字。

看到了吧？皇帝那么辛辛苦苦，到头来也就落下这么一个字，叫"谥"，还有几张纸，就是正史之中的本纪。永垂史册，也不过如此而已。其他什么将相的也是如此。但又千万不要轻视这么一个字和几张纸，正是它们的图腾意义，才牵引着一代又一代的帝王将相以及芸芸众生，沿着德的轨迹，一步一步地走出我们特有的历史。

（2020 年 4 月 14 日）

简评科举制度

坐落在南京夫子庙学宫东侧的江南贡院是中国古代最大的科举考场。南京市和秦淮区相关部门，以此文化遗产为观察对象，联合推出一部《鉴史问廉》纪录片，探寻科举文化背后的廉政基因，并约我就相关问题给出评论。以下就是我的总体看法。

组织路线为政治路线服务，这是一条规律。政治路线确定之后，干部就是决定的因素，也是一个经验之谈。我们可以把“组织路线”看作选任官员的根本制度，把“政治路线”看作国家的理想目标，两者紧密联系，互相影响，所以历代治国安邦，无不以官才为本。

官才需要选拔，选官取才当然要因时而异，与时俱进。西周时期是“世卿世禄制”，春秋时代有“客卿食客制”，战国时期有“军功爵位制”，汉代实行“察举征辟制”，魏晋时期实行“九品中正制”，到了隋唐时期出现“科举取士制”。科举制度是一个伟大的制度创新，不仅在中国实行1300年之久，为国家治理做出了巨大贡献，而且对于近代西方国家的文官制度也产生过重要影响。

科举制度的优越性在哪里？举其大端，其一，扩大选官取才的范围，切实做到“五湖四海”。其二，更能选出德才兼备的人，实现精英治国。其三，体现公平公正，为全社会士子开辟通向仕途的通道。其四，有利于国家廉政建设。真正的士子通常饱读诗书，具有道德与精神信仰，获得重义轻利的价值观，并在实践上努力通过立德、立功、立言而达到不朽的境界。这是传统文化中的积极精神，对于今天的党风廉政建设仍然具有一定的启迪与借鉴价值。

（2017年8月14日）

高淳文化七个特征

江苏省南京市的高淳区，东邻溧阳，北接溧水，西南面与安徽省当涂、宣州和郎溪三地接壤，史称“吴头楚尾”。特殊的地理位置使其形成“吴风楚韵”的地方文化。今天去高淳党校讲课，休息时，两位校长与我闲聊高淳文化，激发我的兴趣。根据他们介绍的材料，我回家后草草概括高淳文化的七个特点。

一、纯。中国汉语有七大方言，分别是官话（北方话）、赣语、吴语、湘语、粤语、闽语、客家话。说起吴语，人们只知道苏州话、上海话为代表的吴侬软语，却不知那只是变异了的吴语，真正纯正的吴语却是高淳话。

二、净。高淳人很有“洁癖”，不说现在，即使在农耕时代也能做到窗明几净，庭院整洁，常涤衣冠，四季沐浴。

三、精。高淳属于典型的鱼米之乡，富庶之地，自古以来，丰衣足食。人民生活不说顿顿荤腥，起码常有鱼鳖虾蟹。多而求其精，富而求其美，于是逐渐养成精致的生活习惯，普遍做到食不厌精，脍不厌细。

四、全。高淳文化经历岁月洗练沧桑凋零之后，仍有伍子胥投金报德、崔致远与双女坟、脱尾龙与望娘湾、卞和献玉、多彩民歌、沛桥高跷、民歌送春、龙吟车、打水浒、定埠小马灯、砖墙打罗汉、阳腔目连戏、东坝大马灯、椏溪跳五猖等非物质文化遗产并得以完整保存，属于全国县级之翘楚。

五、恋。恋乡恋土，人之常情，高淳人表现尤甚。传统时代，人们多不出走，进入现代，尽管远走他乡的越来越多，仍常有人才回流，原因固然复杂，但是“三天不见游子山，两眼汪汪泪不干”的乡土情结实为足下羁绊。

六、先。高淳青蟹、造船、建筑三业鼎立，造福桑梓。青蟹拜天所赐，创出品牌，殊属不易；造船产业，得地之利，继承传统，再创新机；建筑后起，富民功高，贡献至伟。贯穿三业之精神就是敢为人先，敢为天下先。

七、慢。现代社会竞争激烈，现代生活节奏快捷，反致人们渴望回归自然平和的生活状态。高淳人不为红尘遮望眼，于匆匆的脚步中觅得一个“慢”字，做成慢城，放大效应，既在全国一枝独秀，也在世界拔得头筹。

（2013年12月6日）

浅释意译《巩金瓯》

临近中午，见战友群一战友发来一则清朝国歌《巩金瓯》，并要求我解读。实在地说，我还从来没有关注过这个国歌。既然战友提出来了，我就先去百度求证，确有这个国歌。但是文字古奥，今天的人们已经比较难懂了。有鉴于此，我索性加上标点，做一个浅释和意译。

一、《巩金瓯》原文

巩金瓯！
承天帱，
民物欣凫藻。
喜同袍，
清时幸遭。
真熙皞，
帝国苍穹保。
天高高，
海滔滔。

二、《巩金瓯》浅释

1. 国歌如同国旗，都是国家象征和礼仪，但非中国固有，而是近代效仿西方的产物。“巩金瓯”为清政府的正式国歌，虽然昙花一现，仍是历史见证，作为知识也有了解的必要。

2. “巩金瓯”。“巩”是巩固、加强；“金瓯”本指国家疆域，此处代指国家。汉语成语有“金瓯无缺”一词，意思就是国土完整。

3. “承天帱”。“承”是承接；“天帱”就是高天覆盖，意指天恩，常与“地载”即大地承载连用。此处以“承天帱”比喻承接天恩。在中国人传统的世界观里，天有意志，故恩泽万物。

4. “民物欣凫藻”。“民”即人民；“物欣”本指物之欣欣向荣，此处意指人民富足；“凫藻”本指鸟戏于水藻之间，此处形容社会安乐和谐。

5. “喜同袍”。“同袍”即战友，语出《诗经·秦风·无衣》：“岂曰无衣，与子同袍。”这里应该引申为“同胞”。

6. “清时幸遭”。“清时”即清平世道，清平时代；“幸遭”即有幸遇到。“清时幸遭”也有颂扬大清统治的双关之意。

7.“真熙皞”。“熙皞”即人民怡然和乐。

8.“帝国苍穹保”。“帝国”即大清帝国，“苍穹保”即上天保佑。

9.“天高高”。像天一样高远。

10.“海滔滔”。像海一样辽阔。

三、《巩金瓯》意译

保卫我们国家！
承蒙天恩浩荡，
人民富足融洽。
同胞欣然庆幸，
生逢清平中华。
到处春风和煦，
天佑帝国大厦。
大清如天之高，
帝国大海无涯。

（2021 年 1 月 9 日）

普希金的“蝗灾报告”和……

在农业经济中，主要灾害除了旱涝就是蝗灾。但是无论旱涝总还不至于绝收，唯有蝗灾不然，因为蝗虫是庄稼的可怕杀手，严重的真是颗粒无收。据新闻报道，最近非洲的蝗虫飞到南亚制造蝗灾，这个信息说明蝗灾是一个世界性的灾难。想起我儿时的家乡也是经常闹蝗灾，但是当时没有“世界观”，后来读到俄罗斯文学之父普希金的《蝗虫飞呀飞》一诗才知道俄罗斯也闹过蝗灾，这才知道蝗灾原来是个世界性的灾难。

终于找到当年的手抄本，上面说明 1824 年普希金在敖德萨总督府供职，总督伏隆卓夫把他当作一个小官员派去视察蝗灾。诗人是写诗的，真叫他去处理实际问题，结果就是浪漫的诗情 + 严酷的现实 = 悲剧。事实通常是这样，而且百试不爽：越是浪漫的诗人在现实中失败得越悲惨。伏隆卓夫派普希金去视察蝗灾，说明他既知道蝗灾的厉害，也懂得对蝗灾的无奈，于是打发个普希金去走走过场。这当然使普希金非常气愤，但又不得不去，要不我们就读不到他的这首诗了。回来后，他就写了这首《蝗虫飞呀飞》——

蝗虫飞呀飞，
飞来就落定；
落定一切都吃光，
从此飞走无音信。

这当然是诗，但是性质却是公文报告，也应该是个公文报告，因为政府派他去视察，回来总要有个汇报啊！可是诗人就是诗人，普希金更是与众不同，汇报也用诗文。如果允许推论，我想普希金之所以以这首诗作为汇报材料，实际上是对派他去视察蝗灾的总督的一种调侃和戏弄。结果当然引起不满，他也因此真的被贬了。讲到这里，我就索性进一步拓展一下。

蝗虫诗当然会让总督不快，但是这件事情并不是他被贬的真正原因，实际上是他追求自由的代价。1799 年普希金出生在一个贵族家庭，受到良好的教育，具有极高的文学天赋，8 岁就能用法语写诗，12 岁开始文学创作，而且一生创作大量文学作品。由于法国在历史上对俄罗斯具有重要影响，因此 1789 年法国大革命也深刻影响了俄国，一批俄国贵族在 19 世纪 20 年代组成“十二月党人”，并发动推翻沙皇统治的革命。普希金深受十二月党人的影响，很早就开始发表歌颂自由民主的诗歌。我翻开当年的手抄本，再读普希金相关诗作，更加鲜明地感受到他对自由的强烈渴望与追求，其中《给娜泰霞》《自由颂》和《致察尔达耶夫》大概是最有代表性了。兹录两首在下——

给娜泰霞

美丽的夏季衰萎了，衰萎了；
明朗的日子正飞逝过去；
阴霾的云雾
在松林微睡的阴影中蔓延着。
丰收的田地荒芜了；
嬉戏的溪涧寒冷起来；
浓茂的树林斑白了；

连苍穹也显得黯淡无光。

娜泰霞——我的光亮！
你现在哪儿？
我怎能不流着辛酸的泪？
难道你就不肯和心头的朋友
共处一会儿时光？
无论在起着涟漪的湖上，
无论是清晨黎明的时分
在菩提树的清香覆盖下，
我都遇不见你。

不久，不久，冬天的寒冷
就要将灌木林和田野造访；
在充满烟气的茅舍里，
马上就会射出明亮的灯光。
我看不见我的美人儿啦！
我将像关在窄笼里的一只金丝雀，
坐在家里面悲伤，
和想着娜泰霞——我的光！

普希金这首诗写于十五岁（1914 年），距离法国大革命二十五年。这时俄国第一个秘密革命团体救国会正在酝酿成立，他也正在皇村中学读书，开始接受法国启蒙思想，结识十二月党人，形成追求自由的思想。人们通常把这首诗作为单纯的文学作品看，但我觉得这恰恰是他青春叛逆期和政治叛逆相混合的作品。“娜泰霞”可以是他的情人，更可能是他政治理想的象征。

另两首是写在 1918 年的《自由颂》和《致察尔达耶夫》，政治思想更加清晰，政治情绪也更加激烈，特别是《自由颂》，以伏尔泰为师，号召“跌倒在地的奴隶”要起来同专制暴君斗争，用鲁迅的话说堪称匕首和投枪。《自由颂》过长我就不去多讲，这里对《致察尔达耶夫》稍加发挥。这首诗是这样的——

爱情、希望和平静的光荣，
并没有长久地把我们骗慰欺诳，
就是青春的欢乐，
也已经像梦，像朝雾一样消亡；
但我们的内心还燃烧着愿望，
在宿命力量的重压之下
我们正带着焦急的心情
倾听祖国的召唤。
我们忍受着期待的苦刑
等待那神圣的自由时光，
正像一个年轻的恋人，
在等候那确切的会期一样。
现在我们的内心还燃烧着自由之火，
现在我们正直的心还没有死亡，
我的朋友，我们要把我们心灵的
美丽的激情，都献给我们的祖邦。
同志，相信吧：迷人的幸福的星辰
就要上升，射出光芒，
俄罗斯要从睡梦中苏醒，
并在专制暴政的废墟上，
将会写上我们姓名的字样。

察尔达耶夫是俄国政论家和哲学家，有《哲学书简》存世，书中有反对沙皇暴政的思想。察尔达耶夫已经是一个反对沙皇暴政、追求自由的象征性人物，诗人不仅以诗致敬，而且热情奔放地表达对自由的追求，点名批判“专制暴政”，不加任何掩饰。在沙皇政府笼络不成之后，普希金被两次流放，但仍不屈服，据相关介绍，他最终惨死在一场精心策划的决斗中，生命的音符定格在三十八岁。

（2020 年 2 月 25 日）

第五编　率性诗歌

我曾有诗人梦想，终未成真。写诗仅为业余爱好与自乐，大抵触景生情，即兴而成，但求表达自然、感情纯真、意境邈美，以满足内心审美意趣，不以传统平仄格律自缚之。虽不能在每一首作品中做到，却总也有此追求。此处所选就是这类成果。

咏中国神话精神

教长孙盟盟古文，从短小篇章开始，优选上古神话题材，构成系列，于边教边想中有此感想。

中华精神何处寻，
篇篇神话载分明。
创世自有盘古在，
造人更赖女娲行。
夸父逐日道渴死，
后羿箭射九日陨。
炎帝贵农民立本，
轩辕始开华夏文。
共工怒触不周山，
刑天断首仍敢争。
精卫矢志填大海，
愚公移山感仙庭。
仓颉造字天雨粟，
禹王疏导江河循。
诸神各负天命重，
万般典型一个魂。
久久不懈奋斗志，
绵绵万世到如今。

（2018 年 8 月 12 日）

富春江边留意

汉高士严光子陵曾于桐庐垂钓。久慕盛名。昨晚应邀授课至此，今日上午趋身凭吊，时间紧促，不能渡江。面对连绵苍山，空蒙秋色，久远往事但随清风袭来，遂以思古之幽，饱蘸荡漾碧水，铺成一诗，曰：

富春江边子陵滩，
羊衣垂钓越千年。
三顾勉从圣意去，
数辞襄国又何坚。
高德犹如云山耸，
风流亦令江水赧。
范公再修先生祠，
泰伯一字添美谈。

（2017 年 9 月 13 日）

咏法国梧桐

国庆，与太太携两幼孙来镇江金山公园散心。为避炎日，憩于法国梧桐树下。该树每逢春末，飞絮苦人，多受诟病；现在却高耸碧空，庇荫我等，因之生感。

道旁法梧高参天，
粗枝大叶过半年。
寒霜姗姗销绿魂，
冰雪冷冷备青衫。
岁岁春风吹絮起，
声声抱怨满人间。
谁见炎炎夏日里，
荫德片片恩无边。

（2018 年 10 月 1 日）

战友重逢感怀

八日应邀赴皖授课，七日下午提前成行。同乡战友许和贵约会做东，同邀张宏堂、杨国华、刘道宏诸战友于合肥海顿酒店欢聚。实难得也，当夜留诗纪念，兼忆军旅生涯。

韶华青春时，
意气高于天。
胸怀拿云志，
适逢军营唤。
雨雪正霏霏，
锣鼓烈而喧。
乡情还依依，
征途已漫漫。
拳拳赤子心，
般般报国念。
军营苦而乐，
戎装棉复单。
方法讲两论，
铸魂老三篇。
四海同目标，
九州共结缘。
红专一并进，
文武求双全。
比学赶帮超，
五好相互勉。
三八作风好，
革命意志坚。
京城阔别后，
策马自扬鞭。

春秋四十二，
沧海变桑田。
事业有正果，
人皆报平安。
新岁春光好，
重逢在故园。
每念过往事，
感慨何万千。
风云成话题，
古今入笑谈。
把盏庆相逢，
举杯邀华年。

（2015年4月10日）

校园感怀

课前片刻，行走校园，流连池边，微波细澜，激发诗兴，即时记录，留此心情。

校园又逢春，
池畔梦仍清。
细雨诉相思，
微风唤芳影。
深望有徘徊，
轻呼无答应。
情动涟漪起，
心听天籁声。

（2015年2月27日）

青山思

既恨青山远，
更怨春梦短。
塞北千万里，
怎地到青山！

（1988 年 3 月 4 日）

目送

挥挥手，
送你走，
乘着风驾的车，
沿着心中的蹊。

远去了，
远去了，
风采婉约迷离，
衣衫随风依稀。

你走了，
我走了，
温馨飘洒一地，
连成相思千里。

（2020 年 8 月 11 日）

遥望苏堤

我十七岁时首游杭州，站在断桥上，回想许仙白娘子故事，甚为感动，热泪盈眶。今赴杭州，请驾车师傅绕湖而行，再睹湖光山色，重温少年梦想，即兴留句。

往事如烟在苏堤，
许仙白娘总清晰。
隔窗遥看断桥上，
少年泪痕可依稀？

（2017 年 8 月 30 日）

题门前茶花

门前一树花，
鲜艳满枝丫。
无限春光里，
香入三两家。

（2017 年 4 月 2 日）

早春

有同学初建班群，王素色老师发表新诗。受其启发，信手凑趣。

春赶早，
不等骄阳照；
爬上枝头，
和梅一起偷笑。

蛙鸣杳，
柳绿正悄悄；
清风优雅，
水边人儿妖娆。

（2016 年 2 月 26 日）

访独秀园有感 *

是日上午，在安庆有一讲座，课后赴独秀园凭吊，以诗留念。

风流安庆独秀园，
仲甫长在天地间。
霹雳一声惊神州，
敬告六条新青年。**
科学民主启文明，
南陈北李开纪元。
清池涓涓墨泉涌，
龙柏尖尖笔如椽。

（2019 年 5 月 23 日）

* 据官网信息，独秀园是以陈独秀墓为核心的大型人文景观，国家 AAAA 级旅游景区，位于安庆市十里铺乡林业村境内，占地 150 亩，墓地 1058 平方米。1987 年，市政府拨款对墓地进行扩修；1991 年，列为省级重点文物保护单位，二期工程陈独秀博物馆目前正在修建。

**1915 年 9 月 15 日，陈独秀在《青年》（从第 2 期更名为《新青年》）第 1 期首发《敬告青年》，“涕泣陈辞”，以“自主的而非奴隶的”“进步的而非保守的”“进取的而非退隐的”“世界的而非锁国的”“实利的而非虚文的”“科学的而非想象的”六条，为“奋其智能，力排陈腐朽败者以去”的新青年指引方向。上述六条现在镌刻于独秀园的浮雕墙上。

慰兰

案头芝兰正葳蕤，
清气袅袅飘远菲。
神游书海偶心顾，
身疲陋室伴梦回。
吟饥不发哀怨语，
叹渴但见笑意飞。

醒来近前愧致意，
轻洒甘露慰芳栖。

（2020 年 1 月 31 日）

途中偶感

昨夜，苏皖一带喜遇秋雨，浇灭连日酷暑。下午应邀赴皖授课，上午出发，途中有感，即时遣兴，留此记行。诗成，更感到可作为平生和本卷总结，甚奇甚慰。

秋雨潇潇出园门，
金风飒飒入前程。
幼年失怙多乖舛，
韶华有志总难成。
曾经书山跋涉苦，
更历学海泛舟行。
旧业古稀仍未弃，
唯愿耄耋更能精。

（2019 年 8 月 28 日）

后记

《管怀伦文丛·文心随笔》卷的主体内容为各类散文，另选过去未曾正式发表的诗歌数十首，总列近200篇（首），其体例布局和编辑意图已在“自序一”中交代，此不赘述。

本卷作品多为即时感遇，睹物有思，信手随记，即兴成文；有的则由虚拟世界相关信息所激发，灵感乍起，顺性实录，应时而作；不管缘何而成，行文主旨都是围绕生活、历史与文化的主题展开。我所遵循的写作路线就是将历史风貌、社会生活、人生体验、读书心得等等，通过散文、随笔和诗歌等多种文体自由表达，交叉表现，以形象思维提升理性水平，务使每一个平凡故事，每一篇简单文字，每一首即兴吟诵，尽量具有立体内涵。这也是对我在《〈“管派”散文〉自序存稿》（本卷“自序二”）所主张的散文观的自觉尝试。

我一贯以“草莽”自居，绝非过谦，只是真诚坦白而已，但这丝毫不影响我以毕生精力热爱、学习与追求文化。这批文字作品既是我追求文化的特殊成果，也是我对文化信仰与热爱的特别见证。如果说还有什么遗憾，那就是在与许多师长、友人与弟子的交往中，也有许多深刻与精彩，本应留下文字记录，却因生活羁绊、工作琐事冲淡灵感，事后再难激起写作兴奋，因此遗憾作罢。但我不会停止笔墨的行程，愿在以后的某种机缘之下能够重新产生写作冲动。

2011年我的第一本散文随笔集《笔下风流》出版后，社会反映积极，在党校系统更被誉为“改变了党校教授的形象”。我很珍惜这样的评价，但愿这本《文心随笔》能够进一步改变“党校教授的形象”。

作者

2020年10月1日